我要是一只鹿，那你是什么？

那我就是一株草好了。

请君莫笑

刀侠

请君莫笑 著

陕西新华出版 三秦出版社

图书在版编目（CIP）数据
丑侠 / 请君莫笑著 . -- 西安 : 三秦出版社 , 2024.
11. -- ISBN 978-7-5518-3169-7
Ⅰ . I247.5
中国国家版本馆 CIP 数据核字第 2024YT5393 号

丑　侠

请君莫笑 著

出版发行　三秦出版社
社　　址　西安市雁塔区曲江新区登高路 1388 号
电　　话　（029）81205236
邮政编码　710061
印　　刷　长沙鸿发印务实业有限公司
开　　本　880mm × 1230mm 1/32
印　　张　10
字　　数　289 千字
版　　次　2024 年 11 月第 1 版
印　　次　2024 年 11 月第 1 次印刷
标准书号　ISBN 978-7-5518-3169-7
定　　价　45.80 元

网　　址　http://www.sqcbs.cn

目录 CONTENTS

目录

CONTENTS

第一章

西风卷黄沙，枯树深井，土墙篱笆。

院内，一位农家少年正在和一位女童玩耍……

“丑侠？你真的是丑侠吗？”那女童问。

“没错。”农家少年答道。

“你为什么戴着面具？”女童又问道。

“因为我人如其名，‘丑’字当头。”少年答道。

“我不信，除非你摘下面具给我看看！”女童说。

“是谁说大侠一定要风流倜傥，玉树临风？那只不过是尔等庸人的痴心妄想罢了！”少年说道。

……

“你这个臭小子，不去地里帮你爹干活儿，跑到这里来装神弄鬼？还有你，桂花，你也陪着你哥哥疯！”一位身材壮硕、穿着农家粗布襦裙的妇人骂骂咧咧地出现在了院门口。

这妇人中气十足地朝着院子中的一儿一女怒吼，手里拎着扫把，大步流星地走了过来，眼看着有人要倒霉了！

见状，男孩一把掀开自己脸上戴着的做工粗糙的木头面具，朝着旁边的土墙快速地冲了过去，双手朝土墙檐儿上一撑，一下子就蹿上了墙头！

而女孩则对着自己的哥哥吐了吐舌头，捡起哥哥丢下的面具闪身回到了屋子里。

粗壮妇人气吼吼地对墙头上的男孩怒道：“柱子！你听了几天书，入了魔不成？整天上蹿下跳地扮丑侠，农活也不干，踩坏了院墙，仔细你的皮！”

名唤“柱子”的男孩回头朝着自家娘亲摆了一个鬼脸，然后做出“大鹏展翅”的动作，从墙上跳了出去，嘴里还高声地喊着：“我是丑侠！”

落花人独立，微雨燕双飞。

江南，梨花秋水楼内座无虚席，说书高台下最前面坐着身穿绫罗绸缎的富绅，两边靠窗的位置坐着一些身穿短打的江湖客。这些江湖客中有的人戴着斗笠，有的人抱着兵器，他们坐在柱子旁喝着碗里的酒，或是侧过头俯瞰楼外的浩渺烟波，或是遥望远处的青山碧空。

温润秀美的江南风光总能让人流连忘返，即便如此，这些人在欣赏风景的同时也都竖着耳朵，等待着说书人登场。

大厅的最外围挤着一些没钱入座的百姓，他们肩膀擦着肩膀，踮起脚，抻着脖子向大厅里看。

梨花秋水楼此次请来了赫赫有名的不语先生，他要在这梨花秋水楼里讲十二场，今天已经是第三天，大厅内座无虚席。

“啪！”醒木一拍，大厅立刻安静了下来，就连沉浸在江南美景中的江湖客们也纷纷收回目光，向高台上看去。

“书接上回，丑侠在幽州大战燕云十八骑！这一日，黑云压城，路上少有行人，怕是要有暴雨降下！燕云十八骑与丑侠约战清风山巅！燕云十八骑布下虬龙大阵，一时间，肃杀之气弥漫四方！可丑侠从容不迫，信步踏入阵内，‘呛啷啷！’宝剑出鞘！丑侠拿着的还是那把生锈的铁剑！真是应了那句江湖上的古话，真正的高手，草木在手，皆是兵器！”

“啪！”不语先生拉长了腔调，配合着气氛又拍下醒木。

“好！”堂下宾客齐齐喝彩，听得是津津有味！

一个站在门口的粗壮汉子，脖子上骑着一位额头高隆的男童。听到这儿，男童睁大眼睛，抓着他爹的耳朵好奇地问道：“阿爹，什么是燕云十八骑？”

男子憨笑一声，晃了晃脖子上的男童，回道："燕云十八骑啊，是幽州十四郡赫赫有名的赏金猎人，专门杀坏人领银子的。"

男童问道："可是爹，你不是说丑侠是劫富济贫的好人吗？那燕云十八骑为什么要抓他？"

男子被问住了，想了半晌，耐心地回道："你还小，等你长大就懂了。"

……

"让让，让让！大小姐到！"

听到声音，外围的百姓自觉地挤到两旁，摩肩接踵的围观人群中竟然硬生生地让出一条路来。

只见一位中年男子在前引路，而他身后跟着的是一位妙龄少女。这少女身段玲珑，身量小巧，身着一袭火红的短打，双肩上各搭着一根乌黑发亮、长及胸口的粗辫子，辫子的尾部绑着红头绳，足上蹬着一双五彩鸳鸯履。她的下巴微微扬起，唇边挂着笑，一双水灵灵的大眼睛中带着三分骄傲。想必她就是家丁口中的"大小姐"了。

"大小姐"的身后贴身跟着一位穿着一身黑衣短打的青年男子，他迈着方步，足下虎虎生风，但落地听不到一丝脚步声，此时若是有行家在，一眼就能看出这位是轻功高手。

男子的怀中护着一把通体火红的刀，刀柄是一只展翅高飞的凤凰，翅膀作为护手，身子为刀柄，凤眼处嵌着一枚炫目的红宝石，让这只凤凰散发出涅槃重生的气魄，更让人匪夷所思的是，这把刀的刀身刀柄竟是浑然一体，神兵利器也不过如是！

最后面跟了两排家丁，一行人畅通无阻地走进了大厅，"大小姐"目不斜视，径直走向看台的最前排，在唯一的空位上落座。

此时坐在大厅内的都是梨花秋水楼的常客。梨花秋水楼号称天下第一楼，当年修建它的人，也不知用了什么鬼斧神工，竟将这座楼建在了烟波江上。这座楼四面环水，无依无傍，仿佛是从江中冒出来的。至今，梨花秋水楼屹立在江波之上已然百年之久。

这梨花秋水楼隶属于华夏山庄，华夏山庄于百年前崛起，经过这百年的积淀，如今不仅是雄踞一方的武林世家，其庄下产业更是遍布大江南北，家族富贵非常。

能被称为“大小姐”的只有华夏山庄的下一代庄主夏秦怡一人了，而那把火红的刀，正是华夏山庄代代相传的神兵——凤血刀!

不语先生妙语连珠，丑侠与燕云十八骑的“战事”也正讲到精彩处，即便这样，坐在角落里的江湖客们依旧注意到了夏秦怡的到来。

原因无他，凤血刀可是江湖上人人梦寐以求的神兵，削铁如泥、吹毛断发都不足以形容这把刀的锋利。

相传，当年华夏山庄的庄主正是因为得到了这把神兵，才能让华夏山庄从一个名不见经传的小庄子，一举成为整个武林举足轻重的大世家。

这把凤血刀，哪怕是握在一个普通人的手中，也足够令一般身手的江湖人忌惮三分，更何况它还蕴藏着让家族崛起的神秘力量，其价值可见一斑。

……

“好！”大厅中掌声雷动，欢呼的人群遮挡了觊觎的目光。

夏秦怡抿了一口茶水，侧脸向中年男子问道：“福伯，这次不语先生讲的是什么？好像格外地受欢迎？”

中年男子是华夏山庄的管事夏福，他答道：“回大小姐的话，这次楼中请不语先生连讲十二场，说的是最近江湖上神秘崛起的新锐——丑侠。”

“啪”的一声，茶杯被夏秦怡重重地搁在桌上，茶水四溅。

夏福连忙弓下腰身，小心翼翼地问道：“大小姐，可有不妥？”

夏秦怡闻言双颊透粉，神色几经变化，沉吟片刻才说道：“以后我们华夏山庄的所有产业，一律不准提及丑侠，更不许做那个丑八怪的生意！”

“是，小的明白了。”夏福应道。

“福伯，你让不语先生不要说了！”夏秦怡又道。

夏福的脸上闪过一丝为难，一边端详着夏秦怡的脸色，一边小心翼翼地商量道：“大小姐，您也知道，不语先生是大家，能请到他老人家已属不易，这……”

夏秦怡“哼”了一声，不甘心地说道：“那……你就让他讲完吧！今儿的书，本小姐不听了。”

夏秦怡说完起身就走，两条辫子随着它们的主人，舞出了俏皮的弧度。

黑衣男子立刻抱着凤血刀跟了上去，夏秦怡走得极快，仿佛一刻也不想多待！

夏秦怡心想：哼！那个小偷、丑八怪！他也配担这个“侠”字！

这华夏山庄的大小姐为何对江湖新锐丑侠有这般深的积怨？

故事，要从三个月前说起……

华夏山庄富贵非常，作为下一代庄主的夏秦怡，吃穿用度更是奢华到了令人咋舌的地步，甚至她的房间里从来不点明火，照明用的都是碗口大小的东海夜明珠。

这一年江湖上突然神秘地崛起了一位少年侠客，没人知道他的门派、师从、家世，世人只知道，他自称样貌丑陋，为了不吓到世人，终日戴着一张面具；入世后也并未到任何门派投名帖、拜山头，更未归属江湖上的任何势力，日常独来独往，以“劫富济贫”为乐，因此被江湖人称为“丑侠”。

这年头，有些功夫便“劫富济贫”的人多了去了，由于不好抓，对于小偷小盗的行为官府都是睁一只眼闭一只眼的态度，大门派更是不会插手，人们早就司空见惯了。

既然如此，为何单单这丑侠最为出名？

因为他的“劫富”太特殊也最大胆，一般的毛贼最多偷抢城中的富户，可这丑侠，他从不抢江湖之外的门户，而是专门挑武林名宿、豪门大派下手！出道半载，丑侠便几乎把江湖上的大势力“光顾”了个遍，更离奇的是，这么多豪门大派居然没有一个人抓住丑侠！

都说老虎的屁股摸不得，但这丑侠不仅摸了，还要打几下！仅仅半年，“丑侠”这个名字便传遍了整个江湖。

三个月前，丑侠突然来了兴致，竟然打起了华夏山庄的主意！

那天，夏秦怡正在汤池沐浴，门外戒备森严，丑侠竟能堂而皇之地进入夏大小姐的汤池，“顺手”拿走了夏秦怡刚摘下的几样心爱的首饰后，还拿走了夏大小姐放在汤池内照明的东海夜明珠。

如此还不算完，丑侠不仅无视了夏大小姐的“呵斥”，还不屑地对夏大小姐冷哼了一声。

丑侠兜走了夏秦怡照明用的夜明珠，害得她只能摸黑善后，而且这个“亏”夏秦怡只能吃下，毕竟这种事是在她沐浴的时候发生的，她不仅无法声张，甚至还要为丑侠“打掩护”。

这个仇，夏秦怡是绝对不会不报的！

夏秦怡道：“小偷、丑八怪，你给我等着！”

……

夏秦怡一行人离开后，坐在角落里的几个江湖客也不约而同地起身，行至门口，碰了个正着。几人对视一眼，立刻明白了对方的目的和自己是相同的——凤血刀！

在他们看来，夏秦怡的年纪不大，虽然是华夏山庄下一代的庄主，但在江湖上并没有什么响亮的名号，所以即便她有凤血刀在手，也不足为惧。而那两排家丁，他们一眼就看出，只是看上去精壮，只有些三脚猫功夫罢了。

至于那黑衣男子……

但是凤血刀现世，没有理由不冒险。

几人很快达成了共识，结伴走出了梨花秋水楼。

华夏山庄距离梨花秋水楼不远，出了樊梨城只需再走几里的山路便可，而这段路正是他们的机会。

往常夏秦怡出来玩，都会到城中的小铺转一转，买些小玩意儿再回去。可这次，夏秦怡气呼呼地走在最前面，很快就出了城门，一行人来到了行人稀少的山路。

行约五十步，抱着凤血刀的黑衣男子足下一顿，示意后面的家丁跟上，自己则反身向后，脱离了队伍。

他朝着那几个江湖客的藏身之处看了一眼，来到一棵枝繁叶茂的古树前，一只手将凤血刀固定在怀中，另外一只手朝着树干上轻飘飘地一拍，便快速地离开原地，追上队伍，仍旧紧随夏秦怡的身后。

几个江湖客好奇之下现了身，他们来到古树前，正准备嗤笑华夏山庄的人虚张声势时，古树却发出一声“咔嗒”脆响，只见在刚才黑衣男子拍过的地方，赫然裂出了一道手掌印。

众人大惊失色，观那男子还很年轻，却有如此深厚的内力，难怪华夏山庄会只派他一人护刀！

就在一众江湖客忌于黑衣男子深厚功力的时候，夏秦怡一行人已经走远。这条路直通华夏山庄，越往前夺刀风险就越大，片刻的迟疑便使得他们失去了夺取凤血刀的机会。

千里冰封，万里雪飘，这里仿佛是天地的尽头，一座名唤“天山”、终年积雪冰封的山脉镇守于此。天山山脉绵延不绝，仿佛是横亘在这“天地尽头”的一堵无边天墙，没人知道山后面的样子。

相传，在百年之前，怪侠君莫笑横空出世，纵横江湖，难逢敌手，最后就在这天山之巅约战江湖各派名宿，力挫群雄，终成传奇。

此后君莫笑在天山上隐居，并在天山之下立一巨石为碑，以指力刺入巨石三寸，书道：天山禁地，君莫笑隐于此。

相传当年君莫笑战胜武林名宿后，并未取他们的性命，而是逼他们立下了永生永世的血书，发誓世世代代不得踏入天山半步，见君莫笑要退避三舍。

如今百年过去，这天山之下依旧是一方净土，武林的纷扰喧嚣从未传到过这里。

……

一位男子站在天山下，他身着粗布麻衣，脚踩芒草鞋，脸戴木质面具，斜背一行囊，手中提着一把剑身剑柄都被斑斑锈迹包裹的剑。

这人正是江湖中声名鹊起的丑侠！

丑侠拍了拍足有几人高的巨石碑，步履轻盈地走进了天山禁地。

随着丑侠脚步的移动，他竟然拐进了一避世之地：这长年冰封的天山脚下，居然有一座村子！再走近可以看到，村口的门匾上写着“世隐村”三个大字。匾额似乎已有些年头，从笔锋上来看，上面的字与石碑上的字颇为相似。

丑侠停在村口，提气，一跃，跳到了村头大树的粗枝上！只听到布料猎猎作响，这丑侠竟不走村中路，只以树枝、瓴瓦为借力点。他的足下轻点，屋顶的瓦片不仅完好无损，而且只发出了极细微的声响，若是不仔细听，很难察觉。

好俊的一手轻功！

“嗒”的一声细响，丑侠翩然落地，气息绵长平稳。

这是一处农家院,有三间瓦房,中间的正房上挂着“医庐”的匾额。

丑侠轻车熟路地走进东间瓦房，片刻后，从房中走出一位妙龄少女。

少女身上虽穿着不起眼的粗布襦裙，却遮掩不住通体的风采，细观之，真是：肤若羊脂琼牙玉，秀靥含娇比花俏。眉如远山浓黛，双目顾盼生辉；修长形窈窕，何方天女入凡尘？

少女手中拿着一个鼓鼓的包裹，正是丑侠入村之时所背的行囊！

不承想，这踏遍江湖各大豪门“劫富济贫”，江湖乃至民间无人不知的丑侠，竟是一位风姿绰约的少女！

少女提着包袱又走进了正房医庐，不一会儿，便背着木药箱提着包袱径直出了院子，往西边去了。她来到一处稀疏篱笆围成的院子前，喊道：“孙婆婆，我回来了！”

话音落,从屋中率先冲出了一个六七岁模样的小女孩,看到对方,她脸上露出了兴奋的神色,脚下步子更是飞快,口中大喊：“鹿姐姐,你回来啦！”

少女露出温柔的笑意,推开篱门,走进院子,口中一边嘱咐：“小豆芽，慢些跑。”一边已经蹲了下去，展开双臂做出迎接的姿势。

“鹿姐姐！”小女孩一边喊着一边将头扎进了少女的怀中，少女也收紧了双臂，直起身体，将小女孩抱在怀里。

这时，从屋中走出来一位拄着拐杖的老妪，她看到少女后露出慈祥的笑容，说道：“是难烛回来了吧。”

“孙婆婆，我回来了，这次我找到让小虎子复明的药材了！”鹿难烛说道。

孙婆婆听完，脸上露出了激动的神色，说：“小虎子在屋里呢，你这次走了这么久，小虎子天天念叨你。”

鹿难烛笑了起来，她本就生得极美，这一笑更是摄人心魄。

鹿难烛抱着小豆芽随着孙婆婆往屋里走，一边走一边转头问小女孩：“小豆芽最近乖不乖啊？”

小豆芽搂着鹿难烛的脖子，乖巧地说道：“很乖。”

鹿难烛道：“嗯，乖，姐姐带了礼物给你。”

三人走进屋子，小屋立刻显得拥挤起来。火炕上端坐着一个十一二岁模样的男孩，男孩很瘦，略显破旧的棉袄松垮地穿在身上，显得有些不相称。他的头上梳着发髻，额边一圈是胎发攒成的小辫子，绕了一圈。

男孩的眼睛上缠着一圈绷带，但从他向前倾斜的肢体动作可以看出他心中的喜悦和盼望。

“小虎子，鹿姐姐回来了！”说罢，鹿难烛将小豆芽放在床上。

小豆芽立刻来到哥哥身边搂住哥哥的脖子说：“哥，鹿姐姐说，找到给你治眼睛的药了。”

小虎子听完，嘴角抖了抖，一只手抱紧了妹妹，另一只手朝着虚空中伸了过去，喊道：“鹿姐姐！”

鹿难烛看到小虎子的样子，心中不是滋味，她放下药箱和包袱，坐在火炕上抓住了小虎子那只伸出的手，安慰道：“小虎子别着急，姐姐这就去给你配药。”

孙婆婆看着眼前的这一幕，抬手拭去了从浑浊双眼中渗出的眼泪，对小虎子说道：“还不快谢谢你鹿姐姐？”

小虎子笑了起来，露出一颗小虎牙，说道：“谢谢鹿姐姐。”

鹿难烛松开小虎子的手，扭头对孙婆婆说：“孙婆婆，我要给小虎子配药，劳烦您和小豆芽先去厢房稍等片刻。”

“哎，小豆芽，快来。”孙婆婆应道。

祖孙二人手拉着手走了出去。坐在炕上、双眼缠着绷带的小虎子也安静了下来，他盘着腿，双手抓着膝盖，内心的激动显而易见。

鹿难烛收敛了笑容，打开药箱，拿出药罐和药杵，将它们放在桌上，又随手抖开包裹，房间中立刻散发出温和的白光。

可惜小虎子看不见，不然他准惊愕到合不拢嘴！

散发光芒的是那碗口大的东海夜明珠，丑侠鹿难烛正是因为此物才和华夏山庄的大小姐夏秦怡结下了“深厚”的梁子。

鹿难烛将夜明珠丢到药罐里，提着药杵向下砸去，这坚硬如石的东海夜明珠，在鹿难烛的手下，几下就被捣成小块，最后被捣成了粉末。

鹿难烛看了看药罐中的夜明珠粉，又从药箱中拿出几味草药放进去一起捣碎。

做好了这一切，鹿难烛将药糊小心地抹在两块白布上，解下小虎子眼前的绷带，将抹了药膏的白布贴在小虎子的眼睛上，然后细细地为小虎子缠好绷带。

随后，她又从药箱中拿出银针，手法娴熟地刺在小虎子头上的十六处穴道上。

一刻钟后，鹿难烛拔掉了银针，将孙婆婆和小豆芽请了进来，道：“孙婆婆，小虎子眼睛上的绷带七日后拆掉，就可复明。”

说完鹿难烛又指了指包裹说道：“孙婆婆，里面有几身衣裳，是给小豆芽和小虎子准备的。过些日子天要冷了，给孩子们换上，里面还有些稀罕吃食，是我从外面带回来的，您尝尝，盐巴和其他东西也都在里面了。”

鹿难烛谢过了孙婆婆的热情挽留，背着药箱独自返回自家小院。这次她没有再使用轻功，而是规规矩矩地走了村中的路。

夜幕降临，仅存五户且人迹罕至的寒村，被黑暗笼罩起来，极静。

鹿难烛躺在床上，手中紧紧攥着一片布，房中没有点灯，她完全融入黑暗中，就连呼吸都几不可闻。

也不知过了多久，一声叹息打破了房中的寂静。

鹿难烛重重地叹了一口气，紧了紧手中的布片，翻了个身，枕着自己一只小臂，透过窗户的小方格，看向了外面的夜空。

这次出谷又是一无所获，这难免让鹿难烛疑惑了起来。

这大半年，鹿难烛打着“劫富济贫”的名头，几乎踏遍了武林中豪门名宿的府邸，却没有发现一丁点儿线索，难道……是自己想错了？

鹿难烛抖开布片，如此黑暗的环境，根本看不清布片上写了些什么。可这布片上的内容，早就印在了鹿难烛的心底，今生今世都不会忘却。

布片上画着一株莲花，花开九瓣，莲心朱红，花瓣玄黑。这是鹿难烛不经意间在她爹爹的胸口看到的图腾，也是解开一切秘密的关键。

自鹿难烛有记忆以来，他们一家三口几乎一直都在路上，少有停歇，更是从未真正地择一处安居过。

鹿难烛六岁那年，他们一家来到了天山，鹿难烛还记得入村当日，他爹拉着她和娘亲，规规矩矩地在山下巨石碑处磕了三个响头，口中念念有词，才进了村子，定居在了世隐村。

鹿难烛的爹爹“身负寒疾”，非常怕冷，且寒疾时常发作，每次发作都非常痛苦。他的周身冒着寒气，髭髯挂霜，即使房中摆满了火盆，盖了许多层被子也于事无补。

鹿难烛一直不明白，为何爹爹如此怕冷，还要固执地住在这么寒冷的村子里不肯出去。

她娘亲的医术很好，可每当爹爹发病，娘亲都束手无策，只能紧紧地抱着爹爹，用她那单薄的身躯为爹爹取暖，一直到爹爹恢复过来。

随着时间的推移，鹿难烛的爹爹“发病”的频率越来越高，最终在鹿难烛十二岁那年，她爹爹再次发病，情况空前危急。鹿难烛的娘亲依旧如往常一样，紧紧地拥抱着自己的丈夫，试图用自己的体温救回丈夫，可最后的结局，却是她的父亲活活被冻死了，而她的母亲也因此“感染”了这寒疾，身体状况每况愈下，也开始像鹿难烛的父亲那般发病。

鹿难烛同她的娘亲学习过不少医理，她听村中老人说天山雪莲可以对抗寒毒。

于是鹿难烛将自己的娘亲托付给了孙婆婆，一个人偷偷爬上天山，去寻找那传说中的天山雪莲……

苍天垂怜，她真的在一处绝壁上发现了一朵盛开的白莲。

鹿难烛在半山腰固定了绳索，将自己放下去，用冰凿在冰封的绝壁上凿出些许凹槽用作支撑行走。可天山雪莲刚刚摘到手中，绳子却被突出的尖冰磨断了，鹿难烛坠入了万丈深渊……

鹿难烛掉入谷底一处终年不结冰的寒潭侥幸不死，并在那里经历了一番奇遇，可是当她终于有足够的力量跃出谷底，回到世隐村的时候，已是两年后。

天山雪莲早已枯萎风干，而她的娘亲，也已经去世了。

鹿难烛悲痛不已，在父母的坟前哭了很久。她摸着冰冷的墓碑，见上面写着：陆氏三郎，陆氏幺妹之墓……

看着墓碑上的字，鹿难烛的心隐隐作痛，整个世隐村，包括鹿难烛自己都不知道她父母的名讳，只知道他爹叫娘亲“幺妹”，而她娘亲唤爹爹“三哥”，至于他们二人的真实姓名，夫妻俩一直讳莫如深。

谷底的那两年，鹿难烛虽然被万丈寒冰困住，却知晓了不少江湖事，她知道这“世隐村”是百年前的怪侠一手创立的，为了庇护在江湖上并未作恶却无立锥之地的人。

由于怪侠曾力挫江湖名宿，天山成为江湖客们的禁地，当年有不少走投无路的江湖人士冒死闯入天山请求怪侠的庇护，于是便有了这世隐村。

鹿难烛也明白了，她爹爹根本不是得了什么怪病，而是被某种阴寒的内力所伤。儿时的记忆终于有了解释，鹿难烛不知道对方有多可怕，竟可以逼得她的双亲至死都不敢踏出天山石碑一步，连名字都不敢讲给自己听。

好在鹿难烛曾经在他爹爹的胸口上发现了这九瓣莲花图腾，也许这图腾的背后藏有她父母的秘密。鹿难烛并不是秉承着复仇的心态去寻找真相的，在这个与世隔绝、民风淳朴的村子中长大的鹿难烛，性子温和且心地善良。

她只想知道埋藏在岁月之下的秘密，她的心中有太多疑问，她想知道真相，届时若是自己的父母有错在先，这段恩怨便任它随风而逝；若自己的双亲是被奸人所害，为人子女自然要讨回公道！鹿难烛始终相信，这世间的万事万物，都逃不开一个“理”字。

其实最重要的是，她想知道自己父母到底是谁，她可以不在乎父母的过去，可是她想知道他们的名讳，至少要重新立一块碑，这好似“无名氏”的墓碑，鹿难烛每次见了都会无比难受。

可大半年下来，鹿难烛几乎踏遍了整个江湖，也没有看到类似的家徽或印旗，更没有听说何人的武功内力与他爹的内伤相似。反倒是她为了掩盖目的随手偷盗，触犯到了这些“名宿豪门”的威严，成为各路赏金猎人的头号目标。为了不给世隐村仅存的五户人家引来灾难，鹿难烛越发小心起来。

鹿难烛小心翼翼地将布片折好，放在枕头下，心想自己是不是寻错了方向？

她抬手摸了摸自己光滑细腻的脸庞，“丑侠”这个名号，倒不是她刻意杜撰的。

四年前鹿难烛掉入寒潭侥幸不死，从寒潭里爬上来的时候却险些被冻死。当时她抬眼望去，寒潭的四壁都是万丈寒冰，她不会武功而且衣衫湿透了，根本不可能逃出生天。

就在鹿难烛绝望地环顾四周之际，在一处峭壁上，她发现了一个冰洞。当时的鹿难烛已经快被冻僵了，想着能避避寒风也是好的，于是用冰凿一路向上凿出了些许能容她攀爬的小洞。

等鹿难烛进入冰洞后，却发现洞中居然有人住过，而且洞里存放了干柴和打火石。鹿难烛大喜过望，在火盆里生起了篝火烤衣裳，更让她惊喜的是，冰洞中居然还有一张暖玉床！

鹿难烛在山洞中将就度过一夜，对洞中的一切并不妄自探寻。

第二日，鹿难烛沿着原路从绝壁上爬上去，做了无数次的尝试，也没能逃出去，最后又以坠入寒潭收场。她又冷又饿，烤干了衣服后又在寒潭中抓了一尾肥鱼烤了果腹。

如此往复，已过数日。

鹿难烛看着已经有些干瘪的天山雪莲，心里难过又绝望。她环顾冰室四周，只见用冰雕成的书架子上摆了好多藏书。她误闯冰室只为避寒，本无意擅自翻动主人旧物，却因在这谷底被困了数日，百无聊赖，便朝着虚空处告罪一拜，然后从书架上取了一本书看了起来。

时间匆匆而过，鹿难烛发现这冰洞中的藏书极多，涉猎内容多为风雅之物，比如琴棋书画、人文风情。

鹿难烛一本接着一本地读着，很快看完了洞中的藏书，就在鹿难烛将最后一本书放回原处的时候，令人难以置信的事情发生了——冰洞内突然传来机关的响动声，一处冰墙上开了一道暗格，露出一方锦盒来。鹿难烛走过去打开锦盒，发现里面放着一本由特殊油布制成的书，封面上写着龙飞凤舞的三个大字：天魔功。

鹿难烛翻开《天魔功》，只见扉页上写道：此功天下无双，唯女子可练，若练此功，容貌必毁。

鹿难烛心中暗道，天下竟然有这样的功夫，世间女子皆爱美，谁又会为了一门不知威力如何的武功自毁容貌呢？

鹿难烛翻过扉页，第二页写道：是谁说盖世大侠就一定要英俊潇洒、风流倜傥？那只不过是尔等庸人的痴心妄想罢了……

鹿难烛盯着上面的字迹心有所悟，她觉得这本书的作者，一定是个放荡不羁、逍遥洒脱的狂人，可鹿难烛又想了想，既然这本书只有女子可练，那书的作者想必也是位奇女子了。

鹿难烛皱了皱眉，可女子……有用“风流倜傥”“英俊潇洒”这种字眼来形容的吗？

鹿难烛看了一遍又一遍，百思不得其解，却对这本书的作者暗暗敬佩了起来，她已经想象到了这本书的作者那狂傲的样子。

鹿难烛微笑着翻过这一页，见第三页写道：习得天魔功可跃出谷底。有缘人，是不是瞪大了眼睛？其实你的心思并不难猜，毕竟这里是天山禁地，谁会到这鸟不拉屎的谷底来？我猜得没错吧，你肯定是摔下来的，并且又出不去，困在我这冰洞中很多天了，不然你怎么会无聊到把架子上那么多无聊的书都看完了，哈哈哈。如果你是男的，那么很抱歉你虽大难不死，但不够幸运，男子练了这功，定会体爆身亡；若你是女子，恭喜你，你有了一次出去的机会，不过需要用你的容貌来换。

鹿难烛瞪大了眼睛，她虽然不太理解这一段话中的一些措辞，但是大概的意思她还是明白的：练了这功夫，她就可以出去了！

这对于鹿难烛来说，根本不用选择。并不是她不在乎自己的容貌，而是她的娘亲还在家中，等着她的天山雪莲救命。

鹿难烛没有再去细细推敲这一段话中古怪的措辞，而是直接翻到了下一页，只见上面写道：你若能练成这天魔功，便可潜入这寒潭之底，下面有我送给你的礼物，从今日起，你也算是我的传人了。我不知道等你看到这本书时会是什么时候，但你至少要知道你师父的名字：君莫笑。

鹿难烛见字迹的风格大变，情不自禁地摸了摸这张油布，结果沾了一手墨，这右下角“君莫笑”的署名依旧龙飞凤舞，不难看出用笔之人十分张扬，但是上面的这段字迹与署名和之前的内容有所不同。

笔力内敛，笔锋沉稳，而其他的内容皆是写好之后用特殊的手法浸过油，而这段文字是写在油外面的，是以用手一碰，墨就掉了，显然是后来加上去的。

鹿难烛想不明白怎么回事，最后她把这一切归结于：可能是这位“君莫笑”浪荡江湖，归隐之后故地重游，又加了些东西进去。

鹿难烛坐在暖玉床上用手指摩挲书页，自言自语：“君莫笑……好熟悉的名字。”

突然，鹿难烛心头一跳，惊呼道：“怪侠！”

此后，鹿难烛便全心全意地修炼天魔功，果然如同怪侠君莫笑说的那样，随着功力的精进，鹿难烛的容貌越来越丑，先是全身皮肤变得粗糙不堪，之后就连五官也开始变形，当天魔功修炼到第八重，鹿难烛透过寒潭的水面看自己的倒影，发现自己已经变得奇丑无比，让人无法直视。

天山雪莲早已风干，但鹿难烛已经有了足够的信心，凭借她现在的功力，完全可以逼出她娘体内的寒毒。

当天魔功突破了第八重，鹿难烛一刻都不想再等了，她感觉自己迈入了一个全新的境界，无论是五感还是内息，都上升到了空前的高度。

鹿难烛站在谷底，仰望万丈绝壁，心中升起一种感觉：这次她一定可以出去。

鹿难烛深深地吸了一口气，将内息提到最高，一跃而起！凭借着强大内息的支持，鹿难烛在空中连续叠步百余次，终于逃出生天！

鹿难烛高兴得跳了起来，片刻不停，一口气冲回了家中。

结果，她还是回来晚了，她的娘亲已经去世，而且鹿难烛丑陋不堪的容貌吓坏了村民。鹿难烛没有办法，只能匆匆拜别父母，又逃回天山谷底。

彼时的鹿难烛天魔功并未大成，她用了一个月的时间走出心魔，继续潜心修习天魔功。

一年后，她到达了第九重，当她突破第八重的瓶颈时，从丹田处冒出了一股非常霸道的力量，瞬间就席卷了鹿难烛的四肢百骸，犹如汪洋之水，绵延不绝、汹涌澎湃地冲击着鹿难烛的身体。

鹿难烛席地而坐，紧咬牙关，拼尽全力去抵抗这股力量，她护住灵台穴，避免自己走火入魔。

可这股力量实在太过霸道！很快，鹿难烛便衣衫尽湿，七窍渗出血丝，最后她身体的每一个毛孔都在渗血，这股霸道的力量将附着在鹿难烛身上的血珠尽数化为缭绕的血气，包裹着她……

也不知道过了多久，鹿难烛失去了意识。等她再次醒来，先是闻到了一股刺鼻的恶臭，险些让她呕吐，接着鹿难烛一个鲤鱼打挺，纵身跃入寒潭，美美地洗了个澡。

她本以为自己死定了，就算侥幸不死，也该武功尽废才是，可她醒来后却觉得无比舒服，仿佛每个毛孔都能呼吸一般，功力不但没有消失，反而比从前充盈不少！

而且鹿难烛惊喜地发现，原本这刺骨的冰水现在居然有了一种温热的感觉！

鹿难烛高兴之余想到了怪侠君莫笑的话，于是她吸了一口气，潜入寒潭。

一路潜下去，过了两刻钟才见底，鹿难烛心中惊奇：这天魔功到了第九重，竟然有如此大的威力。

果然在寒潭底发现了一个被锁链缠住的长匣，她将匣子抱在怀中，一口气浮出水面，大口地呼吸着新鲜空气，畅快地甩了甩湿漉漉的长发。晶莹的水滴在空中划出优美的弧度，它们再次回归寒潭，掀起层层涟漪。

鹿难烛上岸，打开木匣，里面的东西让鹿难烛再次惊呆了。只见在木匣中，有一个几乎与木匣一般大的透明瓶子！

鹿难烛活了十七年，从未见过这样的瓶子。触手冰凉，用手指一敲还会发出“丁零”的脆响声。鹿难烛捧着瓶子研究了好久，也看不懂是何材质，她打开瓶塞，倒出里面用油布包好的东西。

剥开层层油布，她发现这是丑侠留给她的三件东西：

第一件是银白色的软甲，看上去好似护甲，重量极轻。

第二件是一封信。

第三件是一把兵器，也不知是年代久远还是内藏玄机，这把剑从剑柄到剑身都布满了一种特殊的铁锈，根本看不出它原本的样子！

“难道……师父她老人家，当年就是用这么一把生锈的剑纵横江湖吗？”

带着心中的疑惑，鹿难烛拆开了怪侠留给她的信，只见信上写道：

传人，你好。

我不知道你的名字，也不知道你拿到这些东西的时候，已过了多少年，如今我将这些东西尽数交于你。这把剑，名叫沧龙剑，是一把难得的神兵利器，此剑定能让你如虎添翼。当年这把沧龙剑与凤血刀齐名，若是可以，我希望你拿着这把剑去会一会凤血刀的传人，说不定有意外的惊喜。

那件白色软甲是刀枪不入的绝世护具，天下只有沧龙剑和凤血刀能破开这件软甲的防御。你穿上吧，我已经给它起了一个新名字：银龙内甲。

是时候告诉你一些事情了，当你看到这封信的时候，我已经不在这个世界上了，山下的世隐村是我庇护的一些在江湖上走投无路但并未作恶的人。他们很可怜，我希望你可以拿着这把剑，好好地保护他们。我真的不知道你现在看到这封信时会是什么时候，也不知道天山下的石碑是否还有震慑力，如果我的余威已经不在了，那么请你再次打出一片天下来，继续守护这座山，保护世隐村的村民。

我已经没有其他的心愿了，只希望你守护好天山。另外，一定要会一会凤血刀的传人，用这把沧龙剑和他较量一番。

还有，江湖险恶，日后你若在江湖上遇到了什么避不开的凶险，大可以逃回天山来。你有两个选择可以保命，一个是登上天山之巅，天山万丈寒冰，当年除了我，没有人能够登顶，一会儿你就可以试一试；如果你登不上去，在半山平台上的西北边还有一处断崖，你可以跳下去，下面是一条暗河，你有天魔功护体，跳到河里可保平安。

对了，看完这封信，连着《天魔功》一起烧掉，《天魔功》已经不需要第二个传人了。

最后，就当为师与你这个素未谋面的徒弟开了个小小的玩笑吧，你照照镜子。

鹿难烛看完信后，依旧一头雾水。信中有太多她看不懂的词语，可她并未深思，也许这就是她的师父被尊为“怪侠”的原因吧。鹿难烛心中惋惜：原来师父她老人家在写下这封信后没多久便不在人世了，难怪这封信的笔势和《天魔功》上那龙飞凤舞的笔势全然不同，笔锋倒是更像《天魔功》第四页上后来写上去的那些字，看来是因为师父已经历经了人世沧桑，笔力才会变得如此内敛。

想到此处，鹿难烛便生出了一股羡慕之情：师父她老人家走到人生的最后阶段还能保持这种心境，她希望自己如果有一天老去，也可以活得如师父一般洒脱。

鹿难烛规规矩矩地对着《天魔功》磕了三个响头，按照君莫笑的吩咐，烧了信和《天魔功》，并穿上了银龙内甲。这内甲自带一股力量，紧紧地贴着她的身体，却并没有束缚的感觉，只不过她的胸部因为这内甲平坦了不少……

鹿难烛提着锈迹斑斑的沧龙剑，走到寒潭边，借着水面打量自己。

“哐当”一声，宝剑脱手，鹿难烛难以置信地摸着自己的脸庞，而水中那美到令人窒息的女子也伸出双手，抚摸自己的脸颊，眼中的惊愕与鹿难烛本人眼中的情绪一般无二。

鹿难烛呆滞良久方才缓过神来，既感到敬佩又有些哭笑不得，这君莫笑称号里的“怪”字，真是当之无愧！

……

鹿难烛从回忆中回过神，脸上带着笑意。她虽然没有见过自己的师父，但是打心底里敬佩着她，无论是怪侠那未卜先知的心智，还是放荡不羁的个性，无不令鹿难烛折服。

鹿难烛因修习《天魔功》，容貌经历了“大丑大美”，因此变得不再执着于外在。当年她顶着一张丑脸，第一次回到村子时，吓坏了不少村民。那时世隐村还有二十多户人家，等她修成天魔功再度回来的时候，村中只剩下了五户，其余的人家都被她这个“妖怪”给吓跑了。

留下来的大多是上了年岁的人，他们从小就生活在这里，从未离开过，如今已是暮年之躯，更是无处可去了。

特别是孙婆婆家，家里还有两个小娃娃。

鹿难烛决定好好守护这方土地，所以她的身份绝对不能被泄露出去。于是她戴上面具，面具之下又戴了一张奇丑无比的人皮面具。这是她从北丑一族买来的，为了防止面具脱落露出本来面目。

因为银龙内甲使得鹿难烛的胸部平坦了不少，于是她灵机一动，甚至将性别也进行了伪装，村中也没有人知道她就是丑侠。只有这样，她才能更好地保护世隐村。

这次出谷，鹿难烛探听到下个月十五，武林各大门派将齐聚天穹山，共商屠魔大业。她打算到那里去看一看，说不定会有关于父母身份的线索！

鹿难烛在村中等了七日，到今天已经是二十五号了，距离下个月的十五之期不远了，但她还是想亲眼看到小虎子复明后再离开。

那天，鹿难烛看着孙婆婆祖孙三人抱在一起幸福地流泪，自己也跟着幸福了起来。

世隐村仅存的这五户人家，她要替自己的师父好好守护。

鹿难烛和孙婆婆交代了几句，便再次于一天夜里，穿上银龙内甲，用特殊的药水将露在外面的皮肤都涂成了小麦色，戴上人皮面具，穿上粗布男装、芒草鞋，再戴上木质面具，拿上沧龙剑，趁着夜晚，以轻功飞出了世隐村。

第二章

这片江湖，如今呈二分之势，以天穹山为界，西南半壁盘踞着正道人士口中的“魔教”。中原武林大片的土地掌握在正派手中，而鹿难烛所在的天山在东北角，气候寒冷，人迹罕至，避于武林之外。

鹿难烛需要用二十天的时间横穿半片江湖，赶去天穹山。

此次大会由天穹剑派广发英雄帖，目的为召集天下群雄，共赴天穹山商讨屠魔大业。

不过，根据鹿难烛探听到的，事情根本没有天穹剑派说得那般乐观。

天穹山高耸入云，素有群山翘楚之称，上山的路只有一条。天穹剑派建在这易守难攻的山上，颇有“一夫当关，万夫莫开”的气势。

其实在几年前，天穹山并不是魔教和正派武林的交界线，只不过这几年魔教声势越发浩大，一连吞并了不少周遭势力，一路向中原推进，到了天穹山下，才被这天险阻碍了步伐。

如今魔教已经盘踞在了天穹山下，天穹剑派还要将此次集会定义为“屠魔”大会，似乎有些强要颜面的意味。

鹿难烛并不想插手江湖事，不过这次确实是一个千载难逢的好机会。天穹剑派作为五大门派之一，号召力不言而喻，届时分散在中原广袤土地上的各门各派都会出席，她可以直接在门派如林的大会上探查，总比她一个人四处奔走要省时得多。

鹿难烛来到莫苏城内，这里已是中原地界，她仍旧穿着那身潦倒的行头，戴着面具，不过为了隐藏自己的身份，她已经将沧龙剑用布包好，背在了身后。

戴面具的人还是有很多的，因此单凭一张面具，外人无法识别她的身份。

鹿难烛已经赶了十天的路，她准备买一匹马，骑着马赶完剩下的路。可是她并没有钱买马，每次去“劫富济贫”她拿的东西都很少，换来的钱都用来给世隐村的村民买生活必需品了。

鹿难烛朝怀中摸了摸，里面有一支玉簪，是她上次去华夏山庄给小虎子找夜明珠时顺手拿来的。玉簪做工精美，合了鹿难烛的眼缘，她没舍得卖掉，毕竟她活了十七年，还没有一件首饰。

鹿难烛看着手中精致的玉簪，心中不舍，可是她的干粮已经不多了，还需要买一匹马，只能把它暂时典当了。

“真是一支好簪！”

鹿难烛循声抬眼看去，不知什么时候，在她五步开外站着一位少女，少女穿着一袭白衣，腰间没有配饰，手中提着一把剑，头上戴着斗笠，垂下的白纱遮住了她的容貌。

鹿难烛通过女子的身段和声音，判断出对方年纪不大，大抵和自己相仿。

在女子身后跟着两位黑衣男子，也各自拿着兵器。

鹿难烛透过面具上的小孔扫了一眼，从气息上感觉出这三人都是高手，特别是打头的女子，自鹿难烛的天魔功练成后，五感十分敏锐，可在女子出声之前，她竟然并未察觉到女子的存在。

鹿难烛并没有答话，而是透过木质面具上的小孔看着眼前的少女，心中暗道：这女子的武功，恐怕不在我之下。

公孙晴耐心地等了片刻，见对方不答话，也不恼，朱唇轻启：“我见公子身后背着兵器，想必也是江湖人士，这支玉簪乃女子之物，公子是要把它送给旁人吗？”

鹿难烛摇了摇头。

公孙晴继续说道：“既然如此，不知公子可否将这支玉簪让给我？”说着，她从怀中掏出一小锭元宝，“公子觉得这个价钱如何？”

鹿难烛看了看女子手中的元宝，足够世隐村全村生活好一阵子了，可是她并不打算将玉簪这样卖掉。

鹿难烛再次摇了摇头，转身就走。

公孙晴看着鹿难烛离开的背影，抬了抬手，挡住了要跟上去的手下。

男子颇为不解，压低了声音问道："圣女？"

公孙晴勾了勾嘴角，道："你不是他的对手，别忘了我们这次出来的目的，可别坏了事。"

男子退了回去，恭恭敬敬地说道："是。"

公孙晴看着鹿难烛的背影，带着两位手下跟了上去。

鹿难烛虽然离开，但一直没有放松警惕，感觉那三人跟了上来，皱了皱眉。她并不想因为这支簪子惹上不必要的麻烦，便佯装没有发现身后的人，慢悠悠地走了几条街，终于发现了一家当铺，为今之计也只好先将簪子暂时脱手，日后赎回，一可解燃眉之急，二可摆脱麻烦。

"公子爷。"掌柜并没有冷落穿着落魄的鹿难烛，而是热情招待。

"掌柜，我要典当，活当。"鹿难烛开口道。

"不知公子要典当何物？"掌柜问道。

鹿难烛将簪子递给老板，老板接过后打量了一番，看了看簪子，又看了看鹿难烛，脸上堆笑道："不知公子爷是需要老朽估价还是您自己喊价？"

"估价就不必了，这支簪子我日后要赎回的。我需要买一匹马和一些干粮，掌柜看着开价就行了。"

"既如此，二十两如何？"掌柜问道。

鹿难烛点了点头，掌柜痛快地开了当票，收下簪子，将两锭银子和当票交给鹿难烛，热情地说道："公子，这是您的当金和当票，当票您要收好，三年内凭当票赎回，逾期我们会按照死当来办的。"

鹿难烛拿着银子离开了当铺，而这一切都落入了公孙晴的眼里。

这次公孙晴没有再跟着鹿难烛，她相信用不了多久，他们还会见面的。

可鹿难烛不知道的是：这间当铺正是华夏山庄旗下的产业，掌柜一眼就看到了簪子上小小的“怡”字，再加上簪子特殊的做工，已然知道这根簪子真正的主人。不过当铺掌柜八面玲珑，并没有让不通人情世故的鹿难烛看出端倪。

待鹿难烛一走，他立刻离开柜台，将事情的经过详细写在纸上，取过信鸽，将纸条卷好，放入绑在信鸽腿上的竹筒内，将信鸽放了出去……

鹿难烛在莫苏城内停留了半日，找了一间客栈打尖儿，她洗了澡、用过饭后，休息了一个时辰。等到新一屉干粮蒸好，鹿难烛买了一些，又到城南花了五两银子买了一匹四蹄健硕的马。可见掌柜给的价钱还是很公道的，剩下的十几两银子不仅能支撑她赶到天穹山，就连回去的路费也都够了。

鹿难烛在城门关闭的前一刻出了莫苏城，她不怕夜宿荒郊，与之相比她更怕有人尾随。

不知何故，自打白日里见过那白衣女子之后，鹿难烛的心头总感到隐隐不安，她总觉得还会有事情发生，再加上女子那高深莫测的武功，也给了鹿难烛很大的压力。

鹿难烛初入江湖，涉世未深，深感万事都得小心。

好在一路平安无事。鹿难烛日夜兼程，终于在当月十四日，屠魔大会召开的前一天，赶到了天穹山下。

天穹山壁立千丈，三百年前天穹剑派便创派于此。天穹山下有一小镇，原先也是热闹非凡，不过近来魔教蠢蠢欲动，小镇百姓纷纷北迁，冷清了不少，这次屠魔大会召开，又让这个小镇恢复了往日的喧嚣。

鹿难烛没有收到英雄帖，在此等特殊时期，想要上山，恐怕还要费些心思。

鹿难烛站在山下向上打量，这天穹剑派果然谨慎，在山底下就设立了关卡，四名守山弟子正在检查上山人的英雄帖。她不着痕迹地向上看去，见上山的唯一一条路上，每隔不远就会有几名弟子守着，想要混上去，恐怕很难！

至少白天是不行的。

鹿难烛并不打算就此放弃，她转身向后山走去。凭借着她的身手，光滑的冰壁她都上得去，何况天穹山呢？

鹿难烛绕到后山，一路上她的心情却越来越沉重。没想到天穹剑派居然在整座山下沿着一周都安排了守山弟子，每走五十步左右就有几名守山弟子。

戒备如此森严，鹿难烛也不是不敢闯，只是怕在如此敏感的时刻一旦被人发现，会惹来许多的麻烦。

鹿难烛无奈，只好回到天穹山下的小镇上，看看还有没有其他办法……

就在鹿难烛思考对策的当口，她突然感觉到背后有人，于是猛地向前一跃，在半空中转身，手已经按到了沧龙剑的剑柄上。

看到身后的人，鹿难烛迟疑了片刻，最后翩然落地，没有拔剑。

鹿难烛没有说话，她的声音并不像男子，是以即便戴着面具，她也很少说话，避免暴露太多女性特征。

“你的功夫不错，不过江湖阅历太浅。我已经跟了你一圈了，你才发现。”对方开口说话了。

鹿难烛看着几步开外的白衣女子，她依旧戴着斗笠，正是那日想买鹿难烛玉簪的人，没想到她也来了。

鹿难烛松开沧龙剑，看着女子一言不发。

“你是不是想上山？”女子问道。

鹿难烛：“……”

公孙晴见鹿难烛依旧不语，干脆迈步走到鹿难烛的身前，鹿难烛虽然没动，身体却已做出戒备之态。

女子仿佛没有察觉到一般，压低声音对鹿难烛说：“你知不知道你刚才绕了天穹山一周，已经引起了他们的注意？现在天穹剑派草木皆兵，你这么特别的打扮，很容易被记住的。”

“不知足下，意欲何为？”鹿难烛压低声音说道。

“也没什么，我手里有一张英雄帖，一张帖子可以容四人上山，我带上你，如何？”那女子提议道。

当鹿难烛一行人顺利上了山的时候，这次“屠魔大会”的重要力量之一也到了天穹山。

这次华夏山庄虽然只派了两位长老来，但随行的还有华夏山庄下一代庄主夏秦怡，分量是足够的。

华夏山庄作为江湖上不容小觑的一方势力，英雄帖自是与别家不同，一张英雄帖可以带二十人上山。

夏秦怡自从几日前接到了一封飞鸽传书，心情便阴郁了起来：她没想到那个小偷居然偷了她的玉簪去典当，而且只当了二十两！这简直就是对她的一种侮辱，她的东西何曾有一件是那么廉价的？

好在信中说那个丑八怪似乎打算赎回，夏秦怡这才压下了心思，立刻派了一些得力人手埋伏在莫苏城。

一个男子竟然如此钟爱女子物件，想到这里，夏秦怡打了一个寒战，她对丑侠的印象更差了。

“大小姐！”

“嗯？权叔叔。”

夏权见夏秦怡神游太虚，有些无奈，他扫视了一圈，走到夏秦怡的身边压低声音说道：“大小姐，这次大会可是您立威的良机，如果老夫预料得没错，此次大会定有比武切磋的环节。大小姐这些年深居简出，尚未在江湖上打响名号，如今大小姐也长大了，日后庄中的大小事务还要由您来一肩扛下，您可要准备好了。”

“嗯。”夏秦怡点了点头应道，夏权长老说的，她又何尝不知？

自己的父母去世得早，当年多亏三爷爷力排众议，才敲定了自己下一代庄主的身份，这么多年来自己虽然顶着大小姐的身份，但庄中，特别是二房、四房的人，多有不服。

夏秦怡瞥了一眼跟在队伍中的夏秦泽，他是二房的嫡孙，也是同自己争夺家主之位最有力的竞争者之一。这次四房倒是没有派年轻一辈的来。

夏秦怡乃华夏山庄的嫡长房所出，可惜自己的亲爷爷去世得早，自己的爹爹当上庄主后，头上还有三位长辈，诸多身不由己。娘亲生下自己后便撒手人寰，作为爹爹唯一的嫡女，从小备受宠爱，只是在自己八岁那年，父亲遭遇魔教中人夺取风血刀，虽然父亲最后保住了风血刀，避免其落入魔教之手，但自己也身受重伤，没过多久便离开人世了。

现在华夏山庄嫡长房一脉只剩下夏秦怡，多亏了她三爷爷的多年呵护，这才保住了她继承人的身份。

夏秦怡虽然被娇惯得有些大小姐的脾气，但从小在这样一个庞大又复杂的家族中长大，她的心智和阅历远远比她实际的年龄要成熟得多。她明白“木秀于林，风必摧之”的道理，所以多年来她一直韬光养晦，如今她已十六，是时候露出“獠牙”了。她不能辜负三爷爷的期望，更不能辱没了祖辈的声威，更何况自己的父亲因魔教而死，这次屠魔大会，她自是当仁不让！

夏权将夏秦怡的表情变化尽收眼底。从前他一直跟随在夏秦怡父亲的身边，如今看着夏秦怡也能独当一面，他感到欣慰不已。

二十人浩浩荡荡地上了山，入得天穹剑派，受到了最热烈的欢迎。掌门亲自迎接不说，还为华夏山庄安排了一个单独的院子。

与华夏山庄的特殊待遇相比，鹿难烛四人的境况就没有那么好了。他们被领到了剑派弟子的房间里，虽然房间不大，但好在也是一人一间。

鹿难烛安心地坐在房中，并未出门，而在相隔两间房的另一间房中……

两位黑衣男子得到允许进入了公孙晴的房间，未等坐稳，其中一人便开口问道：“小姐，属下不明白，您为何要带上那人？”

此时的公孙晴已经摘掉斗笠，露出了她的本来面目。

听到问题，公孙晴微微一笑，狭长的狐眼中闪过一丝精光，她开口道：“荒火，你的性子未免太急躁了些。此人年纪轻轻身手便远在你二人之上……”

听到公孙晴的话，另外一位男子露出惊愕的神色，张了张嘴，见公孙晴的目光扫了过来，立刻闭上了嘴巴。

公孙晴冷笑了一声，继续说道：“我知你二人不信，但别说是你们二人，就算是我，三百招之内也未必能和他分出高低。”

“属下不敢！”二人连忙告罪。

公孙晴的面色稍缓，继续说道：“此等英才，却一身潦倒，甚至要靠典当赃物来换取盘缠，可见在江湖中并无根基，若是能将此人拉入圣教岂不美哉？”

“圣女英明！”那二人称赞道。

公孙晴勾了勾嘴角，她的话并没有说完，通过那支玉簪和上山途中与鹿难烛一路上的相处，她已经知道对方并非是一个好拉拢的人，不过这不要紧，她自有手段让他归顺。

此刻的鹿难烛还不知道自己已经被人算计了，她一直生活在避世的天山下，对于这片江湖，她还知之甚少。

她自恃有自保的能力，因此虽答应了公孙晴的提议与她一同上山，却并没有看透隐藏在对方相邀之下真实的目的，她活得纯粹，不懂人心的复杂。

入夜，热闹了一天的天穹山重归平静。

鹿难烛从床上翻身而起，来到窗前，轻轻地在窗户小格上戳了一个洞向外看去。此时已经接近午夜，院中居然还有弟子在巡山。

鹿难烛无奈地叹了一口气，心想：山上高手云集，她不敢贸然行动，看来还是要等到白天了……

鹿难烛回到床上，将用布包好的沧龙剑抱在怀中，把木质面具卸下放在一旁，脸上仍旧戴着丑陋不堪的人皮面具，进入了梦乡。

第二日，在众人用过早饭后，演武场上的钟被敲响了。

鹿难烛出了房间，本不想再与白衣女子同行，却不想刚踏出房门，就看到了站在门口的白衣女子。

面具下的鹿难烛皱了皱眉，未及开口，便听那女子说道：“我们四人是一同上山的，若不一起出现，岂不惹人怀疑？”

鹿难烛没有办法，只得跟在女子身后。

公孙晴走在前面，唇边绽放出得意的笑容。她果然猜得没错，这人的江湖阅历很浅，也不想想，大会上这么多人谁会在意他们这些“无名小卒”？

天穹山上的演武场很大，天穹剑派已经在演武场的四周搭了高台，并在演武场的正中摆了擂台。

难得江湖各派齐聚一堂，以武会友总是免不了的，同时还能在切磋中看看各门各派新一代的实力，这也是各大门派在不伤和气的前提下，展示自己力量的一个很好的途径。

鹿难烛一眼就看到了坐在高台上的夏秦怡。在诸多上了年岁的人中，无论是夏秦怡那一身火红，还是她那青春靓丽的外形，都很引人瞩目。鹿难烛对她有很深的印象，毕竟二人初次见面的场合很特别。

想到当日这少女义愤填膺的模样，鹿难烛有些心虚，想着莫要让夏秦怡认出来才好……

鹿难烛朝着白衣女子的身边靠了靠，随着人流来到了擂台下。

鹿难烛一边走，一边朝着悬挂在演武场四周的各派印旗看去，并没有看到她一直寻找的图案。她不免有些失望，同时困扰在心头的疑惑更深了：难道爹爹胸口的图案，有其他特殊的含义吗？

“咚咚咚……”随着一阵紧密的鼓点，鹿难烛敏锐地向右看去，只见一直站在天穹剑派掌门身后的青年男子足下一点，从高台上跃起，但是高台距离擂台数丈开外，是不可能一口气到达的。

果然，男子在快要落地的时候，正好踩在天穹剑派另外一位弟子的肩膀上，借力再次跃起，如此往复三次，安然落在擂台正中。

男子落地，人群立刻暴发出了喝彩声：“好！”

“好漂亮的飞鹰三抄水！苏少侠好身手！”

“是啊，苏少侠才三十出头吧？轻功已然大成，天穹剑派果然人才济济。”

鹿难烛听着身边江湖客的诸多赞美，感到有些诧异。平心而论，她并不觉得那男子的这手轻功有多出彩，换作是她的话，只需借力一次。

“哼……”鹿难烛听到一声冷笑，转过头看了看身边的白衣女子，然后再次将目光投向擂台。

苏慕白听到台下的喝彩声，并未露出骄傲的神色，而是向前迈了一步，以左手搭右手抱拳，躬身朝四方各一拜，开口道：“各位英雄，在下乃天穹剑派第三十八代弟子苏慕白，向各位英雄见礼了！”

苏慕白行礼的手势和谦逊的态度，立刻赢得了众人的好感，喝彩之声又起，就连坐在主位上的天穹剑派掌门，看到这一幕也满意地点了点头，捋了捋垂到腹间的长须。

“感谢各位英雄远道而来，共商屠魔大业，造福武林苍生。今日我派特此设下擂台，供各位英雄以武会友，优胜者我派还准备了微薄奖品，以表其勇。比武规则很简单，凡跌出擂台者、主动认输者，均告负，以战到最后的擂主获胜！刀剑无眼，还请诸位英雄点到即止，我派先派出一位擂主！”苏慕白将比武规则昭告众人。

“好！”众人应道。

“明远！”苏慕白喊了一声，从台下跃上了一位二十岁上下的男子。

“这位是我师弟陆明远，是第一回合擂主，比武切磋正式开始。”苏慕白说完，将擂台让给了陆明远，自己则退到一旁，充当裁判。

没让鹿难烛等多久，马上就有一人跃上了擂台。

公孙晴看了看身旁的人，耐心地解释道：“江湖上有不少散客，这种场合的前半段是他们大展身手的好机会，一来呢，是在江湖上为自己博取几分名声；二来若是被高台上任何一方势力看中，也许会被招致门下。”

鹿难烛听完，恍然大悟地点了点头。

“陆公子有礼了，在下南洲王虎，领教。”那人自报家门。

“请。”陆明远道。

王虎将手中的金背大砍刀立于胸前，朝着陆明远冲了过去。

鹿难烛摇了摇头，心说：这王虎全身上下都是破绽，特别是下盘极为不稳。

陆明远捏着长剑左闪右闪，灵巧地避开了王虎的两次攻击，随即后退一步长剑出鞘，与王虎战在一处。

鹿难烛看得出来，这陆明远的功夫要比王虎高多了，不过是象征性地和王虎比画比画。

果然，十招过后，陆明远使出一式平沙落叶，扫在王虎的下盘。

王虎从地上爬了起来，自知不敌，朝着陆明远拱了拱手，灰溜溜地走下了擂台。

“承让了！”陆明远道。

“陆师弟蝉联擂主，还有哪位英雄上台赐教？”

……

陆明远坐足了三轮擂主后，被一位手持双刀的男子打败。

不过接下来的擂主却很少有能蝉联的，至多获胜一场就会被后来的挑战者击败。随着时间的推移，攻守双方的武功水平越来越高，打斗也越发精彩了。

鹿难烛看得津津有味。她很少与人正面交锋，多数时候是凭借着过硬的轻功避开对手。她其实非常渴望能与人切磋一二，看看自己的功夫到底如何，所以她才会应下燕云十八骑的战书。

那一次，鹿难烛轻松地破开了燕云十八骑的虬龙大阵，自此她对自己武功的信心倍增，可惜从那之后，再无切磋的机会。

怪侠留下的《天魔功》是一本内功心法，内里并无基本招式。所以鹿难烛的招式很匮乏，很多时候都是用最简单的劈砍，好在有强大的内力辅佐，因此威力同样惊人。

这次却不同了，台上的比试一场接着一场，各门各派的武功路数层出不穷，鹿难烛很快就看入了迷。她全神贯注地看着他们的招式，默默地将一招一式都记在心中，并且想象着，自己在什么情况下可以用到这一招，又会有怎么样的威力。

公孙晴数次转头打量鹿难烛，后者却浑然不觉。此时的鹿难烛好似一块海绵，疯狂地吸取着她所匮乏的东西。

渐渐地，这些简单的招式看得多了，鹿难烛难免有了些许乏味之感，这些千篇一律的招式已经不能满足她的需求了。

转眼，已经过去了两个时辰，就在此时，从高台上飞下了一位少年，与苏慕白一样，借力三次跳上了擂台，使用的身法却与苏慕白全然不同，这位少年的身法更加飘逸、洒脱。

鹿难烛看到这一手轻功，不禁眼前一亮。

少年落到擂台上，抖了抖衣襟下摆，手中握着长剑朝对手拱了拱手。

擂台周围的人群立刻安静了下来，鹿难烛也察觉到了异样。

公孙晴的声音适时在鹿难烛的耳边响起：“这位是华夏山庄的三少爷，夏秦泽。看着吧，重头戏来了。”

鹿难烛点了点头，不知不觉间，她已经放松了对公孙晴的警惕。

随着苏慕白宣布比试开始，夏秦泽飞身上前，却并没有拔剑，只是单纯以腿上的功夫，就令对手节节败退，疲于招架。

擂台下的看客们也开始窃窃私语：“果然是大家族的公子啊，功夫底蕴与我们这些人有天壤之别。那邵青松在江北一代也是颇有名望的侠客，看样子恐怕走不过十招了。”

“可不是嘛，人家都没有拔剑呢！”

“这夏三少去年行的冠礼吧？刚才看他那轻功可不在苏慕白之下……”

“哎，听说了吗？”

“什么？”

“听说这夏秦泽志在下一任庄主之位，去年他的弱冠之礼，华夏山庄的二老太爷办得非常隆重，风头可与大小姐的及笄之礼比肩……”

这些对话，尽数被鹿难烛听了去，她看着擂台上腿法一路虎虎生风的夏秦泽，又情不自禁地偷偷看向坐在高台上一袭火红装束的少女。

斗笠下的公孙晴看到鹿难烛的动作，勾了勾嘴角，事情好像越来越有趣了。

这场比试的结果毫无悬念，夏秦泽连兵器都没有用，就将对手踢下台去。喝彩声一浪高过一浪，夏秦泽不骄不躁地拱了拱手，转头看向高台，微微一笑。

夏秦怡冷冷地看着擂台上的夏秦泽，脸上丝毫没有平日里的大小姐神态。此时的她严肃持重，举止非常符合身份。

天穹剑派的掌门捋了捋胡子对夏秦怡说：“三少爷这三十六路

天罡腿法，真是得二老太爷的真传了。”

夏秦怡笑了笑，道：“世伯所言甚是，三哥的腿法确实出挑。”

夏秦泽一连击败三名对手，都不曾亮出兵刃，当第三名挑战者也在十招之内就被踢下了擂台后，擂台下站着的人里再也没有走出挑战者。

短暂的沉寂过后，高台上端坐的几位大人物，微微点了点头——留给江湖散客们展示自己的时间宣告结束，该他们五大门派展示实力了。

随着一阵猎猎之声，又一人从高台飞向了擂台。

鹿难烛注意到，这人中途只借力了两次。她眼前一亮，心想好戏开场了！

公孙晴奇怪地看着身边的鹿难烛，从刚才开始，这人几乎一动不动地盯着擂台，除了那几个人提到了华夏山庄的事情，分散了他的注意之外，再无波动。

即使隔着面具，公孙晴也能感觉到这人脸上涌动的兴奋，只是不明白他在高兴什么。

“在下烈刀门，孙兴，讨教三少爷的三十六路天罡腿！”挑战者自报家门。

“三十六路天罡腿……”鹿难烛跟着喃喃地念了一遍。

“噌”的一声，宝刀出鞘。

这次夏秦泽不敢大意，烈刀门的刀法以刚猛著称，面对与自己旗鼓相当的对手，他缓缓地拔出了手中的剑。

看到这一幕，高台上的夏秦怡笑了起来。别人不知道夏秦泽的老底，她却一清二楚，若是夏秦泽以腿法全力一搏，胜负还未可知，可他因为惧怕孙兴手中的兵器而舍弃了自己的长处，是输定了。

擂台上很快对过三招，鹿难烛皱了皱眉，心想：这夏秦泽的上盘功夫怎么这样差？她还想从夏秦泽身上学到更多的招式呢，这下怕是不成了。

烈刀门的孙兴虽然生得高大威猛，心思却很细腻，不出十招他已经看出了夏秦泽的问题，不过华夏山庄毕竟是名门，他不能让夏秦泽输得太难看。于是，孙兴硬是和夏秦泽对过百招，才找准夏秦泽的一处破绽，将刀架在夏秦泽的脖子上。

“嗯。”烈刀门的掌门满意地点了点。

“三少爷，承让了！”孙兴说道。

夏秦泽朝着孙兴拱了拱手，这个情他领了。

“好！”擂台下再次爆发出热烈的喝彩。

高台上的夏秦怡缓缓地起身了，道：“青竹。”

一直跟在夏秦怡身边的黑衣男子闻言，立刻将凤血刀双手奉上。

“大小姐？”夏权开口，他没想到夏秦怡竟然这么早就打算下场，要知道这种擂台赛越晚登场越有利。

夏秦怡回过头，对着夏权宽慰一笑，说道：“权叔叔，三哥是我华夏山庄的子弟，这一战自要由我接下的。”

主仆二人对视一眼，夏权已经明白了夏秦怡的用意，胸口一热，激动地点了点头，心想：当年那个需要人呵护的小娃娃终于长大了，老爷，您看到了吗？

夏秦怡不能与夏秦泽正面交锋，可她能用另一种方式让全天下的人都明白，她要强过夏秦泽百倍！

周围的人群一阵骚动，鹿难烛不明就里，直到公孙晴也“哟”了一声，她才顺着公孙晴的目光看去——那一身火红的少女走到了高台边。

“啊！是夏大小姐亲自出手了！”

“这夏大小姐出手得未免太早了吧？”

“你懂什么，华夏山庄的威严岂能折损？三少爷输了，大小姐讨回来，合情合理！”

“那就是传说中的凤血刀吗？”

听到“凤血刀”三个字，鹿难烛的心口一紧，她的目力极好，自然看清了夏秦怡手中那栩栩如生的凤凰刀柄。

鹿难烛怎么也没想到：夏秦怡就是凤血刀的传人！

看完怪侠留下的信时，鹿难烛便对“凤血刀”的传人隐隐存了些许期待，那是一种非常奇妙的感觉，仿佛是来自于一种传承。

因缘际会，她成了怪侠的传人，师父助她逃出生天、脱胎换骨，却只留下了两个微不足道的要求。

守护天山，鹿难烛自然是当仁不让，而“凤血刀”的传人，鹿难烛已经把“他”当成了宿命的对手。如今这个对手竟是她见过的，而且初遇的方式令人难忘，这种感觉别提多奇妙了。

夏秦怡足下轻点，纵身而起，在飞到最高点之时，她使出了一招鹞子翻身，犹如一支穿天箭，旋转着冲向更高的天空，她在最高点使出梯云纵，借力打力，飞到了擂台上。

夏秦怡的身手很妙，她虽然借力了一次，但并未落地，一招就让人断出了她与夏秦泽实力的高低。

“好！”这次的喝彩声是空前的。

看清夏秦怡的身手，鹿难烛暗喜道：看她年纪似乎比自己还要小，但单论轻功已经不在自己之下，想必这一轮的擂主是她的囊中物了。

“孙师兄，请了。”夏秦怡道。

孙兴朝着夏秦怡拱了拱手，将金背大砍刀立在胸前，高度戒备。

夏秦怡微微一笑，竟以左手持刀，在万众瞩目下，右手缓缓地取下了卡在刀身上的鞘。

“噌”的一声，神兵出鞘。

凤血刀出鞘的一瞬间，人群发出一阵惊呼。这凤血刀不仅刀柄是赤红色的，就连刀身也是，配合夏秦怡那一身火红的衣裳，炫得让人移不开目光。

鹿难烛的双眼一眨不眨地看着夏秦怡手中的凤血刀，后背发热。自己背着一把当年与凤血刀齐名的沧龙剑，却因保存不当，从剑柄到剑身已经布满了铁锈，丝毫看不出它昔日的样子了。

公孙晴微微向鹿难烛一侧走了几步，压低声音，问道：“你认识她？”

鹿难烛的身体一僵，摇了摇头。

可这微小的变化并没有逃过公孙晴的眼睛。

擂台上的两人已经做好了战斗准备，苏慕白也喊过了比试开始，可是二人都没有动。

孙兴手中的这把金背大砍刀足有四十多斤重，与烈刀门刚猛的刀法路数相得益彰，再反观夏秦怡，她在高大威猛的孙兴面前显得尤为小巧。

可即便如此，面对传说中的凤血刀，孙兴也不敢妄动。

夏秦怡见孙兴不主动攻来，便提着凤血刀主动出击！

孙兴怔了怔，见夏秦怡摆出“山门大开”的姿势，正面全是破绽，他毫不迟疑，怒吼一声，抡圆了手中的金背大砍刀，以一招“横扫千军”瞄准夏秦怡没有防护的腰部横切了过去。

这一招孙兴使出了全力，他打定了速战速决的主意，就算夏秦怡手中握有凤血刀，在双方力量悬殊的前提下，孙兴料定夏秦怡不敢硬接他的招数。

高台上的夏权看到这一式吓得直冒冷汗，多年来夏秦怡为了韬光养晦几乎从不出手，就连夏权也不知道夏秦怡的真正实力。

鹿难烛死死地盯着擂台上的情况，擂台下的众人也不约而同地屏住了呼吸，在他们看来，夏秦怡硬吃这一招怕是要吃亏的！夏秦怡却丝毫没有退步的意思，不仅如此，她的速度反而更快了！

孙兴的刀距离夏秦怡的腰部已经很近了，挡是来不及了！

在众人的惊呼声中，鹿难烛勾了勾嘴角。

“哦——”

原来，在千钧一发之际，夏秦怡使出了一招“旱地拔葱”，不仅躲过了孙兴扫过来的这一刀，并且以金鸡独立的姿势，立在了孙兴的刀背之上。

夏秦怡并未给孙兴任何喘息的机会，眨眼之间由轻转重，在金鸡独立的脚上使出“千斤坠”的功夫。

孙兴只感觉刀背上传来泰山般的重量，他的手臂颤抖，若是硬扛定会伤及自身。

就在孙兴犹豫要不要弃刀自保这短暂的当口，夏秦怡以居高临下之势，朝着孙兴的头顶使出了一招“力劈华山”！

孙兴的兵器还在夏秦怡的脚下，对方的刀锋当头而下，已是避无可避。

片刻前，貌似还处在被动之中的夏秦怡，不过一招，就扭转了局面！

而且这一刀下去，定会要了孙兴的命！

苏慕白心中大骇，这次屠魔大会关系到天穹剑派的生死存亡，夏秦怡身份贵重，就算杀了孙兴，烈刀门也不会怎样，可这笔账说不定要找他们天穹剑派来算。

想到这里，苏慕白急切地喊道："夏师妹手下留情！"

"嗡"的一声，夏秦怡的刀锋停在了距离孙兴脑袋的三寸处，她足下一点，借力翻身，与孙兴拉开了距离。

一股殷红从孙兴的天灵盖流出，顺着扁平的额头淌到了脸上。"啪"的一声，孙兴头顶的发带崩裂，头发披散了下来。

鹿难烛看得很清楚，夏秦怡在最后关头及时收手，凤血刀并没有碰到孙兴，可即使这样，孙兴依旧被凤血刀泄出的刀气斩断了发带，伤到了头皮……

兵气外泄，一方面说明了以夏秦怡目前的实力还不能够完美地操控凤血刀，但凡大成者，都应收发自如，操控兵气于一处，给敌人最大的打击；另外一方面，也足以证明这凤血刀果然是神兵利器！

"孙师兄，秦怡多有得罪。"夏秦怡开口道。

"咣当"一声，孙兴的金背大砍刀还是脱手了，他垂着胳膊，用另外一只手捡起自己的兵器，心悦诚服地对夏秦怡欠了欠身，道："多谢大小姐手下留情，孙某认输。"

直到孙兴缓缓地走下擂台，擂台下的人才回过神来，紧接着爆发出了山洪般的喝彩。

已经回到高台上的夏秦泽面色阴郁，而忠心追随夏秦怡的人则喜形于色。其他门派的掌门人相互对视，暗中交换了意见，并且默契地达成了某种共识：夏秦怡今年不过二八，抛开神兵凤血刀，她的武功造诣也足以证明她绝对是同代人之中的翘楚，看来未来的几十年，华夏山庄的地位依旧不会动摇！

在经久不息的喝彩声中，夏秦怡淡然地立于擂台之上，不卑不亢。

鹿难烛呆呆地看着夏秦怡，有些疑惑，今日这擂台上的少女与那天汤池里的是同一人吗？

鹿难烛还记得她第一次见夏秦怡的时候在汤池，夏秦怡一边沐浴一边哼着水乡小调，双足打着水花，怡然自得，直到自己突然出现，她用浴布挡住了身子，双颊通红，又羞又怒，蜷缩在汤池一角，压低声音恶狠狠地威胁自己，颇有几分色厉内荏的意味。

可是再看此时此刻的夏秦怡，若不是鹿难烛对她的印象极深，恐怕不会认为“她们”是同一个人。

“华夏山庄，夏秦怡胜！还有哪位英雄上台讨教！”苏慕白的声音响起。

“有！”人群中传出女子清脆悦耳的声音，竟是公孙晴。

以武会友大会进行到这个时候，已经步入了尾声，站在擂台下的江湖人士中已经没有具备可以上台挑战实力的人了，是以公孙晴的话一出，顷刻间所有的目光都集中在了公孙晴的身上。

夏秦怡循声望去，一眼就看到了立在公孙晴身边的鹿难烛，她死死地咬住下唇，握紧手中的凤血刀，心想：好哇，你这个小偷、丑八怪！真是踏破铁鞋无觅处，得来全不费工夫。你偷了本小姐的东西去我庄下产业贱卖，无礼在前，挑衅在后，今日自己倒送上门来了！

鹿难烛也察觉到夏秦怡不善的目光，她在心里重重地叹了一口气：这下糟了，待会儿趁着她和公孙晴比试的工夫，我还是想办法先离开这里吧……

沧龙剑和凤血刀的传人必有一战，但绝不是现在，鹿难烛打算私下约战夏秦怡，毕竟在这众目睽睽之下，自己的剑特征明显，它一出现就会暴露自己的身份，到时候麻烦会层出不穷！

众人这时才发觉出声挑战的竟然是一位身姿窈窕的姑娘，她虽然戴着斗笠看不见容貌，但看身段与气质想必也是位美人。

爱美之心人皆有之，两个女孩子切磋更是赏心悦目，于是人群中自发地为公孙晴让出了一条路。

苏慕白对公孙晴拱手道：“这位姑娘，既然你出言应战，请上台来。”

闻言，公孙晴轻笑一声，做了个万福礼，娇滴滴地说道：“公子此言差矣，小女子手无缚鸡之力，自知不是大小姐的对手。”

苏慕白问道：“既如此，姑娘为何应声？”

“我说‘有’，又没说就是我。奴家的哥哥武功卓绝，天下无双，我是替他答话的。”公孙晴答道。

一石激起千层浪，虽说文无第一，武无第二，可现下群雄毕至，高手云集，突然有人自称“天下无双”，无论此人功夫到底如何，都难免让人先心生反感。

果然，在公孙晴说完以后，人群立刻骚动了起来，窃窃私语者有之，义愤填膺者也不少。

就连高台上的几位江湖元老也都纷纷露出了笑容，天穹剑派的掌门更是捋着胡子笑着对身边的老和尚说：“真是长江后浪推前浪，初生牛犊不怕虎。觉远大师，您这天下第一还在这坐着，就有年轻人跃跃欲试想取而代之了，哈哈哈。”

“阿弥陀佛，出家人不贪慕虚名，不过是江湖上的施主抬爱罢了。”觉远大师开口道。

觉远大师身边的青霞峰掌门不悦地冷哼一声，道：“真是不知天高地厚，若我山门有此等张狂弟子，老夫定要清理门户！”

天穹剑派的掌门笑呵呵地说道：“梅兄何必动怒，人不轻狂枉少年，如今正值用人之际，若这年轻人是可塑之才，也是我等正道之辈的幸事啊。”

苏慕白皱了皱眉道：“那就请令兄上台吧。”

鹿难烛还在想公孙晴口中的“哥哥”是她的哪位随从，没想到一个软绵绵的身体突然靠了过来，自己的一条胳膊更是被两只柔若无骨的手臂缠住，不及鹿难烛反应，娇滴滴的声音再次传来：“阿兄，苏公子请你上台呢。”

当鹿难烛明白公孙晴说的话时，她立即挣脱了公孙晴的手，激动地呵斥道：“谁是你哥哥？”

斗笠下的公孙晴笑得灿烂，她要的就是这样的效果。

围观的人群安静了下来，他们看不明白这对“兄妹”在搞什么名堂。

公孙晴缓缓地垂下手臂，踌躇片刻，仿佛是下了很大的决心一般，摘下了头上的斗笠——白皙的瓜子脸、精致的鼻子、绛唇玉面，只可惜生了一双狐眼，让这张脸多了几分媚气，但仍旧是美得不可方物。

场中男子众多，如夏秦怡那种小巧玲珑、灵气逼人的女子固然讨喜，可偏爱公孙晴妩媚之姿的也大有人在。特别是此时的公孙晴一脸凄楚，晶莹的泪花在眸子里打转，更是博得了不少人的怜爱。

“你……”鹿难烛张了张嘴，她最见不得旁人的眼泪，她平素鲜有落泪，便觉得这眼泪是极度伤心、痛苦之下的产物。

“阿兄，你曾许奴家山盟海誓，与奴家私定终身，不过几夜的工夫，怎的如此无情，要弃奴家了吗？”

众人终于听出了端倪，合着这戴面具的“男子”是这位姑娘的“情哥哥”！他们认为女子多爱慕虚荣，为情郎出言博取名声也说得过去。

鹿难烛瞪大眼睛，却没有再开口。她的声线并不粗犷，即使刻意压低声音也带着几分女气，她已明白自己中了计，只是万万没想到公孙晴为了算计自己连名节都不顾了！

鹿难烛的沉默，在旁人看来更像是一种默认。

江湖儿女不拘小节，私订终身这种事情，若是两情相悦也说得过去，虽然这姑娘将两人私事公之于众略有些不妥，但与男子的“始乱终弃”相比，她的行为根本不值一提。

“太过分了！竟然始乱终弃！”

“就是说，那位姑娘……真是瞎了眼。”

公孙晴缓缓地戴上斗笠，在白纱垂下的最后一刻，特意对鹿难烛勾了勾嘴角。

“大家安静，请这位公子上台来吧。”苏慕白开口道。

“在下并无意与这位夏小姐较量，告罪了。”鹿难烛推辞道。

夏秦怡的双眸中燃起了熊熊烈火，心想：果然是小偷，这种伤天害理的事情也做得出来。

鹿难烛的江湖经验不足，这种场合她是第一次来，所以并不知道自己为了避免麻烦而说的话又犯下了江湖大忌：应而不战，是对对手最大的侮辱。

夏秦怡何等身份？根本不需要她开口，已经有人自发出头了，骂道："臭小子，大爷今天非要教训教训你不可！"

一位手持红缨枪的铁汉，拨开人群来到鹿难烛的面前，他先是朝着公孙晴安慰地笑了笑，然后指着鹿难烛的鼻子骂道："你以为这是哪里？你以为你是谁？华夏山庄的大小姐也是你能辱没的？"他虽然指着鹿难烛，眼睛却一眨不眨地看着公孙晴。

此人名叫丁山，在南洲一代有些名声，江湖人称铁枪。

在看到公孙晴的容颜时，丁山顿时神魂颠倒，后见鹿难烛又拒战，于是他心生一计：一来可以讨好华夏山庄，二来也能让这小美人儿看看她的情郎是多么不堪！

丁山并不笨，他见鹿难烛穿着落魄，看上去也很年轻，应该没有什么背景，武功也不见得有多高。丁山已经三十六岁了，自问擂台下的这些江湖人士没几个能打得过他。

见鹿难烛还是不说话，丁山沾沾自喜地心想：果然不出我所料，这小子就是个软柿子，今天真是捡了大便宜！

丁山转过头，对夏秦怡抱拳说道："大小姐，此等腌臜小贼，别玷污了大小姐的手，丁山斗胆，替大小姐料理了这厮。"

话音刚落，丁山就听到鹿难烛冷冷的声音："我们上去。"

公孙晴愣了愣，她正等着这面具小子出更多的洋相给她解闷呢，却不想在他说完这句话之后，感觉到了他周身散发出的寒气。

公孙晴收敛笑意，心想正好可以借此看看这人的深浅，等这次集会结束后，这人在江湖上将再无立锥之地，届时只需用计让他加入圣教……

夏秦怡看了鹿难烛良久，点头应允了丁山的请求。她也同样感觉到了鹿难烛的变化，但她并无退却之意，而是想借丁山之手看看这小偷的武功路数，从而事先做好防范。

夏秦怡可不像丁山那般眼浅，毕竟能潜入华夏山庄行窃的人，武功怎么会弱？

丁山一个“旱地拔葱”跃上了擂台，而鹿难烛则规规矩矩地走了楼梯，这一幕让一众看客大笑了起来，看来这丁山是赢定了，真是走运。

鹿难烛心有牵挂，不愿惹麻烦，可这并不代表她可以任人欺凌。只怪她自己阅历不够，着了公孙晴的道，既然避无可避，那便战。

夏秦怡退到一旁，将擂台留给鹿难烛和丁山，苏慕白宣布比试开始，骚动的人群也逐渐安静下来。

丁山手持红缨枪，朗声说道：“小子，大爷不斩无名之辈，报上名来。”

“你不配。”鹿难烛应道。

“臭小子，找死！”骂完，丁山提起红缨枪就朝着鹿难烛冲了过去。

鹿难烛并未拔剑，她刚才观战时看了不少招式，正好用这丁山练练手。

丁山冲到鹿难烛的面前，手腕一抖，对着鹿难烛的面门抖出了数道枪花。鹿难烛双脚开立，头部配合着身体摆动，十几道枪花被鹿难烛一一破解。

看到这一幕，看台下的江湖客们纷纷收起了之前的轻视态度。丁山的实力他们是知道的，擂台下的绝大多数人，自问是没有办法如此轻松躲开丁山的攻击。

夏秦怡抱着凤血刀，眯起眼睛，心想：这人足下竟一寸未动……

高台上，天穹剑派的掌门笑吟吟地问道：“觉远大师，您觉得这年轻人的身手如何？”

“阿弥陀佛，依老衲看，丁山施主在这少年人手下恐怕撑不过十招。”大师答道。

擂台上的丁山心头大骇，一滴冷汗顺着额边流下，他没有想到自己居然看走了眼，明明自己已经使出全力，却伤不到对方分毫。

丁山不敢停止攻击，手中依旧飞快地抖着枪花，祈祷着可以误打误撞伤到对方，哪怕一寸也是好的。

鹿难烛又躲开数十道枪花，备感无趣。丁山的路数她已经看透了，再守下去也没什么意思，接下来轮到她了！

鹿难烛无声地以左脚跟为支点，快速转了半圈，而后飞身跃起，用着半圈的缓冲，腰部发力，右腿朝着丁山的天灵盖横劈了下去。

“什么？！”高台上的夏秦泽从椅子上弹了起来。

怎么可能？这是自己三十六路天罡腿中的一式：天猛星劈斩！

“夏贤侄，怎么了？”青霞峰的梅掌门开口问道。

夏秦泽看向梅掌门，惊愕地说道：“他……使的是我的三十六路天罡腿……”

鹿难烛的腿上传来了阵阵罡风，丁山瞳孔一缩，以双手持枪，高高举过头顶，使出“二郎扛山”。

“砰”的一声，鹿难烛劈在丁山的红缨枪的枪柄上，可这并没有结束，在丁山举起红缨枪的一瞬，鹿难烛已经调整了力道，这一下不过是虚点，她立刻用右脚的脚尖勾住丁山的枪柄，左脚朝着丁山的面门狠狠地踏了过去！

这一下，是报他的出言不逊之仇！

“啊——”丁山大叫着退后数步，鹿难烛的这一脚踩在了他的口鼻之上，那种酸痛感使他睁不开眼。

丁山半闭着眼睛，两股猩红的血液顺着他的鼻孔流了出来。

在夏秦怡看来，这场比试到此就算已经结束了，高手过招，胜负就在须臾之间，这小偷只要借着这个机会随便对丁山补上一招，他就赢了。

可是，令夏秦怡意外的是，鹿难烛只是稳稳地落在擂台上，并不乘胜追击。

鹿难烛的江湖经验少，对敌经验同样匮乏，她的身体还没有养成“乘胜追击”的习惯，丁山的不堪一击让她有些遗憾，但她还不打算就这么结束，因为还有另外一件重要的事情需要用丁山来验证！

怪侠留给她的信中说，银龙内甲，天下间唯有凤血刀和沧龙剑可破，鹿难烛曾经用自家的菜刀对其猛劈，最后菜板被劈成了两半，银龙内甲却丝毫无损。

这么弱的敌手实在千载难逢，鹿难烛打算再试一次！

若是丁山够识相，此时就应该认输，可他并没有。他用袖子抹掉脸上的鲜血，提枪再次冲了上去。

鹿难烛将双手垂于身侧，再次现学现卖，以夏秦泽的看家本领三十六路天罡腿对付丁山。

渐渐地，不只高台上的那几位，就连台下的人也看出了鹿难烛所用的功夫，议论之声又起，碍于夏秦怡就在附近，倒是没有说得太难听。

夏秦怡的脸色很难看，她没想到这小偷居然偷偷将这套腿法学了去，而且还趁热打铁用丁山练手。虽然不甘心，但她也不得不佩服这小偷“偷师”的本事，没有心法口诀、只看过招式就可以将别人的功夫学为己用，最重要的是并不拘泥于招式本身，他不仅懂得临敌随机应变，甚至在这么短的时间内对招式进行了改良。

夏秦怡承认，她是做不到的。

高台上端坐的几位神情严肃，就连之前对鹿难烛表达过厌恶的梅掌门也动了心思。这些人大都已经达到了宗师级别，自然明白自创武学、开山立派是多么困难的一件事，可是他们都在鹿难烛的身上看到了可能性。

再看鹿难烛穿着落魄，应该没有世家背景，若是能将此人招至门下……

鹿难烛对周遭的事物浑然不觉，犹自沉浸在自己的世界里，此时的她感觉很美妙、很欣喜。

不知不觉间，鹿难烛已经将这套腿法彻底地融会贯通了，再打下去也没有意义了。

鹿难烛虚晃一招，逼退丁山，等恼羞成怒的丁山再次提枪攻上来的时候，鹿难烛大大方方地站在原地，不闪不避。

“啊——”台下顿时发出一阵惊呼，就连夏秦怡也露出了不可置信的表情。

丁山的枪头重重地刺在鹿难烛胸口的同时，鹿难烛感觉到一股真气不受控制地涌向她的胸口护住了她的心脉。

“嘭”的一声，丁山的枪头生生被弹开！

“什么？！”烈刀门的门主从椅子上站了起来，见鹿难烛的确是毫发无伤，转头问道：“觉远大师，这年轻人使的可是大降魔院的‘不败金身’？”

觉远和尚同样面带惊异，沉吟片刻，双手合十回道：“阿弥陀佛，如此看上去，确与‘不败金身’如出一辙，然而……要想练到以血肉之躯硬扛兵刃的境界，特别是对抗这种集力于一点的长枪，至少也要苦修三十年……这位施主戴着面具，看不见容貌，但老衲从他的行动判断，他的年岁应该不大。”

鹿难烛摸了摸胸口，心中大喜：师父她老人家所言不虚！银龙内甲果然神奇！

“住手吧！”鹿难烛抬起头。

红着眼睛的丁山又要上前，却被清冷之声喝住：“丁山，你早就已经输了，下去吧。”

丁山灰溜溜地跳下擂台，夏秦怡握着凤血刀往擂台中间走去。在经过鹿难烛的时候，她听到了声音极小的一句话：“我现在还不能和你打。”

夏秦怡的脚下稍滞，最终还是迈开步子，走到鹿难烛的对面，看着他冷冷地说道：“亮兵器吧！我们新账旧账一起算！”

鹿难烛重重地叹了一口气，面对凤血刀，她没有把握可以不拔剑取胜，可若是拔剑的话，自己的身份就要暴露了。

鹿难烛抬起手，抖开了包着沧龙剑的布，拔出剑来。

“哈哈哈……这小子居然拿着一根生锈铁棒！”人群中传来了嬉笑声。

沧龙剑剑宽二寸，又被一层厚厚的铁锈布满，远远看上去的确像一根铁棒。

可识货的人，比比皆是。

“是丑侠！”

“丑侠？就是那个……”

“没错，不会错的，就是踏遍各大门派行窃，大战燕云十八骑的丑侠。你看他手中的兵器，生锈的铁剑，戴着面具，一定是丑侠。”

高台上，除了华夏山庄和天穹剑派，其余几位掌门的脸色都有些难看——他们几派都被丑侠“光顾”过！

“圣女，办妥了。”荒火和修罗回到公孙晴的身后，低声说道。

“嗯，再等等……”公孙晴应道。

公孙晴隔着面纱，狂热地看着鹿难烛。她之前隐约猜到了鹿难烛的身份，但没想到真的是他！

公孙晴知道丑侠在江湖上的名声不好，她打算将他一起带走，而且，她还打算趁机连凤血刀一并“带”走。虽然刀不是她常用的兵器，可圣教需要这件神兵！

“比试开始！”

鹿难烛隔着面具无奈地笑了笑，因为她看到在夏秦怡提着凤血刀向自己冲过来的时候，嘴巴无声地动了动，赫然说着“小偷”两个字。

对此鹿难烛真的很冤枉，潜入汤池实属无奈之举。小虎子需要东海夜明珠复明，可华夏山庄戒备森严，她只能提前一晚潜入，当时只有汤池的守卫较少，她只好跳到汤池房梁上躲避，她在上面待了一整天，谁知第二天晚上，夏秦怡就来了……

鹿难烛不敢大意，手提沧龙剑迎了上去。

一边是一袭火红、手持神兵的世家小姐，另一边是装束落魄，握着锈剑的江湖新秀，一眨眼的工夫，在万众瞩目之下，刀剑相接，就在所有人都以为丑侠那把破旧的铁剑会被凤血刀斩断之时，两把兵器碰撞的声音在空气中形成的声波，一层一层地散布开来，传到了每个人的耳朵里。

“啊——”一些内功根基较浅的江湖客痛苦地堵住耳朵。

鹿难烛和夏秦怡各退两步，两人的脸上都写满了深深的震惊！

刚才的那一下碰撞，双方都使出了全力，可在刀剑相接的一瞬，鹿难烛突然听到一阵凤鸣，而夏秦怡则听到了一阵龙吟！

夏秦怡死死地盯着鹿难烛手中那把生锈的剑，心中暗想：怎么会这样？

她在华夏山庄的藏书阁中曾经翻阅过一本古籍，里面记载了一个故事，故事中提到了一把与凤血刀齐名的神兵……

不可能！那把神兵已经失踪了将近百年，怎么会？而且……

第三章

鹿难烛手中的沧龙剑微微颤抖，这颤抖顺着她持剑的胳膊传遍她的全身，一股浓烈的战意喷涌而出。

鹿难烛从未遇到过这样的情况，沧龙剑……似乎很兴奋？而这种感觉也影响到了她。

鹿难烛深深地吸了一口气，嘴角情不自禁地勾起了一个弧度，她足下一点，使出一招“天外飞仙”，剑指夏秦怡！

凛冽的罡风扑面而来，打断了夏秦怡的思绪，她后退一步，屈膝提气，凤血刀由下至上削了过去！

“叮”的一声，凤血刀重重地砍在了沧龙剑的前端，剑锋顿时改变方向。

鹿难烛借力使力，腰身一扭，使了一个后空翻，并且在转到一半的时候，朝着夏秦怡的胸口重重地踢了过去。

夏秦怡没想到鹿难烛还有后手，忙将凤血刀横在胸前。

“啪”的一声，鹿难烛重重地踢在了凤血刀上，将夏秦怡逼退一步，自己则稳稳地落在擂台上。

这一招，是鹿难烛技高一筹。

夏秦怡的面色很难看，心想：果然是卑鄙之人，刚才若不是她眼明手快，以刀相护，岂不要被他踢中胸口？

现下，少说也有几百人的演武场上，却静得仿佛落针可闻。

所有人都呆呆地看着擂台上的两人，忘记了喝彩，抑或说，这样精彩的对决，根本不容打扰。

夏秦怡年纪轻轻就有此等身手，固然让人眼前一亮，可更令他们震撼的人是这个神秘的丑侠！这位丑侠不仅凭着一把铁剑便能扛住凤血刀，而且在第一回合的交锋中，还胜了夏秦怡半招。

他到底是谁？多大年岁？师承何人？

夏秦怡压下心中杂念，吐出一口浊气，此时此刻的她已经不得不正视这“小偷”的身手了，可她不但毫无惧意，反而兴奋了起来。

夏秦怡再次提刀上前，使出看家本领三十六路天罡刀法。他们华夏山庄共四房，武功路数皆以星宿命名，而夏秦怡这套刀法经过了几代人的努力，在三十六路天罡之后，又生出七十二路地煞，招式可谓是变幻莫测。

精妙绝伦的刀法，配合所向披靡的凤血刀，对夏秦怡而言，简直是如虎添翼。

一时间，赤红色的残影铺天盖地向鹿难烛袭来，间或可以听到刀锋割破空气所产生的凤鸣之音。

鹿难烛面具下的脸，第一次露出了严峻的神色。夏秦怡这一招式虚虚实实，一时间很难找到破解之法。

鹿难烛连退数步，足下用力，高高跃起。

就在鹿难烛飞过这一式的攻击范围之时，还没喘上一口气，夏秦怡仿佛未卜先知般，几乎同时也以轻功跃起，二人在半空中再次相逢，凤血刀直扫鹿难烛的胸口！

鹿难烛的瞳孔猛地一缩，将沧龙剑立在胸前，左手按住沧龙剑的前端。

“叮”的一声，刀剑再次相撞，鹿难烛虽防住了这一招，但落地之后也被夏秦怡逼退了一步。

一来一往，两不相欠。

“哼。”夏秦怡冷哼一声，似乎对没能将“小偷”一劈为二非常不满。

而在这两招的交锋中，鹿难烛心中已然有数：夏秦怡的内力并没有自己这般深厚，但她胜在招式凌厉，再加上她有凤血刀在手，想要赢得这场比试十分棘手。

《天魔功》只是内功心法，此时的鹿难烛就像茶壶煮饺子，心里有数，她明白自己招式上的匮乏，让她的内力根本发挥不出效果。况且，她的这把沧龙剑虽然勉强能与凤血刀相抗，却因为锈迹斑斑，无法完全发挥出攻击力。

一想到自己身为怪侠的传人，却这般不堪，鹿难烛便十分懊恼，她第一次有了渴求强大的欲望。

夏秦怡并没有给鹿难烛机会思考对策，她提着刀再次冲了上来。鹿难烛不敢硬扛，便使出轻功一味躲闪。她目前只有一个优势，只能寄希望于激怒夏秦怡让她以轻功来追，自己的内息比她充盈，所以耗到最后吃亏的还是夏秦怡。

短短的两招过后，擂台上出现了让人目瞪口呆的一幕：刚才还互不相让、全力对抗的两人，眨眼之间画风大变！一个绕着擂台上下翻飞，另外一个提着刀在后面穷追猛打！怎么……看起来好像不是在比试?

又是三五招过后，鹿难烛终于松了一口气——夏秦怡追不上她！对于轻功而言，任你身法如何飘逸，动作如何花哨，也要有内息作为支持。

夏秦怡跑得没有她快，跳得也没有她高。就算凤血刀无坚不摧，招式凌厉无比又如何？反正，你打不到我！

夏秦怡朝着鹿难烛砍了过去，鹿难烛立刻高高跃起。夏秦怡跟着跃起，鹿难烛便在半空中使出叠步，再度跃起。

公孙晴把持不住，轻笑出声，心想：这人倒是会耍无赖。

公孙晴已经看出，丑侠使的都是最基本的“劈砍刺挑”，招式上根本就没有什么路数可言，对抗一般人或许有用，可在夏秦怡面前就显得很吃亏了。不过这人很聪明，仗着自己的内力高深，与这位大小姐打消耗战。

也有人看出了端倪，惊愕地说道：“这……这不是耍无赖吗？”

经此人一提醒，其余人也纷纷露出赞同的神色，虽然比武没有规定不能用轻功躲闪，但是，这也未免太……

擂台下议论纷纷，夏秦怡被鹿难烛气得俏脸通红。她算是领教到了：这人不仅是个小偷，而且还不知廉耻！可恶的是，他不要颜面也就算了，还要拉着自己一同丢脸，明明有实力却不和自己好好打，偏要拖着自己在擂台上上蹿下跳。更可恶的是，自己居然打不到他！

夏秦怡这一生从未受过这般奇耻大辱！

又无谓地追逐了两刻钟，夏秦怡再也顾不得矜持，娇喝道："你给我站住！"

鹿难烛在一个安全距离处停住脚步，对夏秦怡摇了摇头。

夏秦怡被噎得喉头一哽，问道："你为什么不好好比试？"

鹿难烛心想：不是明知故问吗？打不过你，我比试什么？

鹿难烛再次摇了摇头，夏秦怡感觉一股热气直冲头顶，她从未见过如此厚颜无耻之人！

"你到底想怎么样？"由于愤怒，夏秦怡的声音变得有些颤抖。

鹿难烛看着夏秦怡沉默了，她也明白自己这么做很过分，若是换成夏秦怡之外的任何一个人，自己完全会大大方方地认输，甚至兵器都不会亮，毕竟她根本就没想过要上台。

可是……对手偏偏是她，鹿难烛自己也讲不清缘由，可就是不想输给她，或许因为她是凤血刀的传人吧。

鹿难烛很早以前就将凤血刀的传人当成了自己宿命的对手，所以又怎么能认输呢？

可看着夏秦怡额间已经渗出汗珠，胸口起伏，鹿难烛的心中又有些不忍。她们同样都是女孩子，她又是世家大小姐，自己这样戏耍于她，一定让她很难堪吧。

"唉……"鹿难烛重重地叹了一口气。

夏秦怡还等着看这"厚颜无耻的贼人"如何语出惊人，没想到后者叹了一口气，默默地提着剑走上前来。

鹿难烛在心中默默地说道：那便打吧。

夏秦怡冷哼一声，提着凤血刀与鹿难烛战在一处。

兵器碰撞之声不绝于耳，鹿难烛第一次体会到了什么叫"人在江湖，身不由己"。

就内力而言，除了鹿难烛这种经历过奇遇的人之外，绝大部分人都要经过长年累月的积淀方可大成。

夏秦怡毕竟还很年轻，被鹿难烛消耗了不少内力，二次交手，夏秦怡想使出三十六路天罡刀法，已是力有不逮。

这正称了鹿难烛的意，不过鹿难烛并未趁人之危，她只是见招拆招，没有在招式中加持内力来“欺负”夏秦怡。

如此你来我往，百招对决转瞬而过。突然，鹿难烛听到自己手中的沧龙剑发出了一声脆响！她心头一惊：难道是这生锈的沧龙剑要被凤血刀斩断了吗？

鹿难烛顾不得许多，她使出内力，架开凤血刀，向后跃了一步，跳出了战圈。她心疼地看着手中的沧龙剑，看到剑身的锈迹上果然裂开了一道缝隙。

夏秦怡看着鹿难烛，并没有上前，百招的对决下来，夏秦怡感觉到他并未用内力压制自己。在夏秦怡的想象之中，这“小偷”应该是落井下石之辈才对，他想方设法耗尽自己的内力，要的不就是这个结果吗？为何……

鹿难烛心疼地抚摸着剑身上的裂痕，持续不断的破裂声从剑上传出，连擂台下围观的人都听到了。看来，这把铁剑最终还是逃不过被凤血刀斩断的命运……

失去了兵器的丑侠，恐怕就要输了。

而就在此时，令所有人意想不到的事情发生了——沧龙剑上的铁锈随着“咔”的一声，就像被敲碎的蛋壳一样，四散剥落，铁锈的缝隙中还闪出一道温和的蓝光。

“啊……”看到这一幕的人无不发出惊呼，包括夏秦怡、公孙晴和高台上的所有人。

“怎么会这样？”夏秦怡看着鹿难烛手中的剑，喃喃自语。

鹿难烛拨开剑柄上的铁锈，此时的沧龙剑终于露出了它的真正面目！

深蓝色的剑柄，是龙的形状，龙身的每一处鳞片都镂刻得清清楚楚，龙睛是一颗蓝宝石，散发着温润的光芒，剑宽二寸，剑身冰蓝，散出阵阵寒气。

鹿难烛端详着手中的沧龙剑，笑容纯净得像个孩子，她情不自禁地想起怪侠的信来，信中说：我希望你拿着这把剑去会一会凤血刀的传人，说不定有意外的惊喜。

原来，惊喜指的就是这个吗？

这时，一旁的公孙晴咬了咬下唇，低声道：“动手！”

所有人还沉浸在沧龙剑带来的震撼中，公孙晴突然带着荒火和修罗飞上擂台，直扑夏秦怡！

“你们干什么？”苏慕白第一个发现了不对，准备出言制止，可是已经来不及了……

“大胆！”

“大小姐！”

高台上的人见状，纷纷朝着擂台飞了过来，而一直跟随在夏秦怡身边的青竹更是一马当先。可是，这一切都发生得太快，公孙晴的剑已经攻到了夏秦怡的眼前！

夏秦怡眼明手快，格挡公孙晴的攻击，公孙晴一击不成，便借着夏秦怡攻过来的力道向后飞去。而此时，公孙晴身后的荒火、修罗二人后发而至，分别以拳、掌攻击夏秦怡的左右两肩！

夏秦怡还没来得及收势，心想这一下定是躲不过去了。

“小心！”

夏秦怡感到有人揽过自己的腰，躲过了那二人的攻击，这时她惶恐的心终于安定了下来。

原来，千钧一发之际，鹿难烛及时赶到，以持剑之手环住夏秦怡的身体，另一只手拍了出去，“嘭”的一声，对上了荒火的拳头。

而危机并没有解除，另外一边的修罗朝着夏秦怡的天灵盖劈了过来。

鹿难烛咬紧牙关，用力将夏秦怡从自己身边推了出去，“嘭”的一声，修罗的这一下重重地劈在了鹿难烛的肩膀上！

鹿难烛听到自己的肩膀处传来了一声脆响，一阵剧痛泛起，她持剑的手也跟着颤抖了起来。她咬紧牙关，死死地握住沧龙剑的剑柄，才没让兵器脱手。

“带上他，撤！”已经飞出很远的公孙晴一声娇喝，荒火和修罗闻言，左右架起鹿难烛的胳膊飞走。

“小贼哪里走！”几乎是同一时间，几位掌门和青竹也落在了擂台上。

青竹扶起夏秦怡，问道：“大小姐，您没受伤吧？”

夏秦怡摇了摇头，目光却落在鹿难烛被人架走的背影上。

几派的掌门追了上去，这时公孙晴已经飞远，他们便心照不宣，齐攻鹿难烛三人，打算将他们留下。

“找死！”公孙晴的手一甩，数十根折射着青紫色光芒的银针，犹如天女散花一般朝着几位掌门飞了过去。

“梅施主，小心暗器！”觉远大师撞开身边的梅掌门，凌空使出一招“大威天龙”，将红色的袈裟抖了一圈，所有的银针被尽数包进了袈裟中。

几位掌门毫发无伤，而鹿难烛三人也趁着这短暂的空档成功逃脱了！

公孙晴立在远处墙边的旗杆上，荒火和修罗一左一右地架着鹿难烛站在演武场的围墙上。

公孙晴摘下斗笠，以一双狐眼扫视场中所有人，气沉丹田，朱唇轻启：“所有人都给我听着，圣教天威，不容尔等侵犯，天穹剑派，识相的话就举派归顺圣教，否则鸡犬不留！”说完话，她便与三人一同离开了。

公孙晴所说的每一个字，都清清楚楚地传到了在场所有人的耳朵里。

“大胆妖女！”青霞峰的梅掌门还要追，却被天穹剑派的掌门一把拉住，说道：“梅掌门莫追，当心中了埋伏。”

“阿弥陀佛，这位女施主年纪轻轻，内力却如此深厚，千里传音术，果然名不虚传。”

一场轰轰烈烈的屠魔大会，却让魔教妖人成功混入，险些夺走凤血刀不说，最后还给了正派武林一个下马威。

以武会友的大会也不得不草草收场，五大派掌门一齐出面，安抚武林同道。

天穹剑派的掌门更是以监察不力，向众人致歉。

可事情并没有完，天穹剑派后山的厢房内，每一间房中，最醒目的位置上都被钉上了一枚赤红、狰狞的鬼王旗。后山的守山弟子被全部杀光了，天穹剑派所有的水井和食物都被投了毒。

这一切，不言而喻，皆乃魔教所为。

魔教在所有名门正派的眼皮子底下的所作所为，可谓是让五大门派颜面尽失。

众人又在天穹剑派住了一夜，第二天一早饿着肚子离开。

好在，在五大门派的共同倡导下，达成了誓死抗击魔教的协议。

另外四位掌门则纷纷表示，会尽快给天穹剑派送来足够的食物和水，帮助天穹剑派渡过难关。

之后，天穹剑派在公孙晴原本住的房间里发现了一张英雄帖。发出去的每一张英雄帖都会注明出处，只要顺着公孙晴的这张英雄帖，就可以顺藤摸瓜，揪出和魔教勾结的门派。

可是五位掌门拿到这张英雄帖，闭门商讨了两个时辰，最后一致闭口不言。

这场英雄大会，留给了正派武林无数的谜团。

到底是天穹剑派出了叛徒浑水摸鱼，私放持假英雄帖的魔教妖人上山，还是那张英雄帖是货真价实的？那又是谁给了魔教英雄帖？五位掌门又为何齐齐沉默？

有人猜，这张英雄帖可能就出自五大派之中的一派，也许五大门派里面也出了叛徒，也许是魔教妖人挑拨离间的奸计。

丑侠到底是谁？是魔教的人吗？还有那把剑是什么剑？

在屠魔大会结束的第三天，江湖中如雨后春笋般冒出了一股新势力。

每个地方最大的酒楼里都出现了一个神秘人，他们戴着半张面具，有一个共同的名字“包打听”，只需一两黄金，就能从他们的口中得到你想知道的情报。

江南，梨花秋水楼。

大厅最不起眼的角落里，戴着半张面具的男子闲适地坐在八仙桌后，桌上放着一壶茶水，一碟糕点，一盘干果。他身后靠墙竖着一根挂着的白布条的竹竿，上写着三个大字：包打听。

正值午后，余暑未散，梨花秋水楼的大厅里并无客人。

“咣当”一声，一锭金元宝被丢在了“包打听”的桌上，看这元宝的大小，少说也有十几两。

“包打听”拿起元宝在手上掂了掂，揣到怀中比了一个“请”的手势。

来人是位女子，穿着一身杏黄色的短打，身后没带随从，手中未持兵刃，腰间没有配饰。她坐在“包打听”对面的长凳上，问道：“你是谁？”

戴面具的男子笑了笑，道：“姑娘，我开口就是金子，这可是您的第一个问题？”

“是，请回答我。”

“‘包打听’。”

“来这里做什么？”

“贩卖情报，养家糊口，天下之事，我想说便说。”

“哼，说得这般讨巧，我怎知你所言非虚？”

“包打听”闻言，慢悠悠地抿了一口茶水，放下茶盏，开口说道：“姑娘此言差矣，我知道你姓夏，如此，姑娘可信在下了？”

来人正是华夏山庄的大小姐夏秦怡，她今日特意换了行头，只身前来，没想到还是被人家猜中了身份，夏秦怡看着“包打听”，那半张面具尤为刺眼。

夏秦怡沉吟片刻，继续问道：“我问你，丑侠手中的剑，是什么剑？”

“沧龙剑。”

“他师承何人？”

“怪侠，君莫笑。”

“怪侠在百年之前就已经销声匿迹，又如何师承？”

“冥冥之中，自有定数。”

“丑侠现在何处？”

“北边。”

“先生可否再详细一点？”夏秦怡继续追问，华夏山庄地处江南，说北边，那范围未免太大了！

“包打听”沉默不语，显然是不想回答夏秦怡这个问题。

夏秦怡蹙了蹙眉，面上带着几分犹豫地问道：“丑侠……可是魔教中人？”

“是。”包打听应道。

……

夏秦怡离开了梨花秋水楼，这次她依旧没有在樊梨城的商铺中闲逛，而是直接回到了华夏山庄。

华夏山庄位于距樊梨城几里外的一座山上，百年之前华夏山庄的一位老祖宗，无意中得到了凤血刀，并且选中城外的这座山头，也不知用了什么鬼斧神工的手段，竟能削平山顶，将华夏山庄从樊梨城搬了出来，安在了山上。

百年间，华夏山庄不仅出了不少武林高手，庄下的产业也遍布大江南北。山庄虽然修建在山顶，但并不像天穹剑派那般艰苦，庄内雕栏玉砌、水榭楼台、奇山怪石应有尽有。

在庄内的西北角有一座三层楼的藏书阁，一层二层给庄中子弟使用，而三层只有历代庄主才能上去。

华夏山庄到了夏秦怡这一代，情况变得比较特殊。庄中目前并无庄主，由三位老太爷共同管理山庄，三房老太爷的意思是：夏秦怡还年轻，需要顶着继承人的身份再历练几年。

不过藏书阁第三层，对夏秦怡是开放的。

夏秦怡来到藏书阁的第三层，她从柜子上拿出一本泛黄的书卷，名为《三十六路天罡刀法精要》。这本书夏秦怡早就能倒背如流，她翻到书的最后一页，上面写着这样一段话：凡吾后人，必持凤血刀，手刃沧龙剑剑主，提剑祭拜，不见沧龙剑，吾死不瞑目。

夏秦怡轻轻地摩挲书上墨色淡去的字，这是百年前那位老祖宗的亲笔手书。

夏秦怡轻叹一声，面无表情地看向窗外，目光飘远。

三个月后。

此处丛林密布，瘴气缭绕，炙热的阳光仿佛也无法穿透丛林与瘴气抵达这里，天空总是灰蒙蒙的，空气中带着一丝丝阴冷。

这里就是神秘的西南，武林正道的禁地，正派人士口中的“魔教”盘踞于此。

瘴气深处的一座地下宫殿内，冗长而又压抑，通道两边燃烧着火把。在这样的通道内，一切声响都会被扩大数倍。

这时甬道的另一头传来一阵细碎的脚步声，只见一位身段窈窕的白衣女子从暗处走来，正是公孙晴。

公孙晴每走几步便会扭动一支火把，随着机关一阵阵的暗响，公孙晴走进了一处开阔的大厅。

大厅内肃穆庄严，四周的架子上放着火盆，三面墙上挂着鬼王旗，正对入口的整面墙壁镂刻着巨大的鬼王、鬼母像，在昏暗光源的映衬下，整个大厅显得十分幽森诡异。

鬼像下立着一大一小两个石座，主位上端坐着一位戴着鬼王面具的瘦削男子，旁边略小的座位空着，台阶下站着两排黑衣人。

公孙晴快步上前，以右手按住心口，对石座上的男子说道：“公孙晴参见教主。”

“嗯……坐吧。”男子的声音沙哑低沉。

公孙晴谢过，信步走到空位上坐定。

“教主，属下有事禀报。”出列的正是之前跟在公孙晴身边的荒火。

公孙晴盯着荒火，眯了眯那对狭长的狐眼。

教主道：“讲。”

“是，教主。三个月前，属下与修罗跟随圣女前往天穹山，完成了教主的任务，圣女还想趁机夺取凤血刀，结果被丑侠搅局。后来我与修罗二人奉圣女之命带走丑侠，可圣女最后竟然将此人放了。可属下听说，那丑侠师承君莫笑，手中的兵器正是百年前与凤血刀齐名的沧龙剑。那时丑侠已经受伤，我们完全可以将他杀死，夺取沧龙剑以振圣教天威，可圣女却让我们把他放了。”

“哦？晴儿，荒火说的可是真的？”石座上的男子开口。

“回教主，句句属实。”公孙晴道。

“让本座听听你的解释。”男子道。

公孙晴解释：“回禀教主，属下当时并不知道丑侠手中的兵器就是沧龙剑，我想这件事荒火右使也是最近才听说的吧？丑侠在一年前突然出现在江湖上，踏遍各门各派行窃，在江湖正派之中声名狼藉，更是各大赏金猎人的头号目标。现下圣教正值用人之际，属下观察那丑侠年纪轻轻便身手不凡，本想设计让他归顺圣教，而荒火右使不问青红皂白，救出丑侠后就与其大战一场，破坏了属下的布局。那丑侠本已受伤，却能从荒火右使手中逃走，更加证实了此人的不凡之处。如今正派人士已经认定丑侠出自圣教，相信过不了多久，中原武林将再无他的立足之地。沧龙剑不过是死物，若是能将沧龙剑和丑侠一同招入圣教，岂不是一举两得？倒是荒火右使不听号令在前，倒打一耙在后，属下真是越来越看不懂他了。”

荒火听完公孙晴的话，面色苍白，跪在地上，连忙说道：“教主，属下对圣教之心，日月可鉴啊，教主！”

石座上的男子盯着匍匐在地的荒火良久，缓缓说道：“此事到此为止。”

荒火谢恩：“谢教主！”

众人从大厅陆续离开，公孙晴和荒火走在队伍的最后，见其他人走远，公孙晴转过身，将手指抵在荒火的胸口，用那一对狐眼似笑非笑地看着荒火，唇角微微勾起：“认清楚你自己的身份，别以为扳倒了我，就能坐上我的位置。”说完，公孙晴在荒火的胸口点了点，转身离开。

三个月的时间，沧龙剑在丑侠手上的这件事，江湖上已是尽人皆知。

五大派已经将丑侠归为魔教徒，当年君莫笑无门无派，虽行为乖张、性情古怪，却和魔教没有什么瓜葛，想不到百年后，他的传人却彻底堕落了。

鹿难烛在民间的讨论度迅速飙升，酒楼茶肆，但凡有说书人说丑侠的场，必定爆满。特别是丑侠在天穹山上，大战华夏山庄大小姐夏秦怡的故事以及沧龙剑与凤血刀的传说，被演绎出了数个版本。

青州城外的土路上，一位青衣少女头上戴着斗笠，手中提着一把剑，剑柄上挂着一缕红色剑穗，孤身走在进城的路上。

此时天色已晚，路上行人稀少，少女行至一处树林，缓缓停下脚步，开口道："三位跟了我这么久，也该现身了吧。"

"嘿嘿，大哥，我们被发现了。"从树后率先走出一彪形大汉，他手持钢刀，脸上有一处狰狞的刀疤。

"小娘子好眼力，此处僻静无人，你唤哥哥们现身，是不是想陪哥哥们玩一玩？"又一大汉开口道。

"大……大……大哥，也……也给小弟，玩一玩。"旁边的人附和道。

"哈哈哈……"三个壮汉肆无忌惮地大笑，神情猥琐。

青衣少女缓缓地转过身，剑穗轻轻摇曳。她的声音很轻，不带一丝慌乱："你们三个是一个一个来，还是一起上？"

三人笑成一团，为首的壮汉看了剑穗一眼，舔了舔干裂的嘴唇，说道："小娘子喜欢怎么玩儿，哥哥们听你的。"

"那就一起上吧。"话音刚落，青衣少女已经朝着三人冲了过去。

没等三人有所反应，少女已经利落地飞身踹到了口吃男子的脸上，未及落地，女子腰身一扭，又踢到了刀疤男子的胸口上，并且借着力道高高跃起，右脚快速劈下，狠狠地劈在了带头男子的天灵盖上。

三人都倒在了地上，带头男子失去了知觉，女子翩然落地，头上的斗笠轻纱摇摆，露出了斗笠后的样子——女子的脸上还戴着半块面巾，只能看到半边脸，光滑白皙的额头下面是一对墨色的长眉，还有一双灿若繁星的眸子。

"啊……"刀疤男子惊呼着捂着胸口，不可置信地看着那摇摆的剑穗。

青衣少女一招就料理了三个彪形大汉，却并未取他们性命，一言不发，转身离开。

江湖规矩，剑分文武，武剑不挂穗，文剑则相反。文人会以剑上挂穗表明自己不会武功，方便旁人区分，也可避免不必要的切磋和麻烦。

一般江湖客，是不会对持文剑的人动手的。

这三个男子，正是看到这青衣少女手中是一把文剑且又是孤身一人，这才动了歪心思，没想到碰上了高手。

青衣少女快步走出树林，抬手按了按自己的肩膀，心想：应该是全好了吧……

这青衣少女，正是在江湖上掀起一股狂潮后又销声匿迹了三个月的丑侠鹿难烛。

且说三个月前，她与公孙晴三人离开天穹山，下山后还未走出十里，其中一男子突然对她发难，她与男子大战，险胜逃脱，一路跑回了天山。

当时擂台上的情况紧急，鹿难烛与其中一位男子全力对掌，再加上先前和夏秦怡对战时内力消耗了不少，所以在另外一位男子劈在她肩头的时候，她抽不出内力保护自己，就被伤到了持剑的手，好在有银龙内甲护体，肩膀才没有被拍碎。鹿难烛逃回世隐村将养了一个月，她吸取教训，用了一个多月的时间在天山谷底修习武功招式，直到把从屠魔大会上“学”来的招式尽数掌握才罢休。

这次天穹山之行虽然凶险，却让鹿难烛领略到了江湖的精彩。她在天山里躲了三个月，还是压抑不住心中对江湖的向往，于是又跑了出来。

她知道丑侠的身份暂时是不能用了，便做了一个大胆的决定：脱掉银龙内甲，恢复女儿家的装束，学着公孙晴戴上斗笠，又系上面纱，将沧龙剑重新藏到天山寒潭底下，又用微薄的积蓄买了一把老旧的文剑，只身上路。

可是鹿难烛怎么都没有想到，短短三个月，江湖就变天了！

这一路上，四处都可以听到有人在讨论自己，这些讨论她的人中，有寻常百姓，也有江湖人士。他们不仅知晓了沧龙剑，还知道了自己的师父就是怪侠，甚至自己也莫名其妙地成了魔教徒！

鹿难烛惊愕不已，这三个月，到底发生了什么？

城门关闭之前，鹿难烛进了青州城，大名鼎鼎的丑侠竟然连投宿的银钱都没有。

鹿难烛摸了摸怀中仅剩的几块碎银子，不得已在城郊寻了一处破庙，对残破的神像虔诚一拜，便翻身上了横梁，准备在这借宿一夜。

夜幕降临，鹿难烛睁开眼睛，握上怀中的剑柄。不一会儿，庙外便传来了隐约的交谈声，一群人推开庙门走了进来。

鹿难烛侧头一看，是一群乞丐，便放缓了呼吸。

乞丐们各自找了位置坐下，然后开始说行乞的事情：谁家给的吃食新鲜，哪里能讨到几个铜板……

鹿难烛听了一会儿，心想这间破庙原来是这些乞丐的地盘。她缓缓地闭上眼睛，正欲休息。

这时一个乞丐的话吸引了鹿难烛的注意："哎，兄弟们，我有一条发财的路子，你们要不要看看？"

鹿难烛睁开眼，勾了勾嘴角。她在世隐村的日子枯燥又单调，以前出来一路上都是走马观花，这次抱着游历的心态放慢了脚步，于是看到什么都觉得很新鲜、很有趣。

"看看，这是什么……"这个乞丐一边说一边从怀中掏出一张羊皮，上面画着一个人和一把剑。

"这是什么？通缉犯吗？要命的事情，我可不做！"

"癞二，你这日子是怎么过的？他，你都不认识？"

"戴着一张面具，谁认识？"

鹿难烛心头一跳，睁开眼睛，微微侧过头，向下看去……五个乞丐正围着一张羊皮，借着昏黄的油灯，可以看见羊皮上画的正是丑侠！

"丑侠，知道吗？他现在可值钱啦！"

"丑侠？就是那个……那个……说书的人天天讲的？"

"嗯，没错。这是一位大爷给我的羊皮，说只要发现丑侠的行踪，就赏十金。别怪哥哥我不照顾你们，都看好了！"

"这……穿得破破烂烂还戴着面具，怎么认？"

"喏，看到这把剑没有，传说中和凤血刀齐名的沧龙剑，只要看到行头差不多的，手上拿着沧龙剑的人，立刻到城隍庙告诉我，等我报完信，拿了赏钱，我就和他一人一半。"

吹灭了灯油所剩无几的灯，五个乞丐各自躺下。

"大哥，您说这些大爷找丑侠做什么？我听别人说，丑侠是劫富济贫的好人。"

"你管那么多做什么，有钱赚不想赚？他劫富济贫又没分给我们，再说了，我们也不是害他，就是看到了报个信，跑个腿，快睡吧！"

……

庙内鼾声四起，鹿难烛却睡不着了。如果她没有猜错的话，这么多人想找到自己，一定是为了沧龙剑！

次日，鹿难烛等到乞丐们陆续离开后，才从横梁上翻下来，离开了破庙。

鹿难烛走进一间茶楼，挑了一个不起眼的角落，要了一壶茶水，从背囊中拿出干粮吃了起来。她刚吃了一半，便看见茶楼进来了一位长衫男子，他脸上戴着半张面具，手中拿着一根挂着白布条的竹竿，上面写着三个大字：包打听。

那男子看到自己每日坐的位置上已经有了别人，微微一怔，坐到了鹿难烛身旁的位置上。

鹿难烛咽下口中的干粮，将面纱拉了起来，拿起包裹打算离开。

旁桌男子的茶点到了，店小二拽下搭在肩头的白布，认真地擦了擦桌子才将东西放下，客气地说道："先生，您每日都来，也足有三个月了，可真是日进斗金啊。"

"包打听"笑了笑，没有答话。

"先生，您怎么知道这么多江湖事啊？"

“小二哥，问问题可是要付钱的。”

店小二挠了挠头，说：“我可没钱，先生一句一金，我一年也赚不到这么多银子，您慢用，祝您生意兴隆。”

“包打听”点了点头，店小二转身离开。

鹿难烛缓缓放下拿在手中的包裹，不着痕迹地瞥了“包打听”一眼，拉下面纱，再次将面前的空杯斟满。

两个时辰后，大厅中的客人陆续多了起来，这时，从外面走进来的五个人，引起了鹿难烛的注意。

打头的是一位弱冠之年的公子，手中握着一把剑，他的身后跟着四个随从。

那位公子进入大厅后便径直走到“包打听”的面前坐定，将一锭金元宝推到包打听面前，开门见山地问道：“丑侠在哪儿？”

鹿难烛握着茶杯的手指紧了紧。

男子扫了邻桌的青衣少女一眼，留意到她摆在桌上的那把文剑，便收回目光，并未让手下赶人。

“包打听”收起元宝，回道：“北边。”

“啪”的一声，未等青年男子开口，立在他身后的随从将手重重地拍在桌面上，说道：“你们这帮江湖骗子，好会做买卖，我们走了一路，每一地的包打听都说在北边，这青州城已经是最后一站了，再往北，是鸟不拉屎的荒蛮之地。放亮你的招子，看清楚面前坐的是谁，竟敢信口开河？”

年轻男子的面色略带不悦，但到底还是摆了摆手，示意随从退下，他对“包打听”说道：“先生，我们打南边来，一路上，在每个地方遇到‘包打听’都会奉上酬金，这里已经是青州，您的这个答案恐怕不能让我满意。”

“四公子远道而来，在下怎么敢欺瞒您呢。”

青年男子露出惊愕的神情，压低声音问：“先生认识我？”

“若在下没猜错的话，公子乃华夏山庄四房四少——夏秦润。”包打听答道。

夏秦润见自己的身份被料中，便收起脸上的不悦，说道：“先生慧眼如炬，正是小可，敢问先生，丑侠到底在哪儿？”

“包打听”竖起一根手指，道：“一金。”

夏秦润笑了笑，道：“好说。”

“北边。”“包打听”说道。

“可是再往北，就出了中原，难道丑侠藏在荒蛮之地吗？”夏秦润问道。

“公子只需往北，自可寻得。”

“丑侠真的是君莫笑的传人？”夏秦润又问。

“千真万确。”

夏秦润接着问：“那怪侠留下的武功秘籍，也在他的手上？”

“包打听”答道：“没错。”

“敢问先生，合我五人之力，可否战胜丑侠？”夏秦润继续问。

“可以一战。”

……

鹿难烛从茶楼中出来，背后阵阵发凉。她从夏秦润和“包打听”的对话中，得知“包打听”根本不是一个人，而是一个组织。

这批人到底是从哪儿来的呢？刚才鹿难烛听得直冒冷汗。“包打听”虽然没有直言自己生活在天山，鹿难烛却觉得他们是知道的。至少关于沧龙剑以及《天魔功》的事情，“包打听”说的都是真的。

到底是谁对自己的事情如此清楚？这一年来，她处处小心，就算成了赏金猎人的目标，也只是单纯因为自己是“丑侠”……

鹿难烛紧了紧手中的剑，这一切诡异的变化，都是在天穹山屠魔大会之后发生的。

沧龙剑被人认出，她并不意外，毕竟当时有那么多人在场。可是，《天魔功》的事情又怎么解释？是公孙晴吗？还是其他被自己忽略的人呢？或许，是“包打听”们从消失百年的沧龙剑上推断出自己是怪侠的传人？也说得过去……但是，他言之凿凿地直指“北边”，这又怎么解释？

鹿难烛心烦意乱，她总觉得自己错过了很重要的东西，可是她想破了脑袋也想不明白，明明自己一向小心翼翼，怎么会暴露得如此彻底！

鹿难烛不敢迟疑，快马加鞭地赶回了天山。

就连南边华夏山庄的少爷都已经到了青州，恐怕未来会有越来越多的人聚集在北边，天山一旦暴露，世隐村必定要遭殃。

七日后，鹿难烛回到天山，她站在几人高的巨石碑下，心中酸涩地想：百年前，师父单凭一块石碑，就让武林中人望而却步，护得世隐村百年太平，沧龙剑在师父的手上也无人敢觊觎，可是如今这些东西传到了自己的手上，却给世隐村引来了灾难。

一路上鹿难烛想了很多办法，最保险的方法就是：将村中仅存的五户人家接出来，自己再去盗些银子来，找个好地方，置办几间房子，让村民们迁居。

她只要告别丑侠的名号并用鹿难烛的身份生活，来寻找丑侠的人找到的就只是一个空村，这样下去，风头早晚有过去的一天。

这是目前最安全的办法，毕竟自己没有把握能像怪侠当年那样，凭借一己之力对抗天下。

鹿难烛看着石碑上龙飞凤舞的大字，心口一酸，浓浓的悲伤和无力感席卷心头——她继承了怪侠的衣钵，却沦落至此。

鹿难烛羞愧地低下头，心中反省：自己都没有试着去抵抗，就选择了逃避，爹爹留下的线索不找了吗？就算不为报仇，为人子女怎么可以连自己双亲的名讳都不知道？难道，自己就要背着魔教徒的身份退隐江湖了吗？

封存沧龙剑于湖底，埋没这一身的天魔功，还有……凤血刀的主人夏秦怡，当初自己信誓旦旦地将她当作宿命的对手，只进行了一场胜负未分的比试，自己就要懦弱地躲起来吗？

想到这些，鹿难烛握紧了拳头。

最终，鹿难烛还是没有与村民们商讨迁居事宜，而是直接来到天山谷底，潜入寒潭取出了沧龙剑。

鹿难烛的性子本是与世无争的，或许是受到了怪侠的影响，或许是见识过外面世界的精彩，不甘就此沉寂，又或许……在她心中还有太多的心愿没有完成。

诸多因由糅合在一起，让鹿难烛选择了一条与她之前截然相反的路。

……

还是青州入城的土路上，一位戴着斗笠的青衣少女，手中握着一把文剑，身后背着一方长木匣。匣中装着无数人觊觎的沧龙剑以及一张面具、一身破旧的行头和一件银白色的内甲。

鹿难烛不知道“包打听”究竟是谁，也没想清楚自己到底是如何暴露的。

不过，这些已经不重要了。

“包打听”不是指示江湖人士到北边去寻自己吗?

那好，她便带上丑侠的行头一路向南。她决定在南边干一票大的，最好是轰动到让整个武林都知道：丑侠在南边!

一片江湖，一位少女，一张面具，一套天魔功，一把沧龙剑。

鹿难烛正式开始了属于她的江湖路。

第四章

天地间一片苍茫，放眼望去皆是刺眼的白色，凛冽的寒风夹杂着霜雪扑面而来，刮得人脸上生疼。

地上有数排深深浅浅的脚印，虽说南方依旧温暖如春，花团锦簇，但是北方已经进入了漫长的严冬。

五名男子在这漫天大雪中前行，身上裹着厚厚的毡毛披风也抵挡不住这刺骨的风雪。毡毛披风上已经积了一层雪，在这样的天气里，手上拿着的兵器反而成了一个沉重的负担。

在冷风的攻势下，他们持兵器的手已经冻得麻木。

“四少爷，不能再往前了！”其中一位男子对带头的弱冠男子大喊，但是声音很快便被寒风吹散。

“是啊，四少爷，雪越下越大了，我看我们还是找个地方避一避吧！”另一人附和道。

夏秦润不甘地点了点头，五人寻得一处山洞，点火取暖。

“四少爷，要我说我们肯定是被骗了，这地方根本没人，再往前就是天山地界了，那里可是禁地。”随从之一开口道。

“哦？为何是禁地？”夏秦润问。

“哎……百年前，君莫笑大战武林名宿，战胜后逼迫所有人以祖宗和后人的安宁立下血誓，发誓见君莫笑须退避三舍。我们华夏山庄的老祖宗也签了，咱们真的不能往前了！”

夏秦润握紧了拳头，恶狠狠地说道：“再过几年，那个臭丫头就要掌管山庄了，她凭什么随心所欲？如果我能拿到沧龙剑，再加上爷爷助我，说不定会有转机，就算有血誓，那也应该去找夏秦怡大小姐，找不到我们！”

“可是少爷，您想想，这里气候恶劣，能找到沧龙剑固然很好，可是我们再走下去，很可能会迷失方向，再说天山只是一个传说，很少有人去过，而且眼下正值风口浪尖，丑侠不会蠢到在君莫笑隐居的地方躲着等我们吧。”

夏秦润陷入了沉默，他们已经走了多日，他又何尝吃过这种苦？可是对沧龙剑和神功秘籍的狂热在驱使着他前行。

众人围着篝火睡下，第二天一早，被一阵“咕咕”声吵醒。

随从拿过洞口的信鸽，从绑在鸽腿上的金属管中取出信，向夏秦润禀报：“四少爷，是四房传来的！”

夏秦润道：“拿来我看。”

四少爷台鉴：丑侠现身沧州，大战沧州四雄，完胜，武林豪杰已有所行动，速归！

夏秦润看完信，挥起拳头重重地砸在石壁上……

销声匿迹了四个多月的丑侠重出江湖，在沧州大战四雄，大获全胜。

同日，凭空出现并驻扎在各地酒楼中的“包打听”，赚了个盆满钵满，一夕之间又集体消失了。

有人说，“包打听”只是一帮江湖骗子，提供了错误的情报，怕卖主找上门来。

有人说，“包打听”其实归属于一个神秘的组织，他们散布丑侠的情报，只是为了逼迫丑侠现身，其目的是为了夺取沧龙剑和怪侠留下的武功秘籍。

……

鹿难烛身穿女装，头戴斗笠，手中依旧拿着那把破旧的文剑，身后背着长匣。

没人会想到这长匣中装的就是无数人都想夺取的沧龙剑，别人看鹿难烛的打扮，还以为木匣中装的是某种乐器。

前些日子，她路经中原地带的沧州，换回丑侠的行头，挑战沧州四雄。获胜后，她换回女子行头，火速离开了沧州，一路向南。她已经规划清楚了，决定走一路，战一路——这是她守护天山的方式，也是她的修行之路。

鹿难烛发现，实战对敌的收获要远大于独自苦练，她要一步步提升自己，直到取得与师父当年比肩的威名。

鹿难烛透过斗笠上的轻纱，看到城门口的大字：常州。

烈刀门建派于此，正好她的盘缠所剩无多，今夜就做做老本行吧。

夜幕降临，鹿难烛吹熄了房中的油灯，从客栈的窗户翻了出去，将窗子虚掩，纵身消失在了夜幕中。

烈刀门不愧是五大门派之一，屠魔大会后，戒备更加森严了。

鹿难烛藏匿在烈刀门外的一棵古树上，后门也有两人把守，她勾了勾嘴角，掂了掂手中的两枚石子，手腕一翻，“嗖”的一声，一枚石子打在了西墙的瓦片上。

“什么人？”寂静的夜幕下，撞击声非常明显，两名弟子立刻拔出腰间的佩刀，对视一眼，其中一人举着火把向声源处赶去。

鹿难烛的手腕再一翻，石子精准地打在东边的墙瓦上。

剩下的一名弟子举着火把跑了过去。

鹿难烛大大方方地从树上跃下，正要走进烈刀门，却看到院内有火光，连忙藏在树后。想来是刚才守门弟子的声音引来了同门。

鹿难烛放缓呼吸，静待两名支援的弟子走近，随后她的身影宛如鬼魅般闪到两名子弟的身后，结出两记手刀，控制好力道，砍在两人的后脑上。

随着两声闷响，两名弟子软软地倒在地上。

鹿难烛已经不是第一次来烈刀门了，她使出轻功，轻车熟路地前往库房。

一路上遇到了不少巡逻弟子，都被鹿难烛轻松避开。

到了库房，鹿难烛撕开木箱封条，只见满满一箱子都是银元宝，码得整整齐齐。可她并不贪多，随手拿了几锭包进行囊，背在身后，喃喃道：“想不到这烈刀门的巡逻弟子这么不顶用，哎……”

鹿难烛有些无奈，行到后门时故意弄出了些声响，才让两个守门弟子察觉。

“什么人？”守门弟子齐声道。

终于被发现了……

鹿难烛报上名：“丑侠。”

“什么……”两名守门弟子将刀立在身前，一副如临大敌的模样，却谁也不敢上前一步。

鹿难烛就这样在两人的注视下潇洒地飞走了。

鹿难烛走后，烈刀门灯火通明，清点后发现库房里只少了八十两银子，另外还有两名巡逻弟子昏了过去。

事情通报给掌门侯如烈，气得他一掌拍碎了小案几，门中弟子跪了一地。

侯如烈道：“大胆魔教妖人，竟敢公然挑衅我烈刀门！”

次日清晨，鹿难烛换上女装走在常州城内，只见大街小巷到处都是烈刀门的弟子。他们三人一组，带着丑侠的画像，四处搜查。

鹿难烛大大方方地走到城门口，那里也有烈刀门的弟子守着，几位弟子看了看女装的鹿难烛，又看到了她手中的文剑，挥挥手便让她出城了。

烈刀门全员出动，在常州城内搜寻了三天，弄得城中百姓怨声载道，也没有找到丑侠，最后不得不就此收手。

侯如烈一气之下，下令将山门外百步之内的树全部砍掉。这一下，烈刀门就像一个被扒光了的少女，孤零零地矗立在一片树林中，毫无遮掩。

侯如烈怒气冲天，又无可奈何，他怎么也想不明白丑侠轻松进入烈刀门，最后却只盗走区区八十两纹银的用意为何，最后便将此归结为魔教妖人对五大派的挑衅。

侯如烈下令门内弟子封口，可丑侠光顾烈刀门的消息还是不胫而走，再加上侯如烈下令砍树的行径，摆明了是为了预防丑侠再次登门。

一时间，烈刀门沦为笑谈，堂堂五大派之一居然会被一个人逼到砍树堤防的份上。

侯如烈听说后，七窍生烟，重重惩戒了门中弟子，又给江湖各大赏金猎人送去了通缉令，纹银千两，悬赏丑侠的人头。

而另一边，自丑侠大战沧州四雄的消息传开后，不少觊觎沧龙剑的江湖客马不停蹄地赶到了沧州，却没想到不日又传来了丑侠在常州的消息，只得又立刻奔赴常州。

江湖人聚集的地方难免有摩擦，再加上丑侠的神出鬼没让人心头焦躁，听说连丑侠的影子都还没见到，这些江湖客就已经打了好几场了。

当人们披星戴月地赶到常州时，又听说在莫苏城出现了丑侠的行踪，消息是华夏山庄发布的，非常可靠。

就在夏秦润带着心腹刚刚到达沧州时，又听说丑侠出现在了莫苏城。那里可是夏秦怡的地盘，城内皆是夏家大房的产业。

此时的夏秦润早就没了谦谦君子的形象，他面容疲惫、半面胡茬。加之听到夏秦怡掌握了丑侠的行踪，他身心疲累加上怒火攻心，眼前一黑，当街昏倒……

华夏山庄的议事厅内，主位三把交椅，分别端坐着三位老太爷，夏秦怡坐在右边首位，其余门中子弟各自落座，不见四房四少夏秦润。

坐在最中间的二老太爷清了清嗓子，缓缓开口："近来魔教蠢蠢欲动，偷袭天穹剑派数次，好在都被一一防下。天穹剑派易守难攻，镇守着正派武林和魔教的交界，若天穹剑派有失，中原武林危矣。"

四房老太爷接过话头继续说道："最近有消息说，魔教妖人丑……"他说到这里停顿了片刻，皱起了眉头，实在是不想说出那个"侠"字，可是他一时却想不出在"丑"后面加个什么字比较恰当。

最后他只能不情愿地继续说道："特别是魔教妖人丑侠，公开挑衅正派武林，先是在沧州下了战帖，又到烈刀门行窃，最近出现在莫苏城我夏家的产业中……"

听见这话，夏秦怡的心头一跳：那人……到莫苏城去，是为了赎回她的簪子！

“二哥，您说呢？”四老太爷问道。

夏秦怡从思绪中回神，才发现所有人的目光不知何时都集中在了自己身上。

三房老太爷拍了一下扶手，反对道：“四弟此言差矣，秦怡虽然是女娃，但她到底还是大房正统，名正言顺，日后招个好男子入赘也是一样的，况且秦怡在屠魔大会上大放异彩，这么多年更是不曾有过一点儿错处，这个提议我不同意。”

夏秦怡虽然没留意前面的话，但听到这里心中已然明了。从小到大这样的场面，她已经不记得经历过多少次了，只不过随着自己一天天长大，这几年二房和四房不常提及罢了，毕竟再过几年自己就会接管山庄，他们坐不住也很正常。

二房老太爷沉吟片刻，缓缓说道：“三弟所言不虚，但老夫认为老四说的也不无道理，我华夏山庄家大业大，总要选一个最优秀的人传下去，才能保住这百年基业。不如这样……年轻一代中如果有人能手刃丑侠，得到沧龙剑，便也给他一个成为候选庄主的机会，若是秦怡拿到了，老夫再无异议，要是其他子弟拿到了，就许他持沧龙剑挑战秦怡，获胜者成为下一代庄主。”

“那要是其他武林同道得到沧龙剑，我们还要去抢不成？而且，若是那丑侠避世不出，难道我们华夏山庄就不选庄主了？等我们几个老骨头都去了，树倒猢狲散？”

“哎，三哥怎么能这么说，难道是对秦怡没有信心吗？庄主人选，兹事体大，我和二哥也是为了山庄考虑。若是被其他武林正道拿到了，此事就此作罢……至于三哥担心丑侠避世不出的话，那就以秦怡二十岁为期，到时如果庄中依旧无人能做到手刃丑侠，夺得沧龙剑，那秦怡便名正言顺地继承庄主之位，您看如何？”

“这……”三老太爷为难地看了一眼夏秦怡，眼中带着愧疚。

“三爷爷，秦怡愿意接受考验。”夏秦怡开口。

三老太爷道：“秦怡……”

“好！不愧是我夏家子孙，果然有胆量。秦怡啊，若是你能手刃魔教妖人，取得沧龙剑，二爷爷便再无异议。届时华夏山庄刀剑合璧定可威震武林，你也可以将沧龙剑赠给你未来的夫婿或者子嗣，二爷爷相信你的能力。”

“多谢二爷爷信任。”夏秦怡欠了欠身子，淡淡地说道。

议事结束，夏权急匆匆地找到夏秦怡，痛心疾首地说：“大小姐，您怎么能答应呢？如今您已经十六岁了，只需和他们假意周旋，过几年便可顺利地袭承庄主之位，为何要给他们希望啊！”

夏秦怡为夏权倒了一杯茶，道：“权叔，坐。”

夏权依言坐到夏秦怡的对面，焦急地看着夏秦怡，希望得到一个满意的答案。

夏秦怡想了想，缓缓地说道：“权叔，秦怡这么多年来，多亏了三爷爷还有您和几位叔伯的维护，不然这个继承人的身份也保不到今日。只是这些年，二房和四房掌控了不少庄内的产业，我手中握着的不足三成，若是我把他们逼急了，难免会出岔子，若是他们借机提出分家，庄内损失暂且不提，还会让天下人耻笑了去。不如遂了他们的愿，到时候也好堵住他们的嘴。”

夏权怔了怔，他是看着面前的女孩长大的，这么多年来，他还是第一次听到她吐露内心的真实想法。

夏权之前跟在夏秦怡父亲身边，他的武功虽然不高，却精通驭下谋策，他仔细地想了想，露出欣慰的笑容，道：“难得大小姐这般高瞻远瞩，老爷泉下有知，也该放心了！”

夏秦怡笑了笑，道：“权叔，请帮我打点行装，叫上青竹和飘雪，我要出门一趟。”

夏权忙不迭地应下：“大小姐，我已经调查清楚了，那丑侠在莫苏城出现后又隐藏了行踪，不过根据路线来看，现在应该藏在江南某处……”

“权叔，我打算去一趟天穹山。”夏秦怡道。

“大小姐，您不去找丑侠夺剑？”夏权问。

“如今魔教猖獗，天穹剑派苦苦支撑，既然五大门派已经签订了盟约，那我自当尽一份力，您去准备吧。”夏秦怡道。

夏权张了张嘴，见夏秦怡的神情坚定，只能领命离开。

夏权走后，夏秦怡几不可闻地叹了一口气。如今所有人都说丑侠是魔教妖人，她却心存疑虑。自天穹山一别，夏秦怡利用手上的力量收集了不少情报，从丑侠初现江湖到最近一次的动静都记录在内。正是因为她看过有关丑侠情报的卷宗，才无法将丑侠和魔教联系在一起。

情报上说：丑侠第一次出手大约是一年前，夜探冀州大降魔院盗取香油钱二十两……

之后每隔一段时间他便会出现，每次下手专挑名门正派，不过盗取的金额从未超过纹银百两，偷过的最名贵的东西就是她的东海夜明珠了，而且从来没有过丑侠伤人性命的传言。

若丑侠真的隶属魔教，断不会如此心慈手软。自己和他交过手，夏秦怡很清楚，以他的能力，若是想要取人性命，是一件很容易的事。

夏秦怡觉得丑侠更像是一般的江湖小贼，只是不明白为什么他放着更加安全的地方不去，非要触碰逆鳞。若是他不去挑衅大派，也不至于落到被悬赏捉拿的地步……

这一点，夏秦怡无论如何也想不明白，她又不禁回忆起在天穹山的那一幕，千钧一发之际，他舍身相护这才让她保住了凤血刀，不被魔教夺走。

虽然三爷爷和夏权叔叔都说这是魔教妖人挑拨离间的奸计，意欲让华夏山庄看起来和魔教有某种联系，可是与其绕这么大的圈子做无力的栽赃，根本及不上夺走凤血刀来的实惠，就算当时有诸多掌门在场，凤血刀的诱惑也值得他们涉险。

夏秦怡当时就在擂台上，她亲眼看到魔教徒那一掌重重地拍在了丑侠的肩膀上，丝毫没有留手，让他伤得不轻。

想到这里，夏秦怡的心头涌起一阵烦躁。十六年来她从未有过这样的感觉，索性控制自己不再深想。

从来没有一个人让夏秦怡感到这般矛盾，丑侠是第一个。

“这次，就当我还你这份情，你助我护住凤血刀，我便不去夺你的沧龙剑，从此你我两不相欠。”夏秦怡双手捧着青花瓷的茶杯，手指摩挲着上面的花纹，喃喃地说道，“若你真的是魔教妖人……

父仇不可不报，老祖宗的遗言也不能不遵，这是最后一次。”

第二天一早，华夏山庄年轻一代纷纷带上了最得力的手下，倾巢而出，各自动用了手中的情报网，为的就是寻找丑侠，夺取沧龙剑，好赢得成为候选庄主的机会。

唯独夏秦怡一人，带着青竹和飘雪两位随从，向西出发，前往天穹山。

三人马不停蹄地赶路，七日后抵达了天穹山下的小镇。如今的小镇十分萧索，镇中百姓几乎全都举家搬迁，只剩下在此置业并舍不得离开的老板还在战战兢兢地经营着自家产业。镇中江湖人士随处可见，其中天穹剑派的弟子最多。

晌午已过，夏秦怡带着两位随从找了一家客栈先行投宿，准备稍作休整，明日再拜会山门。

夏秦怡刚刚迈入客栈的大厅，就听到有人“噗”的一声。她转头看去，只见在大厅的角落里端坐着一位青衫少女正在拭去嘴角的水滴，对方头戴斗笠，桌上放着一把剑，剑穗顺着桌沿垂下，身后立着木质长匣。

夏秦怡收回目光，挑了一张靠窗的桌子落座，点了几道菜，却敏锐地察觉到那个少女似乎一直在打量自己，于是她不动声色，暗自分出心神留意对方。

鹿难烛的心脏怦怦直跳，她怎么也没有想到居然会在这里遇到夏秦怡！

鹿难烛的第一反应就是逃走，可大厅里只有她和夏秦怡两桌人，自己桌前的餐食还未吃几口，就这样走掉一定会引起夏秦怡的怀疑。况且包裹还在二楼，里面还有五十多两银子呢，她舍不得啊！

鹿难烛按住胸口，倒吸了一口凉气。

原来，鹿难烛一路南下，路经莫苏城时赎回了之前典当的玉簪，结果刚出当铺就被盯上了。她甩开跟踪的人，换回女装离开了莫苏城。按照之前的路线，鹿难烛一路南下的终点便是华夏山庄所在的樊梨城，可当鹿难烛来到樊梨城的门口时，心中莫名生出了一股怯意。

想到夏秦怡对自己深深的误会和那副不死不休的架势，鹿难烛一阵无力。

最后鹿难烛没有迈入樊梨城，而是连夜改道向西而行。

路上正好听说魔教和天穹剑派打得如火如荼，鹿难烛心想，也好，反正此行权当游历了，去见识见识江湖也好，而且她还有些话想当面问问公孙晴。

鹿难烛一路上心里美滋滋的，心想：夏秦怡一定想不到自己会去天穹山吧。

结果……

鹿难烛昨日刚到天穹山，就在这间客栈包了一个房间，还大方地预付了七日的房钱，准备先探清楚小镇的情况，打听一些消息，就去找公孙晴。

可她万万没想到，点的菜刚上桌，还没吃三口，夏秦怡就进门了！

鹿难烛心虚地拉上斗笠的面纱，看着面前的四菜一汤，心口隐隐作痛：这还是她第一次如此奢侈呢……

鹿难烛想起一件事来，心中感到无比庆幸。

还好她珍惜那支玉簪，没有戴在头上，不然……她忍不住喟叹一声，偷偷打量着夏秦怡，手中捏着筷子一下又一下，轻点着面前的碟子。

四菜一汤……

鹿难烛从小生活在天山下，由于物资上的匮乏，生活很贫苦，父母在时吃得也很简单，面前的这一餐是她活了十七年吃过的最丰盛的一餐……

美食的诱惑最终战胜了一切，鹿难烛拉下了挡着半边脸的面纱，夹起一块葵花大斩肉放入口中，软糯的口感和肉香充斥着整个口腔，使她满足地眯起了眼睛。

简单的人，总是容易满足和快乐。

谁能想到呢，风头正劲的丑侠会因为一道平常的菜式而感到如此惬意和满足。

鹿难烛很快便沉浸在美食中，悬着的一颗心也在不知不觉中放松了下来，而她的这番行为也误打误撞地起了意想不到的效果。

看到这青衫少女从最开始的怪异再到之后的坦然，夏秦怡默默地收回了对她的留意。

这少女提着一把文剑，或许并非江湖中人，一般寻常百姓家的女子不似江湖儿女这般洒脱，未婚女子以轻纱覆面的情况也很常见。也许是自己的身后跟着两位男子，惊到她了吧……

鹿难烛吃过饭，拉上面纱，背起木匣，提剑上楼。

进了房间后，她将房门反锁，拍了拍胸口，自言自语："真是……冤家路窄！"

一夜相安无事，第二日夏秦怡带人离开，鹿难烛刚刚洗漱完毕，房门却被敲响。

鹿难烛拉开房门，看到客栈掌柜一脸歉意地站在门口，道："姑娘……这……是您预付的房钱。"

"店家，这是何意？"鹿难烛问。

掌柜苦涩一笑，道："姑娘，您有所不知，昨天夜里镇子上又死人了，两个天穹剑派弟子在街口被人抛尸。哎……姑娘，对不住了，在下实在坚持不住了，准备先把客栈关了，到外面去躲一阵子，等风头过了再回来。昨夜的房钱我给您免了，您看……"

鹿难烛了然地点了点头，道："店家，您把我预付的房钱退还给我就是了，我收拾一下行装就离开。"

"姑娘，这可使不得！"掌柜道。

鹿难烛坚持没收免掉的那部分，掌柜谢过后又说道："姑娘……我看你不像江湖人士，听在下一句劝，离开这个是非之地吧！哎，我家祖祖辈辈生活在这里，祖产就是这间客栈了……"掌柜说到这里，脸上闪过一丝凄然，对着鹿难烛摆了摆手，转身离开。

鹿难烛看着掌柜离去的背影，内心升起一股同情，江湖动乱，祸及百姓，何处才是安居净土？

她不禁回忆起自己的童年，那时终日逃难；又想到世隐村，天山脚下虽然贫苦，但是也庇佑了童年的她不再四处漂泊。

……

夏秦怡带着青竹和飘雪来到天穹剑派的正殿，道：“晚辈夏秦怡见过司徒世伯。”

“快请坐，夏大小姐一路辛苦了。”

“晚辈听闻魔教猖獗，屡次滋扰贵派，特来尽一份绵薄之力。”

“夏大小姐能以正道武林的安危为己任，真乃华夏山庄之福。我已经在后山安排了客房，近来诸多武林同道来到天穹山，单独的小院已经住满了，还请夏大小姐不要介意。”

“世伯何出此言，晚辈并不打算住在山上，今日只是特来拜会，稍后便下山了。”

司徒空看了一眼青竹怀中的凤血刀，点了点头，道：“也好，如今派内鱼龙混杂，山下更安全些。”

夏秦怡不置可否地笑了笑，辞别司徒空，离开大殿，行不足百步，就听身后有人喊道：“夏师妹，请留步！”

夏秦怡转过身来，来人是苏慕白。她拱了拱手，道：“苏师兄。”

苏慕白看了看夏秦怡身后的随从，问道：“夏师妹可否借一步说话？”

“青竹，飘雪，你们先到山门等我。”

“是。”

待二人走远，苏慕白的目光柔和了起来，他说道：“夏师妹，自上次见到你，我就有好多话想和你说，可惜被魔教妖人搅了局。”

夏秦怡看着苏慕白，想起小时候她爹爹曾经和天穹剑派掌门切磋武学，带她到天穹山小住，她与苏慕白就这么认识了。可是自从那次分别以后，他们二人已经有十年不曾再见了。

夏秦怡面对眼前的故人，一时间也不知道说些什么好，便点了点头。

苏慕白笑道：“夏师妹长大了，上次见你，差点儿没认出来……你……不住在山上吗？”

夏秦怡摇了摇头。

“如今魔教妖人猖獗，山上安全些。”苏慕白继续道。

“正是因为天穹山易守难攻，我才没必要住在山上，反倒是住在镇子里，随时都可以和魔教交手。”夏秦怡说。

听到夏秦怡的话，苏慕白的脸上闪过一丝羞赧，说道：“夏师妹……真乃女中豪杰，不如……我去禀报师尊，同你一同下山吧，也好有个照应。”

“不必了，苏师兄与秦怡不同，苏师兄身为天穹剑派的弟子更应该守护山门。若苏师兄无别的事，秦怡便告辞了。”

“那……我送你。”苏慕白道。

夏秦怡几番相劝，苏慕白都坚持要将夏秦怡送到客栈。等四人来到客栈门口时，见门口停着两辆马车，掌柜已经将最后一扇窗打上了木板。

夏秦怡问道：“店家，您这是要歇业？”

掌柜拱了拱手，面带歉意地说道：“姑娘，对不住了，在下打算去亲戚家住一阵子，您换间客栈吧。”

于是四人沿着街道向西走去，寻找其他的客栈。

在拐过一个街角后，四人看到几个身穿天穹剑派弟子服装的人围在一起。

苏慕白走在最前面，三人看到苏慕白叫了一声“师兄”。

“出什么事了？”寻问间，夏秦怡三人走近，看到被天穹派弟子围住的正是和她有过一面之缘的青衫少女。

“师兄，昨夜两名同门死在镇中，被抛尸街口，我们在他二人的头发里找到了两枚毒针，那正是魔教玉面狐狸的杀人手法。这女子的打扮与那玉面狐狸如出一辙，我三人拦住她正想掀开她的斗笠，验明身份。”

鹿难烛紧了紧手中的文剑，心想回到世隐村一定要翻一翻黄历，是不是流年不利。先是被三人拦住怀疑自己是什么“玉面狐狸”，还没等自己开口解释，就看到夏秦怡远远地走了过来，她生怕被听出什么端倪，只能闭口不言。

苏慕白听完，上下打量了青衫少女一番，这三名弟子口中的“玉面狐狸”是魔教中人送给公孙晴的雅号。青衫少女此时的打扮确实和当时在屠魔大会上的公孙晴有几分相似，于是苏慕白拱了拱手，道：“姑娘，在下天穹剑派苏慕白，这三位是我的师弟，近来魔教妖人猖獗，不知可否请姑娘去除斗笠，让我等验明身份？”

鹿难烛没有说话，也没有动，她透过轻纱，眼睛一眨不眨地看着夏秦怡，心中暗自权衡。

若是她现在使出轻功逃走，夏秦怡肯定追不上她，可是……她身后站着的那两个男子似乎不好对付，而且自己拿着一把文剑却会武功，这个身份就不能用了；若是摘下斗笠，虽然可保一时无虞，但是说不定会有隐患……

鹿难烛的沉默，落在旁人眼中更像是一种无声的抗拒。

“师兄，和她啰嗦什么！”其中一位弟子说话间，反手朝着鹿难烛的斗笠打了过去。

预判到危险，鹿难烛的身体条件反射性地躲开。她心头一惊，死死地握住手中的文剑，控制住自己的身体，而这一闪一停的动作衔接得太快，让人看上去更像是身体一颤。

夏秦怡看在眼里，于心不忍，可已经来不及出言制止了。

随着“啪”的一声，鹿难烛头上的斗笠被掀翻，轻纱摇曳，斗笠在半空中转了一个圈，掉在身后的地上。

在场的男子无不吸了一口气。这青衫女子虽然只露出了半边脸，却已是美得让人挪不开眼，特别是斗笠下还戴了面纱，颇有一种“犹抱琵琶半遮面”的朦胧美感，也难怪会戴着斗笠示人！

鹿难烛的胸口一滞，无奈地看了夏秦怡一眼，心想：如果不是遇见你，就凭他们三个，能奈我何！

在夏秦怡看来，这目光中带着一丝哀怨，她被这样的目光扫过，心中懊悔：如果自己早点儿出言制止，或许可以避免……

夏秦怡忍不住多看了青衫女子几眼，华夏山庄客似云来，因此她也见过不少美人，而这青衫少女绝对是最美的。

鹿难烛盯着刚才打掉她斗笠的人一言不发，目光深幽。

男子的脸一红，偏开目光，期期艾艾地说：“姑……姑娘，对……

对不住，在下鲁莽了。”

鹿难烛收回目光，在众人的注视下，转身捡起斗笠，抖了抖上面沾染的尘土，戴到头上。她刚迈开步子，就听到夏秦怡叫她：“姑娘请留步！”

鹿难烛的嘴角抖了抖，无力地闭上眼睛。夏秦怡快步来到她身边，二人无言对视。

夏秦怡见青衫少女一言不发，心头生出一丝窘迫，她也不知道自己为什么会叫住这个只见过两次的少女，或许是自己心存愧疚吧。

夏秦怡道：“我看姑娘你拿着一把文剑，看来不像江湖中人。最近这镇子上不太平，姑娘可是来投奔亲戚的？”

鹿难烛想了想，点了点头。

夏秦怡又问：“可找到了？”

鹿难烛摇了摇头。

夏秦怡继续说道：“这镇子上许多住户都迁走了，怕是一时半会儿寻不到了，不知姑娘的家乡是哪里？”

鹿难烛被夏秦怡一连串的问题弄得手心直冒汗。夏秦怡听过她的声音，即使当时她刻意压低了声音，也不难分辨。她心虚地想着对策：对方有七个人，夏秦怡的武功不必说，特别是她带着的那两位，如果不是有绝对的实力，华夏山庄怎么可能就派两人护刀。

说话的工夫，剩下的几个人也陆续来到了夏秦怡的身后。

夏秦怡又道：“姑娘，你别误会，我们不是坏人……我叫夏秦怡。”

鹿难烛暗自腹诽：我当然知道你是华夏山庄的大小姐！

青衫少女缓缓地抬起手，指了指自己的脖子，随后摆了摆手。

看到青衫少女的动作，夏秦怡轻声问道：“你……不会说话？”

鹿难烛本想让夏秦怡觉得自己染上风寒说不出话，在听到夏秦怡的结论后又觉得这个说法也不错，便点了点头。

夏秦怡的心中划过一丝遗憾，这样美丽的女子竟口不能言，但很快这种遗憾就转化成了一种保护的欲望。

在夏秦怡看来，这青衫少女投亲不成，镇子里又不太平，她不会武功，又不会说话，偏偏生了一副绝世容颜，这样孤身一人上路实在是太危险了……于是她开口道："姑娘，若不嫌弃，你可以先跟我走，在客栈安顿几日，我再差人送你回家。"

鹿难烛心中回道：嫌弃，我非常嫌弃。可在这种情况下，为了不引人怀疑，她只得同意。

见青衫少女点头，夏秦怡开心地笑了起来，好像能为这少女做些什么，就可以抵消她心中的愧疚。

与天穹剑派弟子分别后，四人找到一间客栈，夏秦怡开了四间上房，按照以往的惯例，夏秦怡的房间会在中间，左右两边是青竹和飘雪的房间。

可这次，夏秦怡考虑到青衫少女的安全便把对方和自己的房间安排在了一起，青竹和飘雪的房间依旧在最外两侧。

"姑娘，这是你的房间，一个时辰后用膳。"店小二说罢，退了下去。

鹿难烛进入客房，插上门闩，反复检查了几次才到桌前坐定。她摘下斗笠，墨色的长眉纠结在了一起。

事情为什么会发展成这个样子？鹿难烛打开长匣，沧龙剑散发着温和的蓝光。

鹿难烛从包裹中找出玉簪也放在长匣内，然后抱着长匣翻身上了横梁，将匣子藏在上面。从横梁上下来后，鹿难烛扶额轻叹，这匣子突然就不见了，岂不让人怀疑？

鹿难烛只得二次跃上横梁，将匣子取了下来。

她发现每次遇到夏秦怡，总会发生一些奇怪的事情。

一个时辰后，伙计来告诉鹿难烛，饭菜已经准备好了。鹿难烛本想说自己在房中用，又想起自己"不会说话"，心中顿时有一种搬起石头砸自己脚的感觉。

夏秦怡倒是很周到，她挑了一张角落里的桌子，让青竹和飘雪坐到另外一桌，而她们就坐在角落里。

如此落座，就只有夏秦怡一人能够看到鹿难烛的容貌。

鹿难烛也体会到了夏秦怡的用意，这位大小姐似乎与她印象中的有些不同。

菜已经上齐了，十二菜一汤，四方的八仙桌上摆得满满的。

鹿难烛放下木匣，摘下斗笠放在木匣上。

夏秦怡一直看着青衫少女，适才的惊鸿一瞥她并没有看得十分仔细，此时得以细看，发现这青衫少女的皮肤极好，白若琼脂，吹弹可破，一对长眉如墨。特别是少女的眼睛，黑多白少，闪烁着童真的光芒。

这样的眼神，是她这种百年世家出来的大小姐所没有的。

鹿难烛佯装没有察觉到夏秦怡的打量，她心中纵有万般无奈，还是伸手扯下了覆在脸上的面纱。

夏秦怡终于得见青衫少女的全貌，虽同为女子，也不禁一阵恍惚。

这青衫少女露出藏着的半边脸后，不仅没有削弱她丝毫的美，反而稍稍改变了她的气质：高挺的鼻梁衬得她的五官越发深邃，眉宇间也多出了三分英气。

鹿难烛对上夏秦怡的目光，夏秦怡仿佛“偷窥”被抓一般，脸颊透粉。

鹿难烛见状，微微一笑，唇红齿白。

“你真好看……”由衷的赞美脱口而出。当夏秦怡意识到自己说了什么之后，脸颊上的颜色由粉转红。

鹿难烛行走江湖快一年，夏秦怡是第一个见到她真实面目的人。她曾经经历过大丑大美，心境绝非一般女子可比，所以她面对夏秦怡的称赞，只是淡淡一笑。

夏秦怡想起对面的少女口不能言，便转过话头继续说道：“我不知道你喜欢吃什么，就荤素各半，你尝尝。”

鹿难烛看着桌子上的菜，先夹起了一只水晶虾仁。这一般肉食还好，鱼虾是在天山绝对吃不到的食物。上次她本想点一道来尝尝，奈何价格太高，她要留些银子给全村买些生活必需的盐、铁。

夏秦怡握着筷子，胳膊拄在桌上，注视着鹿难烛将虾仁送到嘴里。

虾仁的滋味鲜美，又有一般肉食不具备的脆弹口感。鹿难烛幸福地眯了眯眼，那模样就像是吃饱了，躺在阳光下的慵懒猫儿。

夏秦怡已经不需要再问味道了，看到少女的表情就知道她很满意。也许是少女的样子太过讨喜，她单单只是看着对方满足的神情，就跟着开心了起来。

看着鹿难烛试吃了三四道菜，最中意的似乎还是水晶虾仁，便记在心里。

夏秦怡暗笑自己做无用功，她与这少女萍水相逢，也许以后不会再见了，记这些何用?

夏秦怡回过神，见青衫少女停下了筷子，正看着自己。

“怎么了？”夏秦怡问。

少女微微偏着头，对着夏秦怡眨了眨眼。

夏秦怡迅速领悟，问道：“你是叫我吃饭？”

鹿难烛点了点，心想：大小姐，你不吃，我怎么好意思继续吃呢！

夏秦怡嘴角勾起一丝弧度，夹起一根青菜吃了进去。她看到少女在自己动过筷后，用膳比适才更加开怀，便垂下眸子，忍俊不禁。

生在钟鸣鼎食之家，夏秦怡的生活奢华无比，外面能入她眼的吃食寥寥无几。但此时吃这顿饭，她的心情是很愉快的。

夏秦怡简单吃过几口便不再进食，她看着少女问道：“你喜欢吃鱼虾？”

鹿难烛点了点头。

夏秦怡道：“我家在水乡，盛产鱼虾，若有机会你可以来寻我！”

鹿难烛心想：算了吧，我们还是就此别过，望三年五载别再相见了。

“我家就在樊梨城……”夏秦怡的话说了一半，忽然顿住了。她心想：这少女不会武功，也不知她家在何处，况且她们认识的时间这么短，对方怎么可能会去找自己呢?

夏秦怡道：“我已经差人送了信，过几日就会有人来送你回家了。对了，你家住哪儿呢？你……可会写字？”

鹿难烛点了点头。

夏秦怡笑道：“如此就方便多了！”

吃过饭，鹿难烛独自回到房间，夏秦怡则提着凤血刀带着两位家仆出门了。

鹿难烛在房间中惆怅了片刻，便安慰自己：既来之，则安之。

不一会儿，店小二提来热水，鹿难烛美美地泡了一个澡，擦干了头发，躺在床上看着窗外的夜幕。

夏秦怡还没回来，自己的计划也因为遇到她而被打乱了。

鹿难烛突然从床上坐起，警觉地看向门口。没过多久，房门就被敲响了。

夏秦怡看到鹿难烛只穿着一件单薄的中衣，青丝披散，歉意地说道：“姑娘……你睡了吗？”

夏秦怡带着青竹和飘雪去支援守城的天穹剑派弟子，正好碰到魔教进犯，双方大打出手，回来得有些晚了。

鹿难烛的鼻翼动了动，她从夏秦怡的身上闻到了一股淡淡的血腥味，又看到夏秦怡手中拿着文房四宝，偏过身子请夏秦怡入内。

二人于桌前对坐，夏秦怡一边研墨一边对鹿难烛说：“姑娘，你暂时待在这间客栈里不要出去，最近外面不太平。”

鹿难烛点了点头，借机打量夏秦怡，见她的神情略带疲惫，并不像受伤的样子，也就放下心来。

夏秦怡继续说：“喏，好了，我提问题，你来写。”

夏秦怡将宣纸推到鹿难烛的面前，眨了眨眼，问道：“你叫什么名字？”

鹿难烛本想随便编一个名字，可是落笔时还是工工整整地写上了“鹿难烛”三个字。

“鹿难烛。”夏秦怡喃喃地念了一遍，拿过毛笔在旁边写上了“夏秦怡”三个字，“这是我的名字。”

鹿难烛点了点头。

夏秦怡将毛笔递还给鹿难烛继续问道：“你家住在哪里？”

鹿难烛想了想，择中选了个地方，将“冀州”两个字写了上去。

夏秦怡看着鹿难烛的手指，白皙纤细，握笔的姿势很好看。她又问：“鹿姑娘家中还有何人？”

鹿难烛垂下眸子，脸上的表情坦然，写道：考妣仙逝，独我一人。

昏黄的油灯下，夏秦怡看着鹿难烛的皮肤泛着温和的象牙白，她没想到萍水相逢的她们竟会是同病相怜。

鹿难烛见夏秦怡正看着自己，便对着夏秦怡眨了眨眼。后者别开目光，说道："天色已经不早了，鹿姑娘好好休息，我先回房了。"

送走了夏秦怡，鹿难烛看着宣纸上的字若有所思，随后她吹熄油灯，仰面躺在床上。装着沧龙剑的木匣就放在内侧，她轻抚木匣，叹了一口气。

这次再见夏秦怡，她的身上已经不见了当日的凌厉，而且也没有什么大小姐的架子，可以说在很多方面都顾及到了自己的感受，也许这才是她的本真。

鹿难烛不知道百年之前的江湖到底发生了什么，但她记得，天穹山上，自己手持沧龙剑大战凤血刀时，从心中涌出的浓烈战意。这感觉是沧龙剑传给她的，而且通过刀剑相撞，她从凤血刀上也感到了相同的反应。

怪侠留给她的信中，对凤血刀之事只是淡淡地提了一笔。鹿难烛觉得在百年之前，这两把兵器一定存在着某种渊源，只可惜怪侠留下的线索太少了。她和夏秦怡之间还有一场胜负未分的对决，也许这一战不知道什么时候就悄然降临了。

鹿难烛侧过身，将一条胳膊搭在木匣上，才安心地睡去。

又过了三日，白日里夏秦怡会带鹿难烛到镇子上转转，一边走一边为鹿难烛介绍此地的风土人情，有时候也会说起江南风光。

夏秦怡很耐心，语气轻柔，声音软糯。与避世长大的鹿难烛相比，夏秦怡可谓是见多识广，她知道许多鹿难烛闻所未闻的事情。

鹿难烛听得很认真，心态也在不知不觉地转变着，从最开始的排斥和逃离，到后来的淡然共处。

夏秦怡从未嫌弃过鹿难烛的"缺陷"，甚至在对鹿难烛说话的时候，语句多为陈述，很少会提问题。

对于鹿难烛来说，与夏秦怡共处最大的福利就是她的盘缠没有再减少，夏秦怡大方地承包了所有费用，每顿饭都很丰盛，客栈墙上挂着的菜式几乎都吃了一遍，不过每天都会有一道水晶虾仁不曾变过。

夜间无事，夏秦怡便会拿着纸笔到鹿难烛的房间里来，一个说，一个写，倒也融洽。

三天的时间虽短，夏秦怡对鹿难烛的称呼已经由最开始的“鹿姑娘”变成了“小鹿”。可鹿难烛隐隐有些担心，因为再过几日夏秦怡从华夏山庄调派的人手就该到了。照目前的情况来看，夏秦怡一定会叮嘱他们将自己安全地送回家中，到时候她岂不是露馅了？

这天夜里，鹿难烛躺在床上，辗转反侧，最后决定离开。

夏秦怡的房间就在她的隔壁，自己若是悄无声息地离开，一定会引起她的怀疑。

可这也是没有办法的办法，况且……这次一别，今后在江湖上，夏秦怡不会再遇到鹿难烛这个人了。想到这里，不知怎么，鹿难烛的心头划过一丝难过……

天山中仅存五户，多为老人，除了她，只有小虎子和小豆芽两个孩子，可他们在年龄上还是有些许差距。鹿难烛从小就没有年纪相仿的玩伴，抛开“丑侠”的恩怨不谈，她和夏秦怡相处的这段时间的确很舒服。

虽然不过短短三日……

次日一早，早膳已经上桌，却迟迟不见鹿难烛出现。她一向守时，特别是在吃饭的时候，今日怎么还没起？莫非是生病了？

“大小姐，我去叫鹿小姐下来。”

“男女有别，你和飘雪先吃吧，我上去看看。”

“是。”

夏秦怡来到鹿难烛的门外，对门内喊道：“小鹿，你在里面吗？”

因为鹿难烛“口不能言”，平时也是没有回应的，可是今日的房间里一点儿声响都没有，静得吓人。

夏秦怡的心头一紧，又敲了敲，继续道：“小鹿，我进来了！”

房门并没有锁，推开后，房间中却不见鹿难烛的身影。夏秦怡紧张地寻觅，在桌上发现了一封信。她抖开宣纸，上面是鹿难烛俊秀的字迹：多谢照顾，就此别过。

宣纸的背面写着的正是她们第一次沟通时的内容，没想到她还留着。

夏秦怡捏着宣纸，看着那晚她们互通姓名，写在宣纸上并列的两个名字，久久无言。

房内所有的属于鹿难烛的东西都不见了，她的房间就在自己的隔壁，如果她真的不会武功，怎么能做到不惊扰自己和另一边住着的青竹，就这样无声无息地离开？

更何况，她还背着一个终日不离身的木匣。

夏秦怡的心中涌上一股酸涩，她不知道是因为鹿难烛的不辞而别，还是因为她隐瞒自己不会武功。

“你……到底是谁？”夏秦怡喃喃道。

青竹和飘雪看到夏秦怡一个人走了下来，问道：“大小姐，鹿姑娘怎么了？”

夏秦怡淡淡地说道：“以后不要提她了。”

二人怔了怔，回道：“是。”

第五章

鹿难烛昨夜换上丑侠的行头，将自己的女装装到木匣内，跳窗离开。她连夜出了小镇，在城外的一座破庙借宿了一宿。

这一夜，鹿难烛藏在破庙的横梁上，彻夜未眠，脑海中闪过的都是夏秦怡找不到她的样子。虽是情非得已的欺骗，鹿难烛却在对方那里收获了坦诚相待，这份愧疚重重地压在了她的心上。

直到天刚蒙蒙亮，鹿难烛才酝酿出了些许睡意。在她睡眼蒙眬之际，破庙的门“吱呀”一声被推开了，接着有人道：“教主，您怎么亲自来了。”

听到这声音，鹿难烛顿时睡意全无：公孙晴！

鹿难烛屏住呼吸，下面响起了一个沙哑的声音：“本座听说行动毫无进展，来看看。”

“教主，天穹剑派上山的路只有一条，司徒空那老儿不仅派了大量弟子守在上山的路上，而且还设立了不少机关箭楼，就连山下也有弟子巡视。不过这几日，我们已经杀了不少巡街弟子丢在街口，算是给那司徒老儿一点儿警告。”

“本座听说，凤血刀刀主也到了天穹山下，可属实？”

“回教主，确有此事。想不到那小丫头也来了，不过有两位高手跟着她，几日前她带着那二人大战八位教众，造成六死二伤……”

“哦？没想到华夏山庄还有此等高手？看来本座要亲自登门拜访了。”

“怎敢劳烦教主亲自动手，您若出手，岂不是属下办事不力？”

魔教教主要抢凤血刀？那夏秦怡岂不是有危险？该怎么办？要

不要提前通知她……想到这里，鹿难烛的心跳不受控制地加快。

“什么人？”魔教教主怒喝一声。

鹿难烛立刻飞身跃出，几乎是同一瞬间，随着“啪”的一声，鹿难烛适才藏身的横梁木屑飞溅……

鹿难烛心头一沉，这魔教教主非同小可，自己已经屏住了呼吸，只是因为心跳的声音快了些，就被他发现了！

鹿难烛落在地上，却不敢驻足，再次提气，直接飞出了破庙。就在鹿难烛刚才借力的那块布满杂草与尘土的地砖上，赫然钉着一枚鬼头钉。

鹿难烛只要稍慢一步，就会被射中！

“是你？”鹿难烛听到公孙晴的声音，却丝毫不敢停留，飞在半空中转头向后看到穿着一身暗红色长袍的公孙晴，她旁边站着一位一袭黑衣、身材瘦削、戴着鬼王面具的男子。

那魔教教主正欲再追，却被公孙晴挡在面前，道：“教主，莫追！”

鹿难烛不断地在空中使出叠步，一口气飞出很远才落地借了一次力，再次飞走。

魔教教主看着鹿难烛的背影，眯了眯眼，问：“晴儿，为何拦住本座？”

“教主，属下认得他，他就是沧龙剑剑主丑侠。教主您神功盖世，若是一不小心将他重伤，恐怕拉此人入教便会更加困难了。属下听说，正派那些伪君子都在打听他的消息，意欲夺取沧龙剑，而且如今那些伪君子已经将此人归于圣教，属下已有一计……”

“嗯。本座亦有所耳闻，此人乃君莫笑的传人，刚才的那手轻功确实漂亮！你告诉他，只要交出君莫笑留下的武功秘籍，本座允许他自留沧龙剑，而且还会封他为圣子。”

夜幕降临，鹿难烛折返回之前的破庙，把木匣藏在破庙还未损毁的横梁上。翻身落地后，她又将钉在地上的鬼头钉取了出来，走出破庙。

鹿难烛想了大半日，还是决定通知夏秦怡。她来到夏秦怡投宿的客栈附近，藏在客栈外的一棵古树上，捏着手中的破布和鬼头钉。

“嗖”的一声，鬼头钉破窗而入！

“什么人？”鹿难烛听到夏秦怡的声音，使出轻功遁走。

身后传来“哗啦”一声，飘雪破窗而出，追了出来。鹿难烛回头看了一眼，将速度提到最快。她和飘雪始终保持着一丈远的距离，飘雪明显追不上她，却丝毫没有放弃的意思。

鹿难烛一口气飞出小镇，见还是只有飘雪一人追来，便放慢了速度。

客栈中，青竹第一时间冲进了夏秦怡的房间，问道：“大小姐，您没事吧？”

夏秦怡摇了摇头。

青竹从墙壁上取下鬼头钉和被钉在墙上的破布，道：“是魔教！”

“把布给我。”

“是。”

夏秦怡抖开破布，上面写着歪歪扭扭的五个字：欲取凤血刀。

月圆无星，城郊的树林很静，惨白的月光将树影拉得老长，树林中传出阵阵虫鸣，显得十分诡秘。

鹿难烛停在一块空地上，紧追不舍的飘雪拦在了鹿难烛的身前。

“是你！”飘雪认出丑侠的身份，从腰间抽出一把软剑，抖动的剑身反射出阵阵白光。

鹿难烛抬起手，欲取下沧龙剑，但飘雪似乎对沧龙剑颇为忌惮，并不给丑侠拔剑的时间，抖着软剑就冲了过来。

鹿难烛足下轻点，拉开了和飘雪的距离，趁着这个空档摘下背在身后的沧龙剑，朝着背后的树干猛地一踏，剑锋直指飘雪面门。

飘雪收住身形，手腕以特殊的姿势一甩，软剑竟缠上了沧龙剑的剑身。

鹿难烛勾了勾嘴角，手臂一转，随着一阵刺耳的金属摩擦声，缠在沧龙剑身上的软剑被弹开。

飘雪持剑的手也向后扬了些许，鹿难烛向前压进一步，将沧龙剑垂在身侧，使出三十六路天罡腿，踹在飘雪的胸口，飘雪接连退了数步，才勉强稳住身形。

鹿难烛看着狼狈的飘雪，面具后那双如墨的长眉微微蹙起，心想：本以为华夏山庄派来保护夏秦怡的会是绝顶高手，没想到这人的身手竟然如此不济！

其实，飘雪虽然年轻，但绝对有资格跻身同龄人中一流高手的行列，特别是那把蚕丝软剑，一般的兵器只要被它缠上就算不被勒断也会出现裂痕。只可惜他的那把软剑这次遇上的是与神兵凤血刀齐名的沧龙剑，正是他的克星。

鹿难烛对敌经验太少，她并不知道以她的年龄能有这样的身手，已经是怪物般的存在了！

魔教的修罗、荒火两位使者均已年过四十，鹿难烛曾经单手接下修罗的全力一击，还硬扛荒火一掌，之后又拼着受伤的身体大战荒火得胜，这样超群的实力，自然不是飘雪能够应对的。

要不是当初鹿难烛的招式太过匮乏，沧龙剑又是初现剑芒，夏秦怡未必有能力和她打成平手，毕竟当年的君莫笑凭借着一本《天魔功》在年纪相仿的人里已经难逢敌手。

飘雪心下大骇，运动真气压下胸口的一阵阵翻涌，心想：没想到这丑侠的武功竟然如此之高，内力更是深不可测，自己自幼接受最艰苦的训练，自问修为不弱，可是刚才自己使出全力竟然都追不上他，自己和他都是一口气飞出了镇子，观他的气息依旧绵长持稳，而自己……

飘雪提起十二分的小心，使出全力，再次攻了上去，只可惜成效不大。

因为兵器特殊，飘雪的剑法以“绕字诀”为基础，再配合上他那鬼魅的身法，一般人难以招架。但是，对上了丑侠之后，飘雪感觉他面对的仿佛是一望无际的大海，任自己如何搅弄也掀不起大浪。

鹿难烛的一招一式都加持了内力，飘雪缠上来的剑被一次次无情地弹开，而且每一次弹开后，飘雪都会感到胸口一阵翻涌。他越打越心惊，不禁开始质疑起山庄的情报：这丑侠的年纪真的不大吗？年纪轻轻的怎么可能有如此深厚的内力？

经过几个月的沉淀，鹿难烛早已不是昔日那个只会最基本招式的江湖新手了，如今她的招式大开大合，看上去虽简单，却暗藏变化，收发自如。

不出十招，飘雪再次被鹿难烛逼出破绽，胸口中了一脚，重重地飞了出去。

飘雪趴在地上后，又滑出很远才停下。鹿难烛收起沧龙剑，轻叹一声，转身离去。

飘雪嘴角挂着血渍，发丝凌乱，雪白的衣衫上尽是泥土，特别是胸口的两个脚印十分醒目。他踉跄地回到客栈，青竹连忙上前扶住了他，惊道："飘雪！"

夏秦怡道："青竹，先把飘雪扶回房间，我去拿化瘀散。"

飘雪服过药，半靠在床上，脸色很差。

夏秦怡问："飘雪，是谁把你伤成这样？对方有多少人？"

飘雪咳了两声，回道："大小姐，是……丑侠！"

"什么？岂有此理，这个魔教妖人，我们没去找他，他倒是自己送上门来了！"青竹义愤填膺地说道。

"飘雪，你确定没有看错？"夏秦怡问道。

飘雪坚定地摇了摇头，道："大小姐，属下确定，那身行头，还有沧龙剑，属下绝对不会认错的！"

夏秦怡陷入了沉默，短短四个月，这人的武功居然进步得如此神速。

青竹神色凝重地说道："大小姐，给三老太爷送信，请他老人家亲自出马吧！一个玉面狐狸已经很难对付了，现在又来了个丑侠，大小姐……"

飘雪弄出这么大的动静去追丑侠，不少人都听到了。

第二日，魔教夜袭华夏山庄大小姐，欲夺凤血刀的消息不胫而走，夏秦怡接受了青竹的建议，将事情的原委写在信中，传给三老太爷。

天穹剑派听说后，派出数十位弟子，一半用来全镇搜索，一半用来保护夏秦怡。

丑侠出现在小镇的消息传开后，华夏山庄外出寻找丑侠的子弟纷纷打着“保护凤血刀”的旗号火速朝着小镇赶来。

烈刀门掌门侯如烈，更是亲率百名弟子奔赴天穹山下，魔教频频进犯之时也不见侯掌门亲自出山，如今因为一个丑侠如此兴师动众，实在是令人深思。

各方赏金猎人闻风而动，由各地出发，前往天穹山。

天穹剑派掌门费尽心思办了一场屠魔大会招来的帮手，还不及丑侠引来的一半。

这，就是江湖。

而“始作俑者”鹿难烛对此却浑然不觉，她依旧藏在郊外的破庙中。在她看来，最危险的地方就是最安全的地方，魔教教主曾在这里暴露行踪，应该不会再来了。

她白天休息，夜里出门，一边留意镇中的情形，一边寻找公孙晴。

有几天夜里，她冒险来到镇中，潜伏在夏秦怡投宿的客栈外面，抱着沧龙剑坐在枝叶繁茂的树冠粗枝上，倚着树干，直到天蒙蒙亮才离开。

这天夜里，鹿难烛又来到了客栈外，坐下没一会儿，便直起了身子。她看到夏秦怡拿着凤血刀，带着青竹和飘雪从客栈里出来，向出镇的方向走去。

待到三人走远，鹿难烛悄悄地跟了上去……

三人似乎一路都在交谈些什么，她因为没敢跟得太近，听不清楚。

夏秦怡一直走到镇子口才停下，鹿难烛远远地藏在暗处。

“出来吧！”寂静的夜里，青竹的喊声传出很远。

鹿难烛的心头一紧，刚想从小巷中出去，就看到另一边穿着一袭白衣，头上戴着斗笠的女子，带着四名手下走了出来，道：“夏大小姐好兴致，这深更半夜的，还带着家奴出来赏月。”

飘雪与青竹各自抽出兵器将夏秦怡护在中间，喝道：“玉面狐狸，你好大的胆子！”

鹿难烛摇了摇头，心想：原来公孙晴就是玉面狐狸，难怪那日自己会被天穹剑派弟子拦住。

狭路相逢勇者胜，青竹与飘雪已经冲上去与四名魔教弟子站在一处，夏秦怡却慢了半拍。她看着公孙晴的一身行头，与心中浮现的一个影子渐渐重合。

凤血刀出鞘，公孙晴丝毫不敢大意，抽出佩剑还击。

这次公孙晴带来的是魔教中的高手，青竹和飘雪被缠住，百招之内很难脱身。

鹿难烛藏在暗处，目不转睛地看着夏秦怡和公孙晴的战局。十招过后，鹿难烛看出公孙晴的武功要稍强于夏秦怡，不过夏秦怡有凤血刀在手，百招之内，胜负还不好定论。

飘雪之前受了内伤，三十招过后，逐渐体力不支。

魔教弟子也看出了这一点，留下一个人缠住飘雪，剩下的那个绕到另一边，帮助公孙晴对付夏秦怡。

以一敌二，夏秦怡很快就显出劣势来。这时，打远处传来了隐隐的车轮滚动的声音。

鹿难烛蹲下去，在地上摸索，想探寻这声音的方向。

“叮”的一声，夏秦怡的凤血刀被公孙晴架住，而旁边的魔教弟子趁机朝着夏秦怡的腰部攻了过去！

“大小姐小心！”青竹的喊声传出很远，他这一分神，被魔教弟子找准机会，胳膊上中了一刀，鲜血喷涌。

夏秦怡在地上狼狈地翻了一圈，堪堪躲开了致命一击。

魔教弟子提刀再上，朝着夏秦怡的头砍了下去。

鹿难烛的心口一紧，忍不住向外冲，却意外地摸到了一块石子，她毫不犹豫地朝着魔教弟子的小腿打了过去。

石子击中腿弯，猝不及防之下，魔教弟子膝盖一软，单膝跪在地上。

夏秦怡找准时机，提刀斜削上去，魔教弟子的胸口被砍开一道口子，倒在了地上。

这一幕来得太快，公孙晴眼睁睁地看着面前诡异的一幕，身形一顿。

鹿难烛看到夏秦怡趁机站了起来，大大松了一口气。

“大胆魔教妖孽，还不速速受死！”如洪钟般的声音从远处传来。

鹿难烛被这声音激得内息一荡，她透过面具上的小孔向远处看去，夜色浓重，不见其人。好深厚的内力！

公孙晴脸色十分难看，凤血刀近在咫尺，却又是功亏一篑。她银牙暗咬，朝着鹿难烛的藏身之处恶狠狠地扫了一眼，道："撤！"

公孙晴当机立断带着余下的三位魔教弟子火速撤离，刚才那一声狮吼功震得她内息乱窜，此地不宜久留！

几乎是同时，鹿难烛也跃出了黑暗的小巷，朝着完全相反的方向飞去。

"大小姐，你看，魔教还有埋伏！"青竹道。

青竹指着鹿难烛的背影，鹿难烛的速度很快，但夏秦怡还是看到了她背后的那一抹温润的蓝光。

随着一阵猎猎的布料抖动声，一位头发花白的老者落到夏秦怡的身边。老者穿着一袭名贵的长袍，头戴纶巾，花白的胡子垂到胸口。若不是老者凌空飞来，单看这身行头，更像是一位儒雅的富绅。

老者唤道："秦怡！"他上下打量着夏秦怡，关切之情溢于言表。

夏秦怡道："三爷爷，劳烦您亲自来，秦怡不孝。"

三老太爷道："你这丫头，这天穹山下危机四伏，你好好待在客栈里等三爷爷就是了，何必出来。"

"三爷爷一路辛苦，秦怡哪能不亲自迎接呢？孙女已经给您备下了酒席，我们回去吧。"夏秦怡的脸上带着甜甜的笑容，搀住了老人的胳膊。

"你这丫头！"三老太爷见夏秦怡如此，不禁露出慈祥的笑容。

几人在原地等了一会儿，马车才到。

三老太爷道："丫头，上车吧！"

夏秦怡依言先蹿上了马车，飘雪和青竹坐在了车夫的左右。

回到客栈，酒席已经备好，客栈中住的其他江湖客听说华夏山庄三老太爷亲临，纷纷现身拜会。

酒席一直吃到二更才结束，夏秦怡小酌了几杯，微醺着回到了房间。

沐浴过后，酒气发散，夏秦怡疲惫地躺在床上，回想起刚才发生的一切，心想：那抹温和的蓝光，是沧龙剑没错……

但是那魔教弟子突然失去平衡跪倒在自己面前，她才得以化险为夷。

夏秦怡自言自语："他又救了我……"这已经是第二次了。

夏秦怡闭上眼睛，脑海中闪过在天穹剑派的一幕，也是丑侠奋不顾身地出手，她才保住了凤血刀，今夜也是……既然他两次出手帮我，为何又要说欲取凤血刀？还有那鬼头钉，分明就是魔教之物。

夏秦怡想不通其中的关节，所有的证据都直指丑侠是魔教中人，可是他的行为却透着怪异，让人猜不透。

丑侠，你到底是谁？有何目的？

夏秦怡不胜酒力，思绪开始凌乱。她的眼前一会儿闪过丑侠，一会儿又闪过鹿难烛。她很清楚，小鹿绝对不是玉面狐狸，虽然她们的打扮很像，但小鹿要比公孙晴更高挑一些，一个人可以想办法改变容貌，却无法改变身量。

突然，夏秦怡噘起嘴巴，眼睛闭着，眉毛却纠结在一起，一脸的委屈，喃喃地说道："小鹿……"

鹿难烛并不知道她的不告而别会让夏秦怡耿耿于怀，她以为夏秦怡并不会在意，却不知道夏秦怡只是碍于身份没有表现出来，其实夏秦怡是在乎的。

夏秦怡从小生活在那样的大家族中，过着明争暗斗的生活，而鹿难烛身上的纯净深深吸引着她。最开始的放松交谈，是因为鹿难烛并非武林中人，再加上她口不能言让夏秦怡放心，可是随着沟通的增多，鹿难烛在夏秦怡心中也慢慢地变得特殊了起来。

夏秦怡还计划着，先将鹿难烛送离这个是非之地，再让家仆记住她的住处，如果她真的无依无靠，等到事情忙完了，可以考虑把她接到华夏山庄去。

只不过这一切设想都随着鹿难烛的不告而别而终止了。

夏秦怡的呼吸逐渐平稳，很快便睡着了。

时间倒回一个时辰之前，在小镇的郊外，两个人在不知疲惫地追逐着。

鹿难烛稳稳地飞在前面，公孙晴紧追不舍。她看着丑侠的背影恨得牙痒痒，心想：又是这家伙搅局！两次都是因为他捣乱，自己才没能拿到凤血刀。

追了两刻钟，公孙晴暗自心惊：这家伙的武功又精进了，上次见面还与自己不相伯仲，短短四个月，自己竟然追不上他了！难怪教主想要君莫笑留下的武功秘籍！

“你给我站住！”见丑侠无动于衷，公孙晴怒喝道，“你再不停下，我就要放暗器了！”

果然，在听到公孙晴这么说之后，鹿难烛身形一顿，落在了地上。

公孙晴落在丑侠身后不远处，不满地“哼”了一声，问道：“刚才是不是你在暗中出手帮她？”

鹿难烛诚实地点了点头，公孙晴一把摘下头上的斗笠，道：“你为何三番五次地搅局？”

见丑侠不回答，公孙晴向前迈了一步，不怒反笑，她娇滴滴地说道：“你喜欢她？”

鹿难烛连忙摇了摇头，心想：我与她都是女子，谈何喜欢。

公孙晴继续道：“哼，你在我面前不必遮遮掩掩。我圣教中人，可不是那些伪君子，若你因为喜欢她而帮她，我倒是可以原谅你。”

鹿难烛无奈地叹了一口气，压低声音回道：“你们为什么要抢人家的东西。”

公孙晴听完，笑得灿烂，说道：“你还是那么天真，凤血刀乃神兵利器，江湖人人梦寐以求，你以为只有我们圣教想要？哼，那些名门正派的伪君子也想要，只不过忌惮于华夏山庄的势力不敢动手罢了。你说他们明明想要，还要装出一副道貌岸然的样子，是不是伪君子？”

鹿难烛道：“我不想和你争论这些，既然今日遇见，我正好有个问题要问你。”

公孙晴抱住胳膊，说：“我为什么要回答你？”

鹿难烛被公孙晴噎到语塞，她见识过公孙晴的难缠，既然对方不愿回答，也不必强求。

公孙晴见丑侠转身欲走，连忙叫住："哎，我说你这个人，不仅是个闷葫芦，脾气还这么倔！好好好，你问吧，我若是能回答就回答你！"

鹿难烛道："我想知道'包打听'是不是你们安排的？"

公孙晴否认："不是。"

鹿难烛蹙眉，心中的疑惑更深了。如果"包打听"不是魔教中人，那又为什么断言自己就是魔教中人？"包打听"到底是谁呢……

鹿难烛觉得她面前是一片浓厚的迷雾，她拨不开，也看不透。

这一年多的江湖路，看似平常，却总透着几分诡秘，难道是自己的错觉吗？可是为什么她总觉得有一只看不见的手在推着她走？

见丑侠沉默，公孙晴开口说道："我也有几句话想对你说，你要不要听。"

鹿难烛点头。

公孙晴道："你背后的那把沧龙剑在百年之前是与凤血刀齐名的神兵利器，只不过因为它消失了近百年，风头被凤血刀盖过了。但是你要明白，神兵永远都是神兵，如今江湖中人人都说你出自圣教，那么那些伪君子杀你夺剑，就是名正言顺地为武林除害。我已经得到了消息，这几日有不少江湖人士入镇，我想都是冲着你的沧龙剑来的。"

公孙晴继续道："沧龙剑的上一任主人是怪侠君莫笑，如果我没有猜错的话，你就是君莫笑的传人，对不对？"

鹿难烛点了点头。

公孙晴继续说："百年前，君莫笑弱冠之年就能力挫江湖各派名宿，他留下的武功秘籍并不比沧龙剑的诱惑小，你可明白？"

鹿难烛道："多谢相告。"

公孙晴笑着摇了摇头，说："真不知你是在哪儿长大的，心思竟然如此单纯。我和你说这么多不是为了提醒你，而是在拉拢你，你可愿意加入圣教？如今你的处境很危险，加入圣教可保你无忧。教主也非常赏识你，他让我转告你，若你肯加入圣教，允许你自留沧龙剑，还会对你委以重任！”

鹿难烛沉默片刻，坚定地摇了摇头。

公孙晴意外地说道：“为什么？现在名门正派的那些人都在说你是圣教中人，可是你却得不到圣教的庇护，何不借势加入圣教？难道……你也如那些伪君子一般？”

鹿难烛道：“你们的圣教和那些名门正派在我眼中都是一样的，你们想要剑也好，想要武功秘籍也罢，我自有我的办法。”自己身为怪侠的传人，怎么可能再拜他们？

公孙晴道：“你要想清楚！那些伪君子已经容不下你了，你还要与圣教为敌？我承认你武功很高，但在这片江湖，能杀你的大有人在！”

鹿难烛说：“我从未想过与任何人为敌……”

公孙晴眼神复杂地看着丑侠，如果这话是从别人的口中说出，她一定会忍不住大笑，可是面对丑侠，她却笑不出来。她曾经算计过他，荒火还打伤过他，可是与这人再见面时，她在他的身上却感觉不到丝毫的怒气。四个月不见，他的武功已经在自己之上，就算趁机报仇也是应该的，可是他并没有……

公孙晴又回忆起他们二人在天穹山下第二次见面时丑侠那懵懂的模样，不着痕迹地收起了手指缝中夹着的毒针，心想罢了！

“我劝不动你，也打不过你，你走吧。凤血刀和沧龙剑，圣教志在必得，今后再见，我们就是敌人了。”

公孙晴目送鹿难烛消失在夜色中，沉默无言。对于自己最后没有放出毒针的这件事，她既后悔，又有些庆幸。

公孙晴长得虽美，却是个不折不扣的蛇蝎美人，心思狠毒，杀人如麻。她自己都想不到，最后一刻自己竟然收了手。

公孙晴咬了咬下唇，自言自语道：“真是傻人有傻福，早知道就应该骗他摘了面具给我看看……”

公孙晴抬起头，月亮未及中天，还未到三更。

……

鹿难烛一边使出轻功前进，一边回想着公孙晴对她说的话。既然已经清楚“包打听”与魔教无关，那她再留在这里只会更加危险。她的目的已经达到了，成功将往北探寻的江湖人士引到了南方，现在她也该离开了。

天气冷了，正好用剩下的银子买些过冬的储备分给村民。

可是……鹿难烛回过神的时候，竟不知不觉地来到了小镇中，前面就是夏秦怡投宿的客栈。

华夏山庄里来了一位绝顶高手，鹿难烛有些犹豫，最后还是小心翼翼地飞上了客栈前面的古树上。

房间中的夏秦怡噘起嘴巴，一脸的委屈，喃喃道：“小鹿……”

她却不知道，鹿难烛就坐在她窗外的古树上，安静地看着她的窗。

东方既白，小镇上的更夫也退值回家休息去了。

鹿难烛无声地从古树上跃下，深深地看了一眼夏秦怡的窗，转身离去。她取回藏在破庙的木匣，换回女装，一路向北。是时候回家了。

鹿难烛马不停蹄地走了几日才放慢了脚步，她再一次成功地守护了天山。虽然方式并不如自己师父那般威风，但她是满足的。

包裹里还有五十多两银子，托夏秦怡的福，她可以多买些过冬用品回去。可是不知为何，她心里却高兴不起来……

鹿难烛来到青州，买了一辆骡车，然后到南北杂货铺去挑选过冬的储备。

天山的冬天寒冷又漫长，厚实的棉被是必需的；还要五篓银炭，五户人家，一户一篓；还有盐巴、生铁也是必需品。

五石精米，五斗白面，世隐村的村民几乎吃不到细粮，现在她的银钱足够带着全村奢侈一次！

鹿难烛干脆又买了五条巴掌宽的腊肉、糕点、文房四宝、二尺灯芯、两桶灯油、针线、五匹厚实的布料、十斤棉絮……

“就这些吧，掌柜，一共多少钱？”

杂货铺的掌柜笑眯了眼，将写好的单子双手递给鹿难烛，说道：“姑娘，一共四十六两半贯钱，半贯钱我给您免了，这是清单，请您过目清点。”

鹿难烛看着手中的单子和地上罗列的货物，轻叹一声，说道：“掌柜，麻烦您，银炭去一篓，腊肉也是，精米去半石，白面去一斗，还有……就来四匹布吧。”

“好嘞！”伙计麻利地将鹿难烛去掉的几样搬了出去，掌柜拨弄着算盘，笑吟吟地报出了一个价格。

鹿难烛听后，呼出一口气，交了钱，伙计将东西搬上了骡车。

鹿难烛将剩下的银子点了点，正正好好十两。她勾了勾嘴角，将银子包好，放在车厢内，赶着骡车慢悠悠地出了青州城。

回到世隐村，鹿难烛留下半石米、一床棉被、些许灯油、盐巴和生铁，剩下的东西都平分给了村中的其他住户。

文房四宝是买给小虎子的，如今他已经复明，鹿难烛决定教小虎子和小豆芽读书习字。

看着村民们幸福而又感激的模样，鹿难烛的胸口暖暖的。

村西的丁老伯点燃了村中唯一的打铁炉，抑制不住的笑意加深了脸上的沟壑。他口中吆喝着，快乐地挥舞着锤子将鹿难烛买回来的生铁铸成了菜刀、锅子、镰刀和斧头，分给了村中的人家。

鹿难烛踩着厚厚的积雪，绕着村子走了一圈。世隐村并不小，她看着村中大半荒废的宅子，想象着世隐村当年的盛况。

原本在她小时候，这里还有十多户人家，后来因为她顶着一张奇丑无比的脸、披头散发地跑回村子，被村民们误以为她是天山下来的吃人妖怪而纷纷迁出了世隐村。等她练成《天魔功》回来的时候，村中只剩下五户了。他们全是上了年岁，又没有积蓄的人家，只能冒着被“妖怪”吃掉的风险，继续生活在这片贫瘠的土地上。

鹿难烛体会到了肩膀上的重量，也许再过个十几二十年，这个村子将彻底荒芜，但是在那之前，她要好好守护这里。

空中不知何时又飘起了鹅毛大雪，鹿难烛摊开手，雪片无声地消融在她的手掌心。

分享带来的快乐褪去后，之前的那种莫名的情绪又回来了，这感觉让鹿难烛很不自在，仿佛是她将什么重要的东西落在了村子外，可又想不出到底是什么，只能空悬着心。

千里之外的西南，鹿难烛引来的江湖人士陆续抵达天穹山，不仅天穹山上住满了，就连小镇客栈也被挤满了。

江湖人士搜寻了整个小镇也不见丑侠的踪迹，倒是天穹剑派掌门司徒空联合烈刀门掌门侯如烈，以及华夏山庄的三老太爷共同发起了抵抗魔教的联盟。

这之中有很多人并不情愿，毕竟魔教心狠手辣，一个不小心是会丧命的，可是来都来了，也只能硬着头皮答应。

魔教似乎铁了心要拿下天穹山，双方之间频频发生摩擦，大战一触即发！

魔教精锐尽出，不光魔教教众，就连五毒教教主、万蛇洞洞主甚至一直传言与魔教不和的厉鬼门门主也带着精锐前来助阵。

终于，在除夕夜的这一天，战事爆发了！

魔教教主对战大降魔院觉远大师；五毒教教主对战天穹剑派掌门司徒空；万蛇洞洞主对战烈刀门掌门侯如烈；厉鬼门门主对战华夏山庄三老太爷。

底下的小辈更是战得如火如荼，魔教玉面狐狸公孙晴带着荒火、修罗二使，对战华夏山庄大小姐夏秦怡、天穹剑派苏慕白、大降魔院戒苦和尚。

正邪双方八位领军人物决战于天穹山巅，剩下的人则以山下的小镇作为战场。

“仇人相见，分外眼红”，夏秦怡曾先后两次差点儿折在公孙晴的手上，于是她毫不犹豫地挑了公孙晴作为对手，而苏慕白则对战荒火，戒苦和尚对战修罗。

公孙晴的心情和夏秦怡差不多，她两次都与凤血刀失之交臂，她打不过丑侠，但总要有个人出来让她好好算上一笔账才行！

“叮”的一声，刀剑相碰。

公孙晴持剑压着凤血刀，微微低头看着夏秦怡，脸上带着不屑的笑意，说道：“这次没有他出手帮你，我看你如何保住凤血刀！”

夏秦怡没想到玉面狐狸会突然提起丑侠，让她恍惚了一瞬，公孙晴趁机重重地踹在了夏秦怡的小腹上。

夏秦怡吃痛后退，愤怒的火舌喷涌而出，她娇喝一声，使出三十六路天罡刀法，一时间火红的刀影铺天盖地。

公孙晴的瞳孔一缩，这一招她之前见过，当时她在擂台下面看着不以为然，如今身临其中才真正体会到了这一招的威力。

公孙晴连退数步，可是夏秦怡刀锋的速度更快，朝她扑面而来！

公孙晴的额头上渗出了汗珠，没想到这位大小姐长相甜美，招式竟然如此霸道毒辣！

公孙晴一退再退，脑海中灵光一闪，气沉丹田高高跃起，与丑侠当日的化解之法一模一样。

夏秦怡十分清楚，这一式只有两种破解方法，一是挥舞出相通的剑气抵消，另一种就是凌空跃起，避开锋芒。

一切都在她的预料之中！

夏秦怡几乎与公孙晴同时跃起，挥舞着手中的凤血刀朝着公孙晴的胸口横劈过去！

公孙晴连忙学着丑侠的样子将手中长剑竖在胸前，为了避免剑身吃重偏斜伤到自己，她以右手手掌抵住长剑前端。

“叮”的一声，凤血刀重重地砍在了长剑上。虽然公孙晴学着丑侠的样子慌忙之中化解了夏秦怡的攻势，可是公孙晴手中的兵器毕竟不是沧龙剑。

长剑在公孙晴的注视下弯成弓形，然后迅速地恢复成原来的样子，力道尽数落到了自己的身上。她闷哼一声，向后飞出一丈远，才摇晃着落地。

夏秦怡看着刚才玉面狐狸使出了和丑侠几乎一模一样的招式，莫名火起，提着凤血刀压上前去，用玉面狐狸适才的口吻说道：“就算用一模一样的方式破解，你手中的兵器也挡不住凤血刀！”

听出夏秦怡的话中暗有所指，公孙晴想起那个两次阻碍她拿到凤血刀的人，恨得牙痒痒，说道：“华夏山庄的大小姐竟然是这般锱铢必较之辈，他竟也会看上你！”

公孙晴说的本就是一句气话，却没想到夏秦怡的动作再次出现了迟滞。她并没有放过这细微的破绽，以毒针虚晃一手，紧接着手持长剑朝着夏秦怡的胸口刺了过去！

“叮”的一声，夏秦怡格开了公孙晴的剑，道：“卑鄙！”

公孙晴与夏秦怡拉开距离，心中暗道：这套刀法霸道凌厉，再加上凤血刀……如此硬拼下去，自己恐怕会吃亏，不如先搅乱她的心神，攻其不备方为上策！

想到这里，公孙晴不再着急进攻，她提着长剑与夏秦怡对峙，用了然的眼神看着夏秦怡，故作轻佻地说道：“你难道不知道，他帮你是因为爱慕你？”

“你胡说什么？”夏秦怡的俏脸通红，也不知是被气得，还是被玉面狐狸轻佻的言辞给羞得。

“哟，原来你不知道啊，他为了你不惜违背教主圣意，在擂台上帮你挡住了荒火、修罗的事你忘了？”

公孙晴的声音不小，夏秦怡紧张地看了看周围，好在大家都专注于各自的战局，并没有人注意到。

公孙晴看到夏秦怡的反应，知自己的计谋奏效，在得意之余，心中又涌起了一股不快。也许是这谎言说得太逼真，连她自己都要相信了。

想到那个呆呆傻傻的闷葫芦，也许真的是因为爱慕面前这位大小姐才出手相帮的，这让公孙晴很不舒服！

夏秦怡提刀再上，玉面狐狸却不与她硬拼，而是用灵巧的身法躲闪，同时继续用言语扰乱夏秦怡的心神：“也不知华夏山庄大小姐现下心中的滋味如何？他竟然会为了你叛教！”

说着公孙晴将夏秦怡上下打量了一遍。

“你无耻！”夏秦怡骂道。

“我圣教众人，从不以正人君子自诩，倒是你，说我无耻，却与你口口声声讨伐的魔教妖人私相授受，体验如何？”

公孙晴感觉到，夏秦怡的进攻虽然越发凌厉，可是却失去了适才的沉稳，破绽已经渐渐显现出来了。

“他被抓了，你知道吗？”公孙晴继续说。

“与我何干？”夏秦怡虽然嘴上这么说，心头却涌起了一股异样。

丑侠两次救她，在她心中到底还是有所不同的。

“上次在小镇郊外，他暗中帮你，结果逃跑不成，被教主抓到了，现在正被关在地牢受刑，你满意了？”

夏秦怡明知道魔教妖人的话不可信，明知道这玉面狐狸故意用言语激她，明知道自己听到的每一句话也许都是谎言，可是她的心还是乱了。玉面狐狸的谎言太过逼真，再加上对方脸上那愤恨的表情，让她不得不开始动摇起来。

夏秦怡记得，当日在擂台下，玉面狐狸与丑侠行为亲昵，或许……

这一切，夏秦怡无法辨别，她自己也置身局中。当局者迷，局中人总是会失掉一些判断。

可对夏秦怡来说，至少，丑侠两次对她的出手相救都是真的。

公孙晴见夏秦怡沉默，神情也不似方才那般急切，知道自己的计策已经成功。

夏秦怡的心境乱了，此时正是好机会！

与此同时，公孙晴的心中也狐疑了起来：看夏秦怡的反应，莫非……自己信口撒的谎，是真的吗？

公孙晴不再用语言刺激夏秦怡，而是拿出了真本事，全力对战。

这一场正邪大战，打了一天一夜。

天穹山下的小镇变成了一片废墟，几乎所有的建筑都受到了不同程度的破坏。地上躺着大片的尸体，有魔教的，也有正道的。空气中弥漫着腥气，鲜血汇成一股血流，涓涓流向低处，最后在低洼处积成一片血坑。

魔教大军犹如过境洪水般汹涌而来，最终呼啸而去，撤离天穹山地界，逃回了西南的瘴林。

四位正派的领军人物都受到了不同程度的伤，其中以天穹剑派掌门司徒空的伤势最重，他被魔教教主斩断了一条手臂。

第二日一早，各派弟子清扫战场，将本门弟子的尸体抬回门中，一些闲散的江湖人士则就地安葬，至于魔教妖人的尸体，都被堆在一起，烧了个干干净净。

傍晚，下了一场瓢泼大雨，将地上的血迹冲刷得干干净净。可这破败的小镇，还有缠着绷带的人们，都是这场大战的见证。

正派虽然赢了，但损伤惨重，没有人笑得出来。

第三天，除了一些不易挪动的重度伤员在天穹山上养伤外，其余人都陆续离开了。大批人马有序地出了小镇，很少能听见交谈声，只有间或可以听到担架上伤员的呻吟声。

三老太爷的伤不重，倒是夏秦怡，右肩膀被玉面狐狸刺了一个窟窿，好在她是用左手使刀，伤势并不会太影响身手。

夏秦怡躺在豪华的马车里，双目紧闭，唇色苍白。她的额头上贴着一块湿净布，身上盖着厚厚的狐裘被。

青竹怀中抱着凤血刀，头上缠着绷带；飘雪坐在另一边，手臂上也缠着厚厚的绷带。这一路他们二人时常会注视着沉睡的夏秦怡，眼中带着心疼。他们是看着夏秦怡长大的，从夏秦怡出生的那天起就一直守护着她，做了她十七年的护卫随从，如今她伤成这样，有他们的责任。

夏秦怡流了不少血，再加上条件有限，一向身体健康的她竟发起低烧。

夏秦怡做了一个长长的梦，梦里的她是儿时的模样，她的爹爹还活着；慢慢地，梦中的她一点点长大了，爹爹去世，她的传人之位岌岌可危。

曾经有一段时间夏秦怡每天过的日子都很压抑，那些本来已经随着时间被遗忘的痛苦，在梦中找了回来。

夏秦怡不安地蹙起眉头，她害怕自己被杀掉，害怕失去继承人的身份后被囚禁起来，更害怕被逐出山庄自生自灭。

那段时间，夏秦怡时常会跑到藏书阁的顶层，那里只对历代庄主开放，只有夏秦怡一个人可以进去，那间屋子给了夏秦怡诸多的安全感。

第三层的藏书很多，夏秦怡开始偷偷练习里面的武功秘籍。有一天，她在《三十六路天罡刀法精要》的最后一页，发现了这样一句话：凡吾后人，必持凤血刀，手刃沧龙剑主，提剑祭拜，不见沧龙剑，吾死不瞑目。

从那时起，“沧龙剑”这三个字便印在了小小的夏秦怡的心底。

华夏山庄有四门绝学，分别是：拳、脚、刀、剑，又因为凤血刀只有历代庄主才能拥有，因此只有庄主一脉的后人才能修习刀法。

所以这段话，是老祖宗留给后代庄主的遗命。

梦境的后半段，开始变得不再连贯，净是些支离破碎的画面。

夏秦怡梦到了在擂台上丑侠护着她；梦到了小镇外，黑夜里那一抹温润的蓝光；梦到了玉面狐狸不屑地看着她说：“你难道不知道，他帮你是因为爱慕你？”；梦到了……青衫少女头上的斗笠被掀翻，那惊鸿一瞥。

夏秦怡这一觉睡得浑浑噩噩，身心疲惫，偶尔会醒来，又很快睡去，沦陷在梦魇中。

夏秦怡彻底恢复意识是回到了华夏山庄之后，得到了珍稀药材的滋补和悉心的照顾，她才慢慢恢复了过来。

第六章

人间四月芳菲尽，南边的花儿开了又败，天山的积雪才刚刚开始融化。

小院里，孙婆婆正在外间的厨房准备中午的饭食。

里间，鹿难烛站在放着两方小木桌的火炕前，此时，小虎子和小豆芽端正地跪坐在桌子后面，桌上铺着宣纸，二人手中捏着毛笔，在认真地习字。

小豆芽扎着双丫髻，手中捏着毛笔，歪着脑袋认真地问道：“鹿姐姐，你昨天教的字我已经都学会啦，你可不可以再教我写几个字？”

鹿难烛笑了起来，摸了摸小豆芽的头，说：“好，鹿姐姐今天教你新的字。”

鹿难烛坐到小豆芽身边，拿过毛笔，想了想，说道：“今天就再教小豆芽四个字吧。”

“嗯。”小豆芽应道。

“这是春，春天的春。”鹿难烛边写边说，“这是夏……”她写完后，看着宣纸上的“夏”字，话还未说完，思绪早已飘远。

那时在客栈的房间里，夏秦怡在宣纸上写着“鹿难烛”的名字旁边写上了她自己的名字，对她说：“这是我的名字。”

小豆芽用胳膊肘轻轻碰了碰鹿难烛，问道：“鹿姐姐？你怎么不说话了？”

鹿难烛回过神，对着小豆芽歉意一笑，说道：“没什么，想到了一个……朋友。”

“哦，是鹿姐姐在外面认识的吗？”小豆芽问。

“嗯。”鹿难烛应道。

“鹿姐姐，外面是什么样子的？”小豆芽问道，眼睛亮晶晶的。

“外面啊……”鹿难烛见小虎子也放下了毛笔，目不转睛地看着自己，便勾了勾嘴角，提议道：“那今天先不习字了吧，鹿姐姐给你们讲一个故事。”

“太好了！鹿姐姐快讲！”小虎子和小豆芽齐声道。

……

又过了几日，鹿难烛为小虎子和小豆芽留下了一本字帖，和孙婆婆交代了几句，就带着木匣，包了数日的干粮，赶着骡车离开了世隐村。

鹿难烛先到青州将骡车卖掉，又改道去了并州。她一路上白日休息，夜晚赶路，极少投宿客栈，饿了就向农户讨一碗水，吃些干粮。

并州是北丑一族的大本营。北丑一族生产兵器，贩卖情报，当然也会卖些稀罕玩意儿。

鹿难烛在一年前初探江湖时，无意间救了一位北丑族人，那人见鹿难烛戴着一张木质面具，便送了鹿难烛一张人皮面具作为答谢，并告诉鹿难烛，这东西是北丑一族留着自己用的，如果以后还需要的话可以到并州城外的城隍庙去找他，会优惠卖给她，一张十两银子。

鹿难烛趁着夜深人静走进并州的城隍庙，与庙祝对了北丑人给他的暗号，便被带到了一处密室。

“原来是你，好久不见了。”密室里的人说道。

“嗯。”鹿难烛点了点头应道。

那人笑着说道：“江湖上最近出了一个丑侠，是不是你？”

鹿难烛诚实地点了点头，那人大笑道：“你倒是爽快，不过你放心，你是我的救命恩人，我不会和旁人说的。”

“多谢。”鹿难烛道。

“这次来，需要点儿什么？我可有言在先，情分归情分，买卖是买卖。”那人道。

“我明白。”鹿难烛从包袱中掏出十两银子，说道：“能否给我一张……女子容貌的面具？”

一听鹿难烛这么说，对面的人乐了，他说道：“哟，你这是遇到什么难事了吗？要男扮女装避风头？”

面具后面的鹿难烛被闹了一个大红脸，默默地将银子放在桌上。

北丑族人收了银子，说道：“你等一下，我去给你拿！”

大约过了一刻钟，北丑族人才重新回到了密室。他手上端着一方长托盘，上面放着一个包裹。他将托盘放在桌上，把包裹拿开，托盘上摆着十几张肤色各异的面具，说道：“喏，全部的存货都在这里了，女子的面具不多，你挑一个吧。”

鹿难烛挑了一张与自己肤色接近的面具，样貌很普通。

北丑族人挑了挑眉，拿起另外一张面具说道：“这张戴上应该会好看一些。”

鹿难烛摇了摇头，皮囊不过表象而已，她只是需要一个新的身份，到她想去的地方看一看。

北丑族人撇了撇嘴，将面具放了回去，说道：“好吧，喏，不要说我只认钱财，我北丑一族还是有恩必报的，这是我给你准备的，不要钱。”他一边说，一边打开了包裹。

“这是一套女装，还有这个！”北丑族人说着，脸上闪过一丝狡黠，唇边堆着坏笑，他将两个圆圆的东西塞到了鹿难烛的手中。

鹿难烛开口问道：“这是……”她捏了捏手中的两个圆包，入手很软还有弹性。

北丑族人道：“这个是用棉絮和特殊羽毛做的，既不会太软，也不会太硬，轻便透气……”

鹿难烛不明就里地看着手中的圆包，问道：“这是何物？”

北丑族人挤眉弄眼地指了指鹿难烛平坦的胸口说道：“这是女人的胸部！我自己做的，你快去换上，让我看看像不像！”

鹿难烛手上一抖，两个圆包掉在了地上。

北丑族人抱怨着捡起地上的两个圆包，道：“虽然不要钱但你也不能这么对它们！你要男扮女装也要装得像一些吧？可别砸了我的招牌。那边有个房间，你快去换上！”说着，他将湖蓝色的女装和两个圆包塞到鹿难烛的怀中。

鹿难烛叹了一口气，看到北丑族人正搓着手、满眼期待地看着自己，只好向房间走去。

鹿难烛紧锁房门，摘下两层面具，脱下银龙内甲，将沧龙剑和换下的行头放入木匣中，穿上北丑族人送给她的湖蓝色长裙，至于那两个圆包，鹿难烛满眼纠结，最后将它们也收到了新做的木匣中。

鹿难烛拿着女子面具走到墙边铜镜前，镜中的鹿难烛还是本来面目，那身湖蓝色长裙将她的面容衬得越发白皙。

由于鹿难烛本身的五官太过立体，本是平淡无奇的一张面具，戴在她的脸上竟然硬生生地撑出了几分姿色。

鹿难烛来到铜盆前，在水盆中撒下了一包自制的药粉，再用净布蘸了水，擦拭自己的双手和脖颈。很快，涂上小麦色药膏的地方，也显出了本来的肤色。

鹿难烛照了照镜子，里面是一张陌生的脸，衣裳也换了……应该认不出来了。

鹿难烛打开房门，走了出来。北丑族人看着鹿难烛怔了怔，口中“啧啧”作响，绕着鹿难烛走了好几圈，惊奇地说道：“没想到你男扮女装还挺像的！”

鹿难烛笑了笑，说：“多谢你送的行头。”

“好说，好说！怎么样，戴着还不错吧，手感是不是与真的别无二致。”

鹿难烛无视对方兴奋的目光，告辞道：“我先走了。”

“哎，慢走啊！以后有需要再来找我！”北丑族人道。

经过三个多月的静养，夏秦怡右肩上的伤基本痊愈，只是三老太爷发话，不准夏秦怡踏出山庄一步，且加派了一倍的丫鬟服侍她的饮食起居，日日命小厨房炖了滋补的汤送过来。

在庄内静养了三个月，夏秦怡觉得有些无趣，吃过午饭，来到花园中赏花。突然，身后传来车轮碾过石板的辘辘声，夏秦怡转过身，看到来人，眼中闪过一丝疼惜。

“姐姐。”夏秦洵腿上盖着厚厚的毯子，推动座下的轮椅，来到夏秦怡的身前。

夏秦怡蹲了下去，轻声慢语地说道："洵儿，身子可好些了？"

夏秦洵乃三房嫡孙，也是三房唯一的血脉，只比夏秦怡小了几个月。他是华夏山庄这一代中长得最好看的人，从小就像个瓷娃娃，长得剑眉朗目，朱唇皓齿，性子又十分乖巧，同代中与夏秦怡最亲。

由于年岁挨得近，二人从小一起长大。夏秦怡记得，小时候她经常会给夏秦洵穿上自己的衣服，梳女孩子的发式，偶尔调皮起来，会偷偷将他带出去，并且从来没有人发现小洵其实是男孩子。

夏秦洵男生女相，算命先生曾对三老太爷说这个孩子不好养，后者一笑置之。

可是，在夏秦洵十四岁那年，突然生了一场大病，从此双腿再无知觉，只能靠轮椅代步。他的身体状况更是江河日下，终日以药为饭，深居简出。算起来，夏秦怡也很久没有见到这位弟弟了。

"谢谢姐姐关心，我的身子好多了。"说着，夏秦洵笑了起来，他的笑容很干净。

夏秦怡的胸口闪过一丝钝痛，她握住夏秦洵放在腿上的手，硌人又冰凉。

"好久没见到小洵了，姐姐陪你散散步可好？"夏秦怡道。

"嗯。"夏秦洵点了点头，应道。

夏秦怡绕到轮椅的后面，握住扶手，推着夏秦洵慢慢地走着。

"姐姐，我听吴妈说，你前阵子受伤了？"夏秦洵问道。

"嗯，在天穹山和魔教的人交手，受了点儿小伤。"夏秦怡道。

"姐姐，江湖好玩吗？"夏秦洵又问。

夏秦怡认真地想了想，回道："江湖……三言两语说不清。"

姐弟二人陷入了短暂的沉默。

夏秦洵突然说道："姐姐，我想出去玩。"

"这……"夏秦怡有些担心小洵的身体，但看到他低下了头，仿佛有些失落，又有些于心不忍。

夏秦怡便说道："姐姐最近也出不去了，三爷爷下了命令，不准我出庄一步呢。这样吧，小洵这几日好好调理身体，过几日，姐姐解禁了，想办法带小洵去游烟波江、坐画舫、看表演，好不好？”

夏秦洵道：“谢谢姐姐！”

夏秦怡将夏秦洵送了回去，心头沉甸甸的，心想：三叔娶了数房姬妾，可也只有小洵一个孩儿，这些年三房全力支持自己，让其余两房诸多不满，若是自己不能顺利成为下一代庄主，日后小洵的生活堪忧。他的身子那么弱，哪怕只是下人稍微动些手脚，也会要了他的命。

好在这次同辈子弟中无人得到沧龙剑，而且自己第一时间奔赴天穹山得到了司徒掌门的大力赞扬，积累了些许名望。若是……就这么一直拖下去，到了自己二十岁，也能顺利接手山庄了……

从天穹山回来后，夏秦怡的胸口仿佛被压上了一块大石，她与丑侠虽然一共才见过三次，却与那人结下了捋不清的恩怨。

第一次见面，是他来山庄偷东西；第二次是在天穹山，他救了自己；第三次是那天夜里，他再一次救了自己。

自古正邪不两立，况且还有祖宗留下的遗训，就算他不是魔教中人，凤血刀与沧龙剑剑主也必有一战。

可……那人却偏偏一次又一次地救了自己！为什么是他呢？

那玉面狐狸说得言之凿凿，夏秦怡不想相信，又想不明白。

夏秦怡并不喜欢丑侠，而且她对丑侠的第一印象非常糟糕，可是从别人嘴里听到那种话，她还是感到了困扰。

那场大战，他确实也没有出现，莫非……真的如公孙晴所说，被关起来了吗？

夏秦怡一阵心烦意乱，最后干脆拿了凤血刀往演武场走去。她还无法决断是否参与夺取沧龙剑，那么只好做最坏的打算，勤修武艺。若沧龙剑被庄中其他子弟夺了去，只要她将对手击败就行了！

她要变强，她想拥有足够的实力。这次江湖之行，夏秦怡意识到了自己的实力不够。

且不说别的，公孙晴的一剑之仇，她一定要报！

即使鹿难烛一路上省吃俭用，可盘缠还是用完了，好在她已经来到了樊梨城的大门前。看着城门匾额上的三个大字，她的心底一阵雀跃，心想终于到了！

许是夏秦怡把这座城说得太好，这次回到世隐村，鹿难烛时常会对樊梨城生出向往。樊梨城她不是没有来过，不过上次来去匆匆又是在夜里，并未领略到夏秦怡所说的樊梨城的风采。

鹿难烛微笑着进城，过了门楼，眼前一亮！

这樊梨城果然名不虚传，商铺鳞次栉比，站在街头一眼望不到尾。城中的建筑也颇具江南特色，窄窄的巷子，温婉风格的建筑，街上的青石板路。

烟波江流经樊梨城，是以这座城池一半是水。

鹿难烛来到高处，放眼望去，烟波浩渺的水面上赫然挺立着一栋无依无傍的楼阁。

鹿难烛喃喃道："这……就是梨花秋水楼吧。"

鹿难烛心头一动，夏秦怡曾经说过：她得了闲，经常会到楼中坐坐，还说日后若有机会，带鹿难烛到顶层去，在那里可将烟波江上的风景，尽收眼底。

鹿难烛在樊梨城内逛了逛，信步来到江边。走过长长的浮桥，梨花秋水楼的近貌映入眼帘。这座阁楼无依无傍傲然立于江面，这景象可谓是大气磅礴，走近再一瞧，这楼处处透着精致。

楼门口挂着九盏大红灯笼，鹿难烛曾听她爹爹说过，这酒楼门口悬挂灯笼的数量是有讲究的。

灯笼越多，价格越高，若是乱挂灯笼却担不起灯笼的数量，是要被人砸招牌的。

一盏灯笼表示这家店是家常小店，厨师只能做些时令小炒；两盏灯笼表示这家店至少有一个菜系能拿出手；挂得起四盏灯笼的就是非常不错的酒楼。

这九盏是极数，也代表着八大菜系都会且精，天上飞的、地上跑的、水里游的，只要客人点出名字，就端得上来。

夏秦怡说这间楼已经存在一百多年了，九盏灯笼还挂得好好的，也难怪被誉为天下第一楼。

鹿难烛进入楼内，肩上搭着净布的伙计热情地招待了她，问道：“姑娘，看您面生，是第一次来吧，可需要小的介绍一二？”

鹿难烛转头看了看墙上挂着的竹牌，价格高到令人咋舌，一壶茶都要一两银子！

鹿难烛摇了摇头，问道：“我可以坐坐吗？”

这段时间梨花秋水楼并未请说书人坐场，因此这个时间的客人并不多。

伙计点了点头，说道：“那姑娘您随便坐。”

靠窗的座位已经有人，鹿难烛便挑了隔一排的位置坐下，借得半扇窗子，远望楼外的风景——蓝天碧水，江面上有画舫渔船，天空中不时有沙鸥飞过。

鹿难烛在梨花秋水楼坐了两个时辰，夜幕降临，楼中的客人渐渐多了起来，她没等伙计赶人，就自觉地离开了。

浮桥两边已经点燃了形态各异的莲花灯，花灯随着水波摇曳。

鹿难烛由衷地称赞道：“真美。”

一连三日，鹿难烛每日都会在客人不多的时候，来到梨花秋水楼。她囊中羞涩，从来不点东西，也不会挑靠窗的位置坐，即便来的时候窗边有空位，她也不会去坐。

起初夏福还会稍稍留意这位“特殊”的客人，但几日都见这位姑娘安静得体，客人一多就会主动离开，便吩咐伙计不要赶人。

鹿难烛打开包裹，拿出里面的干粮，这一下引来了许多目光。能入梨花秋水楼的人，多是贵客，见到鹿难烛如此穷酸，有的人直接露出了鄙夷的神色。鹿难烛就好像没察觉到一般，依旧隔着一排，借来半扇窗子，一边吃着手中的干粮，一边看着窗外的风景，神色淡然。

连续三日，她每天都来，安静地坐着，只是离开的时候，有些失落。

夏福远远地看着鹿难烛，轻叹一声，吩咐伙计给鹿难烛上了一壶茶水。

“姑娘，这是我们掌柜送给您的，您慢用。”伙计对鹿难烛道。

“多谢。”鹿难烛道。

鹿难烛给自己斟满一杯茶，看着远处的青山出神。她听到背后传来一阵车轮滚动的声音，并未理会。

夏福看到来人，连忙从柜台内绕了出来。

夏秦怡今日没带随从，也没带凤血刀，她推着夏秦洵的轮椅，走进了梨花秋水楼的大厅。

夏秦洵这几日气色不错，夏秦怡央求了许久才得到三老太爷的首肯。今日，她只想以一个姐姐的身份，安安静静地带着夏秦洵玩一天。

看到夏福要过来，夏秦怡抬起手，摇了摇头。

夏福八面玲珑，看到夏秦洵的那一瞬间便已经明白过来了，于是他若无其事地回到柜台后面。

突然，夏秦怡看到了一个非常熟悉的背影，一位身穿湖蓝色长裙的少女，她的桌上放着包袱，旁边还放着一方木匣。

夏秦怡直直地盯着少女的背影，推着夏秦洵来到少女身后，低声唤道："小鹿？"

鹿难烛听到熟悉的声音，身子一僵，心中泛起了波澜，持续三日的失落和焦躁烟消云散。

鹿难烛整理好脸上的表情，缓缓地转过头，看到了夏秦怡眼中闪过的，浓浓的失望。

不是小鹿……夏秦怡看着面前少女的眼睛，默默地心想。这少女的容貌与小鹿虽有着天壤之别，可这双眸子，真的好像……

"抱歉姑娘，我认错人了。"夏秦怡开口道。

鹿难烛看了夏秦怡良久，才缓缓开口："没关系。"

夏秦怡垂下眸子，心想：小鹿不会说话……

"失礼了。"说罢，夏秦怡推着夏秦洵离开，正好鹿难烛旁边靠窗的位置空着，夏秦怡便搬开了一张椅子，把夏秦洵推到正对窗口的位置，自己则坐在了夏秦洵的左手边。

夏秦怡与鹿难烛的座次是面朝同一方向，中间只隔了一条过道，她留意到湖蓝长裙的少女桌上的一壶清茶和手中的干粮。

夏福亲自招待夏秦怡，弯着腰，压低声音问道："大小姐，六少爷，二位吃点儿什么？”

“小洵，你想吃点儿什么？”夏秦怡问夏秦洵。

夏秦洵开口道：“刚吃过饭没多久，还无甚胃口，劳烦……”

“六少爷，您太客气了，劳烦不敢当，小人夏福。”夏福提醒道。

“劳烦福叔，来一壶君山银针就好。”夏秦洵继续说。

夏福欠了欠身子，夏秦怡继续说道：“再挑几样新鲜精致的糕点、干果、鲜果。”

“是！”夏福应道，便离开了。

夏秦洵的背影挡住了大片窗子，鹿难烛没有再继续欣赏窗外的风景，况且她和夏秦怡现在的位置，只要一转头就会看到夏秦怡的侧脸，她又怎么敢呢？

鹿难烛将手中的干粮吃完，系上包裹，悠然地喝着面前的茶水，却在不知不觉中竖起了耳朵，留意着旁边桌的一举一动。

夏秦怡道：“小洵，夏福伯伯你不记得了？小时候你还见过的，他比三叔年长，你应该叫他福伯。”

夏秦洵茫然地摇了摇头，明亮的眸子蒙上一层阴霾，说道：“这几年，我的记性越发不好了，总会忘记一些事……”

夏秦怡心疼地执起夏秦洵的手，装作若无其事的样子，说道：“胡说，那个时候你还小呢，忘了也是正常的，姐姐也经常会忘记一些人呢。”

听到这里，鹿难烛偷偷扫了一眼夏秦洵的背影，这姐弟二人的感情似乎很好，是同胞亲弟吗？

夏秦洵安静地看着窗外的景色，夏秦怡的心口却在钝钝地痛着。

不一会儿，夏福带着两位捧着托盘的伙计，来到夏秦怡的桌前。伙计们先将茶壶放好，然后将四干果、四鲜果、四蜜饯、四糕点摆到桌上。

夏秦怡的余光扫过旁边桌坐着的湖蓝长裙的少女，对着夏福做了个手势。

夏福躬身，夏秦怡伏在夏福耳边说了几句。

鹿难烛留意到二人的动作，虽然耳语的声音她听不清楚，但是脑海里却闪过了“对话与自己有关”的直觉。

鹿难烛心中有一丝窃喜，她并不善于隐藏自己的情绪，腰身不自觉地跟着挺直了。

夏秦怡听完夏福的汇报，不着痕迹地打量着长裙少女，摆了摆手让夏福下去了。

等待是漫长的，夏秦洵沉浸在远处的风景中，夏秦怡沉默着，鹿难烛则缓缓地放松了紧绷的身体。

突然，鹿难烛的心口一紧，她听到夏秦怡对她弟弟温柔地询问：“小洵，再叫上一个人来陪咱们一起玩，可好？”

夏秦洵收回目光，用澄澈的眼睛看着夏秦怡说道：“当然好，是姐姐的朋友要来吗？”

夏秦怡淡淡地笑着：“不是姐姐的朋友。”

鹿难烛听到了自己的心跳声，随后夏秦怡来到她的身边，道：“姑娘，打扰了。”

鹿难烛暗自咬住自己口腔内的两颊，才得以制止住嘴角的上扬。她抬起头，安静地看着夏秦怡，等着对方说下去。

夏秦怡看着面前的少女有些晃神，虽然对方的外貌与小鹿那倾城的容貌大相径庭，可是这少女不说话，盯着人看的样子真的好像小鹿！

夏秦怡继续道：“姑娘……我看你孤身一人，要不要过来一起坐坐。”

鹿难烛终于可以大大方方地露出笑颜了，她点头道：“好。”

鹿难烛提着包裹和木匣坐到夏秦怡的对面，这下，总算有一扇完整的窗可以供她好好眺望窗外的风景了。

夏秦怡看着少女的侧脸，问道：“我姓夏，不知姑娘贵姓？”

鹿难烛张了张嘴，但下一刻，冷汗便冒了出来。她差点儿就说出自己的名字了，还好及时止住了。真是失策，居然连个假名字都没想好。

“怎么了？姑娘可有不便之处？”夏秦怡打量着对面的少女，目光闪了闪，问道。

鹿难烛强绷着脸，沉吟半晌，回道：“同是天涯沦落人，相逢何必曾相识？姓名，有时候没有那么重要。”

这是她爹爹常说的一句话，她记得那个时候，他们一家还没有逃到世隐村，终日在这片江湖四处流浪。彼时，他爹的身体还没有后来那么糟糕，他爹爹高大英俊、风度翩翩，她的娘亲性情温婉，是鹿难烛见过的最美丽的女子。

在客栈酒楼，时常会遇到慕名前来攀谈的江湖客，他爹爹总是会如对待朋友那般，与对方畅快地把酒言欢，但每当被问及名讳，他爹便会笑着抛出刚才的那句话。

原来……已经过了这么久了，久到她爹娘墓碑上的字都有些褪色了。

夏秦怡看到对面的少女在说完这句话以后，脸上闪过了一丝落寞的神色。她想起鹿难烛，那个谜一样的少女，她们无意的相逢以及她无声地离去。她细品面前少女的话，心有戚戚地开口道：“姑娘说的是，倒是我俗了。”

鹿难烛摇了摇头，她看着夏秦怡，不禁暗自设想：若是自己没有去偷夜明珠，若是自己不是沧龙剑的传人，她会和夏秦怡成为朋友吗？

想到这里，鹿难烛的心中泛苦。若是没有《天魔功》，自己恐怕早就死在天山谷底了，师父救了自己的命，自己怎么会生出这般混账的想法来，况且……小虎子的眼睛，自己更是不能坐视不理的。

原来，一切早就注定了……

夏秦怡将一碟桂花糕推到长裙少女面前，说道：“姑娘尝尝味道如何？”

鹿难烛捻起一块糕点放入口中，味道香甜软糯，入口即化，淡淡的桂花香气充斥口鼻。

夏秦怡的眼睛一眨不眨地看着对面的少女，看着少女那勾起的嘴角、眯起的眼睛，几乎和当时的小鹿一模一样。

夏秦怡的心中涌过一番别样的滋味，她盯着少女的眼睛，问道：“姑娘家住何处？”

“并州。”鹿难烛答道。

“姑娘真的很像我一个朋友。”夏秦怡道。

“真巧。”鹿难烛道。

鹿难烛强装镇定，别过脸，假意欣赏窗外的风景，不敢与夏秦怡对视。她的心脏怦怦直跳，还好夏秦怡的武功并未臻至化境，不然如此躁动不安的心跳声足以泄露鹿难烛的秘密。

天山到樊梨城何止千里?

她在梨花秋水楼里枯坐三日，又是为何?

桌子下，鹿难烛的十指不安地绞在一起，欣赏风景的眸子也模糊了视线。

这次回到世隐村，鹿难烛发现自己失去了往日的安然心境，莫名地感到烦躁，仿佛有什么东西在召唤着她。随着时间的推移，这感觉非但没有丝毫消散，反而越发浓烈。

鹿难烛压抑不住这种感觉，只好遵从心意。她一路南下，却无暇欣赏沿途的风景，直到再次见到夏秦怡，那种磨人的感觉才散了去。

鹿难烛又何尝不知道自己是在玩火?

她之前东奔西走，苦心筹谋，好不容易才将人们的视线从北边转移到了南方，若是被夏秦怡识破自己的身份，一切苦心都白费了。

可是，她还是来了。

一直很安静的夏秦洵开口打破了沉闷的气氛:“姐姐，我想游江。”

“好，这位姑娘要同去吗?”夏秦怡开口道。

理智告诉鹿难烛应该就此止步，可她却点了点头。

华夏山庄的画舫常年停泊在烟波江上，三人上了画舫，夏秦怡为夏秦洵准备了杂耍表演和唱小曲的班子。

鹿难烛倚在画舫的栏杆上，眺望远处的风景，微风拂过她的发梢。

鹿难烛暗暗告诫自己：这次别过，就好好待在天山里不再轻易出来了。

武林各派的印旗、家徽她几乎都已经看过，并没有找到那幅莲花图腾。

这次回去，她要勤修武艺，也许再过几年，就是凤血刀和沧龙剑的传人决一胜负的时候了。也许只有等这一切都过去了，她才有机会和夏秦怡坦诚，然后再做朋友吧。

夜幕来临，鹿难烛没有再和夏秦怡说一句话，只是偶尔会远远地看上一眼。

一道光亮毫无征兆地从樊梨城外的一座山上蹿上天空，紧接着就听到夏秦怡冷峻的声音："立刻靠岸。"

夏福已经带着人守候在了码头，看到夏秦怡立刻迎了上来："大小姐……"

"福伯，你派几个得力的人手把小洵安全地送回去，我先行一步！"

"是！"夏福应道。

夏秦怡头也不回地跑远，消失在暮色中。

鹿难烛收回目光，看向烟火消失的方向，眼中闪过一丝担忧，心想：她走得这么匆忙，华夏山庄一定出了什么大事。

夏秦怡使出轻功，一路飞奔回华夏山庄。庄内乱成一团，她顾不得擦拭额头上大颗的汗珠，一把抓住一名家丁，问道："出什么事了？是谁放的冲天箭？"

家丁忙道："大小姐，是三爷放的，魔教妖人偷袭山庄，刺杀三老太爷，您快去看看吧！"

夏秦怡道："你说什么？"

……

夏秦怡赶到三房正厅的时候，厅内已经聚满了人，她对主位上的两位老太爷请过安，问道："二爷爷，发生了何事？"

二老太爷道："魔教妖人丑侠潜入山庄，与三弟大打出手，三弟受了伤，那妖人逃走了。"

夏秦怡道："怎么可能？孙女与那人交过手，以他的武功是绝对不可能伤到三爷爷的！"

"你三爷爷前些日子在天穹山上大战厉鬼门门主，虽然胜了，但也落下了内伤。魔教妖人乘虚而入，这下三弟伤上加伤，其他的，等大夫出来以后再说吧……"二老太爷说完，缓缓地闭上了眼睛。

夏秦怡瘫坐在椅子上，脑海中一片混乱。

夏秦洵被夏福送了回来，考虑到他的身体不能受刺激，下人们并没有告诉他庄内发生的事情。

一个时辰后，大夫才从三老太爷的房间中出来，向厅内众人汇报道："三老太爷的伤势很重，胸口中了一掌，对方掌风带毒，致使三老太爷的胸口处有瘀血，不过小的已经为三老太爷行针，暂时控制住了毒素，这就去煎药送来……"

二老太爷挥了挥手，道："去吧。"

大夫离开，二老太爷又继续说道："小辈的，秦怡留下，其他人都回去吧，提防魔教妖人去而复返，这几日各房各院都须加紧防范。"

正厅内的气氛压抑凝重，所有人都将目光集中在主位上，等待二位老太爷发话。

二老太爷沉默良久，将问题抛给了夏秦怡："秦怡，你是下代庄主的继承人选，庄内如今出了这样的事，你打算如何应对？"

夏秦怡站起身，深深地吸了一口气，拱手说道："秦怡认为，首先应加强庄内的防范，防止魔教妖人卷土重来；然后将今日之事通过飞鸽传书告知各派掌门，提醒他们注意防范；最后……以山庄的名义对整个江湖发布悬赏通缉令，献上丑侠人头者，赏黄金万两！"

二老太爷道："嗯，此言有理，此事又该如何善后？"

夏秦怡道："这个……孙女一时还没有想好，不如等到三爷爷醒来，询问清楚个中细节再做定夺，至于山下的搜索，孙女认为大可不必。一是那魔教妖人的武功高强，就算庄内子弟找到了也未必奈何得了他；二来，派大量的人手下山，庄内难免人手不足，恐怕会中了魔教的奸计，不如将丑侠的画像下发给各地。我庄中产业遍布江湖，一旦发现丑侠的行踪，就近通知当地的赏金猎人和门派，请他们共同诛杀丑侠。"

二老太爷吩咐道："你们都听到了吧？就按照秦怡说的办，都散了吧。"

"是！"众人应道。

人群散去后，夏秦怡与三老太爷的儿子一同守在外间，三老太爷尚在昏迷，二人只好等待。

墙上镶嵌的夜明珠将外间照得通亮，叔侄二人沉默地等待着。

等了两个时辰，也不见三老太爷转醒，夏明坎将拳头重重地砸在桌上，道："魔教妖人，我要将你碎尸万段。"

夏秦怡看着自家三叔青筋暴起的拳头，又转头看了看三老太爷紧闭的房门，在心中做了相同的决定。

二人足足守了一天一夜，三老太爷才悠悠转醒。他醒来后，单独叫了夏秦怡进去。

夏秦怡入得卧房，看到三老太爷半靠在床上，脸色苍白枯槁，一夜之间苍老了许多。

夏秦怡眼眶一红，坐到三老太爷的床边。

听着三老太爷大口大口地喘着粗气，胸腔中发出犹如风箱一般的"呼哧"声，夏秦怡再也忍不住，低下了头，眼泪大颗大颗地往下掉。

"秦怡……三爷爷不要紧，别哭。"三老太爷安慰道。

夏秦怡抬手拭去了挂在眼角的泪滴，红着眼睛，坚定地说："三爷爷，您安心养伤，这个仇，孙女一定会为你报的！"

三老太爷闻言，露出欣慰的表情，说道："没想到那魔教妖人的武功如此之高，秦怡，以后遇到他，你可要小心了。三爷爷老啦，以后这片江湖就是你们年轻人的天下了。"

"三爷爷，那魔教妖人是为了凤血刀而来的吗？"夏秦怡问道。

三老太爷摇了摇头，说："他是冲着老夫来的，这一点老夫也想不明白，或许……他是为了寻仇。老夫在天穹山重创厉鬼门门主，那妖人隶属于厉鬼门也说不定。"

夏秦怡听完，心中闪过一丝疑惑：三爷爷说的，与玉面狐狸之前说的有些出入。

三老太爷继续说道："魔教只是我们正派武林同道对西南那边盘踞的妖人的统称，其实魔教内部也和我们这边一样，有许多门派，这丑侠出现在江湖的时间不长，想来我们之前没有弄清楚他的身份。"

一边是魔教妖女，一边是自己最敬重的长辈，夏秦怡毫不犹豫地相信了后者。

“三爷爷，您确定打伤您的就是丑侠吗？孙女和他交过手，他的武功……”夏秦怡确认道。

三老太爷点了点头，肯定地说道：“老夫虽然没有亲眼见过他，但那把沧龙剑老夫还是认得的！魔教妖人不择手段，经常会用些阴损的秘法提高功力，况且老夫之前受了内伤，一时不慎被他偷袭，咳咳咳……”

夏秦怡道：“三爷爷，大夫说您伤到了肺，您还是躺下来好好休息吧。”

三老太爷压住咳嗽，摆了摆手说：“无妨，你三叔在外面吗？”

夏秦怡答道：“三叔一直在外面候着呢。”

三老太爷道：“你回去好好休息吧，多调派些人手保护好自己的院子，叫你三叔进来。”

夏秦怡应道：“是，三爷爷，您好好休息，孙女告退。”

三老太爷道：“嗯，去吧。”

夏秦怡离开三房的院子，并没有回去休息，而是到书房亲自写了几封对丑侠“杀无赦”的命令，并且在下面盖上了她的印鉴，派人送到华夏山庄旗下的各处产业。

华夏山庄虽以富贵著称，但能立足在这片江湖百年不倒，自然有它的倚仗。华夏山庄养的这些高手，有很多人都是用着普通人的身份生活在华夏山庄的各处产业中，夏秦怡身为华夏山庄的大小姐，是有权力调动这些人的。

一天的工夫，华夏山庄写给各派掌门的信、发给各处赏金猎人的通缉令以及下达给各地产业的命令，如雪花般飘满整片江湖。

第七章

“姑娘，这碟桂花糕是我们掌柜送给您的。”店小二道。

“谢谢。”鹿难烛谢道。

店小二欠了欠身，道：“那请您慢用。”

“小二哥！”鹿难烛叫住店小二。

“姑娘还有什么吩咐？”店小二问道。

鹿难烛踌躇片刻，才开口问道：“那日……邀我同游的姑娘，常来吗？”

店小二听完，露出为难的表情，对鹿难烛歉意地笑了笑，回道：“小的不清楚……”

“多谢，小二哥去忙吧。”鹿难烛道。

“哎。”店小二应道。

距离上次分开又过了三日，夏秦怡没有再出现。

夜幕降临，一个鬼魅的身影以樊梨城巷子两边店铺上的瓦片为借力点，使出轻功急速前进。

樊梨城没有宵禁，此时下面的街道上还有不少行人，却无人发现这一幕。

鹿难烛本打算离开樊梨城，人都走到了城门口，但还是有些不放心。于是，她换上丑侠的行头，将木匣藏在郊外一棵枝繁叶茂的树冠里，背上沧龙剑，向华夏山庄赶去。

三日的将养，三老太爷已经脱离了危险，胸口的毒素基本控制住了，华夏山庄的戒备变得空前森严，十二个时辰都有人在无死角地巡逻，夏秦怡的院子更是有众人把守着。

鹿难烛刚跃上一棵树，树底下就有五名华夏山庄的护院拿着火把走了过去。

鹿难烛轻轻拨开树枝，目之所及，火把的光亮很密集，看来华夏山庄真的出事了。

在如此严密的巡视下移动并不容易，鹿难烛整整用了一个时辰，才来到夏秦怡所在的院子。她落在假山的后面，只听“嗖”的一声，一支火矢擦过假山的石头，钉在了鹿难烛身后的院墙上，紧接着便是一阵阵急促而又响亮的锣声——被发现了！

对方有弓箭，鹿难烛不敢贸然跃起，只听假山前面传来细密的脚步声，手持火把的护院将假山围得水泄不通。

人群自动分开一条路，外围的弓箭手已经拉满了弓。

青竹、飘雪跟在夏秦怡的左右，她手持凤血刀来到假山前，喝道：“出来！”

鹿难烛听着熟悉的声音，无奈地勾了勾嘴角，这次自己可算是自投罗网……

鹿难烛绕出假山，待夏秦怡看清来人，二话不说，拔出凤血刀朝着鹿难烛砍了过去。

周围的护院也都纷纷挥舞着兵器，向着鹿难烛的身上招呼。鹿难烛毫无准备，沧龙剑背在身后也来不及拔出，只好慌忙躲闪，绕回假山后面。

“大小姐小心！”青竹一把拽住夏秦怡的胳膊将她拉到身后，对着身边的护院使了一个眼色，几人打了一个手势，向假山两侧包抄。

鹿难烛刚取下背后的沧龙剑，就有人已经冲了上来，她飞身一脚踹在来人的胸口上，那人受力向后倒去，砸在了后面的人身上。

另一面迂回的人也到了，砍向了鹿难烛的后脑。

“叮”的一声，鹿难烛连头都没回，只是背过了提着沧龙剑的手，挡住了身后的偷袭。

鹿难烛足下一踏，腰上一扭，一个回旋踢，踢中了偷袭者的脖颈，后者身体一软，瘫了下去。

夏秦怡无恙，她已然安心。

鹿难烛无意恋战，眼看绕到假山后面的人越来越多，冒着被火矢射中的危险，她翻身跃上了身后的院墙。

夏秦怡大声地喊道："放箭！别让他跑了！"

鹿难烛蹲在院墙瓦片上，透过木质面具上的小孔，看到满脸怒容的夏秦怡被青竹、飘雪两人护在身后。若不是这二人拦着，恐怕她早就冲上来了。

鹿难烛发现，似乎每一次以丑侠的身份见到夏秦怡，她都是一副欲把丑侠杀之而后快的模样。

箭矢破空的声音不断地传来，好几支火矢擦着鹿难烛的头飞了过去。鹿难烛最后看了一眼夏秦怡，跳下了院墙。

"放冲天箭！"说罢，夏秦怡一把推开青竹，使出轻功高高跃起，足尖在假山上一点，紧随鹿难烛飞过了院墙。

"大小姐！"青竹和飘雪喊着，双双追了上去，护院点燃怀中的冲天箭。

随着"嗖"的一声，冲天箭在天空中爆开。

冲天箭一出，原本一些抱着观望态度的人也不得不带人前来支援，四房嫡子夏明巽带领高手赶来，二房老太爷亲自出马。

明晃晃的火把从四面八方涌来，夏秦怡所住的院子外面一块空地，没有藏身之处，也无借力之点。

鹿难烛虽可以用叠步借力，可叠步的移动速度不够快，身边还不时有火矢飞过，因此她只好落在了空地上。

夏秦怡紧随而来，落在鹿难烛的身后，道："大胆魔教妖人，你还敢来，今天你休想活着离开华夏山庄！"

鹿难烛从夏秦怡愤怒的话语中听出了不对劲，可这一次，夏秦怡没有给鹿难烛辩解的机会。

"叮"的一声，刀剑重重地撞在了一起。鹿难烛只是抬剑格挡，而夏秦怡不仅使出了全力，还将内力推动到凤血刀上。

鹿难烛双脚开立，两只脚掌着地，硬生生地向后滑出半丈远才停下。

弓箭手怕误伤夏秦怡，停止了射箭。

鹿难烛的虎口传来阵阵刺痛，这才明白她是真的想杀自己！

火光越来越亮，鹿难烛听着从四面八方传来的脚步声，心头一沉。

夏秦怡又攻了上来，鹿难烛找准时机，架住迎面劈来的凤血刀，一把抓住了夏秦怡另一条胳膊的小臂，压低声音，用商量的口吻说："可否放我离开？"

夏秦怡冷哼一声。

下一刻，鹿难烛的小腹一痛，在毫无防备之下，被夏秦怡重重地踢在了小腹上！

"噔噔噔……"鹿难烛连连后退，额头上渗出了细密的汗珠。

夏秦怡此时脑海中闪过的都是三爷爷重伤卧床的样子，既然三老太爷笃定伤他的人就是丑侠，那她的心中就只有一个念头：杀死丑侠。

愤怒冲昏了她的头脑，对至亲之人的心痛和对丑侠的仇恨，蒙蔽了她的双眼。

夏秦怡根本没有去想：如果丑侠真的能伤到三老太爷，如果丑侠真的对她心怀恶意，适才那么近的距离，怎么会只抓住她的小臂？又怎么会用商量的口吻同她说话？

沧龙剑缓缓垂下，鹿难烛一手捂着小腹，面具后面那双顾盼生辉的眸子，暗淡了下来。她身体里有个地方在钝钝地痛着，痛到……让她觉得小腹上的疼痛，根本不算什么。

青竹、飘雪赶到，提着兵器与鹿难烛战在一处。

夏秦怡的纠缠让鹿难烛失去了最佳的逃跑机会，面对青竹和飘雪，鹿难烛不再留情，将内力加持在沧龙剑上，剑招大开大合。不出三招，飘雪和青竹合二人之力，也落了下风。

夏秦怡立于战圈之外，看到眼前的一幕，心中闪过一丝奇异的感觉。可她还来不及抓住这感觉，就听到"咔嗒"一声，青竹举过头顶格挡的长剑，被沧龙剑无情地斩断。

这是鹿难烛第一次使出全力与人交手，她没想到沧龙剑的威力竟然如此惊人。

鹿难烛立刻收势，可是由于惯力，沧龙剑的剑锋还是砍进了青竹的肩膀，鲜血喷涌。

“青竹！”夏秦怡与飘雪异口同声地惊呼。

鹿难烛的心底划过一丝愧疚，她本无意伤人，可惜她对沧龙剑的驾驭，还远远达不到收发自如的程度。

青竹伤到持剑的手臂，鲜血瞬间染红了衣裳，“咣当”一声，手中的断剑也随之落地。丑侠近在咫尺，他甚至可以看到那张木质面具上的纹路。他绝望地闭上了眼睛，等待沧龙剑贯穿他的身体。

一道火光划破夜空，呼啸而来，“嗖”的一声，一支火矢几乎是擦着夏秦怡的耳朵飞过。

鹿难烛足下用力向旁边蹿了过去，躲开箭矢的同时，也看到了在夏秦怡身后放暗箭的人，是一个面皮白净的中年男子。

刚才那一箭好险！如果夏秦怡站得稍微偏一点儿，射中的恐怕就是她了！但是鹿难烛不明白，难道杀死自己就这么重要？他不怕伤到夏秦怡吗？

男子将手中的弓递给旁边的护院，挥了挥手，道：“给我上！”

一声令下，十几人朝着鹿难烛冲了过来。

夏秦怡撩起衣襟的下摆，手起刀落扯下一块布，迅速地缠在青竹的肩膀上。

飘雪在夏秦怡耳边轻声说道：“是七老爷。”

夏秦怡点了点头，说：“我知道。”

丑侠与一众家丁混在一丈开外，飘雪和青竹将夏秦怡护在身后，警惕地看着周围。

夏明巽带着随从走到夏秦怡的面前，笑吟吟地说道：“七叔刚才看到那魔教妖人意欲对你不利，情急之下射了一箭，没误伤到你吧？”

夏秦怡摇了摇头，说：“多谢七叔出手相助，秦怡无事。”

“嗯，没事就好。”夏明巽道。

惨叫声频频传来，不断有护院从战圈中飞出，重重地摔在坚硬的石板上。可包围鹿难烛的人不见减少，反而越来越多。

鹿难烛手中空有沧龙神剑，却因不想伤及他人性命而畏首畏尾，迟迟不能突围。正所谓“乱拳打死老师傅”，在这样紧密的包围下，鹿难烛间或顾不周全，背后也会挨几下，好在有银龙内甲护体，才得以安然无恙。

即便鹿难烛没怎么受伤，却被打得很狼狈。

人越聚越多，华夏山庄的高手几乎是倾巢出动，这让飘雪和青竹稍稍放下心来，想着在众目睽睽之下那两房的人应该不敢乱来。

夏秦怡透过人群的间隙，可以影影绰绰地看到丑侠的身影。当积压已久的怒气发泄过后，夏秦怡冷静了下来。她抱着凤血刀，握住了适才被丑侠一把攥住的小臂，感到有些愧疚，他两次救自己的这份情……恐怕是还不上了。

另一边，战圈正中间的鹿难烛终于忍无可忍，她咬紧牙关，将沧龙剑竖在身前，原地转了一圈。随着“乒乒乓乓”的声响，不少人手中的兵器被折断，也有人因此受伤，可鹿难烛已经管不了那么多了。

就在此时，圈外传来洪亮的喊声：“通通让开！”

鹿难烛四周的压力锐减，众人虽然依旧将她围在中间，但紧密的包围圈已经散开。她仗剑立于正中，圈子有序地开了一个口，走进一位须发银白的长衫老叟。

“大胆魔教妖孽，你暗伤老夫三弟，今日还敢来，欺我华夏山庄无人？老夫今日就为武林除害！”

鹿难烛这才清楚事情的原委。她握紧沧龙剑，双脚开立，缓缓吐出胸中浊气，催动体内的天魔功，等待二老太爷的攻击。

二老太爷看着摆出了应战姿势的丑侠，点了点头，说道：“好，勇气可嘉，老夫就给你留个全尸！”

“噌”的一声，二老太爷单掌挥飞了剑鞘，使出一招“白虹贯日”向丑侠刺了过去。

鹿难烛站在原地一动不动，直到剑锋已近在咫尺，她才突然向后倒去，双脚开立，死死地抓着地面，身体鬼魅般地与地面平行。待二老太爷的长剑飞过她的上方，她果断地挥动沧龙剑，朝着二老太爷的腰间削了过去，须臾间转守为攻，招式凌厉又刁钻！

二老太爷凌空飞行，鹿难烛又攻击他最不好躲闪的腰部，她以险换险，虽未求一招制敌，但至少也要让对方受点儿轻伤。

可就在此时，二老太爷也不知用了什么手段，飞在半空，无依无傍的身体竟然旋转了起来，前进的方向也由向前改成向左，硬生生地避开了鹿难烛的这一剑。

二老太爷稳稳地落在地上，鹿难烛卸掉全身紧绷的力道，肩胛骨在石板上借力一点，使出“鲤鱼打挺”，也站了起来。

一招风驰霆击的交锋，双方均毫发无伤，二人各自握着兵器，沉默地对峙着。

而目睹了这一招的围观人群，也借着这个空档回味了过来。刚才的那一招实在太快，快到他们无暇思考，趁着这个空档回过头再去想，无不露出了惊愕的表情。

二老太爷的武功固然令人叹为观止，可更令他们震撼的是丑侠的应对！不仅须臾间就转守为攻，而且招式凌厉，角度刁钻，如果换成他们，肯定是躲不开的！没想到……丑侠的武功竟然如此高深，也难怪会伤到三老太爷了！

鹿难烛将天魔功催动到沧龙剑上，剑身蓝光大盛。二老太爷也催动了真气，宽大的华丽长袍鼓动作响，二人不约而同地提剑向前，再次战在一处！

兵器的碰撞声不绝于耳，二人已经对过十数招！

鹿难烛不得不承认，面前这位是她遇到的最强劲的对手。她拼尽全力，非但没有占到一丁点便宜，反而显出半分劣势。可不知怎么，她的心中却没有一丝惧意，甚至有些跃跃欲试。沧龙剑似乎与主人的心情相呼应，剑身上的蓝光越发浓烈，随着每一次挥舞发出阵阵龙吟。

场中至少有百余人，却无人交谈，所有人都在目不转睛地盯着场中的对决，悟性高者，更是从这一招一式中学到不少。

夏秦怡紧紧地握着手中的凤血刀，看着沧龙剑在丑侠的手上释放出苍蓝的剑气，身体竟不受控制地微微颤抖。

这就是与凤血刀齐名的沧龙剑！这人的武功要高出自己许多，

内力更是深不可测，在二爷爷手下走过五十招不见败势，沧龙剑的威力更是被他发挥得淋漓尽致。

夏秦怡紧紧地抓着自己的右手小臂，以他的武功，明明可以杀掉自己，却只是抓着自己的胳膊，请自己放他离开……她心中的滋味难以言喻，心想莫非玉面狐狸说的是真的？

一边是丑侠两次相救、一次留手的“恩”，一边是至亲之人重伤未愈的“仇”，两股感情在夏秦怡小小的心里激烈地碰撞摩擦，拉扯着她的心，搅乱了她的神。

夏明巽见二老太爷迟迟拿不下丑侠，急切地大吼道：“放箭，放箭！”

“不要放箭！”夏秦怡的制止脱口而出，说完，她的心头一颤，用力地咬了咬自己的舌尖。

夏明巽甩着广袖，怒气冲冲地走到夏秦怡身前，大声地质问道：“你为何袒护魔教妖人？”

夏秦怡缓缓地松开一直握着的右手小臂，摇了摇头，轻声说道：“七叔，二爷爷和魔教妖人缠斗在一处，若此时放箭，恐怕误伤……再者，二爷爷亲自出手，我华夏山庄若再以暗箭取胜，传出去会被江湖人耻笑的。”

夏明巽却不以为意，冷哼一声，呛道：“邪魔外道，人人得而诛之，况且是他挑衅在前，只要能把他杀死，什么手段都能用！”

夏明坎也走了过来，拍了拍夏明巽的肩膀，说：“七弟少安毋躁，秦怡说的也有道理，误伤到二伯得不偿失，况且我观那魔教妖人已经现出劣势，不出百招，二伯定能将此人斩于剑下！”

夏明坎看了看场中的战斗，并未说出心中的感慨：这人年纪轻轻就有如此造诣，可惜……

“三哥，你忘了大哥、五哥是怎么死的？还有三伯，被魔教妖人重伤，现在还躺在床上。你别听这个丫头的疯话，我早就听说了，当日在天穹山下，玉面狐狸口口声声说这丫头和那魔教妖人的关系不清不楚，今日一看果真不假！”

青竹和飘雪站在夏秦怡的身侧怒视夏明巽，可他们碍于尊卑有别，无法开口争辩。

夏明坎皱了皱眉，说道：“七弟，你可知你在说些什么？且不说事关女儿家的名声，秦怡身为山庄传人，名誉更是不能有损！”

夏明巽撇了撇嘴，大袖一挥愤愤离开了。

夏明坎低声安慰道：“秦怡，你七叔就是口无遮拦的性子，你别往心里去。”

“嗯。”夏秦怡点了点头，看向战局。

从开始到现在，百招已过，即便有沧龙剑在手，鹿难烛也渐渐开始显出劣势来。

修炼内功贵在积累，不管天魔功如何神奇，也无法逾越二人相差了几十年的差距。

鹿难烛第一次感觉到自己的丹田出现了酸痛的感觉，内息后继无力，若无意外，败局已定。她面具后面那张精致的脸庞，闪过一丝无奈，心想：这次……恐怕真的出不去了。

突然，鹿难烛听到夏秦怡焦急的喊声：“七叔！住手！”

原来，夏明巽回到原地，越想越气，从随从手中夺过长弓，搭上火矢，瞄准丑侠射出了一箭！

二老太爷看出丑侠的内力不济，正逼迫他与自己凌空对战，进一步消耗丑侠的内力。此时见夏明巽放箭，于是他当机立断，以长剑架住沧龙剑，让丑侠无法脱身！

火矢破空而去，直逼鹿难烛的面门。

千钧一发之际，鹿难烛向后一仰，“啪嗒”一声，是木头击打石板的声音。

鹿难烛脸上的木质面具脱落，坠落到石板上，发出脆响。

短暂的寂静后，人群爆发出了一阵惊呼：“啊！好丑的人！”

鹿难烛一共戴了两层面具，就是为了防止木质面具脱落时，会露出本来面目，此时她脸上戴的是北丑一族送给她的一张奇丑无比的面具。

“受死！”二老太爷一声暴喝，运足十成功力，用另一只手重重地拍在了鹿难烛的胸口。

鹿难烛受了这一掌，感觉到一股毁灭的力量击中自己的胸口，虽然被银龙内甲卸去了一些，剩余的却毫不留情地传到自己的身上。

鹿难烛喉头一热，在众人的注视下，“噗”的一声，喷出一口鲜血，身体犹如断线的风筝，向后飞去……

夏秦怡一口气跑到二老太爷的身边，拉住了二老太爷的袖子，说道：“二爷爷，当心中计，那魔教妖人中了您一掌，一定跑不了，下面的交给下人们去做就行了。”

夏秦怡看到二老太爷身上的血迹，是丑侠喷到他身上的。若是二爷爷追过去，那人……必死无疑。

二老太爷开口：“嗯，也好，秦怡也不要去了，当心被魔教妖人夺了凤血刀。明坎，明巽，你们带人追上去。”

“是，二伯！”

夏秦怡咬了咬嘴唇，看着越来越远的火把，怔怔出神。

鹿难烛飞出很远，重重地砸在地上，强烈的冲击之下，她猛地咳嗽了一阵，又从口鼻中喷出了一股鲜血。

鹿难烛躺在地上喘了几口气，才拄着沧龙剑摇晃地站起了身子，胸口撕扯般痛着，双耳嗡嗡作响。

好在之前华夏山庄的人手都集中到了前面，后方的防御空虚，她这一下正好飞出了包围圈。

鹿难烛顾不得许多，一只手捂着胸口，一只手死死地攥着沧龙剑的剑柄，踉跄着向外走去。她憋着一口气，跑出很远，路上偶尔遇到一些阻拦，都是些只有末流身手的人。

鹿难烛丹田刺痛，提不起一点儿内力，硬是仗着沧龙剑的无坚不摧，撕开了一条退路。

身后的喊声越来越近，火把的光芒也越发明亮，鹿难烛心头一急，又咳出了些许鲜血。她慌不择路地逃窜，终于从一处角门逃离了华夏山庄。

“别让他跑了！”说罢，夏明巽搭弓瞄准丑侠的后心，“嗖”的一声，射出一箭。

即使鹿难烛已经察觉到了身后的危险，可是她的身体再无力气做出任何反应。“叮”的一声，箭矢射中鹿难烛的后心，好在并未穿透银龙内甲的防御，但她被这力道一推，摇晃的身体再难平衡，向前倒去……

华夏山庄建于山顶，鹿难烛从角门逃到了后山，那里只有一条蜿蜒的小路通到山下，到处都是陡坡树林。

她就这样从山坡上滚了下去……

夏明坎、夏明巽两兄弟来到丑侠跌落山坡的平台边上，用火把一照，发现早就没了丑侠的身影。

“该死的！给我搜！”

“魔教妖人受了重伤，绝对跑不远，五个人组成一队，铺开了给我搜！”

“是！”

鹿难烛一路翻滚，手中死死地握着沧龙剑，为了不被沧龙剑误伤，鹿难烛将持剑的手举过头顶，身体却没有一丁点保护。山坡上有不少碎石、枯枝割破了她的衣服，将她身上没有防护的部位硌得一块块青紫。

鹿难烛的眼前一阵阵发黑，她紧咬牙关不让自己发出声音。她在心中憋了一口气，她知道，若是这口气也散了，自己就真的再没有力气爬起来了。

“砰”的一声，鹿难烛痛得直咧嘴，她的腰撞上了一棵粗壮的树根，停了下来。

鹿难烛躺在地上一动不动，半晌才勉强地侧过头。透过树丛，可以看到山坡上星星点点的火把光芒。她大口喘着粗气，双手撑起身体，未及坐稳，猛地分出一只手，死死地堵住了自己的嘴巴。咳嗽的闷响从她的胸腔中传出，鲜血顺着指缝溢了出来。

鹿难烛眼白上翻，险些昏厥过去，如此又缓了好一会儿，她将沧龙剑插到土里，靠着剑的支撑站了起来。

鹿难烛扶着身边的树，向山坡下看去，此时伸手不见五指，以她此刻的情况，怕是无法支撑到下山。况且山下空旷，就算下去了，也跑不远……

鹿难烛的身体晃了晃，大口大口地喘着粗气，按着树干的手，手指不住地颤抖。她抬头看了看头顶茂密的树冠，深深地吸了一口气，从已经枯竭的丹田中硬挤出一丝真气，跃上了树冠。

可是，鹿难烛的伤实在太重了，才跃上粗枝，脚下一个不稳，又重重地摔了下来，让她眼前又是一黑。

火光已经越来越近，鹿难烛甚至可以听到他们的脚步声。她再次从地上摇晃着爬起，又一次跃上了树冠上的粗枝上，随后趴下，抱住身下的粗枝。这次她没有再摔下去。

鹿难烛持剑的手止不住地颤抖，沧龙剑摇摇欲坠！

鹿难烛咬破下唇，使出最后的力气将沧龙剑插在树干上，昏了过去。

……

“报！”一个家丁举着火把跑了过来，单膝跪在二老太爷和夏秦怡的身前，“禀报二老太爷、大小姐，魔教妖人从西角门逃出，滚下山坡，四爷和七爷正在带人搜索，派小的回来禀报一声。”

夏秦怡听到报告，悬着的心一松。她开口道：“二爷爷，孙女送您回去吧。”

二老太爷扫了夏秦怡一眼，点了点头，道：“也罢，想来是那魔教妖人气数未尽，老夫自行回去便可。秦怡，他中了老夫全力一掌，绝对跑不远，你派人守住城门，在樊梨城内挨家挨户地搜。”

“是！”夏秦怡还是送了二老太爷一段路，回来的时候，脚下踢到一个硬物。

“大小姐小心！”青竹和飘雪紧张地将夏秦怡护在身后，护院用火把一照，捡起了一张木质面具。

“大小姐，是那魔教妖人的面具。”

夏秦怡接过面具，入手是粗糙的触感，她面无表情地吩咐道：“这里有飘雪保护我就行了，你们派两个人把青竹送回去，请大夫处理一下他的伤口，剩下的人也别待在这里了，先去守住城门，再到城中搜索。”

“是。”

“大小姐……”

“青竹，你伤在右臂，如果不及时医治以后会影响身手的。”

“青竹谨遵大小姐吩咐。”

华夏山庄只留下部分人手在巡卫山庄，剩下的人都出去搜寻丑侠了。

众人大张旗鼓地搜寻了一夜，却没发现丑侠的踪迹。

消息汇报回来后，二老太爷沉吟良久，最后下令死守城门，城中搜索。他断定丑侠中了他一掌，绝对不可能跑远，或许就藏身在樊梨城内的某处。

鹿难烛被一阵刺眼的阳光唤醒，抬手遮在头顶。她睁着迷蒙的双眼打量周围，还好，她还在树冠上，没有被华夏山庄的人发现。

鹿难烛露出一抹苦笑，捂着胸口从粗枝上慢慢坐了起来，牵扯到胸口的伤，痛得她直咧嘴。她忍痛艰难地挪动身体，靠在树干上，双膝盘起。

鹿难烛闭上双眼，却惊奇地发现自己原本枯竭的丹田中又有了些许弥散的真气。她催动天魔功使真气游走于四肢百骸，运行了三个小周天，虽然胸口的痛感还在，但呼吸顺畅了不少。

鹿难烛倚着树干，低头看了看自己，身上的衣服已经破破烂烂，想来是从山顶滚下的时候刮破的。她掀起两个袖子，看到原本白皙的双臂满是青紫，难怪全身会酸痛不已。

不过这些对于鹿难烛来说都是小伤，有天魔功护体，最多三五日就会消除，最致命的还是胸口中的那一掌。这一击，伤到她的心肺，也直接影响了她的身手，若是运功太猛，只怕还会喷出血来。

鹿难烛抬头看了看，见沧龙剑安然地插在她头顶的树干上，才放心地闭起双眼，开始回顾与二老太爷的那一战，每一招每一式她都记得清清楚楚。她将那场战斗在脑海中仔仔细细地回顾了三遍，直到把每一招都消化掉，才停下。

朦胧之中，鹿难烛倚着树干，再次沉沉睡去，等她醒来时，天已经全黑了。

虽然她的胸口还是会痛，但是已经比第一次醒来时好多了。

鹿难烛拔下头顶的沧龙剑，拨开树枝向四周看了看，林子里很静，也没有火把的光亮，她才放心地从树上跃下。

“咕噜……”鹿难烛的脸一红，捂住小腹，心想：还是先想办法填饱肚子，再做其他的事情。

华夏山庄内，夏秦怡端着一碗温下来的汤药，敲响了三老太爷的门，道：“三爷爷，该吃药了。”

“进来吧。”

夏秦怡走到床边，将汤药递过去，拉过凳子坐下。她看着三老太爷喝完，随即接过碗，却并未离开。

三老太爷看着夏秦怡，问道：“前日那个魔教妖人又来了？”

“嗯。”夏秦怡点了点头，说道。

“又没抓到？”三老太爷继续问。

“嗯，二爷爷和他大战了一场，将他打成重伤，最后还是被他逃了。这两日已经派人到城门口日夜驻守，城墙上也有庄内的高手巡视，只要他现身就会立马抓捕。二爷爷说……那人挨了他全力一掌，定是逃不出樊梨城。”夏秦怡答道。

“那魔教妖人竟然在二哥的手底下逃走了？”三老太爷问。

“是的。”夏秦怡道。

三老太爷重重地叹了一口气，没再说话。

“三爷爷……”夏秦怡踌躇地说道，“那天……打伤您的，真的是丑侠吗？”

……

夏秦怡最终默默地退出了三老太爷的房间，她长这么大第一见三爷爷发了这么大的火。

“秦怡，你身为华夏山庄下一代的庄主，理应以身作则，庄上多少双眼睛在盯着你，容不得你犯一丁点错！武林正道的安危本就是你应该担起的职责，况且那丑侠的手中还有沧龙剑……”

“大小姐，我送您回去。”夏秦怡从三房出来，等在门口的飘雪跟了上来。

“飘雪，我让你去查的事情，怎么样了？”

飘雪点了点头，朝四周看了看，没有说话。

夏秦怡带着飘雪回到了自己的院子，开口：“说吧。”

“是。前日丑侠潜入山庄，山庄内家丁护院只受了伤，并无死亡。”

夏秦怡心想：果然。

她眸子闪了闪，吩咐道：“你先下去吧，此事不要跟任何人提起。”

飘雪应声离开，夏秦怡来到窗边，推开窗子，遥望天空中的星辰，心想：三爷爷说他亲眼看见了沧龙剑，神兵岂能造假？可是……他的武功虽然进步神速，但是真的可以将三爷爷重伤至此吗？到底是谁在说谎？

鹿难烛趁着夜色在周围转了一圈，她发现樊梨城中随处可见华夏山庄的守卫，反倒是这座林子安全些。只是她的行囊和箱子都藏在城外，一时恐怕拿不到了。

鹿难烛在山脚下发现了几户人家，腹中饥饿难耐，在心底告了个罪，潜进其中一户的伙房，在笼屉里找到了几个已经凉透的黄馍馍。她将沧龙剑放在一旁，躲在灶台后面，一口气吃了两个馍馍，又从水缸里舀了些凉水饮下。

鹿难烛擦了擦嘴，重重地呼出一口气，有一种总算活过来了的感觉。她从墙上拽下一方净布，把剩下的馍馍都包在布中，随即提起沧龙剑，蹑手蹑脚地出了伙房。她借着微弱的光亮打量这间两进的小院，看院子中的陈设应该还算富足。

鹿难烛看了看自己身上破破烂烂的衣服，悄悄向一间屋子走去。在路过水缸的时候，她伸手在里面点了一下，然后蹲到窗檐下，用沾了水的食指，轻轻地戳破了窗户纸，眯着眼睛向内看去，见到屋内一个男子打着赤膊躺在床上扇蒲扇。

鹿难烛摇了摇头，又到对面的屋子，用同样的方法看到了里面是一位身材壮硕的妇人，正在油灯下做针线活。

鹿难烛目测了一下妇人的身材，转身来到后院。后院一共三间，其中两间已经熄灯，唯独西厢房中的灯还亮着。

鹿难烛借由小洞向内看去，视线范围内并没有人，再往西瞧，可以看到一块屏风，上面搭着女子的襦裙，还可以听到潺潺水声。

鹿难烛估测屏风上的衣服和自己身材差不多，她四下瞧了瞧，舔了舔下唇，将沧龙剑插到窗缝里，向上一挑，窗栓便开了。她轻轻推开窗户，无声地跃上窗台，慢慢地从窗台上迈下来……

鹿难烛放缓了呼吸，看了一眼屏风，上面有女子沐浴的影子。见此，她不禁勾了勾嘴角，想起第一次到华夏山庄的时候，也是这般情景。而后，心中又涌起一丝惆怅，抬手摸了摸还痛着的胸口。

鹿难烛不再耽搁，打开木柜从里面拿了一身衣服，卷好抱在怀里，轻轻地关上柜门。临走时又看到一旁的梳妆台，想到这里到天山路途遥远，自己又受了伤，风餐露宿对伤势无益……就偷一样首饰做盘缠吧！

鹿难烛拿了一个镯子，心想：之前一个簪子都能当二十两，这个镯子应该够了。

突然，鹿难烛听到了一阵脚步声，伴随着一道女声："小姐，我进来了！"

鹿难烛心下一惊，连忙闪到窗边，一把推开窗子，飞身跃了出去。

"咣当"一声，提着热水的丫鬟手中的木桶落地，"啊！采花贼！快来人啊，抓采花贼！"

鹿难烛激动地咳嗽了两声，不敢强行运功，背着沧龙剑冲出了院子。即便不用轻功，鹿难烛奔跑的速度也绝非普通人所能及的，她一口气跑回了华夏山庄半山的树林，来到一棵茂盛的树下，按着胸口深吸了几口气，跃上树干，脱掉身上破烂的衣衫，换上偷来的襦裙。做完这些，鹿难烛感觉胸口沉闷，呼吸不顺，便抱着沧龙剑，靠着树干闭上了眼睛。

翌日醒来，正是清晨，鹿难烛吃了两块干粮，从树上跃下，在地上刨了一个坑，把换下来的破衣服埋了进去。

她盘膝坐在地上思考对策：如今当务之急就是离开樊梨城，这树林虽然安全，可保不齐，过几日华夏山庄在城中找不到她的踪迹，就会搜林子。

可是……城门口、城墙、码头，所有能离开樊梨城的渠道都布下严防，她重伤在身，功力连三成都使不出来，再加上沧龙剑又如此显眼……到底该怎么办呢？

鹿难烛想了很久，从地上站起来，在树干上做了个隐蔽的记号，然后跃上树枝，把沧龙剑插在树干上。

她撕下脸上的面具，挂在沧龙剑的剑柄上，随即低头看了看自己平坦的胸口，皱了皱眉，心想：早知道就把北丑族人送她的两个圆包带在身边了……

银龙内甲绝不能脱，这是保命的东西，一旦自己的行踪被发现，自己有银龙内甲护着也许还可以捡回一条命！

鹿难烛灵光一闪，打开布兜，里面还有三个黄馍……她心疼地看着其中大小差不多的两个，将大小不合适的另一个吃掉，把剩下的两个塞到了衣服里。

鹿难烛用净布蒙住半边脸，大大方方地来到城门口。

城门前，有二十多位华夏山庄的护院，城墙上还站着弓箭手。门口设了鹿砦，仅留出一道空隙，每一个出城的人都要仔细盘查，车队的箱子全都要打开，持剑的人更是重点盘查的对象，而一旁布告板上正贴着丑侠的画像。

轮到鹿难烛了，不用管事的人说，她自觉地拉下脸上的净布。

男子看到鹿难烛的容貌，呆滞片刻，又见鹿难烛孑然一身，脸上堆笑地说道："姑娘要到哪里去？"

"出城接人。"鹿难烛答道。

"哦，姑娘……这几日城中不安全，要不要哥哥我陪你一起去？"男子道。

"大哥公务繁忙，小妹不敢劳烦。"鹿难烛推辞。

"姑娘家住……"男子继续想说点儿什么。

"夏业！你干什么？"

男子听到城墙上的人吆喝，立刻止住话头，对鹿难烛露出灿烂的笑容，道："姑娘请出城，回来的时候也走这个门吧。"

"谢谢大哥。"鹿难烛道完谢，平安出城，走出百步，"啪嗒"一声，一个黄馍馍顺着略微有些宽大的襦裙滚了出来，她一时不查，一脚把馍馍踩扁了……

听到身后有脚步声，鹿难烛若无其事地向前走，加快脚步。到了藏木匣的树林，她取出木匣，戴上另一张女子面具，从怀中掏出另一个馍馍，将北丑族人送给她的两个圆包塞了进去，心想：总算是派上用场了，只可惜了这两个干粮……

鹿难烛背着匣子，原路进城，在城中转了一圈，见每一处出城口的守卫都差不多，于是寻了一间当铺典当偷来的那只镯子。她押了死当，却只当了一两银子，鹿难烛这下终于明白，原来夏秦怡的首饰那么值钱！

鹿难烛拿了钱，背着空箱子走向城门，果然受到了严格的盘查。华夏山庄的人见箱子里只有两身女装，一把破旧的文剑，便让鹿难烛出了城。

鹿难烛在城外转了一圈，原路返回，然后再出城，再次受到严格的盘查。如此反复数次，直到天已经有些黑了，盘查她的人早就露出了明显的不耐烦的神情。

鹿难烛决定赌一把。她来到树林找回沧龙剑放在木匣中，随即手中提着文剑，挑了一个人多的时候，走到了城门口。

守门的人举着火把，看到又是鹿难烛，不耐烦地说道："怎么又是你？"

鹿难烛笑笑，没有答话，动作慢悠悠地摘身后的木匣，手心已经冒出了冷汗。

"行了，行了！赶紧走，来来回回的，几次了？"

呼……鹿难烛不慌不忙地道了一个万福，走出了城门。她的心脏仿佛快要跃出胸口，却压抑着自己的步伐，行出百步远，飞奔了起来！

太险了！多亏樊梨城商贾云集，每日都有不少车队、商队、行人出城或入城，守门人的工作量非常繁重，再加上她反复让他们验看自己的空箱，把他们扰得不胜其烦，才得以躲过一劫！

鹿难烛又走出很远才放慢了脚步，她转头看向路下面静静流淌的江水，生出一股劫后余生的感慨。

这里是烟波江的上游，水流迟缓清澈，她取了一壶水，系在背带上，趁着夜色，再次出发。却没有察觉，在不远处有一个身影，已经无声无息地跟随了她一路……

第八章

鹿难烛身受重伤，胸口不时传来的牵扯痛，影响了她的五感，再加上好不容易从层层包围的樊梨城中逃了出来，她一时放松了警惕，竟然没有察觉到有人一直跟在她身后。

危险总是悄无声息地降临。

夜里，鹿难烛在江边的林子中露宿，睡眼蒙眬间，突然察觉到危险，连忙抱着木箱滚到一边。“咔嗒”一声巨响，她栖身的那棵树，木屑飞溅，碎木屑打在她的手臂上生疼！

若是稍迟片刻，血肉模糊的就是她了！

鹿难烛顾不得身上的内伤，抱着箱子向后跃出丈远。

来人道：“哼，没想到丑侠竟然是个女人！”

鹿难烛看到对方手中的兵器，瞳孔一缩，顾不得身份被拆穿，掀开木匣，取出沧龙剑。

对方似乎并不惧怕沧龙剑，任凭鹿难烛取出兵器，并没有趁人之危。

鹿难烛看着来人，身高足有九尺，手上拿着一把门板大小的兵器，共有三个护手分别镶嵌在“门板”上部的中间和两侧。若不是这把巨剑散发着凛凛寒光，看上去更像一块门板大小的盾牌。

鹿难烛握紧手中的沧龙剑。她并不认识面前的人，不过她瞥了一眼那棵几人才能环抱的大树，被这人一剑削去了一半，心中一沉：女子的身份，是她行走江湖最后的伪装，若是连这个也被拆穿……江湖天大地大她可以逃走，可是世隐村那些看着她长大的无辜老人和那些孩子该怎么办呢？

鹿难烛强压心头的紧张，笑了起来，她从怀中掏出北丑一族送给她的软包在手中捏了捏，待对方露出惊愕神情又塞了回去。

男子面带鄙夷之色地说道：“果然是恶人，为了保命连气节都不要了！我北冥鲲生平最恨两种人，一种是无恶不作的魔教妖人，一种是毫无气节的卑鄙小人。你都占全了，拿命来吧！”

北冥鲲见自己报完名号，丑侠的脸上毫无波动，心生疑窦，江湖上无人不知他的名号，此人却如此淡然，必是有足够的实力，才有恃无恐！

他立刻提起十二分的小心，踏出罡步，等着丑侠先动。

北冥鲲是这片江湖里名震正邪两道的赏金猎人，他原是大降魔院的和尚，师父是住持觉远大师，是以北冥鲲在寺中辈分很高，却因杀念太重，被逐出山门。

北冥鲲身高九尺，天生神力，世间一切兵器提到手中都嫌分量太轻，便自己打造了一把巨剑。

剑重一百六十斤，剑成之初，因剑身太重，任何材质的剑柄都无法支撑，几经辗转，找到天下第一铁匠，将剑柄融合到剑身之内，遂成此闻名天下的巨剑。

北冥鲲自幼受佛法熏陶，随着年龄渐长，却生出了与出家人截然不同的对正义的理解——立志杀尽天下恶人，即便身堕阿鼻，也在所不惜。在下山之前，北冥鲲与觉远大师辩论佛法，只论一句，佛陀说：我不入地狱，谁入地狱。

北冥鲲因饭量惊人，最后做起了赏金猎人，倒是能保得温饱。他自诩从不错杀一人。曾经有人许之百金，希望他杀死江湖上一位名宿，这位名宿是远近闻名的善人，时常救济百姓，雇主却对北冥鲲说这位善人私下里恶贯满盈。

北冥鲲在善人家里做了一年零八个月的长工，在善人的五十大寿上，慷慨陈词地披露了这所谓善人的罪行，桩桩件件、清清楚楚，后取“善人”人头。

至此，北冥鲲名声大噪，其他赏金猎人都会给他三分薄面。

这次北冥鲲出山的理由有二，一是华夏山庄悬赏的黄金万两太过诱人；二便是江湖上盛传丑侠乃魔教中人，且声名狼藉，烈刀门、华夏山庄等许多门派都对其发出过悬赏通缉令，如此，他便来铲奸除恶了。

北冥鲲这几日一直待在樊梨城中，他之所以注意到鹿难烛是因为她反复出城、入城的举动。凭借着猎人的直觉，他断定鹿难烛有问题，于是一直跟在鹿难烛的身后，亲眼看着鹿难烛从树上取下沧龙剑装到了木匣中。

他之所以迟迟没有出手，就是怕魔教妖人伤及无辜。

……

鹿难烛见北冥鲲将先手让给了自己，便知道对方是想试探自己的深浅。她想逃却不敢逃，因为目前自己的功力只能发挥出三成，能不能逃掉暂且不论，若是先露了怯意，就连最后一点儿优势都失去了！

鹿难烛深深地吸了一口气，将丹田中可怜的真气提出来，一部分护住心脉，剩下的全部灌输到沧龙剑中。

“噌”的一声，沧龙剑的剑身一抖，一抹蓝光散发出来。

“沧龙剑果然名不虚传！”

鹿难烛足下一踏，直逼北冥鲲的面门，后者怒喝一声，抡圆了手中门板似的巨剑，朝着沧龙剑砸了过来！

沧龙剑在巨剑面前瘦小得可怜，鹿难烛不敢硬接，腰身一扭，在巨剑上一踏，飞到了北冥鲲的身后。

鹿难烛见巨剑沉重，本想以快制敌，却不想北冥鲲提着巨剑在原地猛转了一个圈，随着“呼呼”的风声，提着巨剑又攻了过来。

鹿难烛蹲了下身，巨剑从她的头顶削过，她单手撑地，双腿踢出，直攻北冥鲲的下盘。此时她的内息枯竭，胸口、丹田隐隐传来刺痛，这一击根本没有加入内力。随着两声闷响，鹿难烛只感觉自己踢到了两根柱子，自己的脚掌震得发痛，对方却纹丝不动！

“看招！”说罢，北冥鲲握住巨剑两侧的剑柄，朝着鹿难烛拍了下来！

巨剑足有两个鹿难烛的体宽，这一下若是被砸中，直接会变成肉饼！

鹿难烛狼狈地向左边滚去，身上沾了不少草屑。

“咣”的一声，尘土扑面而来，地上出现了一个大坑！

鹿难烛以单手、双足，三个支撑点共同用力，向后跳窜，拉开和北冥鲲的距离。

“噌”的一声，北冥鲲将巨剑立在土里，咧了咧嘴，道：“看来你伤得很重啊，刚才那两脚软绵绵的，像个娘们儿在挠痒痒！”

鹿难烛的心头闪过一丝愠怒，她向来宽容，唯独讨厌这种污言秽语之人，若是她没有受伤，这北冥鲲未必是她的对手！

“嘿嘿嘿……等你死了，我要扒了你这张皮，看看你到底是男人还是女人。”

鹿难烛以手撑地，不着痕迹地在地上抓了一把，提着沧龙剑冲了上去。她没有与北冥鲲硬碰，而是仗着灵巧的身法尽力躲闪，直到北冥鲲再次抡起巨剑，她找准时机，将手中的泥土朝北冥鲲的眼睛撒了过去！

“啊！”北冥鲲本以为是暗器，叫了一声，开始疯狂地挥动手中的巨剑，“卑鄙！卑鄙小人！”

北冥鲲的眼睛睁不开，鹿难烛找准空档，朝着北冥鲲的胳膊刺了过去，“噗”的一声，温热的鲜血喷了出来。

这北冥鲲果然是一条硬汉，胳膊上被刺出了一个碗口大的血窟窿，居然还能闭着眼睛一把抓住了沧龙剑！

鹿难烛几次用力都没有将剑拔出，北冥鲲的手已经被沧龙剑割得血肉模糊，可是他依旧死死地抓着。只见北冥鲲怒喝一声，脖颈上青筋暴起，竟然以一只手挥起了那把沉重的巨剑！

鹿难烛感觉沧龙剑上的禁锢一松，抽回了剑，可是巨剑也到了面前。她情急之下疯狂地催动内力，想以轻功避开这招，可是，回应她的却是丹田处传来的一阵刺痛。

鹿难烛心想：来不及了，来不及了！

鹿难烛本能地抬起另一手抵挡，“砰”的一声，她听到了骨头碎裂的声音，随即她的身体高高飞起，巨剑的力道传遍她的全身。

“噗！”鹿难烛在半空中喷出一口鲜血，身体飞出很远，随着“扑通”一声，烟波江上掀起了一人高的浪花，鹿难烛的身影也随之消失了。

静水流深，烟波江的水流虽然相对平缓，却深不见底。

鹿难烛一连呛了好几次水，左手无力地随波摇摆，毫无知觉。她身体的每一处，都在痛，撕裂般的痛。

在失去意识之前，鹿难烛拿出最后的力量，将沧龙剑别在了自己的腰带上。她摸了摸冰凉的剑柄，就像与老友诀别一般，心想：沧龙剑，就让我俩一同葬身江底吧。我……

……

“姑娘……姑娘，醒醒……”

鹿难烛听到有人在叫自己，却怎么也睁不开眼睛，周身的刺痛让她恨不得就这么死去。

鹿难烛被北冥鲲打入江中，顺着水流又飘回到了她千方百计逃出的樊梨城。她脸上的面具也因为江水的浸泡不知何时被冲掉了，露出了原本面目。她的听觉逐渐恢复，可是眼皮重如千斤，怎么也睁不开。

“牛二，你是在哪儿发现这姑娘的？”

“早上打鱼，收网的时候捞上来的。也不知道怎么回事，渔网被割了一个大口子，还没等拉上来她又掉下去了，我只能跳下去把她救上来。”

“这姑娘长得是真漂亮啊，怎么会寻短见呢？”

“未必是寻短见，或许是失足落水呢？等这姑娘醒了再问问吧。”

沧龙剑……掉到江底了吗？鹿难烛想摸摸她的沧龙剑，可用尽力气却只是手指动了动。

夏秦怡带着飘雪打算进梨花秋水楼，却听飘雪说：“大小姐，您看那边好像出什么事了，围了一群人。”

夏秦怡朝着人群扫了一眼，换作平时，她本不会理睬，想了想还是停住脚步，说道：“我们也去看看。”

“是。麻烦让让。”飘雪护着夏秦怡为她分开了一条路。

鹿难烛感觉自己好累，浑噩中又要睡去，却听到了熟悉的喊声：“小鹿！”

“大小姐……这不是当日那个鹿姑娘吗？”飘雪开口道。

夏秦怡蹲在鹿难烛的身边，躺在地上的鹿难烛衣裳尽湿，双目紧闭，脸色苍白。夏秦怡怎么都没有想到，她与鹿难烛的重逢会是这样的情形。

“小鹿，你醒醒！”夏秦怡拉起鹿难烛的胳膊喊着她，想把她抱到怀里，却发现鹿难烛的胳膊以一种怪异的形状弯曲着。

夏秦怡的手一抖，小心翼翼地将鹿难烛的左臂放平，她的胳膊断了……

鹿难烛吃痛皱了皱眉，从鼻子里发出了一声闷哼。

“飘雪，马上到楼里去，叫上几个稳妥的抬着担架过来，再到城中去请最好的大夫来！”夏秦怡吩咐道。

“可是大小姐，你一个人在这儿……”飘雪道。

“快去！”夏秦怡喝道。

“是！”说罢，飘雪快速地跑开了。

夏秦怡轻轻地拨开贴在鹿难烛脸上凌乱的头发，手指有些颤抖。

夏秦怡所做的一切，鹿难烛都是知道的，她的意识已经清醒，却睁不开眼睛。

担架很快来了，夏秦怡吩咐下人小心，将凤血刀交给了飘雪，双手捧着鹿难烛那条断掉的胳膊，放在了担架上。

鹿难烛经过数次的挣扎，终于睁开了眼睛。

由于被江水长时间的浸泡，鹿难烛的眼睛干涩无比，双目更是红得吓人，阳光一照，眼泪自己就流了出来。

担架行进的速度很快，却并不颠簸，夏秦怡随着担架，奔跑在鹿难烛的右侧，一边跑一边不时留意鹿难烛的情况。

在夏秦怡对上鹿难烛那双血红眸子的瞬间，仿佛天地万物都静止了。鹿难烛苍白的脸和血红的眸子形成了鲜明的对比，大颗大颗的眼泪从她的眼眶溢出，看着这样的鹿难烛，夏秦怡心痛了。她不知道对方都伤在哪里，没敢触碰她的身体，只是用手死死地抓住担架的竹竿，柔声道：“没事了，小鹿。”

鹿难烛默默地流了一会儿眼泪，眼中的干涩得到了缓解，眼泪也渐渐止住了。她躺在担架上，目不转睛地看着夏秦怡，二人的目光不时就会对上，鹿难烛看到了夏秦怡眼中的担忧。

这样的神情，是她戴着面具的时候，永远都见不到的。

听着耳边整齐的脚步声，夏秦怡吩咐家丁的脚下再稳一些。鹿难烛的心中滑过一股暖流，仿佛身体也不再冷了。

这场无妄之灾，鹿难烛险些丧命，她虽然醒了，可是感觉丹田里空空的，浑身上下没有一处不痛，面具不见了，沧龙剑也坠入江底。

所有的倚仗尽数消失，鹿难烛陷入了空前的不安中。

夏秦怡奔跑的动作一僵，她感觉到有一只冰凉的手，轻轻地握住了她的手指，只一下，便松开了。

鹿难烛自觉冒失，可是，在此时此刻，她真的好想抓住些什么。

夏秦怡没有错过鹿难烛眼中闪过的不安，她对鹿难烛安慰地笑了笑，主动握住鹿难烛那只冰凉的手，道：“小鹿别怕，没事了。”

夏秦怡的声音柔和动听，带着江南女子独有的温婉，特别是在她不生气的时候。

鹿难烛虚弱地回握夏秦怡的手，夏秦怡感觉到以后，加大了手中的力度。

一路上再无言语，直奔梨花秋水楼。

夏秦怡命人将鹿难烛抬到顶层，那里不对外开放，有夏秦怡专属的房间。

直到上楼梯的时候，夏秦怡才松开了鹿难烛的手。

夏秦怡的房间中有一股淡淡的香气，很好闻。鹿难烛被安顿在夏秦怡的床上，立刻有家丁提着热水鱼贯而入。

夏秦怡看了看鹿难烛的右手，说道：“小鹿，你身上的伤……还是先不要沐浴了吧，等大夫来了，看过再说，我先叫丫鬟来给你换一件干净的衣服。”

夏秦怡吩咐家丁：“你们先把水提下去温着吧。”

“是。”

夏秦怡从柜子中拿出一套纯白的中衣和兜肚，叫来两名丫鬟吩咐道：“你们俩服侍这位姑娘把这身衣服换上，她身上有伤，动作小心点儿。”

“是。”

夏秦怡退了出去，片刻后，一名丫鬟从房间中走了出来，道了一个万福，为难地说道：“大小姐，那位姑娘不肯让我们给她换……”

夏秦怡走进房间，鹿难烛正虚弱地靠在床上，左边的手臂无力地下垂，右手护住胸前，脸上带着明显的抗拒。

夏秦怡坐在床边，柔声问道：“怎么了，小鹿？”

鹿难烛摇了摇头。

夏秦怡又问道：“你不想她们给你换？”

见鹿难烛点头，夏秦怡心中了然：想来小鹿是不习惯被旁人伺候。

夏秦怡继续说道：“可是……小鹿，你穿这身湿衣服怕是要生病的，要不然……”

夏秦怡本想说要不然她替鹿难烛换衣服，话到嘴边，突然想到小鹿可能会介意，硬生生地转过话头：“你自己，能换吗？”

鹿难烛点了点头，夏秦怡有些担心，见鹿难烛坚持，也不好再说什么，带着两名丫鬟离开了。

走到门口，夏秦怡对鹿难烛说：“你先试试，如果很痛就别换了，我想办法帮你把衣服烤干就是，千万别勉强。”

鹿难烛艰难地从床上爬起来，哪怕是一个轻微的动作都会产生痛感。她并不是不想让人帮她换衣裳，只是她还穿着银龙内甲，要她如何解释？

衣衫褪去，鹿难烛的身上布满了细密的汗珠，她将银龙内甲叠好连同两个圆包一起藏到了床底下。

夏秦怡在房门外等了很久，有些懊恼，心想：还不如自己帮她换了，她伤成那样，要是不小心摔了碰了，该如何是好？

她越想越不放心，便朝房间喊道：“小鹿，你换好了吗？要不然就别换了，小鹿？”

鹿难烛正单手系着兜肚的带子，听到夏秦怡的喊声，咬着嘴唇，将中衣往身上套。

夏秦怡想起小鹿“不会说话”，对两个丫鬟吩咐道：“你们俩在这里守着，我进去看看。”

“小鹿，我进来了。”说完，夏秦怡便推开了房门。

夏秦怡走进来的时候，鹿难烛香肩半露，修长匀称的藕臂上带着大片明显的青紫，暴露在空气中。

四目相对，鹿难烛的表情就真的如同她的名字一样，俨然一只受惊的小鹿。

夏秦怡想到“非礼勿视”，连忙转过身去，又担心鹿难烛那条受伤的胳膊，若是无人帮她，一定很痛。

鹿难烛很急，这身衣服却偏偏和她“作对”，兜肚的带子竟然也开了，中衣只穿了一半，那条没知觉的胳膊怎么都抬不起来。

夏秦怡见状开口道：“小鹿，我来帮你穿好不好？”

鹿难烛：“……”

“那……我转过来了哦！”夏秦怡继续说道。

鹿难烛根本无法拒绝。夏秦怡缓缓地转过身子，垂着眸子，一步步走到鹿难烛的身前。

鹿难烛羞涩地闭上眼睛，此时她终于理解当日自己闯入汤池时，夏秦怡的心情了。

夏秦怡的起居自小便是由下人伺候的，这是她第一次看到其他人的身体。

她暗自打量鹿难烛，只见对方原本苍白的脸上透出粉红，长长的睫毛微微抖动。

鹿难烛有着白皙的颈子，清晰的锁骨以及修长匀称的胳膊，不过由于骨折的缘故，胳膊上有大片的浮肿和青紫。

鹿难烛的身上还有不少的青紫斑点，是滚下山坡的时候留下的，但夏秦怡根本不会将眼前的小鹿和丑侠联系到一处，看着鹿难烛身上的伤，夏秦怡只有心痛。

夏秦怡道：“小鹿，你兜肚的带子没有系好，我先帮你把中衣脱了……”

夏秦怡脱去了鹿难烛只穿了一边的纯白中衣，她的动作很小心，生怕碰到鹿难烛的伤处。她将中衣放在一旁，抬眼看了看鹿难烛，见小鹿依旧闭着眼睛。她的双手绕过鹿难烛的身体，摸到垂在鹿难烛背后兜肚的带子，系好，随即拿过中衣，抓住鹿难烛的一只手牵引她穿上，轮到左手。

夏秦怡一边小心翼翼地捧起鹿难烛的胳膊，一边紧张地留意着鹿难烛的表情。

鹿难烛还没如何，夏秦怡的手心却渗出了汗意，仿佛她才是受伤的那个。

鹿难烛懂事得早，从小就能将自己的日常琐事料理得很好，被人如此周到地照顾，还是第一次。

鹿难烛即使很痛，也没有明显地表现出来。

夏秦怡系上中衣的带子，如释重负地呼出了一口气。这两个人刚才共同见证了彼此人生的某个“第一次”。

“好了。”夏秦怡开口。

鹿难烛缓缓地睁开眼睛，许是眼中有炎症，闭目久了，再睁开有些酸涩。

夏秦怡搀着鹿难烛没受伤的那只手，小心地放在床上，然后扯过被子轻轻地盖在她的身上，柔声道：“你先躺一下，我去叫大夫进来。”

鹿难烛点了点头，不一会儿，夏秦怡就带着一位背着药箱的中年男子大夫和一个少女走了进来。

大夫为鹿难烛号了脉，检查了鹿难烛的左臂，和鹿难烛预估的一样，手臂断了。他打开药箱抖开羊皮针包，上面密密麻麻排满了银针。大夫选了几根，刺在鹿难烛左臂的穴位上。

鹿难烛略通医理，看了一眼大夫的手法，便知此人医术不俗。

针灸需要等待一刻钟，大夫来到夏秦怡的身边，躬身说道：“大小姐，这位姑娘……左臂被人用钝器击断，心肺处也有损伤，好在姑娘的底子不错，只不过近来有些劳累，气血两虚……在下开服温补的方子，再配合食补，至于手上的伤能不能彻底复原，还要再观察一阵子。”

听完诊断，夏秦怡皱了皱眉，道：“先生可去找福掌柜，需要什么药材尽管和他说。”

“是，在下这就去……这是小女，针灸的时辰到了，小女会替这位姑娘拔针，想来这位姑娘身上应该还有其他的伤，也一并交于小女验看，再由小女将症状说与在下听，在下会根据姑娘的情况调整药方。”

夏秦怡道：“劳烦先生了。”

大夫对夏秦怡行了个礼，退出了房间。

鹿难烛靠在床上，右手不自觉地抓住了锦缎被面。

夏秦怡坐到床边，鹿难烛不敢看她的眼睛。

许久的沉默后，鹿难烛并没有等来想象之中的询问，只听到夏秦怡一声轻叹，说道：“没事了，小鹿，我一定会医好你的手的。”

鹿难烛猛地抬起头，看着夏秦怡，眼中是藏不住的震惊和疑惑。

夏秦怡笑了笑，她早就猜到鹿难烛会武功了，如果不是这样，当日天穹山下，鹿难烛又怎么能够无声无息地离开？

夏秦怡只是没想到，鹿难烛居然会伤得这样重，还有气血两虚是怎么回事？难道这些天她吃得不好吗？

夏秦怡打量鹿难烛的脸庞，发现她好像真的比上次分别时瘦了一圈，至于小鹿的伤是怎么来的，她想说就说，自己绝对不会逼她……

拔了银针，大夫的女儿为鹿难烛验看了身体，还好都是些皮外伤，已无大碍，药方中已有活血化瘀的药材，不需要再调整。

大夫拿来两块从中间劈开的竹筒，固定在鹿难烛的断臂上，用白布缠住竹筒后又将白布绕到鹿难烛的颈后固定，嘱咐了一些注意事项以及忌口的食物便带着女儿离开了。

鹿难烛听完后有些郁闷，禁忌食物中，鱼虾赫然在列……

夏秦怡看着鹿难烛此刻的神情，嘴角自然地上扬，虽然小鹿不会说话，但夏秦怡发现自己出乎意料地懂她。或许，是得益于她那双会说话的眼睛吧。

“小鹿，梨花秋水楼里美味的菜色有很多，试试别的，一定会有你喜欢的，等你好了，再吃水晶虾仁好不好？”

夏秦怡一语中的，鹿难烛惊奇地眨了眨眼睛。

看到这样的小鹿，夏秦怡忍俊不禁起来。

药煎好后，夏秦怡本想喂鹿难烛服下，鹿难烛却不好意思再麻烦夏秦怡，于是由夏秦怡端着碗，鹿难烛自己用汤匙喝下。

喝过药，困意来袭，鹿难烛的身体还很虚弱，很快就睡着了。

一觉睡到天黑也不见醒，夏秦怡中途到楼下嘱咐了几句就回到房间，坐在鹿难烛的床边一直陪着她。

飘雪轻轻叩响了房间的门，夏秦怡看了一眼熟睡的小鹿，快步走到门口，拉开房门，闪了出去。

飘雪提醒道：“大小姐，该回了，家丁已经来传过两次话，三老太爷今儿身子大好，在三房传了晚膳，要您去呢。”

夏秦怡应道：“我知道了，那就回吧。”

夏福亲自将夏秦怡送到门口，夏秦怡嘱咐道：“福伯，炖上一锅百合粥，让厨房温上，楼上的那位姑娘什么时候醒，什么时候端上去。”

“是，大小姐。”

“嗯……也别只上粥，让大师傅亲自掌勺，炒几道清爽精致的小菜一并送上去。”

“是。”

“那位姑娘姓鹿，她……不会说话，谁也不许同她攀谈，找几个有眼色的丫鬟去房外候着。”

“是。”

“还有……”

“大小姐，咱们回吧！”见夏秦怡迟迟不动身，飘雪有些着急。

“嗯，先这样吧，我明儿再来。”

“恭送大小姐。”

鹿难烛一觉睡到很晚才醒来，睁开眼，只见柔和的白光洒满整个房间。

鹿难烛微微侧过头，找到了光源。她笑了起来，又是东海夜明珠！

外面的天已经全黑了，房间里静悄悄的，鹿难烛叹了一口气，惆怅取代了笑容，心想：沧龙剑丢了，师父传给自己的剑没保住！是坠入江底了吗？这江有多深？以天魔功的内息能不能潜下去？自己真是没用，行走江湖一年多了，不仅爹娘的事情毫无进展，现在连沧龙剑也丢了。

“吱呀”一声，房门被推开。一位丫鬟走了进来，看到鹿难烛已经醒了，面上一喜，说道：“鹿姑娘请稍等，我这就去给您传膳。”说完，挪动小碎步，飞也似的走了。

片刻后，脚步声又起，一行人鱼贯而入，丫鬟手中都托着托盘，托盘上的吃食整齐地摆着。适才那位丫鬟来到鹿难烛的床前，轻声细语地说道：“鹿姑娘，可以用膳了。”说完，并未主动去扶鹿难烛，而是朝她支起了手臂。

鹿难烛不明就里，自己站了起来，丫鬟微微一笑，收起胳膊退到一边。

鹿难烛起身走向餐桌，丫鬟也并未搀扶，只是贴身跟着。

直到鹿难烛稳稳地坐在椅子上，丫鬟麻利地报了一遍菜名，为鹿难烛盛好粥，摆在面前，就带着其他丫鬟退了出去。

百合粥晶莹剔透，火候正好，米油已经熬出，黏稠度恰到好处，只用汤匙轻轻一搅，香味便溢了出来。

桌上摆着六盘精致的菜肴，三荤三素。

鹿难烛美美地用过一餐，丫鬟在恰好的时间进来，收走了碗筷，将温水倒入铜盆，皂角竹盐一应俱全。

丫鬟拿出两块布料摆在桌上，这两块布料其中一块是轻纱，另一块是黑布。

“鹿姑娘，您就寝之前可选一块盖到夜明珠上，姑娘好好休息，我先出去了。”

鹿难烛再一次对华夏山庄的富贵咋舌，想来也是，挥手就是万金悬赏，这么多钱，足够世隐村的人生活几辈子了。

第二天一早，鹿难烛察觉到身边有人，立马从睡梦中惊醒。看到是夏秦怡坐在她的床边，眼中的警惕立刻散去，对着夏秦怡露出了笑容。

夏秦怡今日未着短打，而是换上了一袭月华裙，高雅鲜丽，比起那一袭咄咄逼人的火红，鹿难烛更爱看夏秦怡穿这身衣服。

夏秦怡没有错过鹿难烛眼中闪过的警觉，可鹿难烛在看到自己之后所表现出的放松和信赖，让夏秦怡心中一软。她不知道小鹿从前过的是什么样的日子，但从她这一身的伤来看，恐怕并不安逸，人在江湖难免会有戒心，可是小鹿在看清是自己的时候，眼里只有信赖。

这样的信赖让夏秦怡在满足之余，又生出了一股保护欲。她不会主动探听小鹿的过去，但未来，她要保护小鹿不再受这样的伤。

吃早饭时，夏秦怡一直留意着鹿难烛筷子的动向。

哪道菜，小鹿多吃了几口，她就默默记下；哪道菜，小鹿几乎没动，今后她就再也不会让它们出现在小鹿的饭桌上。

一顿饭吃得很安静，丫鬟收拾了碗筷，夏秦怡看了看鹿难烛凌乱的头发，将鹿难烛拉到了梳妆台前。

“我看你今日的气色好多了，就是头发稍有些凌乱，我来帮你梳梳。”说着，夏秦怡已经拿起牛角篦，自然地为鹿难烛梳起了头发。

“你的头发真好……”夏秦怡一边梳着，一边调皮地把玩鹿难烛的头发。

鹿难烛抿嘴一笑。

梳妆台上的铜镜，映着两个安静的身影。一个坐在月牙凳上，脸色略有憔悴，显出三分病弱；另一个，低着头，认真地打理着手中的青丝，脸上带着甜美的笑意。

鹿难烛看着铜镜中的夏秦怡，心生感慨：我与夏秦怡明明相识未深，二人之间还有很深的误会，可是自己却有一种已经认识了好久的感觉。

“好了。”鹿难烛凌乱的头发被夏秦怡尽数捋顺，她笑着抬起头，正好在铜镜中对上了鹿难烛的眼睛。

说起来她和小鹿已经算得上是熟识了，可是这副容颜给她的震撼依旧如初见时那般。

铜镜中的鹿难烛，青丝披散，整张脸上找不到一点儿瑕疵。她的眉若墨画，目似星辰，深邃的五官给这张脸平添了几许异域风情。

鹿难烛看着铜镜中的夏秦怡眨了眨眼，眼神纯净澄澈，好似林中的小鹿。

夏秦怡脸上一热，问道："你看看，可还满意吗？"

这时敲门声响起，夏秦怡拉开房门，见丫鬟端着托盘站在门外。丫鬟道了一个万福，道："大小姐，鹿姑娘的药好了。"

"嗯，放在桌子上吧。"说罢，夏秦怡用手背试了试温度，对鹿难烛道，"小鹿，来喝药了。"

鹿难烛在桌前坐下，夏秦怡习惯性地端起药碗，举到她的面前。其实她是可以自己喝的，但见夏秦怡一脸认真，她也只好拿起汤匙喝起了药。

药碗见底，夏秦怡把碗放到一边，两个手肘抵在桌上，双手支着下巴，看着鹿难烛问道："小鹿，这药苦不苦啊？"

鹿难烛摇了摇头。

"哦……"夏秦怡有些失望，察觉到鹿难烛一直注视着她，便扭了扭身体，从袖袋中拿出了一把花花绿绿的方块摊到桌上。

"这……这个是刘记蔗巴，用甘蔗和牛乳做成的。我最怕吃苦药，每次喝药都要吃一块这个才好……"夏秦怡越说声音越小，说到后面半句，已是几不可闻。好在鹿难烛的五感异于常人，倒是听了个清清楚楚。

鹿难烛很认真地看着夏秦怡，伸手拿过一块蔗巴，拨开鲜亮的糖纸，将乳白色的方块放到嘴里。蔗糖的甘甜和牛乳的香气完美地融合在小方块中，鹿难烛眯着眼睛，咂了咂嘴，对夏秦怡点了点头。

夏秦怡也笑了，这刘记蔗巴是她最喜欢的小食，看到小鹿也喜欢，她也跟着欢喜。

夏秦怡也伸手拿了一块，放在嘴里，学着鹿难烛满意的样子，却做得更加夸张。

蔗巴在口中融化，今天的蔗巴好像比上一次买的还要香甜。

夏秦怡用手掌将桌上的几块蔗巴分成两份，将其中一份推到鹿难烛的面前，笑着说：“喏，我们俩一人一半。”

吃完甜的，夏秦怡的心情更加明媚，她双手拄着桌面，身体朝鹿难烛倾斜，对鹿难烛俏皮地眨了眨眼睛，说道：“小鹿，要不要听故事。”

鹿难烛点了点头，夏秦怡坐直身体，学着不语先生的样子，将拳头抵在唇边，清了清嗓子，压低了声音说道：“那……就从我们俩第一次见面开始说起吧！上次我之所以会去天穹山，是因为听说魔教大举进犯天穹剑派，你知道天穹剑派吧？”

鹿难烛点了点头，夏秦怡继续说道：“嗯，天穹剑派是五大门派之一。天穹山易守难攻，又正好立在正派武林和魔教的交界线，所以天穹剑派的安危，直接关系到整个中原武林。魔教只要攻不下天穹剑派，就无法继续推进；天穹剑派若破，魔教大军就可以占据天险，挥军北上，到时候不知道要死多少人呢！”

见鹿难烛听得认真，深邃的眸子里闪过思索的神色，夏秦怡的兴致高涨，继续说道：“第一次见到你的那天，我刚刚拜会过司徒掌门，苏师兄将我送到镇上，就看到天穹剑派弟子围在一起……其实，你也不要怪天穹剑派的弟子无礼，你当日的装束确实和魔教的一个重要人物很像，这次魔教进军中原武林，天穹剑派首当其冲，门中弟子折损严重……”

说到这里，夏秦怡突然停了下来，心想：也多亏了这样，自己才得以认识小鹿。

看到鹿难烛也在笑，夏秦怡心中闪过一丝心虚，问道：“你在笑什么？”

鹿难烛摇了摇头，心想：我第一次见你，是在华夏山庄的汤池！

二人各怀心思，夏秦怡继续说道：“我刚才说的那个装扮和你很像的人，叫玉面狐狸，此人心狠手辣，在魔教中的威望极高，武功也不俗，之前就是她带着另外几个魔教妖人，公然在屠魔大会那天混入天穹山，差点儿夺走了我的凤血刀……”夏秦怡又顿住了，她想起了丑侠。

屠魔大会上凤血刀之所以能保住，全靠丑侠出手相助。

这件事情其实已经困扰夏秦怡好一阵子了。

随着三老太爷身体康复，夏秦怡对丑侠的怒火也消了不少。她冷静下来以后，总是想起丑侠两次救她的场景，还有那天夜里，他夜探华夏山庄被发现，情急之下抓着自己的手臂，用商量的口吻说："可否放我离开？"

之后夏秦怡又得知华夏山庄无一人死亡，这股烦躁便达到了顶峰。直到与小鹿重逢，心情才好转起来。

这会儿，突然提起那个人，那股子烦躁又来了。

鹿难烛安安静静地看着夏秦怡，其实她很想听夏秦怡说说丑侠的事情，她想知道，在夏秦怡的心里，丑侠到底是个什么样的人，她对"丑侠"有什么样的评价。

可是，鹿难烛发现，每当要说到丑侠的时候，夏秦怡总是刻意地回避。

鹿难烛的心中泛苦：原来，她是如此地厌恶丑侠，甚至不愿提起。

就这样，房间中陷入了沉默，两个相对而坐的人，各自在心底纠结着。可是这近在咫尺的人，却看不透眼前人的心思。

鹿难烛不知道的是，夏秦怡并不是因为厌恶才不提丑侠，而是因为丑侠所做的和夏秦怡听到的、看到的之间有着强烈的矛盾，这让夏秦怡想不通、看不透。

夏秦怡不知道的是，丑侠就坐在她的面前，丑侠的伤，因她而起，丑侠本人又被她所救。

两个少女，相对而坐，虽相识未深，却早就在心底把对方当成了朋友。她们坐得很近，咫尺之间，却仿佛隔着最遥远的距离。

"好了，后面的事情不好，我们今日不说这个故事了，我回去想想其他有趣的事情，改天说给你听好不好？"夏秦怡开口道。

"大小姐，奴婢有事禀报。"外头传来丫鬟的声音。

"进来吧。"夏秦怡道。

丫鬟推开房门，鹿难烛与夏秦怡直起了身体，拉开了两人之间的距离。

丫鬟道："大小姐，三老太爷差人来请您回去，说是有远客来访。"

"远客，找我的？"夏秦怡问道。

"嗯……听家丁说是天穹剑派的苏公子。"丫鬟答道。

夏秦怡心想：他来做什么？

夏秦怡道："好了，我知道了。"

"奴婢告退。"说罢，丫鬟退了出去。

"小鹿……今天我不能陪你一起吃晚饭了，我命人给你抄了一份菜谱，一会儿就会送上来，你想吃什么就告诉他们，我明日再来陪你。"

鹿难烛点了点头。夏秦怡起身准备离开，看到鹿难烛也站了起来，便扶住鹿难烛未受伤的胳膊，将她搀到床边安顿好，嘱咐道："你有伤在身就不要送我了，大夫说你需要静养。一会儿我差人在窗边给你放一张藤椅，你若是觉得闷，就看看外面的风景。这个房间是整个楼最好的，可以俯瞰整个烟波江。"

夏秦怡为鹿难烛拉了拉被子，继续说道："还有，隔壁房间就是我的书房，里面有很多藏书，有些很有趣，你若是想看，随意自取。我走啦，你好好休息。"

鹿难烛再次点头，目送夏秦怡出了房间。

夏秦怡离开梨花秋水楼，回到三房。

三老太爷坐在主位上，苏慕白见夏秦怡进来，立刻从右首位站了起来，热情地叫道："夏师妹。"

"秦怡给三爷爷请安，见过苏师兄。"

三老太爷笑吟吟地看着夏秦怡道："出门怎么连个随从也不带？"

夏秦怡回道："孙女就是到楼里转了转，又没带凤血刀，不妨事的。"

三老太爷道："你呀，坐吧。"

"谢谢三爷爷。"说罢，夏秦怡坐到左首位。

三老太爷继续说："下次就算是出去转转，也要带些人手才好。"

夏秦怡应道："孙女知道了。"

三老太爷点了点头："嗯……苏少侠。"

苏慕白应道："晚辈在。"

三老太爷道："既然来了，不妨在庄上小住几日，也好让老夫一尽地主之谊。"

苏慕白应道："是。"

三老太爷告辞道："嗯，老夫这几日身子不太爽利，让秦怡带着你随便走走，老夫先回去了。"

苏慕白起身："晚辈恭送三老太爷。"

夏秦怡也起身相送："三爷爷，孙女送您！"

三老太爷拒绝道："不必了，你陪苏少侠说说话，人家这一趟是专门来看你的，晚上得了闲，到三爷爷这边来一趟，有话同你说。"

夏秦怡应道："是。"

三老太爷走后，苏慕白来到夏秦怡的身前，问道："秦怡妹妹……你的伤怎么样了？这阵子门中琐事繁杂，一得空我就来了。"

夏秦怡听着苏慕白的称呼有些不习惯，却也不好拂了远客的面子，回道："多谢苏师兄关心，秦怡已经好多了，倒是听说司徒掌门伤势严重，现下可好些了吗？"

苏慕白道："哎……师父他老人家被魔教教主斩断一臂，卧床躺了些许时日，就到后山闭关去了。如今门中琐事由几位师叔共同打理，秦怡妹妹有心了。"

一番寒暄过后，一向八面玲珑的夏秦怡突然失去了话题，面对苏慕白，她不知道应该再说些什么。

好在苏慕白只当夏秦怡的反应是女儿家的矜持，并未多想。

"苏师兄……不如，我带你到庄内走走吧。"夏秦怡提议道。

"好啊，久闻华夏山庄大名，今日有幸拜访，能四处看看自然是最好的。"苏慕白赞同道。

夏秦怡带着苏慕白在庄内走了一圈，苏慕白的兴致很高，一路上同夏秦怡说了不少话，一口一个"秦怡妹妹"，叫得好不自然。

到了晚膳时分，夏秦怡以"三爷爷找我过去"为由，将苏慕白请到了二房，让二房的几位兄长陪着。

夏秦怡走在去三房的路上，抬头看了看暗下来的天色，轻叹一声：也不知小鹿晚膳用的是什么，吃得好不好？

夏秦怡来到三房，道："三爷爷，秦怡来了。"

"嗯，进来吧。"三老太爷应道。

三老太爷正在书房内练字，夏秦怡进来的时候，三老太爷正好落下最后一笔。

夏秦怡快步走到三老太爷的书桌前，等三老太爷放下毛笔，才出声说道："三爷爷的字苍劲有力，孙女怕是练一辈子也及不上您老人家的字。"

三老太爷笑了，慈爱地说："你这丫头就是嘴巴甜，三爷爷老啦，不知道还能撑几年。"

夏秦怡挽住三老太爷的胳膊，搀扶他坐到椅子上，说道："三爷爷老当益壮，定能长命百岁的，您再说这样的话，孙女可不依了！"

三老太爷笑得越发开怀忙说："好好好，三爷爷不说啦。"

夏秦怡问道："三爷爷，您叫孙女来有什么事？"

三老太爷道："哦，也没什么大事，我听底下的人说，你在江边救下了一位姑娘？"

夏秦怡道："嗯，是的，她叫鹿难烛，孙女上次到天穹山，曾和她有过一面之缘，相处了几日。前几天在江边发现她受伤了，将她救起，现在正养在楼里。"

三老太爷问道："哦？可知是何人所伤？"

夏秦怡抿了抿嘴，道："三爷爷您有所不知，小鹿天生口不能言，尚且身体虚弱，这些事情等以后再问吧。"

三老太爷看着夏秦怡，严肃地说道："秦怡，三爷爷从不干涉你的私事，你这孩子从小到大也没什么朋友，现在有人能入你的眼，三爷爷很高兴，我华夏山庄家大业大，若她真的和你投缘，养在庄中也无妨。只是三爷爷有些奇怪，这位鹿姑娘为什么会出现在天穹山？现在又正好到了樊梨城？你身份贵重，可不容有任何闪失啊。"

夏秦怡将双手背在身后，右手紧紧地握住左手，解释道："三爷爷请放心，其实是孙女邀请她到樊梨城来的。小鹿是冀州人氏，家人都不在了，她一个人生活多有不便，之前到天穹山去投靠远亲，适逢魔教大举进犯天穹剑派，小鹿住在镇子里的远亲为了避难都迁走了。后来孙女认识了她，与她相处了几日，考虑到镇上危险，就叫她以后到樊梨城来找我，她这次来，定是走投无路了才来寻我的。”

三老太爷道：“哦，既然如此，不如把她接到庄上来住，你也不必天天跑出去了，而且庄中的条件比楼里好很多，也方便她养伤。”

夏秦怡道：“大夫说她目前的情况还不适合移动，等她的伤再好些，孙女就把她接上来住。”

三老太爷道：“嗯，三爷爷看苏慕白仪表堂堂，人品也不错。秦怡，你也不小了……”

夏秦怡道：“三爷爷，还没有正式接手山庄，孙女不想考虑其他的事情。整个三房这么多年为了孙女受了诸多委屈，秦怡不想让大家失望。”

三老太爷道：“哎，男大当婚，女大当嫁。你今年也十七了，有些事情还是及早考虑为好。”

夏秦怡道：“三爷爷，您也知道，苏师兄是天穹剑派同代中的首席弟子，未来有锦绣前程在等着他，我们还是不要耽误人家了。”

三老太爷叹道：“哎……三爷爷老啦，你也知道洵儿的身体，所以三爷爷想抱孙只能靠你了。三爷爷不逼你，不过他日遇到意中人，可不要瞒着三爷爷。”

夏秦怡应道：“孙女知道了。”

三老太爷道：“去吧，好好休息，苏少侠是远客，你多陪陪他，这几日就不要乱跑了。”

夏秦怡应道：“是……”

夏秦怡从三房中出来，身后跟着两名提着灯笼的家丁。天已经全暗了，她这会儿丁点胃口都没有，并不想用晚膳。

这是夏秦怡第一次对三老太爷说谎，她不希望自己的家人因为自己伤害到小鹿。即使她知道小鹿的身上有很多谜团，可是她相信自己的感觉，只要小鹿不是魔教中人，她有没有秘密、会不会武功又有什么打紧？

此时，鹿难烛正站在窗边。

樊梨城的气候温润，晚风徐徐，轻柔地拂过她的面颊。

城中灯火通明，江面上的画舫里，不时传出江南小调。

这樊梨城的夜景，是那么的美。

桌上的夜明珠散发着柔和光芒，鹿难烛的表情有些暗，她盯着漆黑的江面，沉默不语。

几日的休养，除了胳膊还没有好，身上的外伤基本痊愈，胸口没有那么痛了，枯竭的丹田也逐渐积满了真气。

可鹿难烛却高兴不起来，她承认每次见到夏秦怡的时候，她都会暂时忘却一切烦恼。她很喜欢与夏秦怡相处，只要和她在一起，时间总会过得很快。

可是，当夏秦怡离开后，鹿难烛又会想起自己“丑侠”的身份。

想到夏秦怡发出的万金通缉令，想到夏秦怡恨不得立刻杀死她的样子，想到夏秦怡不愿意提起丑侠的那一幕。

所有的开心，便会尽数转化成郁结。

若是她知道自己就是丑侠，那么她们还可以这样和谐地相处下去吗？就算自己解释，甚至告诉夏秦怡自己踏遍江湖的原因，她会相信吗？若是她觉得自己有所图谋，自己又该怎么办呢？

鹿难烛抬起右手，按住胸口，里面闷闷的，仿佛有什么东西压得她透不过气来。

一连三日，夏秦怡都没有再来梨花秋水楼，但每天都会差人给鹿难烛送些小东西来，一小袋刘记蔗巴、一本山水游记，还有一副九曲玲珑环。

到了第四天，夏秦怡见苏慕白丝毫没有打道回府的意思，终是按捺不住了，对苏慕白说：“苏师兄可去过梨花秋水楼？”

苏慕白道：“久闻大名，但还未曾去过。”

夏秦怡提议道：“不如……今日我带苏师兄到楼里转转吧。”

苏慕白应道：“好。”

苏慕白穿着一套月牙白的长衫，手持长剑，头戴宽边一字巾，俨然一位风度翩翩的公子哥。

二人走在街上，金童玉女，引来了不少目光。

到了梨花秋水楼，夏秦怡挑了一个靠窗的位置，给苏慕白点了几样特色吃食。

夏秦怡道："苏师兄在这里稍坐片刻，秦怡去去就来。"

苏慕白道："好，秦怡妹妹请自便。"

夏秦怡一口气跑到顶层，为了给鹿难烛一个"惊喜"，夏秦怡故意没有敲门。她悄悄走进房间以后，看到鹿难烛正坐在桌边，拨弄自己送给她的九曲玲珑环，于是高兴地叫道："小鹿！"

其实鹿难烛早就听到了夏秦怡的脚步声，三日不得见，鹿难烛也很想她。可是当夏秦怡走到房门口的时候，鹿难烛突然有些紧张，不知道自己该用什么样的表情迎接她，干脆低下头拨弄起了九曲玲珑环。

夏秦怡大大方方地坐到鹿难烛的对面，双手支着下巴，看着鹿难烛委屈地眨了眨眼，说："小鹿，我好想你。"

看到鹿难烛的笑容，夏秦怡满足极了。

初识那会儿，夏秦怡还觉得小鹿口不能言有些可惜，可是这次重逢，她已经没有了这种感觉。

小鹿有一双会说话的眼睛，即使不能用言语来表达，但是她所有的情绪都可以透过这双眼睛传达给自己。

夏秦怡生活在庞大的家族里，每个人都戴着虚伪的面具，因此鹿难烛是全然不同的存在。

夏秦怡很珍惜她们之间这份无声的默契。

夏秦怡依旧支着下巴，眼睛一眨不眨地看着鹿难烛精致的脸庞，问道："小鹿，几日不见，你有没有想我？"

鹿难烛没想到夏秦怡会这么问，有些无措。

夏秦怡虽然没有得到鹿难烛的回答，却笑眯了眼睛，能看到小鹿，她已然满足。她拿过鹿难烛手中的九曲玲珑环，拨弄了两下，朱红色的玉环随即发出叮咚脆响，她道："这是我及笄那年，三叔送给我的礼物，我解了好多年都没解开。"

“你这几日过得怎么样？胸口还会不会闷？手上的伤还疼吗？”夏秦怡继续问道。

鹿难烛摇了摇头，夏秦怡放下九曲玲珑环，脸上的表情突然郑重起来，对鹿难烛说：“小鹿，我有件很重要的事情要问你，你一定要如实回答我。”

听到夏秦怡这么说，鹿难烛有些慌，但还是点了点头。

夏秦怡用两个手肘抵着桌面，身体前倾，抿着嘴，沉默着看了鹿难烛好一会儿，才问道：“小鹿……你是魔教的人吗？”

听到问题，鹿难烛如释重负地摇了摇头，夏秦怡的眸子亮了起来，满眼欣喜地心想：小鹿不是魔教中人，太好了！

夏秦怡继续说道：“小鹿，我答应过你，你不想说的事情，我不会逼问你，唯独这件事我一定要知道，不光是正邪不两立……我与魔教之间，有血海深仇。”

随后，夏秦怡将她父亲夏明乾的死因，告诉给了鹿难烛。

说完这些，夏秦怡觉得她和小鹿的关系更加亲近了。既然鹿难烛不是魔教的人，那其他的就都不重要了。

后面夏秦怡没有再多说什么，两个人安静地待在一起。

夏秦怡彻底忘记了，楼下还有一个人在等着她。

鹿难烛向门口扫了一眼，片刻后，从房间外传来了男子的声音：“秦怡妹妹，你在哪里？”

“呀！”夏秦怡站起身，看了一眼鹿难烛，跑了出去。

门外的苏慕白道：“秦怡妹妹，我等了你好久，也不见你下来……”

夏秦怡道：“苏师兄……我上来看一个朋友，劳烦你再稍等片刻，我这就来。”

苏慕白提高警惕，笑着说道：“秦怡妹妹的朋友？住在这里吗？”

夏秦怡道：“嗯，她受了伤，暂时在这里休养。”

苏慕白道：“既如此，我理应拜会……”

夏秦怡连忙拒绝道：“不必了！她……她是姑娘家，不方便。”

听到房中是位姑娘，苏慕白放了心，顺势说道：“这样啊，那就不便打扰了。秦怡妹妹，我到楼下等你。”

夏秦怡应道：“嗯。”

夏秦怡回到房间，歉意地说道：“小鹿，天穹剑派的苏师兄来访，三爷爷让我招待他。我今天和他一起来的，将他忘在楼下了。我得走了……改天再来陪你。”

夏秦怡还想说些什么，但见鹿难烛已经点头，便道：“那我走啦。”

鹿难烛送夏秦怡到房门口，夏秦怡三步一回头地离开了顶层。

关上房间的门，鹿难烛默默地走到窗边，推开窗子，看着远山出神。

夏秦怡和苏慕白又坐了一会儿，苏慕白看出夏秦怡回来后兴致缺缺，便主动提出游湖。夏秦怡不好拒绝，便和他出了梨花秋水楼，直奔华夏山庄常年停泊在岸边的画舫。

走过长长的木板，苏慕白先跳上画舫，然后回过身，伸出手。夏秦怡将手搭在苏慕白的手上，也跳上了画舫。

艄公收回木板，吆喝一声，画舫缓缓离岸，向江中驶去。

而这一切，都落在了鹿难烛的眼里。

夏秦怡的房间，是整栋梨花秋水楼最好的赏景点，居高临下，视野开阔。

自天魔功大成后，鹿难烛的五感十分敏锐，苏慕白和夏秦怡的每一个动作她都看得清清楚楚。她看着夏秦怡和苏慕白双双走到船尾，二人并排站在栏杆边上，挨得很近。

夏秦怡抬手向远处指了指，苏慕白的脸上露出温和的笑意，一派和谐。

画舫渐渐驶远，超出了鹿难烛的目视范围，再接下来的画面，她看不到了。

鹿难烛收回目光，关上了窗户。

那天，夏秦怡没有再来。

第九章

鹿难烛的晚膳用得很少，碗筷端下去，梨花秋水楼的大师傅抓着伙计一直问，鹿难烛是不是不满意。

日子一天天过去，十日后，夏秦怡来梨花秋水楼的频率又恢复为每日一趟。

鹿难烛知道，是苏慕白走了。

复三日，夏秦怡将鹿难烛接到了华夏山庄，就住在夏秦怡院子的东厢房，这样一来，她和夏秦怡见面就方便了很多。

夏秦怡每天都会来好几趟，一日三餐都和鹿难烛一块儿用。

从鹿难烛住进华夏山庄的那天起，夏秦怡再也没出过山庄一步。

大房所有的下人都看出来，这位鹿姑娘和大小姐的关系非常要好，对鹿难烛的照顾也更加尽心尽力。

夏秦怡对鹿难烛毫不吝啬，不仅请来山庄内最好的大夫为鹿难烛好好地检查了断掉的手骨，直到大夫再三保证鹿难烛不会落下病根，她才放心。

华夏山庄的药库中，不少名贵药材都被夏秦怡拿出来，用在了鹿难烛的身上。

大夫见了，心疼得直跺脚。在大夫看来，鹿难烛的伤势根本用不上那些天材地宝，可是主家高兴，他也无可奈何。

夏秦怡不知鹿难烛的喜好，见她似乎很喜欢九曲玲珑环，便搜罗了不少稀奇玩意儿，拿给鹿难烛。她发现，只要小鹿开心，她的心也会跟着雀跃。

在鹿难烛来到华夏山庄的一个月后，夏秦怡见鹿难烛的气色越来越好，便带着鹿难烛到华夏山庄的花园散步，没想到在花园里碰到了二房嫡孙夏秦泽。

遇到夏秦怡，夏秦泽一脸的不高兴，可是当他看到旁边的鹿难烛时，眼前一亮，主动走过来和夏秦怡打招呼："小妹，这位姑娘是……"

夏秦怡冷冷地叫了一声："三哥。"

夏秦怡侧过一步挡在鹿难烛的身前，可惜她生得小巧，鹿难烛要比她高出半个头来，并不能挡住鹿难烛那张美到摄人心魄的脸。

夏秦泽点了点头，再次问道："小妹，这位姑娘是？"

"她是我的朋友。"夏秦怡道。

夏秦泽露出一抹自认为迷人的笑容，对鹿难烛拱了拱手道："姑娘，在下是秦怡的三哥夏秦泽，敢问姑娘芳名？"

"三哥，我朋友不会说话。"夏秦怡道。

夏秦泽怔了怔，脱口说道："哑巴？"

夏秦怡眉心紧蹙，一把抓起鹿难烛的手，说道："三哥，我先回去了。"说完，就拉着鹿难烛离开了原地。

夏秦泽看着鹿难烛的背影咂了咂嘴，道："竟然是个哑巴，可惜了这张脸，可惜，可惜！"

走出很远，夏秦怡才停下脚步，愧疚地看着鹿难烛，说道："小鹿，对不起。"

鹿难烛宽慰地笑了笑，对夏秦怡摇了摇头。

"小鹿，我们回去吧！"说完，夏秦怡转身走在前面，由于转得太急，两条辫子甩出不小的弧度。

从那天起，夏秦怡很少带鹿难烛出院子，更多的是待在鹿难烛的房间里。

夏秦怡怕鹿难烛闷，主动提出陪她下棋。

鹿难烛只是儿时学过一点儿棋术，但这么多年她早就忘得差不多了。那时她爹爹发病严重，娘亲为了爹爹殚精竭虑，再无精力教她下棋。

夏秦怡便耐心地教她。夏秦怡发现鹿难烛一点就透，不过下了几盘就有模有样，暗暗有些自豪：小鹿真聪明，一学就会。

时光如水，转瞬即逝，自鹿难烛被夏秦怡救起，已过去百日。

今日，终于到了鹿难烛拆掉手上竹板的日子。

鹿难烛看了看坐在一旁一脸紧张严肃的夏秦怡，勾了勾嘴角，好像她才是受伤的那一个。

鹿难烛按照大夫的要求做了几个动作，大夫又用木槌在鹿难烛右臂上几处敲了敲，躬身对夏秦怡说："大小姐，鹿姑娘的手已经痊愈。"

"先生辛苦了，到账房领赏。"夏秦怡道。

"谢谢大小姐。"大夫道谢。

大夫走后，夏秦怡用手指轻轻地将鹿难烛的胳膊细细地捏了一遍才彻底放心。

夏秦怡帮鹿难烛放下袖子，兴致冲冲地拿来文房四宝放在桌上，说道："小鹿，我们来说说话吧。"

鹿难烛伤的是右手，这些日子以来，二人之间的互动全靠夏秦怡一个人自说自话，她已经积攒了好多问题，就等着这一天。

夏秦怡继续道："呐，老规矩，我说你写，你要是有什么其他想说的，一定要写下来哦。"

鹿难烛点了点头，二人相视一笑，夏秦怡问道："你喜欢什么颜色？"

鹿难烛不假思索地写道：蓝色。

"我喜欢红色。"夏秦怡道。

鹿难烛勾了勾嘴角，写道：我知道。

"除了水晶虾仁以外，你还喜欢吃什么？"

鹿难烛在纸上回复：都喜欢。

夏秦怡看着小鹿的答案，笑眼弯弯，问道："在庄上住得还开心吗？"

——开心。

"嗯……小鹿，你的家人找到了吗？"

——没有。

“那，如果你不嫌弃，可以一直住在这里！”

夏秦怡说完，有些紧张地看着鹿难烛，见鹿难烛有些迟疑，立刻补充道：“当然，你要是想出去，我不会阻拦你的，只要你记得回来就好。”

鹿难烛看着夏秦怡，心情复杂，既有些庆幸夏秦怡把她当成了哑女，又感到有些失落和愧疚。

夏秦怡真心相待，她都看在眼里，可是越是这样，鹿难烛越害怕，她怕有一天当夏秦怡得知自己就是丑侠，会伤到她的心。

夏秦怡见小鹿迟迟不肯落笔，心仿佛也坠了下去，她开口道：“你……不愿意？没关系……”

鹿难烛回过神，摇了摇头，在宣纸上工工整整地写道：我愿意。

“那就这么说定了！”夏秦怡说。

——好。

“对了，你还记得上次在花园见到的那个人吗？就是我三哥夏秦泽？”夏秦怡问道。

鹿难烛点了点头。

夏秦怡立马说道：“以后若是遇到他，尽量避开。”

——好。

夏秦怡和鹿难烛一个人说，一个人写，在房间里聊了一整个下午，宣纸写满了好几张。大多是夏秦怡问，鹿难烛答。

鹿难烛只提了一个要求，她想游烟波江，夏秦怡当即答应。

晚膳时分，在鹿难烛面前赫然摆着一道水晶虾仁。

鹿难烛没来之前，夏秦怡用饭时身后都会有丫鬟服侍，但她怕鹿难烛拘谨，便让这些下人都撤了。

宽敞的饭厅里只有她们二人，之前鹿难烛右手受伤，都是夏秦怡为她布菜。

如今百日时光转瞬而过，即使鹿难烛的手臂已经康复，可是为小鹿布菜的动作在这点点滴滴的时光流逝中，已经成了夏秦怡的一种习惯。

二人同为女子，鹿难烛又生得极美，下人们看到都觉得两位少女感情好。

吃完晚饭，夏秦怡又到鹿难烛的房中陪她下了一盘棋，然后才恋恋不舍地回去，并带走了那几张写满字的宣纸。

庄中大部分同辈的子弟，要么派人出门打探，要么亲自寻觅丑侠的踪迹，只有夏秦怡一人整日待在庄中，悠闲自在。

洗漱过后，鹿难烛躺在床上，看着桌上的东海夜明珠心想：她和夏秦怡就是因为此物相识，当时没想到会演变成如今这样。

夏秦怡请天象馆的馆主看过，明日风和日丽，正是出游的好日子。

鹿难烛叹了一口气，心想：也不知沧龙剑到底在不在烟波江底。

次日，夏秦怡一大早就来找鹿难烛，今日她穿着一套湖蓝色的短打，上面绣着祥云图案，整个人被衣服衬得越发灵动。

夏秦怡开口："小鹿，我给你准备了一身衣服，绣房刚做好的，昨夜才送来，你试试是否合身。"

夏秦怡将衣服放在鹿难烛的手中，退了出去。

鹿难烛将衣服抖开，这才看清这套衣服也是蓝色的，但是颜色要比夏秦怡身上的那套稍浅，有些像沧龙剑散发出的那种温润的蓝，绣样是一对共舞的仙鹤。

鹿难烛换好衣服从房间中走了出来，夏秦怡眼前一亮。鹿难烛的肤色白皙，穿上这套衣服，气质更加出尘。

夏秦怡称赞道："果然和我想的一样，这套衣服很衬你！"

听到夏秦怡真挚的称赞，鹿难烛淡淡地笑着。

夏秦怡遵照三老太爷的吩咐，带上了青竹和飘雪，四人一路下山。

夏秦怡与鹿难烛并排走在一起，青竹已经很久没见到过自家大小姐这般开心了，连带着对鹿难烛的好感度也提升了不少。

飘雪却是另外一番想法，这一路上他一直留意着鹿难烛。华夏山庄所处位置虽然不高，但对于普通人而言，下山还是很辛苦的。

他们三位习武之人也就罢了，但这位神秘的少女一路上跟着大小姐，步履稳健，走了这么远，呼吸依旧持稳，根本不像不会武功的人，反而很有可能是个高手！

来到江边登上画舫，鹿难烛与夏秦怡并肩站在船尾，青竹和飘雪远远地站在一旁。

飘雪对青竹使了个眼色，二人来到角落，飘雪压低声音说道："青竹，我觉得这个鹿姑娘有问题，你仔细些。"

"有什么问题？"青竹问。

"早晨下山，我一直在后面观察鹿姑娘，这一路下来，她脚下如履平地，丝毫不见气喘。"飘雪道。

青竹会意，想了想，回道："我知道了，我会多加小心的。"

烟波江流经此处水流缓慢，鹿难烛心中估计：若沧龙剑真的在此处坠江，应该不会被冲走。

"小鹿！"夏秦怡的声音传来。

鹿难烛收回目光，转头看向夏秦怡。

夏秦怡将一缕碎发掖到耳后，说道："我突然想起，前些日子在樊梨城遇到一位姑娘，她很像你。"

鹿难烛勾了勾嘴角，目光下垂，突然看到江水中闪过一抹黑影，待她正要细看时，夏秦怡将一颗剥好的菱角递给她。

鹿难烛不得不收回目光，接过菱角吃了起来。

青竹和飘雪走出来的时候，正好瞧见了这一幕，二人对视一眼。

鹿难烛咀嚼着青涩回甘的菱角，看着平静的江面，心中闪过一丝不安：刚才那抹黑影，分明就是人影。难道是北冥鲲将丑侠坠江的消息传了出去？有人来寻沧龙剑吗？

夏秦怡为鹿难烛请了杂耍和变戏法的班子。

在画舫上用过中饭，下了船，夏秦怡又拉着鹿难烛到樊梨城中的小铺买了不少东西，直到日落西山，四人才打樊梨城出来，朝着华夏山庄走去。

青竹和飘雪的怀中手臂上已经放满了夏秦怡的"战利品"，四人行至城门口，鹿难烛足下一滞，主动拿过夏秦怡手中的一袋刘记蔗巴。

"小鹿，这个又不重……"看到鹿难烛眼中的严肃，夏秦怡止住了话头。

夏秦怡怔了怔，将装满刘记蔗巴的布袋交到鹿难烛的手上，左手握紧了凤血刀。

从樊梨城的西城门出来只有一条路，这条路直通华夏山庄，平时行人很少，此时暮色四合，这条路上只有夏秦怡四人。

夏秦怡回头看了看怀中抱着各种盒子包裹的飘雪和青竹，二人毫无察觉。可是，夏秦怡对鹿难烛有着莫名的信任，她相信小鹿一定是察觉到了什么，才会如此提醒自己。

夏秦怡和鹿难烛拉开了一段距离，若是真的被人盯上，八成是冲着凤血刀来的。连青竹和飘雪都没有察觉，对方一定是高手，她不想把小鹿也卷进来。

可是令夏秦怡没想到的是，鹿难烛默默地跟了上来，不管她怎么加大步子，鹿难烛始终和她保持两步远的距离。

夏秦怡有些急，低声地叫道："小鹿！"

鹿难烛的神色平静，眼中带着坚持。

行出百步远，青竹和飘雪终于察觉到了异常。二人对视一眼，将怀中的东西果断地舍在路旁，加快脚步，一左一右将夏秦怡护在中间。

"大小姐！"二人道。

"我知道，保护好小鹿。"夏秦怡吩咐道。

飘雪的眼中闪过一丝警惕，格在了鹿难烛和夏秦怡之间，压低声音对夏秦怡说："大小姐，不如让鹿姑娘先走……"他怀疑鹿难烛的身份，如果鹿难烛临阵倒戈，会很危险。

夏秦怡果断地回道："要走一起走。"

飘雪露出一抹苦笑，道："是。"随后，警惕地看了一眼鹿难烛。

看到飘雪的眼神，鹿难烛脚下的步子慢了半拍，突然她又加快步子，一把扯住夏秦怡的袖子。

飘雪心中一惊，一记手刀重重地敲在鹿难烛的胳膊上。

青竹拔出长剑，护住了夏秦怡，道："你干什么？"

"飘雪，你做什么？"夏秦怡喊道，忙问鹿难烛的情况，"小鹿，你要不要紧？"

飘雪打的是鹿难烛的右手，夏秦怡很担心，想检查鹿难烛的手臂。

鹿难烛摇了摇头，紧紧地扯着夏秦怡的袖子，不让她再往前。

“唰”的一声，飘雪也抽出了软剑。

“住手！”夏秦怡制止道，并毫不犹豫地挡在了鹿难烛的身前。

飘雪道：“大小姐，她……”

飘雪的话还未说完，便听到夏秦怡的命令：“青竹，飘雪，把剑放下。”

飘雪还欲争辩，这时，从路边树林里一左一右走出两个人来。他们出来的位置在四人的二十步开外，若刚才夏秦怡没有停下，很有可能会遭到偷袭！

鹿难烛这才松开了夏秦怡的袖子。

拦路的人，在场的四位都认识，正是魔教的荒火、修罗二使。

一阵脚步声从身后传来，后面的林子里走出八位穿着紧身衣，手持兵刃的男子，在土路上踩出湿漉漉的脚印。

鹿难烛看着地上的脚印，又看了看八人湿漉漉的身体，心想北冥鲲果然走漏了风声！

一眨眼的工夫，四人已被包围！

鹿难烛之前的行为得到了解释，飘雪和青竹在震惊之余，心头闪过一丝愧疚，可眼下情况危急，无暇对鹿难烛致歉。他们二人很紧张，对面的两位曾经与他们交过手，武功要略胜他二人一筹，再加上后面那些人，恐怕会是一场恶战！

飘雪和青竹默契地对视一眼，只能将希望寄托在神秘的鹿难烛身上。她既然可以先于他二人察觉埋伏，想必身手也定不在他们之下。

飘雪道：“鹿姑娘，多有得罪，我和青竹对付这两个魔教妖人，您和大小姐对付后面的。”

青竹说道：“大小姐，此处离城门不远，您持凤血刀杀出一条路，去楼里找福伯，我和飘雪拖住他们！”

夏秦怡点了点头，将鹿难烛护在身后，说道：“小鹿，跟紧我。”

鹿难烛猜得没错，丑侠与北冥鲲大战的消息确实走漏了，但其实不是北冥鲲故意散播的。

当时的北冥鲲伤得也很重，险些丢掉一条胳膊，他的手指差点儿被沧龙剑切断，天下只有鬼医能救。在他找鬼医出手相救时，不小心将此事说漏了嘴。消息是经鬼医身边的药童传出来的，魔教得到情报，当机立断，立马吩咐下去，封锁消息。

魔教教主派了荒火和修罗到江中寻剑，可是这烟波江水流虽然不急，但深不见底，即便是找了教中水性最好的教众，也无法潜到江底。

这时，荒火意外地发现了带着凤血刀游湖的夏秦怡，心想着没有找到沧龙剑，若能将凤血刀带回去，也可功过相抵！

荒火高声说道："夏大小姐，留下凤血刀，我们可以饶你一命！"

"魔教妖人，痴心妄想！"夏秦怡喝道。

话不投机半句多，荒火冷哼一声，与修罗齐上。他们之前在天穹山下交手数次，早已知晓对方深浅，况且他们这次带来的八个教众也是高手，夏秦怡一人绝对不可能杀出去！

至于那个女子，荒火看到她还需要夏秦怡的保护，并未将她放在眼里。

鹿难烛抻了抻手中布袋上的细麻绳，韧性很好，她将一头缠在手指上，握紧拳头。

背后传来兵器碰撞的声音，四人已经开战。

夏秦怡护着鹿难烛与八人对峙，并未主动出击。

对方仗着人多，一拥而上，夏秦怡有些紧张，不敢贸然使用三十六路天罡刀法。这套刀法波及范围太广，她怕控制不好，伤到小鹿。

一边是投鼠忌器的夏秦怡，一边是气势汹汹的魔教徒，鹿难烛见状轻轻地在夏秦怡的背后推了一把。

夏秦怡沉下心来，将真气加持到凤血刀上，与魔教徒战在一处。

对方人多，找准间隙偷袭夏秦怡。夏秦怡抽刀回挡，突然她的身后甩出一个拳头大小的布袋，"啪"的一声，稳、准、狠地重击了偷袭者的鼻子。

对方发出一声惨叫，两眼泛酸，视线模糊。

夏秦怡飞身补上一脚，那人飞出战圈。

左边又有人向夏秦怡砍了过来，又听“啪”的一声，布袋再次重击对方的脸，这次夏秦怡尚未归位，鹿难烛直接提腿，在对方腰间补上一脚。

随着一声惨叫，这位魔教徒飞到了更远的地方，身体在土路上拖出一道长长的泥印才停下。

夏秦怡看了一眼飞出去的人，兴奋地说道：“小鹿！你真棒。”

没有质疑，没有意外，没有防备，有的只是欣喜。

夏秦怡主攻，鹿难烛补防，二人的配合默契无间，虽然没有杀掉魔教徒，但也毫发无伤地撕开了一条退路。

荒火和修罗远远地看到夏秦怡破开了包围，心中有些急。他们欲前去支援，却被青竹和飘雪拼死缠住。虽然修罗和荒火的武功更高，奈何青竹、飘雪二人护主心切，修罗与荒火想要战胜他们，还需要一些时间。

眼看着离城门越来越近，樊梨城中遍布华夏山庄的产业，隐藏了不少高手。八个魔教徒不敢再追，纷纷放弃夏秦怡，转而去支援荒火和修罗了。

夏秦怡看着魔教徒离开的背影，心中一沉，他们是想把青竹和飘雪留下！

在她很小的时候，青竹和飘雪就是她的护卫，陪伴在她身边已有十多年了，他们与她虽是主仆，但更似家人，她不能就这么把他们抛下。

夏秦怡看着青竹和飘雪拼死奋战的背影，魔教徒已经快把他俩包围了！

她深深地看了一眼鹿难烛，将凤血刀塞到鹿难烛的怀中，说道：“小鹿，你带着凤血刀到楼里搬救兵，我帮青竹和飘雪再拖上一阵！一定要护好凤血刀，它绝对不能落到魔教人的手里！”说完，头也不回地以轻功飞出。

鹿难烛张了张嘴，怀中的凤血刀沉甸甸的，夏秦怡对她如此信任，让她始料未及。

鹿难烛足下一点，以轻功追了上去，心中已然坚定——她绝对不会让夏秦怡被伤到分毫！

耳边传来猎猎的风声，一个身影“唰”的一声，从夏秦怡的身边掠过。

夏秦怡看着前面人的背影，瞪大了眼睛，心想：小鹿？自己已经使出全力，小鹿竟能后发先至？

夏秦怡的身体落了下去，这个距离已经是她以轻功一跃的极限，可是鹿难烛还在半空中，身形丝毫不见下落之势。

夏秦怡再次跃起，而鹿难烛的身体微微有些下坠，却在半空中使出叠步，不仅止住了下坠的趋势，更是向前猛蹿。

鹿难烛的身手毫无保留，将夏秦怡甩得越来越远。她并不是在卖弄修为，而是她知道荒火和修罗的本事，怕夏秦怡受伤。

“嗒”的一声，鹿难烛一个鹞子翻身，稳稳地挡在了八个魔教徒的面前。

不给对方任何反应的时间，鹿难烛再次飞身而起，以飞檐走壁的腿法，将前面的八人当作人墙，在每人的胸口上重踏两脚，八人就像断线的珠串一般，惨叫着四散开去。

夏秦怡距离战圈尚有一段距离，她目睹了全程。鹿难烛的招式行云流水，一眨眼的工夫，就解除了青竹和飘雪被夹击的危机。

夏秦怡落到地面上，朱唇微张。她认为，自己无法做到鹿难烛那般！

鹿难烛看了夏秦怡一眼，手持凤血刀，转身迎战修罗、荒火！

“噌”的一声，凤血刀的刀身散发出一股刺眼的红光。鹿难烛有些意外，没想到伤愈后，她的内力竟然更加强悍了！

夏秦怡瞪大了眼睛，心想：是刀气！

这样浓烈的刀气，夏秦怡只在当年凤血刀还在她爹爹手上的时候见过。目前她只有在全力挥动凤血刀时，才能散发出淡淡的刀气，没想到小鹿竟然可以只是握着凤血刀，就凝出刀气。

“呼”的一声，青竹感觉从背后传来一股热浪，而他对面的荒火则露出了惊恐的表情，架开青竹的剑，飞身后退。

“唰”的一声，鹿难烛飞过青竹，伴随着越来越浓烈的赤红色刀气，凤血刀传出阵阵凤鸣！

鹿难烛步步紧逼，刀锋直逼荒火！

“大小姐？”青竹惊愕地叫了一声，难道大小姐的功力又偷偷精进了？这样浓烈的刀气，自老爷去世后，他便再也没见过了！

待青竹定睛一看，手中的长剑险些脱手：“鹿……鹿姑娘？”

“青竹！当心身后！”夏秦怡的喊声从他的背后传来。

青竹连忙提剑击败一位黑衣人，将手中的长剑一丢，喊道：“大小姐，接剑！”

夏秦怡与青竹大战七位黑衣人，而荒火堪堪躲开鹿难烛的攻击，袖子被鹿难烛削去了一半！

荒火久经江湖，经验老到，尚未对过一个回合，就大声叫道：“修罗助我！”

修罗听到求救，虚晃一招，飞身前去帮助荒火。

飘雪朝着两边看了看，果断地跑向夏秦怡，毕竟保护大小姐是他的使命！

夏秦怡看到飘雪也来，怒喝道：“你来干什么，去帮小鹿！”说完，她手中的兵器越挥越快，心想小鹿要是有什么闪失……不，小鹿不能有事！

修罗加入战斗后，一边倒的战局才得以控制，而此时的鹿难烛手持凤血刀，面对曾经打伤她的魔教双使，毫无惧意。她握过沧龙剑，如今又持凤血刀，心中奇妙的感觉无法言喻。

凤血刀与沧龙剑的属性截然不同，沧龙剑温和冰凉，只有当日在天穹山上，对上凤血刀那一次才释放过战意；凤血刀霸道炽热，她握着凤血刀，感受着从刀上传来的浓烈战意，听着耳边的凤鸣之音，心境也被凤血刀影响了。

如果说，沧龙剑是温润包容的谦谦君子，那么凤血刀就是霸道凌厉的无双战将！

鹿难烛感觉，手中的凤血刀仿佛有生命一般，疯狂地攫取她的内力，刀锋上赤红的刀气越发浓烈。一向温和的她，此刻无比渴望与荒火、修罗一战！

站在对面的荒火和修罗看到眼前的一幕，对视一眼，都看到了对方眼中的凝重，心想：华夏山庄何时出了此等高手？

一声嘹亮的凤鸣过后，鹿难烛出手了！

“呼”的一声，凤血刀朝着荒火劈了过去，而在挥动中，赤红的刀气竟在虚空中显出了一个淡淡的火凤残影。

荒火不敢硬接，侧身躲开。

旁边的修罗找准时机，提着手中的睚眦吞口鎏金刀，朝着鹿难烛劈了过来。

“小鹿小心！”夏秦怡一剑挑翻了一名黑衣人，看到这一幕，心仿佛悬到了喉咙。

眨眼间，修罗的刀锋距离鹿难烛的面门不足三寸，而鹿难烛劈出的凤血刀还没有收回，这一招她要如何躲过？

青竹与飘雪同五名黑衣人激战，夏秦怡所处的位置更是鞭长莫及。当所有人都认为鹿难烛这次非死即伤时，鹿难烛突然向后倒去，在她的身体与地面接触前，她抬起左脚，伸到睚眦吞口鎏金刀的刀柄处，用脚钩住刀柄，右脚在地上重重地一碾！

只见鹿难烛身体与地面平行，一脚勾着睚眦吞口鎏金刀，以诡异的身姿向后滑行。修罗本就向前用力，又被鹿难烛借力加力，手上一松，金刀脱手飞出！

然而，这还没有结束，鹿难烛腰上用力，使出倒挂金钩的脚法，踢在金刀的刀柄上。

“嗖”的一声，金刀飞出，“嗡”的一下，插入路边的一棵树干上，刀身似乎“不甘”地抖了抖，随即便不动了。

随后，鹿难烛的左手往地上一拍，身体直直地立了起来。

夏秦怡怔怔地看着鹿难烛，隐约觉得鹿难烛刚才的那一脚，有些像他们华夏山庄的三十六路天罡腿法中的一式，可是又有些不同。

鹿难烛足下一点，伴随着凤鸣之音，凤血刀锋直逼已经失去了兵器的修罗！

半空中划过淡淡的火凤残影，修罗感到一股危险的力量伴随着霸道的热浪扑面而来，他一连退后数步，可凤血刀的刀锋比他更快！

“叮”的一声，荒火及时赶到，架开了凤血刀。

双方你来我往，才走了一个回合，荒火和修罗已见颓势！

另一边，围攻的魔教徒虽然人多势众且武功不俗，可是飘雪和青竹配合默契，他们面对能与荒火、修罗酣战的二人，到底还是差了些。

不出十个回合，夏秦怡这边的魔教徒被尽数斩杀。

地上躺了一地的尸体，夏秦怡三人并没有受伤。

“小鹿！”回过神来的夏秦怡欲去支援鹿难烛，却被飘雪一把拽住了胳膊。

“飘雪，你做什么？放手！”夏秦怡不解道。

飘雪看着不远处的战局，眼中流露出惊艳和羡慕的神色，他摇了摇头，道：“大小姐，您还是不要去了，您一过去，鹿姑娘恐怕会分神，若是您被挟持，才是大大的不妙。”

关心则乱，夏秦怡一心想与鹿难烛并肩作战，并没有注意到荒火与修罗纵然以二对一，却仍然被鹿难烛压制得手忙脚乱。

青竹郑重地点了点头，对飘雪的话表示认同。

夏秦怡这才冷静下来，捏着青竹的剑，远远地看着鹿难烛。

鹿难烛的招式不像夏秦怡那般花哨，她一招一式干净利落、大开大合。每挥舞一次，凤血刀都会发出凤鸣，伴随着火凤的残影。

看着眼前持刀而舞的鹿难烛，夏秦怡渐渐忘却了担心，痴迷了起来。凤血刀跟了她多年，她也没能让凤血刀发挥出如此威力。在她很小的时候，曾经见过她爹爹练刀法，似乎也是这般情形……

夏秦怡呆呆地看着鹿难烛，心中赞叹：这才是凤血刀应有的样子，这才是真正的神兵！小鹿……你，究竟还要给我多少震撼？

鹿难烛使出一招神龙摆尾，以泰山压顶之势朝着荒火的头顶重重劈下。荒火提剑挡在头顶，却被修罗抓住腰带一把拽了回去。

“咣”的一声，凤血刀劈在地上，尘土飞扬，地上留下了一道三寸深的刀痕！

荒火的脸色凝重，心想：凤血刀果然名不虚传，刚才的那一招自己若是硬接,兵器非要被斩断不可,说不好,还会劈开自己的头颅!

荒火与修罗对视一眼,同时心想:没想到华夏山庄居然隐藏了这样一位年轻的高手!那二十年后……不,十年后!天下岂有圣教的立足之地?这件事一定要禀报教主,趁着这少女未臻化境,早早扼杀,以绝后患!

两人心意相通,生出退意。

双双后撤一步,对着鹿难烛拱了拱手,道:“不知足下是华夏山庄的哪位?就算是死战,也要死得明白!”

鹿难烛沉默着,没有答话。

见少女不接招,荒火和修罗心中的惧意越来越浓。适才他们二人使出全力,才与这少女勉强对过三十招,可反观这少女,气息丝毫不乱,分明有越战越勇之势。

夏秦怡快步跑到鹿难烛的身边,大声喝道:“魔教妖人,你们不配同她讲话。”

荒火看着跟过来的青竹和飘雪,心想恐怕今天要付出点儿代价才能离开了……

修罗对着鹿难烛拱了拱手,道:“今日多有得罪,足下可否念在贵方没有折损的份上,放我二人离开,您看,我教众已死八人……”

修罗还没说完,荒火突然使出轻功逃走。这是他二人多年来形成的默契,遇到不可力战之强敌,一人使出缓兵之计,一人先逃!

“叮叮叮”,夏秦怡还没反应过来眼前的突发情况,鹿难烛已经将手中的凤血刀挥得滴水不漏,随着紧密的金属碰撞声,一根根泛着紫光的毒针落在地上。

修罗放出暗器后,立刻从怀中掏出一物,朝夏秦怡脚下一摔。“嘭”的一声,紫色的雾气挡住了四人的视线。

鹿难烛屏住呼吸的同时,下意识地伸出手捂住了夏秦怡的口鼻,用持刀的手,半扶着夏秦怡向后飞去。

好在烟雾只是障眼法,并不带毒。

待紫烟散去,已经不见荒火、修罗的身影了,而修罗的那把睚眦吞口鎏金刀还孤零零地插在树干上。

大名鼎鼎的魔教修罗使者，竟然被逼到连兵器都舍了。

见是虚惊一场，鹿难烛松开了扶着夏秦怡的胳膊。

鹿难烛转过身，将夏秦怡从头到脚打量了几遍，确定她没有受伤，露出淡淡的笑容，随即拎着凤血刀的刀柄，将刀递了回去。

夏秦怡却没有接，而是对着鹿难烛，半仰着头，兴奋地叫道："小鹿！原来你的武功这么厉害！"

青竹和飘雪看到眼前的一幕，清了清嗓子，将目光转到一边。他们还从未见过大小姐对谁露出这样崇拜的神情。

鹿难烛被突如其来的夸奖，钉在原地，右手还保持着递刀的姿势，身体绷紧，心如擂鼓。

鹿难烛深吸了一口气，抿着双唇，低头看着眼前的夏秦怡，为了缓解心中的紧张，对着夏秦怡眨了眨眼。

被这干净如林中小鹿一样的目光瞧着，夏秦怡感到心旷神怡。她接过凤血刀，而飘雪和青竹则到路边拾回之前买的东西，鹿难烛也去帮忙。

"大小姐，这些尸体怎么办？"青竹与飘雪问道。

夏秦怡看了一眼，回道："先把他们拖到林子里，我们先回去再叫人来处理。"

"是。"二人应道。

飘雪和青竹将买来的东西递给夏秦怡和鹿难烛，然后将尸体往林子里拖。

一具魔教徒的尸体经过鹿难烛的身前时，她瞥了一眼，只见尸体的胸口上伤口密布，整个前襟都要被划烂了。这一看就是出自飘雪之手，他那把软剑，鹿难烛曾经领教过，当时也没觉得如何出众，不想杀伤力竟然如此惊人。

"哗啦"一声，鹿难烛怀中抱着的盒子掉了一地，其中一个巴掌大的小盒子滚到了尸体旁边。

飘雪和夏秦怡都忙着捡掉落在地上的东西，鹿难烛则一步跨过几个盒子，直奔尸体旁边的小盒子，脸上却露出惊愕的表情。她蹲下身，将盒子握在手中，眼睛却死死地盯着地上的尸体，满眼震惊，脸色煞白。

鹿难烛紧握着盒子，身体微微有些颤抖，她无法相信眼前的一幕，怎么会？怎么可能？

“小鹿？小鹿！”夏秦怡的声音适时响起。

夏秦怡见鹿难烛的脸色有些不好，担忧地问道：“你是不是累了？我们早点儿回去吧。”

鹿难烛点了点头，看着尸体被拖远，堆到树林里。

“大小姐，这个怎么办？”飘雪从树干上拔下修罗的睚眦吞口鎏金刀，问道。

夏秦怡看了一眼魂不守舍的鹿难烛，回道：“丢到烟波江里，小鹿会武功的事情，一个字也不准透露，旁人若是问起，只说这八人偷袭，被你们俩解决了，明白了吗？”

“是！”二人应道。

夏秦怡的话，让鹿难烛的心中充满暖意，她想笑，却只是抽了抽嘴角。

此时的青竹和飘雪，已经是心甘情愿地为鹿难烛保守秘密了。虽然她的身份可疑，但通过这件事可以看出，她对大小姐没有恶意。如果她真的是魔教妖人，或者另有图谋，那么刚才她完全可以带着凤血刀离开，以她的身手，没人能拦得住她！既然她对大小姐无害，又不是图谋凤血刀，那不管什么要求，他们华夏山庄都能满足！况且眼下正是关键时期，若是大小姐手中握有鹿难烛这样一张底牌，对未来接任庄主之位，大有裨益。

一路无话，四人平安回到华夏山庄，夏秦怡亲自到三房去禀报路上发生的事情，三老太爷见夏秦怡无事，问了几句个中细节，便派人去处理城外的尸体。

鹿难烛独自一人回到房间，呆呆地坐在桌前，双目空洞。

夏秦怡吩咐丫鬟，将晚膳直接端到鹿难烛的房间。

吃饭的时候，夏秦怡发现鹿难烛呆呆地捏着筷子，连自己给她夹的菜都堆成了小山，也不见她吃一口，只是偶尔会机械地戳几下碗里的米饭，眼中带着茫然，不知道在想什么。

看着这样的鹿难烛，夏秦怡很担心，她为鹿难烛盛了一碗汤摆在她面前，轻声说道："小鹿，若是没有胃口，喝碗汤也好。"

鹿难烛笑着点了点头，夏秦怡看在眼里，不知道为什么，她觉得鹿难烛的笑容中带着些许苦涩。

鹿难烛勉强喝了一碗汤，不再动筷，夏秦怡叫人把碗筷撤了下去，拿过纸笔放到鹿难烛的面前，问道："小鹿，你怎么了？"

鹿难烛捏着毛笔，悬在宣纸上，却不知如何落笔。

一滴饱满的墨汁脱离笔尖，滴在宣纸上，醒目的黑色，像极了鹿难烛的心情。

夏秦怡见了，安慰道："你若是不想说，不用回答。"

当天晚上，夏秦怡陪着鹿难烛坐了很久，她没有再说什么，只是安静地陪着鹿难烛。

其实夏秦怡本来是有很多话想对鹿难烛说的，比如讨论武功，比如问问鹿难烛的身手为什么那么好，再比如……若是鹿难烛愿意，夏秦怡好想了解她的过去。

可是，看着这样魂不守舍的鹿难烛，夏秦怡真的不知如何开口，她甚至不知道为什么，鹿难烛刚才明明还好好的，怎么会突然就变成了这样，她不知道该怎么安慰，只好默默地守着她。

梆子三响后，丫鬟来请了几次，夏秦怡知道，自己不能再待在这里了。她对鹿难烛轻声道了一句"晚安"，离开了房间。

桌上摊着那张滴了墨的宣纸，雪白的宣纸正中是一块醒目的黑，黑得扎眼，黑得锥心。

房间中洒满了东海夜明珠温润的白光，鹿难烛第一次没有送夏秦怡出门，她呆愣愣地看着宣纸上的那一点黑色。

第二日一早，夏秦怡便来了，可是鹿难烛还是昨天的样子，甚至要比昨日还要萎靡。看着这样的鹿难烛，夏秦怡有些心疼地心想：小鹿本应该像森林里的精灵一样安静、纯净、懵懂，绝不应该是这样子的。

夏秦怡有些自责，如果她了解小鹿多一点儿，就好了，那样就不会像现在这般，想要说句安慰的话，都不知道如何开口。

鹿难烛就这样一连闷了三天，夏秦怡便这样陪了她三天。

鹿难烛每一顿饭吃得都很少，整个人越发得清瘦，夏秦怡也同样备受煎熬，她不知道小鹿正在承受着什么，如果可以，她真的想替她承担。

又是深夜，夏秦怡不得不回去了。她依依不舍地看了鹿难烛一眼，说道："小鹿，我回去了，明天再来。"她转过身，鹿难烛却拉住了她的衣袖。

夏秦怡有些惊喜，脸上的表情明媚了起来，转身问道："小鹿？"

鹿难烛垂下眸子，并没有与夏秦怡的目光接触，她拉夏秦怡重新坐下，自己则起身拿来了纸笔。

夏秦怡目不转睛地看着鹿难烛，心想：难道小鹿要对自己说心事了吗？

鹿难烛狠狠地咬了咬下唇，终是提笔写道：我要走了。

房间里静得落针可闻。

鹿难烛自始至终没有看夏秦怡，而是盯着雪白宣纸上的墨色，仿佛在等待着某种宣判。

夏秦怡看着这四个字，心里涌出了很多想说的话，却千回百转，哽在喉咙。

夏秦怡吸了一口气，突然觉得眼眶有些酸。

良久，夏秦怡终于开口，平静地、若无其事地说："那你……什么时候回来？"

听到这样一句话，鹿难烛感觉自己的心仿佛被一根细针偷偷刺了那么一下，不见伤口，却渗出了血珠。

见鹿难烛不写字，夏秦怡笑了笑，道："好啦，那你记得回来哦。"

鹿难烛终于提笔，重重地写道：好。

房间中再次陷入沉默，鹿难烛低着头，夏秦怡将头撇到一边。两个即将离别的好友，没有寒暄，没有嘱咐，连眼神的交流也无，就只是这样无言地沉默着。

夏秦怡缓缓地站起身，一低头，从脖子上摘下一枚玉佩，抓着红色的细绳，递到鹿难烛的面前，说道："这个送给你。"

鹿难烛踌躇片刻，最终还是接下了玉佩。

见鹿难烛收了，夏秦怡突然笑了起来，说："这枚玉佩是我娘留给我的，当初，我爹送给我娘的，你可不能弄丢了。"

夏秦怡顿了一下，半开玩笑半认真地又说道："若是以后，你遇到了意中人，就把这枚玉佩送给他吧。"

"夜深了，你早些休息，我给你准备些细软，明日我送你出城。"说完，她头也不回地离开了鹿难烛的房间。

鹿难烛怔怔地看着夏秦怡离开的地方，手中握着那枚朱红色的玉佩，手心里有淡淡的温暖。

黎明前夕，正是夜色最浓时。

就连繁华的樊梨城，在这个时辰，也陷入了寂静。

一抹鬼魅的身影，几乎融入夜色里，若不是那人衣服上的银线有些反光的话，没人能察觉到半空中竟然有人。

"黑影"轻功高超，一路以巷子两旁的屋顶作为借力点，急速前行着。

"黑影"落到码头边，在两边的莲花灯照射下，"黑影"的容貌清晰了起来，正是鹿难烛。

鹿难烛走过长长的浮漂，来到梨花秋水楼门前，大厅里伙计正伏在柜台上睡觉。

鹿难烛使出轻功，跃上楼去。她一口气登顶，用手中的细竹篾插进窗缝，向上一挑，往外一拉，窗子开了。

鹿难烛本想将银龙内甲留给夏秦怡，毕竟觊觎凤血刀的人不少，青竹和飘雪也只是二流高手，不能时时刻刻保其周全，可是她此行祸福难料，也许会很凶险，只好取回。

鹿难烛无声地潜入夏秦怡在梨花秋水楼的房间，房中无人，夜明珠亮着，陈设依旧。鹿难烛环顾房中的一切，想起夏秦怡来。

鹿难烛不想让夏秦怡送自己，她也不懂自己为什么这样做。

鹿难烛换上银龙内甲，将方才在附近住户家里顺来的男装换上，跃出梨花秋水楼，来到江边，把包裹藏在芦苇丛中，深吸一口气，跳入了黑漆漆的烟波江。

打捞沧龙剑的行动只能在晚上，虽然此时江中的能见度极低，不过好在鹿难烛早有准备。她从怀里掏出夜明珠用轻纱兜住，挂在了脖子上。

越往下游，受到的阻力越大，她甚至有些怀疑，自己是否能成功潜入烟波江底。

担忧很快应验，当鹿难烛下潜到一定深度的时候，受到了强大的阻力，再也不能往前一步，可是前面仍旧是黑漆漆的江水，根本不见江底。

鹿难烛的胸口有些难受，立刻运转天魔功化解。最后她也只能顺着这股力道游，很快便浮出了江面。

数次尝试无果，天已经快亮了。她穿着湿漉漉的衣服盘膝坐在江边，看着面前一望无际的江水，心中失落地想：沧龙剑到底还是丢了，没了沧龙剑，后面的路她该如何走？

鹿难烛的拳头重重地打向身下的软泥，土面被打出了一个坑。

第十章

夏秦怡已经在鹿难烛的房间里待了一整个上午。她一夜未眠，天不亮就为鹿难烛准备了行装、干粮、碎银子和银票。可是等待她的是人去屋空，和上次一样，鹿难烛留给她一封信，上面写着：多谢照顾，就此别过。

不知鹿难烛是有心还是无意，这信的内容竟与第一次分别时一模一样。就仿佛她们的关系，再次回到了原点。

江湖天大地大，不知何时才能再见。

夏秦怡活了十七年，第一次觉得自己的心空落落的。随着鹿难烛的离开，她的心也跟着缺了一块。

鹿难烛整整打捞了三个通宵，她冒死在腰间系上大石，快速地沉入江底，不过这样做很难移动，如果沉下去后，在绳子长度的半径内没有发现沧龙剑，她就只能割断绳子重新潜入。

好在功夫不负苦心人，沧龙剑最终还是失而复得。

那天晚上，鹿难烛抱着沧龙剑躺在江边的软泥上，久久不愿松开。

就在鹿难烛找到沧龙剑的第二天早上，夏秦怡接到禀报：有一位姑娘拿着东海夜明珠，在樊梨城华夏山庄旗下的一家当铺里，换了纹银二百两。她像疯了一般跑到当铺，掌柜却告诉她，那位姑娘已经走了。

夏秦怡问了方向，一口气追到城门口，却停了下来。她怔怔地看着那条蜿蜒到远方的土路，驻足良久，又原路返回了华夏山庄。

鹿难烛一路来到青州，花了一百五十两纹银，买了大量的生活物资，整整装了三辆马车。

回到天山，一切还是老样子。

村民们见鹿难烛回来都很开心，特别是孙婆婆一家。小虎子和小豆芽长高了不少，小豆芽抱着鹿难烛的脖子不肯撒手，对鹿难烛说道：“鹿姐姐，你怎么才回来，以前你都不会出去这么久的！我和哥哥还有奶奶，都好担心你！”

鹿难烛摸了摸小豆芽的头，柔声说道：“姐姐有重要的事情要办，路上耽搁了，小豆芽有没有听奶奶的话？”

小豆芽道：“嗯，我和哥哥已经把鹿姐姐留下的两本书上的字都学会了，鹿姐姐什么时候再教我们？”

鹿难烛脸上闪过一丝惆怅，回道：“姐姐这次给你和小虎子买了好多书本回来，基础的字，你们俩已经认识得差不多了，只需要多读多练就行了。”

小豆芽问道：“那鹿姐姐，你不教我们了吗？”

鹿难烛沉默片刻，回道：“姐姐有事情要出去一趟，这次恐怕要很久才能回来……”

小豆芽还要问下去，孙婆婆打一旁过来，从鹿难烛的手上把小豆芽接了回去，说道：“难烛啊，晚上到婆婆家里来吃个饭吧。”

“好。”鹿难烛应道。

小虎子陪着鹿难烛，把买来的东西挨家挨户分了出去，村民们千恩万谢，直说鹿难烛是老天派下来拯救他们世隐村的。

鹿难烛看着质朴的村民，这些自打她有记忆以来就熟悉的面孔，这些看着她长大的老人们，她心里五味杂陈。

晚饭很丰盛，四菜一汤，这对于孙婆婆一家来说，过年也不过如此。

席间，孙婆婆不停地给鹿难烛夹菜，嘱咐她多吃点儿。

吃完了饭，天已经有些暗了，鹿难烛把小虎子叫到院子里，郑重地说：“小虎子，明天鹿姐姐就要走了，这一去我也不知道什么时候能回来。村子里剩下的四户人家都是上了年纪的老人，我不在的日子里，村子里的事情就都交给你了。”

小虎子挺了挺瘦弱的胸膛，道：“鹿姐姐你放心，我一定会照顾好大家的。”

鹿难烛嘱咐道：“嗯，姐姐相信你，小虎子……这里有五十两银子，你收好，用来应急。我是村子里唯一的大夫，我会在药庐里留下几副配好的草药，如果谁家有个伤风腹泻，你就按照方子上写的给他们送去。”

小虎子应道：“我知道了。”

鹿难烛继续嘱托：“这次我带回来三辆马车，加上之前的骡车，一共就有四辆了，如果……如果我很久都没有回来，你就一家发一辆车，将剩下的钱平分了，出了世隐村一路往南走，大约走个三五天，就有城镇。我打听过了，一亩良田不过纹银六两，旱田四两，至于住处，可以先租着，一个月不过几吊钱。天山贫苦，庄家收成也少，物资更是匮乏，终不是久居之地，如果我很久都没能回来……”

鹿难烛说到这里止住了话头，有些伤感，还是希望此行能平安无事吧。

“鹿姐姐，我们不走，我们等你回家！”小虎子道。

“那好，小虎子，如果要出去采买，一路往南即可，到一个叫青州的地方去，买好了东西再回来，不要对任何人提起天山，路上小心，不要被人尾随了！”鹿难烛道。

“我记住了！”小虎子说。

鹿难烛事无巨细地交代完小虎子后，天已经黑透了，她刚走到门口，就被孙婆婆叫住了，道：“难烛啊，一个人在外面千万保重，办完了事，记得回家。”

“谢谢孙婆婆。”鹿难烛转过身，泪滴滑落。

鹿难烛回到家里，从枕头下面拿出一块布，铺在桌上。布片上画着一株莲花，花开九瓣，莲心朱红，莲瓣玄黑，这是她爹胸前的图腾。

鹿难烛踏遍半片江湖，寻找了一年多也没找见的图案，却在无意间被她发现了。

那天，鹿难烛在魔教徒尸体的胸口处，发现了类似的图案。那人的胸口也刺着一朵莲花，莲心朱红，莲瓣玄黑，不过只有三瓣。

难怪她找遍整个中原武林，也看不到类似的图案，原来这图案竟源自魔教！

鹿难烛一夜未眠，第二天一早，她提着祭品来到她爹娘的坟前，只见冰冷的墓碑上刻着：陆氏三郎、陆氏幺妹之墓。

鹿难烛摆好祭品，规矩地跪在墓碑前，说道："爹爹、娘亲，女儿如今身怀足以安身立命的本领，决定踏足西南，寻找爹爹当年重伤的真相，希望爹爹和娘亲不要怪女儿。女儿实在不想连自己生身父母的名讳都不知道，女儿只想求一个明白，也想知道一个真相，女儿不为寻仇而去，但……若爹爹是被奸人暗害，女儿也定要为二老讨回一个公道。"

说完，鹿难烛恭恭敬敬地磕了三个响头便直接出了世隐村。

鹿难烛离开华夏山庄后的三个月，平静了不到一年的江湖上突然掀起了一股风暴。

江湖上一共发生了两件事，都与魔教有关。

第一件事是魔教久攻天穹山不下，终于决定放弃，改道向东，绕过天穹山，从东南沿海进军中原武林。而在天穹山的东边，大约走六七日的路程，就是华夏山庄所在的樊梨城。

华夏山庄虽然不像天穹山那样占据天险，但财可通神，这片江湖上受过华夏山庄恩惠的江湖客数不胜数，一时间武林群雄从各地纷至沓来。

新一轮的正邪大战，眼看又要打响了。

第二件事是按照魔教的教规，在教主座下应有圣女、圣子两人。多年来只有玉面狐狸一个圣女，圣子之位一直空悬着。

魔教进军华夏山庄之前，突然大张旗鼓地放出魔教圣子已有人选的风声。此人正是手持沧龙剑的丑侠，当上圣子之后，魔教中人也送了他一雅号：鬼冢虎。

在很早之前，正派人士就已经将丑侠归类到了魔教阵营，不过很多人心里都清楚，他们并没有确凿的证据断定丑侠的身份。他们之所以认为丑侠是魔教的人，不过是为夺取沧龙剑，找一个正气凛然的借口罢了。

可如今，这件事由魔教教主亲自宣布，意义则大不同了。

这意味着，魔教不仅多出了一位年纪轻轻的高手，而且传说中与凤血刀齐名的神兵利器沧龙剑，也落入了魔教。

阴暗的地道，公孙晴走进一间石室，石床上躺着一个人，听到有人进来，连动都没动一下。

公孙晴笑了笑，走到床边，低头看着床上仰面躺着的人，娇滴滴地说道："你这个人，怎么睡觉也戴着面具？"

"我喜欢。"应声的这人正是摇身一变成了魔教圣子的丑侠。

公孙晴见鬼家虎并没有睡着，直接坐到他的床上，行为举止丝毫不见避讳之意，伸出纤纤玉手碰了碰鬼家虎的胳膊，问道："你还在生气啊？"

鹿难烛沉默了一会儿，闷声回道："我与你有约在先，你们保护我的安全，确保沧龙剑无虞；我为你们效力三年，三年后一拍两散，互不牵扯，我何时答应过你要做圣子了？"

公孙晴笑眯了眼，哄道："你这个人真是古怪，圣教中人人垂涎圣子的位置，教主洪恩，把这个一人之下万人之上的位置给了你，你反倒不高兴？"

鹿难烛："……"

"好啦，别不高兴了，快起来，教主传你呢。"公孙晴劝道。

鹿难烛无奈地叹了一口气，起身随着公孙晴走出了石室。

二人并肩走在阴暗的通道里，公孙晴的声音从耳边传来："我说你来这也有一个多月了，我不仅没见过你的样子，就连你的名字都不知道，你能不能告诉我，你叫什么？"

鹿难烛冷冷地回道："鬼家虎。"

公孙晴转头，狠狠地剜了鬼家虎一眼，说道："你一个大男人，怎么这么小气？"

鹿难烛平静地反呛道："吝啬还分男女的吗？"

公孙晴恨得牙痒痒，却无可奈何，只能在心里狠狠地念叨：真是一个"蒸不熟""煮不烂"的倔货！

二人进到一间宽敞的石室内，他们的正对面是巨大的鬼王、鬼母雕像，两边挂着图腾令旗，四周的木架上放着燃烧的火盆。

魔教的核心人物基本到齐，魔教教主端坐在主位，左右两边的位置空着。

“教主，属下把鬼冢虎带来了。”公孙晴禀告道。

“嗯，坐吧。”魔教教主道。

鹿难烛坐到左边，面前站的正是荒火。对方愤愤地看了一眼自己，把目光转到了一边。

鹿难烛勾了勾嘴角，她明白这敌意是从何而来，只不过，她根本无意这圣子之位。

鹿难烛与公孙晴之前约定的是：鹿难烛不入魔教，只为魔教效力三年，作为交换，这三年魔教要保护鹿难烛的安全，三年后，大家一拍两散，互不干涉。

当时公孙晴满口答应，结果到了魔教总坛，一切都变了。

鹿难烛本想借这三年的时间调查一切，却再次被公孙晴摆了一道。她终于彻底明白，这世间，有些人是毫无信义可言的，比如公孙晴。

鹿难烛想着，圣子的身份总要比一个外人调查起来方便些，这才勉强答应了。待她将一切调查清楚，就会离开这里。

魔教教主问她名字，鹿难烛自言无名无姓，教主仰天大笑，道：“好一个无名无姓，既如此，从今日起你就叫冢虎吧。”

魔教教主又觉得，鹿难烛脸上的木质面具太过寒酸，赐了她一副鬼王面具。

自此，鬼冢虎的名号在魔教中传开。

……

“本座决定派晴儿、荒火、修罗带领四堂主，携三百教众进攻华夏山庄。”魔教教主一声令下。

闻言，鹿难烛猛地转过头，心想：进攻华夏山庄？怎么会？

“冢虎好像有话要说？”魔教教主问道。

鹿难烛隔着面具，看着同样戴着鬼王面具的魔教教主，道：“教主，我想同去。”

"哦？难得冢虎初入圣教就有此心，本座准了。"魔教教主继续说，"另外，此次五毒教、万蛇洞、厉鬼门也会派出教众。晴儿，你带着教中弟子，一路向东，先把距离华夏山庄不远的巨鲸帮攻克，以此为据点，等待其他三门人马齐聚，再发动攻击。"

"是，属下遵命。"公孙晴应道。

"三日后出发，都退下吧。"魔教教主道。

"是！"众人齐声道。

教众陆陆续续出了正厅，鹿难烛一把抓住公孙晴的胳膊，疾行在昏暗的通道中。

公孙晴的脸上始终带着魅惑的笑意，任凭鬼冢虎扯着她，亦步亦趋地随着。

其他人看到这一幕，纷纷露出了暧昧的笑意。难怪鬼冢虎能当上圣子，原来他与圣女的关系非同一般，只是没想到圣子竟然如此急色。

鹿难烛全然没有注意到这一点，她很着急。回到房间，鹿难烛将公孙晴甩到面前，问道："魔教要打华夏山庄，为何我之前没有听说？"鹿难烛虽然压低了声音，但话语中的怒意很明显。

公孙晴白了鬼冢虎一眼，径直坐到他的床上，身体微微后仰，双手在身体两侧撑着，似笑非笑地看着鬼冢虎，慢悠悠地答道："天穹山易守难攻，久攻不下，教主早有改道的想法。在你没来之前，我向教主提议，绕过天穹山，直奔东南沿海，从华夏山庄开始北进。华夏山庄再往东是茫茫大海，这样一来，正道的那些伪君子无法偷袭圣教的身后。只不过考虑到你和华夏山庄大小姐那不清不楚的关系，一直没告诉你罢了。"

"你……"鹿难烛为之气结。

公孙晴继续说道："当初我问过你，可是爱慕夏大小姐，你不敢承认，如今又为何如此这般？呵……我劝你啊，还是死心吧，她有什么好？武功稀疏平常，容貌又没有我好。"

鹿难烛杵在原地，被公孙晴呛得一句话也接不上。

看到鬼冢虎如此，公孙晴"扑哧"一声笑了起来，来到鬼冢虎面前一步的位置，娇滴滴地哄道："你要明白，有些人是注定无法在一起的。我知道你非要跟去，无非是又想救她，不过这次我不会再让你得手了。还有，你别一口一个'魔教'的了，在我面前就罢了，小心被旁人听到惹出事端。"

公孙晴说着伸出手指在鹿难烛的鬼王面具上刮了一下，鹿难烛沉默地躲开，指了指门口，说道："请便。"

公孙晴笑了笑，朝门口走去。行到门前，她回头看了鬼冢虎一眼，半真半假地说："姐姐我可是喜欢你喜欢得紧呢。"

公孙晴二十有二，整整比鹿难烛大了四岁。

年龄，是公孙晴对鬼冢虎唯一的了解。她不知道鬼冢虎的名字，甚至没见过他的样子，但公孙晴对他确实存着几分好感，但还谈不上喜欢。

公孙晴一直觉得，鬼冢虎身上的那份单纯，简直是世间罕有！而且，接触以后她才发现，鬼冢虎的话不多，却倔强得很。

这一个多月以来，公孙晴时不时就会说出轻佻之言撩拨鬼冢虎，可是这人就像一根木头一样，根本不为所动。

渐渐地，公孙晴对鬼冢虎的兴趣越来越浓，她就喜欢征服不了的东西。越是得不到的东西，她就越想要！

鹿难烛缓缓地坐在床上，脑中一片混乱，不明白事情怎么会演变成这样？

魔教声势浩大，华夏山庄能抵挡得住吗？江湖上有多少人愿意伸出援助之手？自己该怎么办？是留下来继续追查好不容易找到的线索，还是就此离开？

怎么才能让夏秦怡知道这个消息？可是离开这里，谈何容易？

魔教总坛外面是一座千年古林，名曰：不归林。

不归林绵延百里，瘴气弥漫，没有公孙晴的避瘴珠，她根本就出不去。

鹿难烛重重地叹了一口气，现在她唯一能做的，就是跟着公孙晴一起到华夏山庄去，随机应变。她可以寸步不离地跟着公孙晴，阻止公孙晴伤害到夏秦怡。

三日后，魔教大军出发。

长长的队伍，二人为首。左边是一身黑衣，戴着鬼王面具的魔教圣子鬼冢虎；右边是一袭白衣，戴着轻纱斗笠的魔教圣女玉面狐狸。后面跟着荒火、修罗两位使者。再后面分列朱雀、玄武、青龙、白虎四位堂主，他们之后，有序地排列着魔教三百名教众。

大队出了瘴气林，公孙晴命队伍兵分三路。她与鬼冢虎骑快马先行一步，到巨鲸帮所在的乌江城先行打探。

荒火、修罗各自带领两位堂主，领一百五十人，分别以水路和陆路前往乌江城。

临分开前，公孙晴又特别下了一道命令：沿途但凡遇到阻拦或者落单的正派人士，格杀勿论。

二人骑着快马赶了一天一夜的路，到了宜州城，来到一家客栈投宿，公孙晴对鬼冢虎说："先休息一会儿，半个时辰后在楼下大堂见，吃完饭我们上街买两身衣裳换上，还有你的这张鬼王面具实在太过显眼，摘下来吧。"

公孙晴回到房间美美地洗了个澡，来到大厅，见鬼冢虎已经等在那里了。

看到鬼冢虎，公孙晴气得胸口一顶。原来，鹿难烛根本没听公孙晴的，脸上依旧戴着那张狰狞的鬼王面具，她坐在那儿，旁边四张桌子都空着，没人敢坐。

掌柜站在柜台后面，担忧地看向鹿难烛的方向。

公孙晴坐到鬼冢虎的对面，狠狠地剜了鬼冢虎一眼。她算是明白了，这人从来都不会听自己的话，不过越是这样，她越觉得鬼冢虎与众不同，心底的那股征服和拥有的渴望也越发浓烈。

"小二，点菜！"公孙晴喊道。

"哎，来啦！"店小二应声赶来。

店小二站到公孙晴身边，离鹿难烛远远的，问道："二位吃点什么？"

公孙晴点了几样特色菜，店小二应声去了。

菜端上来，公孙晴捏着筷子似笑非笑地看着对面的鬼冢虎，心中得意地想：哼，我倒要看看你摘不摘面具！

公孙晴殷勤地递筷子给鬼冢虎，后者却直直地坐在那里，一动不动，就是不接。

见公孙晴举着筷子不放，鹿难烛冷冷地说道："我在房间里吃过了。"

公孙晴问道："吃过了？你吃的什么？"

鹿难烛说："我带了干粮。"

……

公孙晴在前面走，鹿难烛不远不近地跟在后面。

公孙晴再一次从鬼冢虎的身上感受了挫败感，这人到底还是戴着那张狰狞的鬼王面具出来了。这一路上，所有人都绕着他走，吓哭了好几个孩子，这样的话，给他买替换的衣服，又有什么用呢？

公孙晴越想越气，闪身进了布庄，一连为自己挑了好几套衣裳，一件都没给鬼冢虎买。她本想让鬼冢虎帮忙提着东西，又想到那人的性子，定然会一口回绝，只好作罢。

逛了几条街，公孙晴突然听到沉默了一路的鬼冢虎说话了："老板，这个多少钱？"

公孙晴回过头，看到鬼冢虎站在一家脸谱面具摊前，指着一张花脸面具问价。

公孙晴愣住了，回过神来的时候，感觉自己的心被什么东西撞了一下。就好像一直索要糖果而不得的孩子，生了一天的闷气，回到家却发现桌子上就放着自己想要的糖果。

面具摊老板看着鹿难烛，想露出笑脸，但是她的鬼王面具实在太过狰狞，只好期期艾艾地回道："六……六文钱一个，十文钱两个。"

"我要一个。"说完，鹿难烛往怀里一掏，却只摸出两个铜板。

因为自己的面具吓哭了街边玩耍的孩童，鹿难烛心中过意不去，只可惜囊中羞涩……

公孙晴快步来到鬼冢虎的身边，看到他手心里那可怜的两枚铜板，笑出了声音。她从怀中掏出一大一小两锭碎银子，将小的丢给老板，大的放在鬼冢虎的手里，道："出门在外也不知道带些银子。"

面具摊老板接过钱，为难地说道："姑娘，小的今日还没开张呢，这……实在是找不开呀！"

公孙晴嫣然一笑，道："本姑娘心情好，赏你了。"

面具摊老板千恩万谢，公孙晴挑了一张她认为最顺眼的面具，递给鬼冢虎。

鹿难烛接过面具，想了想，把公孙晴给她的银子揣了起来。

二人离开摊子，鹿难烛在一个巷子里换下了面具。公孙晴的心情大好，不再独自走在前面，而是挨在鬼冢虎身边，道："你这人，还是有优点的。"

鹿难烛没有搭话，公孙晴自顾自地说道："我发现你出门怎么从来都不带钱？"

"我没有钱。"鹿难烛道。

公孙晴看着鬼冢虎的侧脸，笑道："以后我给你。"

"不必。"鹿难烛拒绝道。

"你当初典当的那支玉簪是偷的吧？"公孙晴问道。

鹿难烛没有回答，想起那根玉簪，有些惆怅地想：到底还是弄丢了。她抬起手按在胸口处，里面是夏秦怡送她的玉佩。

鹿难烛发现，公孙晴一点儿也没有办正事的样子。店铺逛了一家又一家，到后来她看公孙晴实在拿不了这么多东西，就帮忙提了几个袋子。

回到客栈已是暮色时分，公孙晴特别"善解人意"地点了两份吃食，叫小二分别送到他们俩的房间里。

次日一早，二人继续上路，鹿难烛见公孙晴只背了一个行囊，奇怪地问道："你昨日买的东西呢？"

"在客房里啊！"公孙晴答道。

"不带上吗？"鹿难烛又问。

"我们出来可是办正经事的，兵贵神速，带它们做什么？"公孙晴道。

"那为何要买？"鹿难烛问。

“我喜欢呀。”公孙晴说。

鹿难烛：“……”

二人翻身上马，公孙晴笑着对鬼冢虎说：“你呆头呆脑的，根本就不懂女人，女人只是喜欢买东西的过程。”

鹿难烛暗自腹诽：可不是所有女孩子都像你一样……

另一边，作为天下最富庶的家族，华夏山庄有非常完善的情报网，魔教大军东进，华夏山庄已经接到了消息。

议事厅内，三位老太爷端坐主位，重要人物尽数到场，事关华夏山庄的生死存亡，每个人的脸上，都或多或少带着几分紧张。

三老太爷开口道：“二哥，昨日收到觉远大师来信，这次他会带上觉空、觉幻两位大师，到庄中助阵。”

四老太爷说道：“我也收到了烈刀门掌门的飞鸽传书，他已经带了门中弟子，星夜奔赴樊梨城。”

夏秦怡站起身来，拱手说道：“禀二爷爷，天穹剑派司徒掌门来信，派出门下弟子苏慕白携二十名弟子前来支援。”

二老太爷说道：“嗯……天穹剑派在上次大战中元气大伤，难得司徒掌门还能派人支援，这份恩情，我华夏山庄记下了。”

三老太爷道：“二哥，这次魔教倾巢出动，欺我华夏山庄无天险阻挡，妄图集中全力，一举攻下。我收到消息，这次魔教教主并未出现，而是派出了玉面狐狸和新提拔起来的丑侠，带领二使者、四堂主及百余名教徒，分水陆东进。目前还不见五毒教、万蛇洞、厉鬼门这三派有动作，不过我估计不日就会有所行动。”

二老太爷道：“嗯，魔教教主上次大战司徒掌门，他虽然斩断司徒掌门一臂，但自己可能也受伤不轻。魔教的人马现在到哪里了？”

三老太爷答道：“昨日接到飞鸽传书，已经出了宜州城，想来……此刻应该已经过了樵郡，快到临江城了。”

二老太爷道：“临江与樊梨城中间只隔着乌江镇，如今魔教人马不齐，老夫料定魔教妖人会先进驻乌江镇，待人马到齐，才会向樊梨城发起总攻。老三，你有何良策呀？”

三老太爷答道：“巨鲸帮就在乌江镇，稍后我修书一封，派人快马送过去，请巨鲸帮及早防备。另外，光凭一个巨鲸帮恐怕难以抵挡，应从庄内抽调人手，协助巨鲸帮抵御魔教。”

二老太爷沉吟片刻，说道：“说起来，魔教意在我华夏山庄，却让巨鲸帮遭受劫难，为了安抚巨鲸帮，理应老夫亲自到场。可是山庄诸事还需老夫坐镇，这几天各派援军也该到了，老夫要亲自招待，四弟的武功不及你，不如你替二哥到巨鲸帮走一趟吧。”

夏秦怡听完二老太爷的话，秀眉紧蹙，还未等她开口，就听四老太爷说：“二哥，三哥前些日子刚刚受了内伤，还是让他留在庄中吧，咱们都老啦，应该让年轻一辈出去历练历练。”

话音一落，几乎所有人的目光都集中在夏秦怡的身上。

如今的华夏山庄表面看起来风光，实际上内里已经现出了窘境。庄中三位老太爷年事已高，而他们下一辈中武艺超群的，如夏秦怡的父亲夏明乾、二老太爷的第三子夏明震都已经去世了。剩下的同辈人中，其中有一位竟然弃武从文，其余的要么被酒色掏空了身子，要么资质平庸、身手平平。

好在华夏山庄年轻一代中出了三位人物，分别是嫡长房遗孤下一任庄主人选夏秦怡，二房嫡孙尽得二老太爷真传的夏秦泽，以及四房四少夏秦润。

四老太爷的提议，明眼人都看得出来，指的就是夏秦怡。

三老太爷立刻说道：“就按照二哥的意思办，我亲自带人到巨鲸帮去支援。”

二老太爷眯了眯眼，说道：“四弟说得也有道理，咱们都老了，未来还是要交给年轻人，放他们出去历练历练也好。秦怡，你身为下一代庄主，可愿代表华夏山庄支援巨鲸帮？”

夏秦怡看到了三老太爷脸上的急切，可是，如果在三爷爷和自己之间只能选择一个，她愿意让三爷爷留在山庄。

在众人的注视下，夏秦怡缓缓地站了起来，平静地说道：“秦怡愿赴巨鲸帮。”

二老太爷道：“好，不愧是华夏山庄的子孙，不过……秦怡一个人去，老夫有些不放心。四弟呀，不如让秦润同去吧，彼此间也好有个照应。”

四老太爷还没来得及得意，就发现自己中了二老太爷的一箭双雕之计。要是不让自己的亲孙子去，不等同于打了自己的老脸？于是他笑眯眯地捋了捋胡子，说道：“就听二哥的，不过……秦润的武功不及秦泽，不如让秦泽也去吧。”

三老太爷接过话头：“四弟言之有理。”

关键时刻，四老太爷成功将二房也拖下了水，在众目睽睽之下，二老太爷只好硬着头皮答应了下来。

次日，夏秦怡、夏秦泽、夏秦润这三位华夏山庄最优秀的年轻人，带着各房人马，共同奔赴巨鲸帮。

三人日夜兼程，先于魔教大军一步，抵达乌江镇。

巨鲸帮帮主，听闻魔教来袭，食不下咽、夜不能寐，惶惶不可终日。后又接到信，华夏山庄大小姐亲自带人来支援，只觉是天降救星。

帮众通报，华夏山庄的人马距离乌江镇已不足十里，巨鲸帮帮主陈德亮带着两个儿子以及帮中长老出城迎接。

巨鲸帮附近街角的一家茶馆，二楼靠窗的位置上，公孙晴正百无聊赖地支着下巴看着下面的街道，突然，她挺直身体，敲了敲桌面。

坐在对面的鹿难烛向外看去，见巨鲸帮帮主带着一群人，风风火火地路过了茶楼。

“能劳烦巨鲸帮帮主亲自出城迎接，想必是支援到了，八成就是华夏山庄的人。荒火他们还是慢了一步！”公孙晴开口道。

“你打算怎么办？”鹿难烛问道。

“你说……巨鲸帮的精锐都出去了，你我二人借机杀进巨鲸帮，如何？”

鹿难烛心中抵触，摇了摇头，道：“还是别冒险了，这乌江镇不大，他们应该很快就回来了，还是看看是谁来了，也好有所准备。”

“嗯，那就听你的！”公孙晴道。

公孙晴托着下巴看着鬼冢虎良久，似笑非笑地问道：“你说，来的要是华夏山庄，他们会不会派大小姐来啊？”

鹿难烛并不希望夏秦怡来，这巨鲸帮的防御简陋，帮内也没多少高手，她不想夏秦怡有任何闪失。

“怎么不说话？你是不是很期待啊？”公孙晴继续追问。

“我没有。”鹿难烛否认道。

“哼，这次你休想在我的眼皮子底下做手脚！”公孙晴道。

鹿难烛忐忑地看着楼下的街道，祈祷着来人不是夏秦怡。可是，她还是看到了人群中的那一点火红，夏秦怡犹如众星捧月一般，被众人拥簇着，出现在了鹿难烛的视线里。

鹿难烛看着夏秦怡有些恍惚，这才发现，原来自己很思念她。

“啪”的一声，公孙晴拉上窗子，挡住鬼冢虎的视线，喝道：“看什么看，有什么好看的！走！”

公孙晴气鼓鼓地走了，鹿难烛跟在身后，二人大大方方地出了茶楼。鹿难烛回头看了一眼，拥簇着夏秦怡的人群已经消失在了街角。

出了乌江镇，公孙晴突然问道：“我若杀她夺刀，你如何？”

鹿难烛毫不犹豫地回道：“护她周全。”

公孙晴不怒反笑，又问道：“若是她要杀我，你又如何？”

鹿难烛怔了怔，在她的眼中，公孙晴的武功明显强于夏秦怡，这种情况几乎是不可能发生。就在她迟疑的这会儿工夫，公孙晴的脚重重地踩在她的脚面上，用力碾了碾，转身走了。

鹿难烛痛得直咧嘴，心中怨道：这公孙晴真是喜怒无常。

一行人进了巨鲸帮，帮主陈德亮请夏秦怡坐主位。

夏秦怡拱手说道：“陈帮主，我华夏山庄这次来，只为和巨鲸帮共渡难关。秦怡是客，又年少，怎敢喧宾夺主，这主位还是您请。”说着，她自顾自地坐在右手位。

陈德亮非常感动，坐到了主位上。

看到这一幕，夏秦泽仍然笑着，而稍年轻一些的夏秦润冷哼了一声，似乎颇为不屑。

“陈帮主，恕秦怡冒昧，敢问贵帮有多少人？”夏秦怡问道。

“算上家丁、护院、仆人一共三百八十二人，真正有实力抵挡魔教妖孽的，不足半数……”陈帮主道。

夏秦怡皱了皱眉，没想到这巨鲸帮根基竟然如此薄弱，恐怕这陈帮主也未必同自己说了实话，魔教出动的皆是精英，他口中的“半数”真正能上场的也未必有多少。

上次天穹山一战，武林同道纷纷相助，还是让魔教占了便宜，这次华夏山庄一共拨出两百人，加上巨鲸帮的人手……夏秦怡怎么算，都觉得他们面对的将是一场恶战。

当然，未必要正面应敌，只需要拖些时日，待支援赶到华夏山庄，她的任务就完成了。

夏秦润突然出言说道：“陈帮主，我接到消息，魔教不日就会抵达乌江镇，我建议应先派出人手到镇外驻扎，待魔教大军一到，先阻其攻势。”

夏秦怡看了一眼夏秦润，心中并不赞同他的提议，优势本来就在魔教那边，难道还要分出去一部分人送死？

她没有说话，想看看巨鲸帮帮主怎么说。

陈德亮看了看夏秦怡，见夏秦怡沉默不语，说道：“四公子，在下认为还是集中人手防守帮内吧。”

夏秦怡点了点头，道：“陈帮主说的是。”

乌江镇不大，但也有几百户人家，魔教一来，家家户户闭门不出，街道上空荡荡的，只有几家酒楼、茶肆还在冒险开张。

好在武林正邪两道，都遵守不成文的江湖规矩：不会轻易伤害普通百姓。但多年来的械斗也会出现误伤的情况，所以胆子小的人家选择了出去避避风头。

夏秦怡命令设立岗哨，并且布置周密的守卫，静待魔教大军。

两日后，荒火、修罗二使带着人马赶到，岗哨第一时间将消息通报夏秦怡。

夏秦怡命令按兵不动，以逸待劳。

荒火和修罗建议加强防护，待西南其他三派的支援赶到再发起总攻。

公孙晴却当机立断，要夜袭巨鲸帮。

“圣女请三思，圣教此次精锐尽出，这一战不容有失，还是等其他三派的人马到了再说，以免为他人作嫁衣。况且，上次大战圣教已经伤了元气，此等危险的事情应该拉上其他三教共同承担。”修罗道。

公孙晴轻笑一声，反驳道：“华夏山庄那三个老家伙都没有来，而是派了山庄的大小姐带人赶来支援。她手中握有凤血刀，此次是抢夺凤血刀千载难逢的良机，而且眼下局势，时不我待，各路驰援华夏山庄的人马都在路上，拖得越久，损失越大。”

营地里陷入了沉默，荒火、修罗及四位堂主都在思索着公孙晴的提议，鹿难烛看着面前熊熊燃烧的篝火，心如擂鼓。

华夏山庄，她比较了解，若是依照公孙晴的建议，夏秦怡就危险了。她握紧手中的沧龙剑，开口说道：“我有一个想法。”

众人的目光集中在鬼冢虎的身上，没想到这位沉默寡言的圣子也会献计。

鹿难烛清了清嗓子，说道：“我认为二位说的都有道理，但魔教大军连夜赶路，身体乏累，若是今夜发动袭击，恐怕战力不佳，不如休整一日，明日再议吧。”

荒火皱了皱眉，道：“圣子言之有理，可是您对圣教的称呼……”

公孙晴瞪了一眼鬼冢虎，心想：早就和他说过要注意自己的言行，这人就是把自己说的话当成耳边风。

公孙晴虽然心中不满，但还是出言为鬼冢虎开解道：“圣子初入圣教，不懂规矩，他能主动奏请教主参加这次行动，足以证明圣子对圣教的忠心，还请诸位宽容一二。”

修罗打着圆场，道：“既如此，不如依圣子之言，休整一夜，明日再议吧。”

鹿难烛鬼王面具后面的那张脸，露出如释重负的表情。她为夏秦怡争取了一夜的时间，接下来要想办法通知她才行。

三更，魔教阵营中除了巡夜的人，都已经睡下，鹿难烛躺在帐篷里辗转反侧。她将床单削成布条，出了魔教阵地，一路以轻功疾行。因有前车之鉴，她这次特别留意身后，确定没有尾巴后，才在一处密林中停下。

鹿难烛仔细检查，确定林中并无第二个人后，跳上茂密的树冠，脱下一直穿在身上的银龙内甲，用布条细细缠住胸口，随后穿好衣服，以轻功前往巨鲸帮。

进了乌江镇，鹿难烛轻松地躲开了城中的岗哨，来到巨鲸帮。这时，她才反应过来自己太心急，却忘了自己并不知道夏秦怡住在哪里！

鹿难烛将一个巡逻的护院捂着嘴巴拖到黑暗中，压低声音问道：“华夏山庄的大小姐住在哪里？”

抵在护院脖子上的沧龙剑发出阵阵寒光，护院吓得双腿颤抖，回道：“住在后院，东南独院的正房，好汉别杀我……”说完，护院后脑一痛，眼前一黑，软软地瘫在地上。

鹿难烛将昏倒的护院拖到一边，根据护院的提示，来到巨鲸帮的东南方向。

鹿难烛趴在假山后面，心中的担忧更重了。这一路上巡逻的人虽然多，可尽是些不顶用的，她根本没费多大的力气，就找到了夏秦怡的院子。

如果魔教的人，真的按照公孙晴的提议今夜来袭的话，后果不堪设想！

鹿难烛向院内看去，看到了几个熟悉的身影。见夏秦怡确实住在这里，便绕到后墙，翻身上了正房屋顶，找准时机跳了下来，手掌重重地击打在门口两名守卫的后脑处，而后双手快如闪电般抵住了二人的后背中心，缓缓地将二人的身体放在地上。

沧龙剑插进门缝，向上一挑，而房内的夏秦怡早就睁开了眼睛，凤血刀瞬间出鞘，起身藏在暗处。

鹿难烛推开夏秦怡的房门，感觉到了一股危险的气息，她条件反射性地竖起沧龙剑“叮”的一声，刀剑相撞！

“是你！”借着昏黄的油灯看清来人后，夏秦怡猛地向后跳去。

“切莫出声！”鹿难烛压低声音，在面具前竖起食指。

夏秦怡想到曾经发生的事情，将已经到了嘴边的喊声咽了回去，问道：“魔教圣子深夜造访，意欲何为？”

鹿难烛看到夏秦怡眼中的警惕，轻叹一声，反手带上了房门。

“你要做什么？”夏秦怡又问。

“嘘——”鹿难烛直接将沧龙剑放回背后，以示自己并无恶意，然后举着双手，缓缓地向夏秦怡走了过去。

夏秦怡皱了皱眉，虽没有收回凤血刀，但也没有攻击鹿难烛。

鹿难烛停在夏秦怡面前的五步远，透过面具上的小孔，安静地看着夏秦怡，好一会儿，她才缓缓地将手伸到怀里。

夏秦怡见状一惊，挥动凤血刀架在了鹿难烛的脖子上。

鹿难烛苦笑一声，将怀中的银龙内甲掏了出来，递给夏秦怡轻声地说道：“小鹿……托我把这个交给你，请你务必穿上。”

听到“小鹿”两个字，夏秦怡的手一抖，鹿难烛的脖子上立刻显出了一条细长的红线。可是她却没有动，手中依旧举着怪侠留给她的保命内甲。

夏秦怡咬了咬嘴唇，脸色有些难看，但还是收回了架在鹿难烛脖子上的凤血刀。

夏秦怡并没有接银龙内甲，而是盯着那张狰狞的鬼王面具，冷冷地问道：“你和小鹿是什么关系？”

鹿难烛心口一紧，脸上闪过一丝慌乱，好在有鬼王面具挡着。“呼”的一声，夏秦怡再一次将凤血刀架在了鹿难烛的脖子上。

“你不说我就杀了你！”说完这句话，夏秦怡觉得自己的眼眶发热，手也有些抖。

小鹿……你为什么和魔教妖人有牵扯？小鹿，你在哪里？

鹿难烛重重地叹了一口气，看着夏秦怡，胸口闷闷的，她不闪不避地举着银龙内甲，克制着自己的语气，尽量显得平静些，说道：“这件内甲刀枪不入，你穿上吧，这几日会有凶险。”

夏秦怡却压低声音，吼道：“我问你和小鹿究竟是什么关系？”

鹿难烛怔了怔，回道：“我和小鹿是朋友关系……”

“怎么认识的？”夏秦怡问。

“我……有一次受伤了，在小鹿所在的村子里养伤，她是村里唯一的大夫，救了我。”鹿难烛道。

情急之下，鹿难烛说出了一半真相：她确实是大夫，而且是世隐村里唯一的大夫。

夏秦怡的脸色这才好看了一些，她收回凤血刀，问道：“小鹿现在在哪里？”

“她在一个很安全的地方，托我把这件内甲交给你。”鹿难烛说道。

“哼，信口雌黄，我不信你，让小鹿来见我。”夏秦怡道。

鹿难烛再次苦笑，耐心地劝解道：“你不要枉费小鹿的一番苦心，魔教大军已经到了，不日就会突袭，你穿上至少可保性命无虞！”

夏秦怡不依不饶道：“我怎么知道这是不是你们魔教妖人的阴谋诡计，万一你们在内甲上淬毒，又该当如何？你叫小鹿亲自来见我！我等她……”

鹿难烛心急如焚，这一夜的时间还是她想尽办法争取来的，哪还有机会让小鹿来见她！更何况公孙晴那么精明，自己换回女装，肯定逃不过她的眼睛！

夏秦怡的态度却很坚决，一直不接银龙内甲。

鹿难烛情急之下，从脖子上拽出一个红绳，将夏秦怡送给她的玉佩拉了出来，道：“小鹿不方便见你，你若不信我，可信这个？”

夏秦怡看着丑侠脖子上戴着的玉佩，呆住了，心口好像被什么东西重重地击碎，散落一地，心想：原来如此，原来……是这样！

夏秦怡低下头，拿过那件被举了半晌的银龙内甲，指尖有些颤抖。

鹿难烛见夏秦怡终于接了，心中的大石落地，说道：“这几日巨鲸帮恐怕会受到夜袭，千万小心。”说完，她深深地看了一眼低着头的夏秦怡，转身欲走。

夏秦怡道：“等等！”

鹿难烛依言，停住脚步，回头看向夏秦怡。

夏秦怡抓着手中的银龙内甲紧了又紧，终是说道：“小鹿……虽然不会说话，却是天下难得的好姑娘，你……好好对她。”

在夏秦怡看来，鹿难烛之所以匆匆而别，很有可能是因为自己说痛恨魔教，而她的“意中人”却是魔教中人。

在友情和爱情里，鹿难烛选择了后者。

那枚玉佩，就是最好的证明。赠玉定情，小鹿把玉佩送给了这人，这人又因为小鹿的要求，深夜冒险给自己送这个，想来二人很是恩爱吧。

而在鹿难烛的心中，丑侠和小鹿都是自己，受到主观思维的局限，她并没有听出夏秦怡的弦外之音，只是认为夏秦怡惦记小鹿，希望自己好好照顾她，让她不要有危险。

知道夏秦怡还惦记着小鹿，鹿难烛心中一暖，点了点头道："你放心。"

鹿难烛走了，夏秦怡将凤血刀随手放在桌上，失魂落魄地来到床边，抱着银龙内甲一头栽倒在床上，将脸埋在了锦被里。

第十一章

鹿难烛回到魔教城外营地的时候，公孙晴正坐在她的床上。

公孙晴看到鬼冢虎，露出魅惑的笑容，半支着身子，柔声问道：“上哪儿去了？”

鹿难烛看着公孙晴，只觉头皮发麻，直直地站在原地，不答话。

“去哪儿了？”公孙晴继续问道。

鹿难烛仍旧沉默着。

公孙晴嗤笑一声，道：“你这个臭石头，就连撒谎都不肯吗？”

公孙晴突然起身，来到鬼冢虎的面前，将他拉到床前，压低声音说道：“这次，我就念在你还知道回来，不追究了，但我希望不要再有下一次。”

公孙晴说着，也在观察着鬼冢虎的变化，她察觉到鬼冢虎的头微微向后仰，身体绷直，这是抗拒的信号。

公孙晴笑了笑，一改之前的强硬态度，柔声哄道：“我答应你不伤害她，你可愿从此以后，安心为圣教效力？”

鹿难烛没料到公孙晴会这么说，放松紧绷的身体，问道：“你不夺凤血刀了？”

公孙晴看着近在咫尺的鬼冢虎，心情复杂，也只有涉及那位大小姐的时候，面前的这个闷葫芦才愿意多说几句话。

公孙晴怀着这样复杂的心情，点头，继续说道：“我仔细想了想，如今圣教已经有了沧龙剑，若是再夺得凤血刀，恐怕会遭受西南其他门派的觊觎。如今圣教虽然如日中天，但也并非一家独大，保持平衡才是最重要的。”

如果能用那把死物换取鬼冢虎的忠诚，哪怕是有期限的忠诚，公孙晴也觉得值得。

这人深夜出去，定是与那位大小姐私会，若是自己伤了那位大小姐……自己的武功不如他，他会不会临阵倒戈？会不会把自己也当成敌人呢？

公孙晴沉默了，但这并不代表她会就此放弃鬼冢虎。在她看来，他们的日子还长着呢。

公孙晴不相信正派的那些伪君子能容纳鬼冢虎，更不相信堂堂华夏山庄下一代庄主人选的大小姐，会为了情情爱爱，愿意舍弃一切。所以，公孙晴现在能做的，只有等待，等到他们不得不分开，甚至反目成仇的一天。

到现在为止，公孙晴还是分不清她对鬼冢虎到底是什么样的情绪，这家伙软硬不吃、油盐不进，可偏偏自己对鬼冢虎另眼相看。其实对鬼冢虎也谈不上喜欢，但一想到这人如此在乎那位夏大小姐，她的心里就很不舒服。

总之，若是自己得不到，那别人也休想得到；若舍不得毁掉，那绑在自己身边也好。

鹿难烛根本不知道短短几个呼吸的工夫，公孙晴就已经想了这么多。

不过，在公孙晴的“历练”之下，鹿难烛到底成长了一些。她压下心头的雀跃，说：“你前前后后骗了我好几次，这次要我怎么信你？”

公孙晴闻言，笑得花枝乱颤，她一只手扶着鬼冢虎的肩膀，一只手捂着自己的小腹，笑得泪花都出来了，才说道：“你这‘木头’终于学聪明了，可惜我不能给你任何承诺，信与不信，在你自己。”说完，她在鬼冢虎的肩膀上轻轻一拍，一闪身，缓缓离开。

出了帐篷，公孙晴捏了捏刚才扶着鬼冢虎肩膀的那只手，暗道：没想到这人竟然这么瘦。

公孙晴想起，她第一次见鬼冢虎的时候，此人穿着破烂衣裳和一双芒草鞋，靠典当度日；后来更是连一张面具都买不起，堂堂一流高手，怀中竟然只有两个铜板。

如果鬼冢虎想求富贵，以他的武功是很容易的一件事。

公孙晴缓缓地收敛笑容，她抬头看了看天空，东方将白，随后向自己的帐篷走去。

次日一早，巨鲸帮帮主陈德亮风风火火地赶到夏秦怡所在的院子。适才他得到禀报，昨夜帮内的一名护院被人打昏，来人要挟护院，问了夏秦怡的住处。

陈德亮吓得魂飞魄散，若是华夏山庄的大小姐在他的巨鲸帮内有什么闪失，那就不需魔教大军费力了，华夏山庄的怒火绝不是他这种小门小户能够承受的。

“大小姐，陈帮主想见您。”

片刻后，夏秦怡拉开房门，陈德亮见她安然无恙，如释重负，拱手说道：“大小姐，昨夜有歹人潜入山庄，胁迫我庄内的一名护卫逼问您的住处，在下唯恐发生意外，所以特来看看，现在见大小姐平安无事自是最好了。”

夏秦怡勾了勾嘴角，回道：“陈帮主有心了，秦怡无事，昨夜并未受到滋扰，也许是那人没有找到吧，您还是到别处去问问。”

陈德亮三呼：“幸甚。”

陈德亮又见夏秦怡双目通红，形容憔悴，问道：“大小姐可是住不惯敝帮？若是您有什么需要，尽管提出来，在下一定满足。”

夏秦怡摇了摇头，说道：“贵帮一切都很好，陈帮主无须客气。”

陈德亮离开之后，命人将帮中最好的床垫和被子送到夏秦怡的小院，并且派人问了一圈，发现昨夜帮中除了那个家丁被打昏之外，无人伤亡，也没有任何人受到惊扰。

陈德亮在心中画了一个大大的问号，却一时想不明白。

当天晌午，巨鲸帮收到一封苏慕白的飞鸽传书，说自己正带着门中的二十位高手，奔袭而来，预计会在今夜赶到。他在信中还提出了两个方案，若是夏秦怡这边尚未准备好，就派出一队人马协助他们突围入镇；若是万事俱备，可以考虑双面夹击，对魔教发起突袭。

议事厅内只有四人，夏秦怡、巨鲸帮帮主陈德亮以及华夏山庄的两位少爷。

夏秦怡将苏慕白的来信传阅一遍，问道："几位怎么看？"

陈德亮没有说话，夏秦泽也笑吟吟地沉默着。

夏秦润看了看三人，说道："我赞成突袭魔教。魔教妖人肯定想不到我们会主动攻击他们，反正协助天穹剑派突围入镇也是要交手的，还不如趁机与天穹剑派前后夹击魔教，一来，壮大我方士气；二来，也可让魔教妖人看看，我华夏山庄不是任他们欺辱的角色！"

夏秦怡疲惫地按了按眉心，说道："陈帮主、三哥，二位以为如何？"

陈德亮打心底里不想与魔教交手，毕竟这里是巨鲸帮的地盘，破坏的都是他巨鲸帮的产业。而且巨鲸帮众们的身手，陈帮主很清楚，平时打退土匪强盗，运镖护粮尚可，对付杀人不眨眼的魔教妖人，恐怕最后只会死伤惨重。但是他又不想得罪华夏山庄的四房少爷，只好笑着沉默。

夏秦泽更是一改从前的张扬，做出一副事事以夏秦怡为尊的姿态来，笑着说道："秦怡乃正房正统，也是我华夏山庄下一代的家主，三哥还是想听听秦怡的意思。"

夏秦怡心中暗道：看来二爷爷应该是指点过了，想让她承担一切未知的后果。但依眼下的情况，她只能顺水推舟地说道："那就听四哥的吧。"

夏秦泽、夏秦怡兄妹二人相视一笑，心照不宣。

一方的计谋已被看穿，而另一方明确了自己的立场，坚决不接招。

夏秦怡清楚，只要她不出错，谁也动摇不了她的地位。

夏秦泽也笑着，心底却恨极了。

唯一真正开心的人，便是这位四房四少夏秦润了。他终于"当家做主"了一次，让外人看看，他夏秦润并不差。

议事结束后，夏秦怡飞鸽传书给苏慕白，今夜以冲天箭为号令，见冲天箭，双方合力对魔教发起突袭！

夏秦怡简单地吃过中饭，回到房间休息。昨夜她彻夜未眠，今晚又有一场大战，她需要养精蓄锐。

夏秦怡抱着凤血刀闭上眼睛，可是脑海里闪过的都是小鹿的身影。小鹿的一颦一笑、出神入化的武功，还有她那贪恋美食的俏皮样子。

夏秦怡怎么都想不到，小鹿竟然会钟情于魔教丑侠。难道上一次在天穹山下，小鹿匆匆离开，也是为了那人吗？

夏秦怡将凤血刀放到身旁，从枕头下面拿出银龙内甲。她从未见过这种材质，摸上去比丝绸还要光滑，分量极轻。她不知道这样轻薄的内甲是否有防护作用，但想到这是小鹿特意请人给她送来的，还是将它穿在了身上。

夏秦怡惊奇地发现，这内甲自带一股力道，却并不束缚她的行动。

当天夜里，公孙晴决定突袭乌江镇，刚刚集结人马，只听“嗖”的一声，一道亮光蹿上天空，爆破开来，紧接着，从他们营地后面杀出了一小队人马，正面也传来了喊杀声。

公孙晴冷哼一声，对鬼冢虎说：“我还没去找她，她反倒先来惹我！”说完捏着长剑朝正面冲了出去。

魔教众人的配合非常默契，公孙晴、荒火、修罗三人正面迎敌，四大堂主则一起绕到营地的后方防御。不需任何指挥，所有教众有条不紊地分成两股，鹿难烛毫不犹豫地跟着公孙晴。

这次魔教人马中除了鹿难烛，就只有公孙晴的武功最高，她要阻止公孙晴对上夏秦怡。

正派这边的主要战力分别是夏秦怡、夏秦泽、夏秦润和他们三人带来的护卫以及巨鲸帮帮主陈德亮和两位长老。

巨鲸帮是三流帮派，但这主要是因为陈德亮这个人胸无大志，只想固守家业，其实他的武功并不低。

公孙晴一马当先，冲入战圈，立刻被陈德亮盯上。陈德亮江湖经验老到，为了减少巨鲸帮的损失，擒贼先擒王是必要的！

三人默契地结成战阵，将公孙晴困在中间。

这次，夏秦怡被飘雪和青竹保护得很好，二人手持兵刃，寸步不离地挡在夏秦怡的身前。

夏秦怡手持凤血刀，关注着眼前纷乱的战局。突然，她看到一个熟悉的身影，对方手持沧龙剑，带着狰狞的鬼王面具，犹如鬼魅般穿梭在人群中。

自从知道丑侠是小鹿心仪的人，夏秦怡便对他多了几分关注。她见丑侠一路疾行，但并未出手，所到之处也没人能奈何得了他。

夏秦怡的目光一直追随着丑侠，暗自思量：也不知他的武功和小鹿谁更高一些。

突然，丑侠停止穿梭，再一瞧，原来他是看到玉面狐狸被陈帮主包围了。夏秦怡不禁皱起了眉头，心想：原来他是在找玉面狐狸。

说起来上次在天穹山上也是，这玉面狐狸亲昵地挽着他的胳膊，唤他“阿兄”。

夏秦怡又想起了另外一件事情，当日玉面狐狸口口声声地说丑侠爱慕自己，一副争风吃醋的模样！

夏秦怡看向丑侠的眼神瞬间冰冷，心想，小鹿怎么会倾心于这种朝三暮四的小偷？

鹿难烛见公孙晴被三个男人合力围攻，疲于招架，便立刻出手，催动天魔功加持到沧龙剑上，“嗡”的一声，剑身一抖，散发出温润的蓝光。

鹿难烛看出，这战阵都是围绕其中一位男子展开的，她足下一踏，剑锋直指那男子的面门。

陈德亮没想到对方竟能一眼看透战阵的奥秘，大吼一声：“散！”

三人齐齐跳开，鹿难烛破开战阵，并没有乘胜追击，而是稳稳地落在公孙晴的身边。

陈德亮看着鹿难烛手中的沧龙剑，此时沧龙剑的蓝光大盛，剑气环绕，犹如一条沧龙盘踞在剑身上。

沧龙剑果然名不虚传……陈德亮忌惮鹿难烛手中的神兵，迟迟没有进攻，双方陷入了对峙。

公孙晴看着鬼家虎的侧脸，心中欢喜，不禁露出一抹柔媚的笑意，娇滴滴地说道：“你来啦！”

鹿难烛点了点头，将沧龙剑竖在胸前，透过面具上的小孔，环顾四周。战局很乱，没有看到夏秦怡的身影。

“列阵！”陈德亮低吼一声，三人再次结阵，朝着二人攻了过来。

公孙晴提示道：“小心，这战阵不简单。”

鹿难烛点了点头，提起沧龙剑迎了上去。公孙晴却没有一同进攻，而是提着长剑站在了阵外。

鹿难烛并不在意，入阵后，将手中的沧龙剑挥舞得行云流水，龙啸之音不绝于耳。陈德亮等人，以三敌一，也只是将鹿难烛困住而已，伤不到她分毫。

公孙晴的本意是随时从外部破阵，却没想到鬼冢虎的武功竟然已经到了这个境界。随着他大开大合的招式，沧龙剑上的蓝光越来越浓，之前淡淡的龙影也逐渐清晰。反观陈德亮这边，三人力战鬼冢虎，却忌惮他手中的沧龙剑，慢慢地反被鬼冢虎牵制。

公孙晴看着战阵中的鬼冢虎，美目流转，表情也不觉地柔和了起来。

远处的夏秦怡一直在默默地注视着这边的战局。当她看到丑侠让沧龙剑显出兵气的时候，情不自禁地回忆起不久前，在樊梨城外，小鹿也曾让她的凤血刀显出同样的兵气。

有那么几次，夏秦怡竟突然觉得二人的身影似乎有些重合，还不禁想到丑侠和小鹿在一片世外桃源持剑共舞的画面来。

只是，夏秦怡越是想压下这样的想法，就越能从丑侠的身上看到小鹿的影子。她心想：二人的身法好像……不过丑侠的招式明显要比小鹿的流畅些，莫非……小鹿的武功是这人教的吗？那他的武功岂不是深不可测？看来，三爷爷说的是真的……

夏秦怡咬住下唇，心中涌出的苦涩将她淹没，小鹿仿佛离她越来越远了。

夏秦怡之所以会生出这样的错觉，是因为当时“小鹿”怕在夏秦怡面前露出破绽，所以对战荒火和修罗时，在招式上有所保留。

鹿难烛没有在人群中看到夏秦怡，便毫无顾忌地拿出实力攻击，只是苦了陈德亮三人，他们有好几次险些丧命在沧龙剑下。

夏秦怡道：“青竹，你带一队人马绕到后面去支援苏师兄，飘雪留下来保护我。”

青竹看了看眼前焦灼的战局，魔教已经渐渐占了上风，再这么打下去，损失惨重。于是与飘雪交换了一个眼神，便带着一队人马冲了出去。

待青竹带着人马赶到的时候，苏慕白等人正陷入苦战，好在这二十一人皆是高手，虽被魔教的人海战术攻击得稍显狼狈，但并无人员伤亡。

青竹大大地舒了一口气，带人从包围圈的外部撕开了一个口子，成功与天穹剑派会合，双方合力反杀了出去，与大队人马会合。

苏慕白将夏秦怡从头到脚打量了一遍，说道：“秦怡妹妹，你没事就好。”

夏秦怡看着不远处，被丑侠完全牵制住的三人，对苏慕白说：“苏师兄，你可愿与秦怡一起先将陈帮主解救出来？”

苏慕白点了点头，说道：“乐意之至。”

“好，我们走！”说罢，夏秦怡手提凤血刀，带着青竹和飘雪，直奔丑侠而去。

苏慕白一挥手，带着天穹剑派另外二十名弟子，跟在夏秦怡身后。

公孙晴看到夏秦怡带着一路人马杀过来的时候，先是一惊，而后不知道想到了什么，似笑非笑地看着鬼冢虎的侧脸，并未出言提示。

于是，等鹿难烛回过神来的时候，他们已经被人包围了。

鹿难烛感觉到危险，本能地向后跳去，发现来人正是自己一直没有找到的夏秦怡，见对方毫发无伤，她才稍稍放下心来。

沧龙剑上的蓝光暗了下来，只要对上夏秦怡，她便习惯性地保留实力，不想伤害她。

公孙晴笑吟吟地来到鬼冢虎身边，摆出一副并肩作战的架势。她看着夏秦怡，心中得意地想：这位大小姐果然和那些伪君子别无二致，还真是狠心呢，亲自带这么多人来。

夏秦怡看着眼前的一幕，只觉非常刺眼，愤怒非常：她心疼小鹿，为什么小鹿会将自己托付给这样一个朝秦暮楚之辈。

她向前迈了一步，提起凤血刀指着丑侠，大声喝道：“我问你，小鹿在哪里？”

跟着夏秦怡一同来的人均露出诧异的神情，心想：小鹿是谁？

公孙晴听得也是一头雾水，看了鬼冢虎一眼。来自女人的直觉，公孙晴断定小鹿是个女人！

青竹看着大小姐的背影，暗自纳闷：难道小鹿姑娘被丑侠抓走了？不应该啊，活捉比击杀要难上数倍，依小鹿姑娘的武功，恐怕没几个人能将她活捉！

鹿难烛沉吟片刻，答道：“她在一个安全的地方。”

听到丑侠的回答，苏慕白皱起眉头，心想：秦怡妹妹莫非和这个魔教妖人认识？

夏秦怡全然不顾周遭人的目光，继续问道：“她在哪里？”

鹿难烛摇了摇头，说道：“恕难奉告。”

话不投机半句多，夏秦怡提着凤血刀冲了上来，而身后的人，也纷纷回过神，跟着夏秦怡向前冲。

正派人多，鹿难烛与公孙晴不敢大意。

鹿难烛对上夏秦怡，公孙晴为了替鬼冢虎分担压力，主动攻击苏慕白。恰逢有一批魔教弟子赶来，众人立刻混战开来。

陈德亮看了看眼前的战局，选择带着两位长老协助夏秦怡。

很快，就变成了鹿难烛以一敌四。

“叮”的一声，凤血刀重重地砍在了沧龙剑上，双方僵持的短暂工夫，鹿难烛听到夏秦怡愤怒的低吼声：“你若辜负小鹿，就算追到天涯海角，我定要杀你！”

鹿难烛架开了夏秦怡的凤血刀，陈德亮的战阵立刻攻了过来，她高高向后跃起，从夏秦怡的话中隐约明白了什么。

鹿难烛远远地看着夏秦怡，见她表情严肃，眼中带着怒火，有些哭笑不得。仔细想想，也怪自己思虑不周，怕是自己拿出玉佩给她看，才造成了这样的误会。

公孙晴也听到了夏秦怡说的，惊愕地瞥了一眼鬼冢虎，暗道：看这大小姐的神情，根本看不出半分情意，这“呆木头”不是钟情于大小姐吗？那个小鹿又是谁？莫非……好你个鬼冢虎，竟敢暗度陈仓！

鹿难烛看着夏秦怡，复杂的心情中夹杂着一丝欢喜，她没想到夏秦怡这次要杀丑侠的原因，竟然是为了小鹿，也就是自己！

夏秦怡万万没有料到，她的这番为小鹿讨回公道的话，小鹿已经听到了。

魔教四大堂主带着人马赶来，公孙晴的压力锐减。

苏慕白看到援军，架开公孙晴的兵器，趁机向后跳去，来到夏秦怡的身边，说道："秦怡妹妹，魔教人马集结，久战对我方不利，还是先行撤回乌江镇中，再做打算。"

夏秦怡点了点头，身后的护卫从怀中掏出穿天箭，随着一声爆破声，火花在天空中迸射开。众人接到撤退信号，边战边退，最终合拢在一处，正邪双方隔空对峙。

鹿难烛从思绪中回神，对公孙晴说："天穹剑派出动的人虽然少，但都是高手，再打下去就算胜了，也会伤及元气，不如……"

公孙晴瞪了鬼冢虎一眼，却意外地同意了他的提议，喊了一声："撤。"

魔教教众有序地跟着公孙晴离开了。

华夏山庄、巨鲸帮、天穹剑派三方人马回到乌江镇，清点受伤人数。损失最惨重的便是巨鲸帮，除了帮主陈德亮和两位长老外，几乎人人带伤。

陈德亮的脸色很难看，和夏秦怡简单说了几句，拂袖而去。

夏秦润整个人都蔫了，衣衫不整，发丝凌乱。刚才他经历了人生的第一场恶战，若不是护卫拼死保护，差点儿就丢了小命。脱离危险后，他一阵后怕，整个人失魂落魄的，早已没了当日的意气风发、誓要剿灭魔教的气势。

众人皆散去，苏慕白追上夏秦怡问道："秦怡妹妹，请留步。"

"苏师兄有何指教？"夏秦怡问道。

"秦怡妹妹，刚才我听到了你和魔教妖人的对话，你……和那魔教妖人莫非是旧识吗？"苏慕白说道。

夏秦怡心下烦躁，冷冷地回道："我和他是仇人。"说完带着飘雪、青竹离开了。

另一边，在魔教大营中，四大堂主统计完伤亡人数，报告给了公孙晴。

公孙晴听完大呼可惜，适才一役，圣教不过战死十人，重伤三人，轻伤十五人。没想到对方如此不堪，若是乘胜追击，定能拿下巨鲸帮。只可惜，机不可失，时不再来，圣教错过了一次绝佳的机会！

“西南其他三派有消息吗？”

“回圣女，虽尚未接到消息，依属下估计，不出三日援军就应该到了。”

“经此一役，华夏山庄必然会加强戒备。传令下去，各堂弟子好好休整，但切莫放松警惕，待支援一到，一举拿下巨鲸帮！”

“是。”

公孙晴看了看天空，东方将白，她却并没有回自己的帐篷，而是来到了鬼冢虎这里。

公孙晴掀开帘子进去的时候，鬼冢虎正抱着沧龙剑盘膝坐在床上，仿佛知道她要来一般。她径直坐到鬼冢虎的床上，二人沉默对视。

僵持了一会儿，公孙晴大感无趣，这人终日戴着一张面具，看不到他的脸，也就不能够通过他的表情，推测他的心思。

“你就不能把面具摘下来？”公孙晴开口问道。

鬼冢虎摇头。

“睡觉也戴着？”公孙晴继续问道。

鬼冢虎点头。

“我问你，今日大小姐说的那个‘小鹿’是谁？”公孙晴道。

鬼冢虎没有回答。

“你和夏大小姐，真的没有儿女私情？”公孙晴又问。

闻言，鬼冢虎沉默片刻，缓缓地摇了摇头。

公孙晴的心情明媚了起来，虽然其中还有她想不通的疑点，比如既然没有私情，为何鬼冢虎要数次出手相救？但得知鬼冢虎与大小姐没有感情上的纠缠后，她非常满意。

想来，是这根“木头”私藏了一个叫“小鹿”的女子，而那个“小鹿”似乎和大小姐关系匪浅。她听闻丑侠曾经数次潜入华夏山庄，莫非……并不是为了大小姐，而是因为这个“小鹿”吗？

公孙晴没有再问，凭着多日的相处，她对鬼冢虎的脾性已有所了解，这人倔得很，若是逼太紧了，怕是会适得其反。况且今天他毫不犹豫地站在自己这边，这让她很开心。

她随便同鬼冢虎说了些别的，嘱咐鬼冢虎好好休息，然后就离开了。

……

当天夜里，陈德亮躺在床上，越想越觉得不对劲儿：这次分明是突袭，为何魔教全副武装地等着他们？他的巨鲸帮战死数十位帮众，帮内几乎人人带伤，损失惨重，为何夏大小姐和那魔教妖人好像认识的样子？还有，被打昏过去的护院是绝对不可能撒谎的，既然歹人有能力悄无声息地深夜潜入巨鲸帮，又得知了夏大小姐的住处，大小姐没理由毫发无伤。

事发当日，陈德亮没有想清楚，可是通过今夜的一些事情，他越想越觉得那天的夏秦怡闪烁其词，有说谎的成分。

陈德亮突然坐起，穿着中衣在卧房中绕了几圈，最后披上衣服，急匆匆地出门去了。他来到西苑卧房前，向门口的护卫询问道：“三少爷安寝了吗？”

夏秦泽听到陈德亮的声音，停下了宽衣的手，对外面的人说道：“陈帮主大驾光临，快请进来。”

……

人活于世，七分天命，三分运筹。

乌江镇外的正邪两派阵营，都在苦苦等待着援军的到来。

天道有轮回，这次是魔教大军先到了。厉鬼门、万蛇洞、五毒教三派教主亲率教众赶到乌江镇。

公孙晴带荒火、修罗及四大堂主迎接，她环视一周，没有看到鬼冢虎的身影，心中闪过一丝不好的预感。

公孙晴希望是自己多虑了，她不怕鬼冢虎去报信，因为圣教此时拥有压倒性的实力，就算对方知道了又如何？哼，知难而退更好，免得费力。可是，西南三教的教主都来了，她虽贵为圣女，面对这三位也不得不暂居末座。

她担心鬼冢虎一旦被发现，这三位一定会不问缘由地将其杀掉！他们根本不会听鬼冢虎做任何解释，原因很简单，鬼冢虎手中有沧龙剑，如今他归顺圣教，贵为圣子，有教主天威压着，这些人也只能过过眼瘾，可若是他犯错……

公孙晴叫来一个心腹，在其耳边低语道："你去看看圣子在不在，速去速回。"

"是。"

转过头，公孙晴风情万种地迎了上去，盈盈一拜，说道："晴儿见过三位前辈。"

面前三位均是西南赫赫有名的人物，厉鬼门门主魔化天、万蛇洞洞主金银冠、五毒教教主巫马无救。

魔教内部传说巫马无救大抵有四十多岁，但看起来却像一位不到三十岁的美妇人。此时她身上穿着一袭火红色绣着绿花的长袍，手腕上、头顶上甚至耳朵上都戴着各种金饰，显得俗气又臃肿。

抛开这些不谈，巫马无救确实算得上是一顶一的大美人儿。如果说公孙晴的美是一种妖娆魅惑的美，那么巫马无救的美中则带着一种致命的危险。

巫马无救扭着水蛇腰，到公孙晴面前，说道："哟，小晴儿真是越来越漂亮了！"她一边说，一边伸手想掐公孙晴的脸。

公孙晴飘逸地转了一个圈，绕开巫马无救苍白的手，道："巫马教主，您被尊为毒阎王，被您摸过的人，无论男女皆无救。晴儿福薄，万不敢承受您老人家的抬爱。"说完，她捏着兰花指抵在唇边，笑了起来，俨然一副撒娇小女子的姿态，让人挑不出半点不是。

巫马无救闻言，翘着手指，看着自己精修细剪后圆润剔透的指甲说道："哦，本座就真有那么可怕？你小时候本座还抱过你呢，你不也长这么大了吗？"

公孙晴面不改色，心中却暗骂巫马无救是个老不羞，她四岁学医理，六岁习武，八岁弃医攻毒，十三岁加入圣教，也就是九年前，那年正好是每隔十年一次的鬼王圣诞，她入教的时间巧，身份又和圣教有些渊源，便被封为圣女。那时她初入圣教，在鬼王圣诞宴会上，这位巫马教主，借着抱自己的名义当场给自己下毒，三日后她便浑身生疮，若不是教主运功帮她压制毒性，又亲自到五毒教讨了解药的话，她早就死了。

公孙晴不理巫马无救，而是与魔化天、金银冠叙旧。

派去的亲信很快跑回来，隔着人群，远远地对公孙晴摇了摇头。

公孙晴狠狠地咬了咬牙，她真想配些痛痒散，撒遍鬼冢虎全身，折磨死那个“木头”算了！

众人回到营地，公孙晴立刻吩咐手下杀鸡宰羊，埋灶做饭，打算好好犒劳众人，只字不提攻打乌江镇的事情。

三位教主本来就没有把巨鲸帮放在眼里，他们这次之所以来得这么齐，主要是因为他们听说华夏山庄富贵非常，庄内金山、银山、奇珍异宝应有尽有、不计其数，特来分一杯羹。

此地距离华夏山庄尚有几日的路程，吃饱了再上路也是一样的。

且说鹿难烛，果然和公孙晴预料的一样，听说三教教主亲临，马上溜出大营，准备给夏秦怡通风报信。此时正是大白天，这青天白日的，她几乎不可能潜入巨鲸帮。

正在鹿难烛一筹莫展之际，远远看到了一个“老熟人”正准备进镇。她捡起一枚石子，使出全力，“嗖”的一声朝着“老熟人”丢了过去。

石子的速度极快，那位“老熟人”察觉到了危险，连动都没动一下，只听“叮”的一声刺耳声响，石子重重地打在那人背后的剑上，碎成了四瓣掉在了地上。

这人的兵器足有一人高，门板那么宽，背在背上能将整个身体护住，无惧任何暗器偷袭。此人正是江湖上赫赫有名的赏金猎人，曾经险些废掉丑侠一臂的北冥鲲。

北冥鲲转过身来，看到“偷袭”他的人，怒火中烧，迈开四方步，风风火火地朝着鹿难烛走了过来。

北冥鲲在丑侠面前三步远站定，居高临下地看着丑侠，两位“老熟人”见面，可谓是“分外眼红”！

北冥鲲喘着粗气，这丑侠曾经被自己废掉一只手，居然还没死，真是命大。

鹿难烛也很生气，北冥鲲当时打得她很痛，到现在她还记得在烟波江中那种濒死的痛楚！可现在不是打架的时候，她进不去乌江镇，希望北冥鲲可以帮忙带个话。

北冥鲲先开口了，只听他闷声闷气地说道：“你还没死！”

鹿难烛抱着胳膊，淡淡地回道：“彼此，彼此。”

北冥鲲是个火暴脾气，当下就要拔剑开战，鹿难烛却抬起手，示意北冥鲲少安毋躁，说道：“我今日没空理你，要打，等过些时日，你约个时间地点，我一定赴约。”

鹿难烛当然要和北冥鲲打一场！上次她有伤在身，让北冥鲲占了便宜，之后她一定要让北冥鲲明白，他不是自己的对手！

北冥鲲被鹿难烛气得发笑，说道：“好，小子，你有种！”

鹿难烛懒得和北冥鲲废话，开门见山地说道：“请你速去通知，魔教厉鬼门、万蛇洞、五毒教教主亲临，带来了教众共计数百人，巨鲸帮肯定是保不住了，请镇里的人速速撤离，以免造成不必要的伤亡。”

北冥鲲愣住了，心想：他不是魔教圣子吗？怎么会通风报信？

鹿难烛说完，转身就走，却被北冥鲲叫住：“慢着，我怎么知道这是不是你们魔教的诡计？”

鹿难烛叹了一口气，又是这句话，行走江湖两年来，她听到过太多类似的话，而这样的质疑大多数是所谓的名门正派提出来的，她在魔教中还从来没听过“阴谋诡计”这样的字眼。她生出一股子厌倦，冷冷地说道：“你只管传话，自然有人替你分辨真伪，我懒得和你这种人解释。”

北冥鲲被呛了个大红脸，见丑侠要离开，大声叫道：“你……停下！我还没告诉你决战的时间。”

鹿难烛闻言，转过身，抱着胳膊看着北冥鲲，一副悉听尊便的模样。

“十月十五，飞时峰，我等你。”北冥鲲道。

“好。”鹿难烛应道。

北冥鲲突然觉得自己在气势上完全输了，他性情刚烈，偏偏碰上了丑侠这样冷淡的对手，不仅完全无视了他的愤怒，反而让他看起来鲁莽无礼。

北冥鲲憋红了脸，吭哧了半晌，道：“谁不来谁是龟儿子！”

鹿难烛冷哼一声，转身就走。

北冥鲲又说道：“谁输了，谁是孙子！”

或许是受到公孙晴伶牙俐齿的影响，又或许是因为此时并无第三人在场，鹿难烛不必刻意掩饰，又或许是鹿难烛本身就对北冥鲲积了一股火，她竟一反常态地反唇呛道：“我可没有你这种不肖的子孙！”

等北冥鲲反应过来，想要发火的时候，鹿难烛早就使出轻功走远。

北冥鲲没想到丑侠的身手居然进步了这么多，他看着对方越来越小的背影啐道：“臭小子，到时候看我怎么好好修理你！”

本来杀死丑侠才是北冥鲲的赏金内容，这一闹，却像两个人比武切磋了。

鹿难烛回到魔教营地，离着很远就能听到里面传来的欢声笑语。她疑惑地走进去，发现魔教的人三五成群地聚在一起正大口喝酒，大块吃肉，好不快活，哪有一点儿要攻打乌江镇的意思？

她找到公孙晴，看到公孙晴正陪着两男一女吃酒，想必这三位就是三教教主了。

巫马无救看到鬼冢虎，特别留意到他背后的沧龙剑，呷了一口酒，问道：“他就是鬼冢虎吧？”

公孙晴点了点头，巫马无救已经起身朝着鬼冢虎走了过去。

公孙晴一惊，连忙跟上。

“你就是圣子鬼冢虎了？本座五毒教教主，巫马无救。”说话间，巫马无救朝着鬼冢虎伸出手，像是长辈想要拍拍小辈的臂膀。

鹿难烛没有躲开。

就在这时，公孙晴从巫马无救的身后蹿了过来，足下一个踉跄，跌在鬼冢虎的怀中，二人齐齐后退一步，正好躲开了巫马无救伸过来的手。

公孙晴眯着眼，身体软绵绵地贴在鬼冢虎的怀里，一副不胜酒力的模样，虚弱地伏在鬼冢虎的肩上，在他的耳边低声道："小心！"

鹿难烛怔了怔，将公孙晴从自己怀中拉开，扶着公孙晴让她站稳。

公孙晴挽着鬼冢虎的胳膊，笑着说道："我让你去探查巨鲸帮的动向，怎么这么晚才回来！快来与我见过几位前辈。"她说着朝着巫马无救行了礼，将鬼冢虎拉了过去。

她一边走，一边靠近鬼冢虎，低声嘱咐："刚才那人叫巫马无救，是天下第一的用毒高手，她身上的那些首饰里藏了几千种剧毒，一会儿你就坐在我旁边，不要吃她给你的东西，不要碰她碰过的东西，不要靠近她！"

……

北冥鲲进入乌江镇，直奔巨鲸帮，将丑侠告诉他的消息，转告陈德亮。

陈德亮请来华夏山庄的三位后辈以及天穹剑派的苏慕白，共同商议对策。

众人听完，都陷入了沉默，陈德亮的脸更是愁云惨淡。

如果北冥鲲所说属实，那就意味着他必须要舍弃这个祖上传下来由他苦心经营了二十年的巨鲸帮。

陈德亮将求助的目光投向夏秦泽，夏秦泽微微一笑，摇动手中的折扇，说道："陈帮主无需难过，说起来，巨鲸帮遭蒙此次浩劫，我华夏山庄也有责任，陈帮主不如先带上一众兄弟到华夏山庄住些时日，待动乱平息，巨鲸帮的重建事宜，由我华夏山庄全权负责。"

陈德亮大喜过望，对着夏秦泽作揖，一躬到底，说道："三少爷高义，救我巨鲸帮于水火。"

夏秦泽将目光转向夏秦怡，话锋一转，故作疑惑地问道："只是我有一事不解，魔教妖人究竟因何通风报信？"

夏秦怡敏感地察觉到夏秦泽的话里有话，而且今日她从陈德亮的身上总是能感受到若有若无的敌意。她平静地看着夏秦泽，将问题原封不动地踢了回去："我正想问问三哥怎么看？"

一句话引来陈德亮侧目而视，夏秦泽"啪"的一声合上了折扇，笑而不语。

兄妹之间的交锋到此结束。

夏秦润仍是一副萎靡不振的样子，再不发表意见了。

陈德亮盯着殿内的柱子，不知道在想些什么。

苏慕白若有所思地看着夏秦怡。

北冥鲲则是一头雾水，他听不明白这些弯弯绕绕，急切地说道："我和那厮曾经大战一场，胜负未分，这次约了十月十五在飞时峰一战。我看他的样子不像说谎，我劝几位还是早做打算！"

"既如此，还请诸位即刻回去打点行装，由我修书一封飞鸽传回山庄说明情况。"夏秦怡道。

……

魔教众人酒足饭饱后杀到乌江镇的时候，巨鲸帮早已人去屋空。

三位教主亲临，有这样的效果，魔教众人并不感到意外，他们顺理成章地霸占了巨鲸帮，将巨鲸帮搜刮了个底朝天，拿走了大量的财物，不方便带走的，例如瓷器等，就地砸碎。

魔教大军的统领权暂时交给了厉鬼门门主魔化天，他下令休整一日，明天一早进军华夏山庄。

夏秦怡一行人浩浩荡荡，不敢稍有耽搁，日夜兼程地回到了华夏山庄。好在各方支援已经到了，夏秦怡的任务也算是完成了。

二老太爷褒奖了夏秦怡几句，让她回去好好休息，又单独召见了夏秦泽。但是夏秦泽并非是自己一人前来，还带来了巨鲸帮帮主陈德亮。

见到二老太爷，陈德亮按照夏秦泽的吩咐，将夏秦怡在巨鲸帮的可疑言行和护院的汇报，以及她在乌江镇外和魔教妖人鬼冢虎的对话，悉数禀报给了二老太爷。

二老太爷听完，浑浊的双目中闪过一丝精光，他捋了捋胡须，严肃地说道："陈帮主，你可知秦怡是我华夏山庄的下一代庄主，若是你适才的话有半点儿水分，老夫也保不住你。”

陈德亮听完，慷慨陈词道：“晚辈不敢欺瞒二老太爷，想我巨鲸帮自祖上传下来，历经三代，如今却被魔教妖人鸠占鹊巢，德亮无能，愧对列祖列宗！二老太爷，还请您还晚辈一个明白，若是我错怪了大小姐，我愿意负荆请罪！若是大小姐真的和魔教之间有勾结，还请二老太爷早做防范！”

陈德亮说得情真意切，就差跪地磕头了。二老太爷和夏秦泽祖孙二人交换了一个眼神，随后二老太爷缓缓地说道：“陈帮主请放心，我华夏山庄定不会护短，只是此时大敌当前，不宜细究，待到他日风平浪静，老夫定会查明真相，还陈帮主一个公道。”

“谢二老太爷。”陈德亮道谢。

“陈帮主先去休息吧。”二老太爷道。

“是。”陈德亮应声退下。

陈德亮走后，二老太爷和夏秦泽密谈了半个时辰。

夏秦泽从二房出来的时候，脸上洋溢着喜色。

夏秦怡也足够敏锐，她直接去找了三老太爷，隐去了有关于鹿难烛的部分，将事情的大致经过禀告给了三老太爷。

三老太爷听完，自是对夏秦怡批评教育了一番，末了又嘱咐夏秦怡好好休息，他心中有数。

华夏山庄位于樊梨城外的西南边。

魔教大军浩荡而来，魔化天号令教众攻占樊梨城四方城门，意欲切断华夏山庄的补给。

此时樊梨城中属于华夏山庄的、占整个城内产业半数以上的产业都已经歇业，烟波江也失去了往日热闹的光景，江面上空荡荡的，平日里活跃在江上的渔船和画舫都停在了江边。

樊梨城中所有华夏山庄的产业都遭受了不同程度的洗劫和破坏，巷子里随时都能看到魔教势力在巡逻。

魔教一少部分人住到樊梨城中，其余大部分驻扎在城外，只等魔化天一声令下，就要攻上山去。

入夜，魔化天在空荡荡的梨花秋水楼里，秘密宴请五毒教教主巫马无救和万蛇洞洞主金银冠。

公孙晴接到消息，来找鬼冢虎，道：“你陪我出去一趟。”

“去哪里？”鹿难烛问道。

“魔化天宴请另外两位老东西，却单单没有叫我们，你陪我过去探探风声。”公孙晴答道。

两人一路无话，来到梨花秋水楼的岸边。

鹿难烛看着面前直通楼前的浮桥，两边的莲花灯已经不见了，整栋梨花秋水楼只有二楼能看到亮光。她不禁继续向上望去，目光停在楼顶最高的那个房间。

鹿难烛看着漆黑的窗子，惆怅又忧伤。事情越发朝着不受她控制的方向发展去了，她本意只为寻找线索，没想到不知不觉中，她已经站到了夏秦怡的对立面。

夏秦怡之前说的话还萦绕耳畔，她是如此痛恨魔教……虽然自己只是假意加入魔教，但是夏秦怡知晓了一切后，会原谅自己吗？

还有，她是那么在意小鹿，为了小鹿，不惜对武功比她强出许多的丑侠放出狠话。若有一天，她知道丑侠和小鹿本就是一个人，又会怎么样呢？

明明自己一切的隐瞒，都是为了躲开不必要的麻烦，为何会演变到如今这般田地？

鹿难烛有些后悔，可当她仔细思考究竟在后悔些什么的时候，却想不出个所以然来。

是后悔去偷东海夜明珠吗？不，那是小虎子复明的关键！

后悔认识夏秦怡？这个念头一出，鹿难烛立刻否认，虽然起初，她拼命躲开夏秦怡，甚至有过要与夏秦怡井水不犯河水的想法，可这些念头早就消失了。

也许……自己真的欠了夏秦怡一份坦诚。

鹿难烛心乱如麻，机械地跟在公孙晴的身后，回过神时，她们已经被门口的守卫拦住了去路。

公孙晴眯着那双狐眼，厉声喝道：“我西南四教皆是鬼王、鬼母的子民，同宗同源，魔老前辈为何将我二人拒之门外？”

守卫拿出早就准备好的说辞：“门主有令，里面的三位教主是同辈，玉面狐狸虽为圣女，但到底差了辈分，您请回吧。”

公孙晴刚要发难，便看到五毒教教主巫马无救穿着那一袭红配绿的庸俗长袍，摆动着水蛇腰向门口走了过来。她看到公孙晴，露出一抹笑意，朝着那两位厉鬼门弟子交叉挡在门前的胳膊上轻轻一拍，说道：“本座的路，你们也敢拦？”

鹿难烛的瞳孔一缩，那两名厉鬼门的弟子被巫马无救拍过后，脸上的表情变得极度扭曲，瞬间整张脸就染上了绛紫色，随后七窍流出黑血，连一声呼救都没来得及发出，就那样软软地倒在地上，抽搐了两下便不动了，前后不过一个呼吸的工夫！

公孙晴掩住口鼻，拉着鬼冢虎后撤一步。她看着地上的两具尸体，暗自心惊：毒阎王果然名不虚传！

巫马无救站在门口，看着全神戒备的公孙晴笑了起来，笑容中似乎有些不屑，又好像夹杂了其他的东西。她的嘴巴没有动，声音却传了出来：“老魔物，你门下弟子没有规矩，我替你料理了，不用谢我。”

这种功夫鹿难烛见过，在天穹山屠魔大会上，公孙晴也曾用过，只不过没有巫马无救这般炉火纯青。

“哗啦”一声，从二楼传来碟盏破碎的声响，随后又传出金银冠的劝解声。

巫马无救面不改色地走到公孙晴的面前，道：“晴儿不用上去了，无趣得很。”说完，她迈开步子，从鬼冢虎和公孙晴中间走去。

二人忌惮巫马无救出神入化的毒术，双双侧过肩膀，为巫马无救让开了一条路。

公孙晴目送巫马无救直到她的背影消失，鹿难烛则沉默着看着地上那两具死状惨烈的尸体。

公孙晴抬头看了看二楼的亮光，对鬼冢虎说：“我们走。”

二人回到住处，公孙晴秘密写了几封内容一样的信，分开交给几位最得力的心腹，命他们火速传回总坛，务必请教主亲启。

第十二章

八月十五，月圆中秋，正是阖家团聚、万民欢腾之时。

往年的樊梨城，大街小巷都会挂满花灯，江面上漂浮着各式的画舫。

梨花秋水楼每年都会在这一天举行盛大的活动，以文武会友，奖金丰厚，并且会给观众免费送出一些楼内的珍馐。

而今年的中秋，樊梨城内一片死寂，一轮圆月孤悬中天，漫天的星斗仿佛也躲了起来。

魔教大军集结在华夏山庄山下，在各个上山的通道蓄势待发，只等魔化天一声令下，便发起总攻。

山顶上，华夏山庄三位老太爷，大降魔院的觉远、觉空、觉幻三位大师，烈刀门掌门侯如烈以及华夏山庄的一众小辈和其他门派的支援弟子已在校场上集合。

二老太爷气沉丹田，朗声道：“魔教大举进犯，胜败在此一举！觉远大师与老夫留在庄内镇守，三弟、四弟，你二人率庄中子弟东路应敌。”

“是！”三老太爷、四老太爷应道。

“劳烦侯掌门，率领本门弟子及青霞峰弟子，西路应敌。”二老太爷继续说道。

“二老太爷放心，交给侯某。”侯掌门应道。

“觉空、觉幻二位大师，请带领门中高徒及各地英雄，由南面应敌。”二老太爷道。

“阿弥陀佛。”两位大师应道。

“巨鲸帮陈帮主，天穹剑派苏少侠同明坎、明巽、秦怡、秦泽、秦润，与庄内高手以及各路赏金猎人协同北路应敌！”

“是！”众人齐声道。

“华夏山庄的生死存亡，就要倚仗各位了！”说完，二老太爷朝着众人拱手一拜。

各路人马，各就各位。

山下的魔教这边，厉鬼门门主魔化天带门中护法、弟子选了东路上山，万蛇洞洞主金银冠选择了西路。

还剩下南北两边，巫马无救笑道：“别怪本座不知怜爱小辈啊，晴儿先选吧。”

公孙晴看了看手中的地图，南面是华夏山庄下山进城的主路，相对平坦宽阔，北面是一条小路，地势险要，易守难攻。恐怕华夏山庄会派遣大量人手在主要道路，也就是南边。

公孙晴回道：“多谢巫马前辈，那我就选北边好了。”

巫马无救翘起兰花指，理了理鬓角的碎发，回道：“哟，真是巧了，本座今儿看了黄历，上面说不易南进呢。”

公孙晴的嘴角抖了抖，又听巫马无救继续说道：“本座同你们一同由北面攻山，借调荒火、修罗二使，让他们连同我座下护法一同由南面攻山吧。”

公孙晴看不透巫马无救的葫芦里卖了什么药，但以巫马无救的武功，就算修罗和荒火加在一起都抵不过，有巫马无救在，她带人攻山也能轻松不少，自是乐意。

公孙晴道：“就听巫马前辈的，修罗、荒火，你二人与五毒教四位护法一起，带人从南面攻山。”

“是！”二人应道。

就这样，鬼冢虎、公孙晴、巫马无救带领魔教四大堂主及百余人马，选择北面的山路。

由于有巫马无救的加入，鬼冢虎一行人并未遇到太多阻碍，山下的岗哨和薄弱的守卫，根本不需鬼冢虎他们出手，巫马无救单枪匹马挥挥袖子就解决了。

公孙晴的脸色有些难看，她总觉得巫马无救跟过来，就是为了向自己炫耀毒术的！

此时，在半山腰上等待他们的正是由华夏山庄、巨鲸帮、天穹剑派以及赏金猎人组成的联合人马。

苏慕白远远地便看到了巫马无救那一身大红长袍，他心下一沉，对众人说道："秦怡妹妹，派人回去请求支援！"

夏秦怡也借着魔教人手中举着的火把，看到了戴着鬼王面具的丑侠。

苏慕白的脸色难看，说道："那个红衣服的女人是五毒教教主巫马无救，上次师父他老人家在天穹山上的对手正是她！此人一手毒功出神入化，并且联合魔教教主，趁师父不备，斩断了他老人家的一条手臂。我们这边虽然人多，但绝对不是她的对手，恐怕能与她一较高下的，除了三位老太爷之外，就是几位掌门了，没想到竟被我们遇到……"

听完苏慕白的话，夏秦怡的脸上也露出凝重的神色，说道："快将苏师兄说的禀报给二爷爷！"

"秦怡妹妹，一会儿由我率领众位师弟，集二十一人之力，以天穹剑阵将此人暂且困住，剩下的……就交给你们了！"

夏秦怡点了点头，说道："陈帮主，劳烦您带领两位长老，对战魔教玉面狐狸。"

夏明巽的眼光毒辣，深知手持沧龙剑的丑侠不好对付，便主动站出来，说道："我和三哥，秦润，秦泽带人对付那四个！"

夏明巽指了指跟在公孙晴身后的四位，正是魔教的四位堂主——朱雀、玄武、青龙、白虎。

夏秦怡开口道："那就劳烦三叔和七叔了。"

夏秦怡深吸一口气，握紧手中的凤血刀说道："至于丑侠，就由我……"

旁边忽然传来一道浑厚的声音："那厮交给我来解决！"

夏秦怡循着声音转过头，看到一位身高九尺的光头大汉。她看着对方手中那把大得吓人的巨剑，问道："阁下莫非就是……"

“在下北冥鲲，请大小姐将那厮交给我！”

夏秦怡想了想，说道：“他手中的沧龙剑不好对付，若是阁下不嫌弃，秦怡愿意与阁下一同应战。”

北冥鲲撇了撇嘴，有些不情愿，但又想到丑侠的武功进步神速，便点头答应了。

鹿难烛紧张地握着沧龙剑，目光止不住地飘向右前方，看着信步而行的巫马无救。

若是夏秦怡对上巫马无救，怕是要凶多吉少！

“列阵！”苏慕白大吼一声，天穹剑派剩下的二十名弟子有序地踏出罡步，排成天穹剑阵，直奔巫马无救。

鹿难烛见状，松了一口气，提着沧龙剑主动朝夏秦怡奔了过去！

公孙晴看着鬼冢虎的背影和他奔跑的方向，也准备追上去，却在半路被陈德亮和另外两位长老以三人战阵缠住。

四位堂主也遇到了各自的对手，剩下的人同样陷入了混战。

天穹剑阵形成了一个包围圈，这二十一人都深知巫马无救的厉害之处，与她保持着距离，只为拖延，没有力战，并且借助林中的树木躲避巫马无救的毒粉。

巫马无救的手中没有兵刃，而与她对战的二十一人都手持长剑，虽然两方的修为差距很大，但他们的应对却达到了预计的效果。

鹿难烛距离夏秦怡还有五步远，听到一声怒吼，紧接着一股厚重的罡风刮了过来。她脚下用力，向后飞去，随着“咔”的一声脆响，一棵古树被罡风削去了一半，木屑飞溅。

鹿难烛这才看到站在夏秦怡不远处的北冥鲲，如此庞大的身躯和醒目的兵器，竟然被她忽略了！

就在鹿难烛滞空之时，夏秦怡当机立断，使出三十六路天罡刀法，霎时间，霸道的赤红刀气，铺天盖地朝着鹿难烛席卷而来！

北冥鲲看着由刀气组成的红墙，赞叹道：“好刀法！”

他想：半空中没有借力点，这一下，那厮不死也得受伤！

夏秦怡的脸上丝毫不见松懈，她十分清楚，那人不是这么好对付的！

果然，只听一声龙啸传来，在赤红的刀气后面，迸发出一股温和的蓝光。

“砰”的一声，夏秦怡挥出的刀气，瞬间消散！

原来，鹿难烛竟然在非常短的时间内，将天魔功加持到沧龙剑上，挥出了相同数量的剑气，硬生生地将夏秦怡的招式以相同的力量抵消了！

夏秦怡看到在丑侠安然落地的一瞬间，原本蓝光大散的沧龙剑，暗了下来。

这样的情况也不是夏秦怡第一次见了，不由她细想，一旁的北冥鲲喊道：“好小子，有两下子！”说完便提着他那把巨剑，兴奋地冲了上去！

“来得好！”鹿难烛道。

沧龙剑再次亮起，鹿难烛毫不犹豫地迎了上去！

北冥鲲怒喝一声，将手中的巨剑轮成一个半圆，直接向丑侠砍了过去！

鹿难烛看着这熟悉的招式，回想起当日樊梨城外，自己狼狈躲闪的景象。一直以来，她都是以巧取胜，很少力拼，这次她有心扳回一局，将天魔功调动到最高境界，双足开立，身上的黑袍猎猎地鼓了起来，摆出了一副硬扛的架势！

看到丑侠如此，夏秦怡心中一惊：这北冥鲲力大无穷，那巨剑沉重又无比，这人竟然硬接？

北冥鲲的心头闪过一丝愠怒，手臂、脖颈上的青筋暴起，使出全力抡了过去！

鹿难烛将手中的沧龙剑一转，扭过剑锋竖在身侧。她故意转过剑锋，只用剑身接招。并不是对沧龙剑没有信心，而是因为在这么大的冲击之下，她若是以剑锋接招，北冥鲲的兵器怕会被沧龙剑斩断。

她曾失去过自己的兵器，体会过那份心痛和无助，因此并不想毁了北冥鲲的剑。

一个喘息的功夫，北冥鲲的巨剑与鹿难烛的沧龙剑相遇了。

周围人的脸上都或多或少地露出了痛苦的表情，就连不远处的巫马无救也分了会儿神，看向鬼冢虎这边的战局。

两把兵器震耳欲聋的碰撞声，刺激着在场每个人的耳膜，鹿难烛所立足的地方，尘土飞扬。

鹿难烛的身体倾斜，双足弓步开立，脚下是两道深深的痕迹，已经磨去了地表的草皮，显出了泥土的颜色。

“呼”的一声，鬼冢虎身上被内力顶得鼓起的黑袍卸去力道，恢复了原状。

北冥鲲双手颤抖着收回自己的兵器，他虎口崩裂出数道细口，鲜血溢出，淌到剑柄上。

所有看到这一幕的人，动作都显出了几分迟滞。谁都没想到，这瘦削的人竟真的硬扛住了北冥鲲的全力一击！

鹿难烛将胸中的浊气呼出，收回沧龙剑，淡淡地说道：“我早告诉过你，若不是我那日受伤，你根本不是我的对手。”语气颇像一个证明了自己的孩子。

听到这话，公孙晴、巫马无救直接笑了起来，就连站在丑侠对立面的夏秦怡也暂时忘却了立场，忍不住勾了勾嘴角。没想到这人竟还保存着一颗童心。

北冥鲲涨红了脸，他虎口刺痛、双臂发麻，根本无力反驳丑侠的话。还能说什么呢？他们二人无论是从身材上还是兵器上，就拼力而言，都是他北冥鲲占优势，可是人家接了全力一击，还能毫发无伤，反倒是自己受伤了！

想到这里，北冥鲲胸口一阵翻涌，咳了起来。刚才他的剑与沧龙剑撞在一起的时候，感觉仿佛打在了海里，而海面之下又有一堵坚实的石墙，他用尽全力打在上面，那堵墙不仅纹丝不动，还将大部分力道都弹回到了自己身上。

北冥鲲又羞又痛，明明半年前还被自己差点儿打死的人，半年光景，竟然比自己强了这么多！亏自己还信誓旦旦定下了十月十五之约，又夸下海口说输的人是孙子，这还用比吗？

北冥鲲越想越激动，喉头一热，喷出一口鲜血来。

鹿难烛找回“尊严”的喜悦逝去后，看着受伤的北冥鲲，竟涌出一股淡淡的寂寞。自从上次经历濒死，鹿难烛因祸得福，天魔功越发浓郁，一日强过一日。而她的心境也在随之改变，从最开始初入江湖时尽量避免与人摩擦，到如今，她开始期望可以遇到一个旗鼓相当的对手，好好打一场。

鹿难烛的目光一转，情不自禁地看向了夏秦怡和对方手中的凤血刀。她不知道当年叱咤江湖的怪侠是何等的光景，但随着武功的精进，她渐渐地也触碰到了那高处的寂寞。

夏秦怡注意到，丑侠手中的沧龙剑再一次暗了下来。她这时才恍然大悟：丑侠这是在对她手下留情！是因为小鹿吗？是不是小鹿告诉丑侠，不许伤害自己，所以才会如此？

另一边，派出去传信的弟子，气喘吁吁地跑到议事厅，足下一软，脱力跪在地上，说道："二老太爷，北面山路遇上了五毒教教主巫马无救，大小姐求援！"

觉远开口道："阿弥陀佛，夏施主，五毒教教主毒功天下无双，北路危矣，不如由老衲亲自走一趟吧。"

二老太爷道："那就劳烦觉远大师了。"

"阿弥陀佛。"说罢，觉远大师信步走出大殿，足下一踏，凌空飞走。

二房嫡孙夏秦泽也在北面山路，二老太爷不放心，转头对身后男子说道："丁酉，你也去一趟吧，保护好小姐和少爷。"

"是！"

半山腰正邪双方的对战如火如荼，天穹剑派这边纵使万分小心，还是有三人中了巫马无救的毒，当场死亡。其余活下来的弟子，眼看着同门兄弟死在自己面前，却无可奈何。

反观巫马无救，随手毒死了三个活生生的人，表情却没有丝毫变化，好像只是捏死了几只蝼蚁一般。

公孙晴依旧被陈德亮的三人剑阵缠着，双方谁也奈何不了谁。

今晚的大战明明万分紧要，可是对战三人的公孙晴却频频出神，只因鬼冢虎给她带来的震撼是如此得直观真切。那个沉默的、倔强的甚至有些瘦削的人，仅凭借一人一剑，竟将全力攻击他的九尺壮汉逼到吐血。

每每想到这儿，公孙晴的心，便不能平静。

由于魔教这边有巫马无救这个突出的战力，魔教弟子越战越勇，战线正一点点地向山顶推移。

就在此时，远处的夜幕中传来一阵洪亮的佛号，感觉不出声音的具体方位，但在场的每个人都听得清清楚楚！

听到声音，原本颓势的正派人马突然振奋了起来，喊杀声空前高涨。原本一副戏耍神情的巫马无救却严肃了起来，她看了一眼处在战局最中间、被三人缠住的公孙晴，以千里传音术说道："老秃驴，本座等你很久了！"

"阿弥陀佛，女施主，你罪孽深重，还是随老衲到大降魔院面壁苦修三十年罢！"觉远的声音传来。

"哈哈哈！笑话！老秃驴，你妄渡天下、虚情假意、道貌岸然，今日就让本座来渡一渡你！"说完，巫马无救一挥那大红色的长袖，扫出一股真气，一招便将挡在她面前的四名天穹剑派弟子击飞。

巫马无救足下一踏，朝着前方的黑暗处飞去。而那四名天穹剑派弟子也不知是死了，还是昏倒了，直接躺在地上不动了。

天穹剑派付出了七个人的代价，拖住了巫马无救，等来了救兵。

远处的黑暗中究竟发生了什么？没有人知道。

不过前来支援的觉远大师直到北面战事结束都没有现身，而巫马无救也没有再回来。

巫马无救一走，天穹剑派剩下的十四人一时失去了对手。他们被巫马无救打得狼狈，这份仇恨自然要发泄到其他魔教人的身上。

苏慕白认得公孙晴，知道她在魔教中的地位超然，一声令下，十四人将公孙晴紧紧包围。

公孙晴以一敌三，本就吃力，这一下又来了十四人，勉强维持的现状顷刻间崩塌。她看了看远处与夏秦怡缠斗在一处的鬼冢虎，倔强地咬了咬下唇，不肯发出呼救。

她右手挥剑，左手一翻，不知从哪里变出一把泛着紫光的毒针。

毒针射出，又有三个天穹剑派弟子倒下。

苏慕白见状，红了眼，怒吼道："妖女！拿命来！"

鹿难烛感觉到不对，回过头就看到公孙晴被一群人团团围住。巨鲸帮的三人架住公孙晴的兵器，使她动弹不得，而苏慕白已经高高飞起，剑锋直指公孙晴的要害！

这一瞬间，一切仿佛都静止了。

鹿难烛的耳边响起一句公孙晴曾说过的话："若是她要杀我，你又如何？"

眼看苏慕白离公孙晴越来越近，鹿难烛格开夏秦怡的凤血刀，使出全力，朝着苏慕白飞了过去！

"住手！"鹿难烛大喊道，可悲愤交加的苏慕白不管不顾，直逼公孙晴。

鹿难烛一连使出数次叠步，将速度提到最高，终于在最后关头，抓住苏慕白的一条腿，用力向后一拉。苏慕白的剑锋也因此偏离方向，将原本刺向公孙晴要害的剑，划在了她的肩膀上。

公孙晴伤了右肩，持剑的手一抖，"啪"的一声闷响，长剑落在了草地上。

陈德亮三人趁机朝着公孙晴的头顶砍了下去。

鹿难烛翻入人群，沧龙剑蓝光大盛，随着一阵沧龙咆哮，砍向公孙晴头顶的三把兵器被齐齐砍断。

鹿难烛二话不说，将公孙晴扶起，扛在肩头，飞身跃起。

公孙晴趴在鬼冢虎的肩膀上，嘴角挂着鲜血，一只手环着鬼冢虎的脖子，看到了追过来的夏秦怡。她对着夏秦怡露出一抹胜利者的笑容，眯了眯眼。

放在鬼冢虎颈后的左手中指的指尖处，冒出紫色的光芒，手法很快地将毒针朝着夏秦怡的胸口射了过去。

夏秦怡毫无防备，被毒针击中胸口！

鹿难烛并没察觉到公孙晴的"小动作"，她抱着受伤的公孙晴一路乱窜。既然大降魔院的高僧前来支援，那想必夏秦怡不会有危险了。

这座山，鹿难烛非常熟悉，再加上正值黑夜，她专挑没有光亮的地方跑，很快就脱离了人群。

夏秦怡落在地上，低头检查自己的胸口，赫然发现一根泛着紫光的鬼王头针钉在她的胸口！

夏秦怡手起刀落，削下一块布料，准备包裹针头将其拔下，却发现这毒针只是挂在了她的衣服上，并没有伤到她！

夏秦怡摸了摸胸口，想起那件小鹿拜托丑侠给她送来的内甲。

她看向远方，黑暗中，已经不见丑侠和玉面狐狸的身影，道："小鹿……你又救了我。"

鹿难烛扛着公孙晴一路疾行，气息却丝毫不乱。公孙晴伏在鬼冢虎的肩上，感受着他温暖的体温和绵长平稳的呼吸，彻底被鬼冢虎高深莫测的内功所折服。

记得他们第一次见面的时候，是在莫苏城。那时，公孙晴还能够看出鬼冢虎功力的深浅，当时的他们或许可以打个平手。

第二次，是在天穹山下的屠魔大会上，公孙晴发现鬼冢虎的招式很匮乏，只空有一身内力，如果遇到旗鼓相当但招式多变的对手，鬼冢虎会很吃亏。

再后来，这人一次又一次地与自己作对，可是，当鬼冢虎大方承认自己在暗中救了夏秦怡后，那本来已经准备好的毒针，却怎么都发不出去。

如今，这人救了自己。

鹿难烛感觉到一股股温热从公孙晴的伤口处流到自己的肩膀上，她担心地问道："你不要紧吧？再坚持一下，马上就要进城了。"

公孙晴在鹿难烛的耳畔低声说道："我们找个地方躲起来。"

鹿难烛不解地问道："为什么？你流了很多血，需要赶快治疗！"

公孙晴勾了勾挂着干枯血迹的嘴角，忍住痛意，耐心地解释道："我怕死在自己人的手里。你可记得，前几日魔化天秘密邀请金银冠和巫马无救，却没有请我们？"

"嗯。"鹿难烛应道。

公孙晴伸出手指在鬼冢虎的太阳穴上点了一下，继续说道："如今我受了伤，你身上又有沧龙剑，如果他们一不做二不休把你我二人杀了，再推给正派那些人，岂不是一了百了？我之前已经秘密传信给教主，请他老人家主持大局，等教主来了，我们才能安全。现在先躲起来探探风声，再考虑是现身还是回总坛。"

鹿难烛暗暗佩服公孙晴对人心的了解，继续问道："那其他人都不管了？"

"无妨，圣教那么多双眼睛看着，除了沧龙剑，他们没有必要冒这么大的风险。"公孙晴道。

"我想想带你躲到哪里。"鹿难烛道。

"看来这樊梨城你很熟？"公孙晴问。

鹿难烛一路背着公孙晴到了城外的破庙，小心翼翼地将对方放在佛龛下面的稻草上。

公孙晴哀怨地看了鬼冢虎一眼，说道："你跑了大半个时辰，就为了带我来这儿？"

公孙晴本以为鬼冢虎会带自己到他"金屋藏娇"的地方，毕竟之前听到了他和夏秦怡的对话，说不定那个小鹿就被鬼冢虎藏在樊梨城内。万万没想到，鬼冢虎居然带着受伤的自己来到了一间破庙。

鹿难烛没有理会公孙晴的抱怨，将自己的衣襟下摆撩起，用沧龙剑割下一块布。

公孙晴今日穿了一套黑衣服，看不到究竟流了多少血，但这一路的颠簸，鹿难烛的肩膀都被公孙晴的鲜血浸湿，想来应该很严重。

鹿难烛将公孙晴的肩膀牢牢地包扎好，起身说道："你在这里等我，我去去就回。"说完，不等公孙晴开口，她已经闪身出了破庙。

前天樊梨城刚下过雨，破庙里有些潮湿，公孙晴很不习惯这样的环境，可是她流了不少血，有些头晕，不得不屈从于鬼冢虎的安排。

也不知过了多久，鹿难烛回来了。她看到公孙晴正靠在积满灰尘的佛龛上，额头上渗出了细密的汗珠，此时抱着自己胳膊，双目紧闭着。

鹿难烛将药箱放在公孙晴的面前，拍了拍她的胳膊，喊道："快醒醒！”

公孙晴睁开眼睛，双唇苍白，脸上却带着一丝潮红。鹿难烛略懂医理，她知道这是失血过多引发的体热。

公孙晴的伤口必须马上处理，不然光是流血也会要命的！

鹿难烛本是女子，心中没有那么多顾虑，她见公孙晴正虚弱着，便伸手去拉公孙晴的腰带。

公孙晴瞪大眼睛，身体本能地僵住了，她看了看鬼冢虎和药箱，绷紧的身体又软了下来。

鹿难烛麻利地扯下公孙晴的腰带，分开外衫的左右衽，脱去公孙晴黑色外袍，只见里面那件雪白的中衣已经被鲜血染红了大半，而且伤口还在继续往外渗血。

鹿难烛皱了皱眉，心想：需要立刻止血！

鹿难烛双手捏住公孙晴中衣的双衽，却一把被公孙晴攥住。她诧异地看着公孙晴，见公孙晴的脸颊比刚才还红，眼中带着淡淡的羞涩，恍然想起自己在公孙晴眼中是男子的身份。

鹿难烛停了下来，有些为难。虽是医者仁心，但是她不想引起任何不必要的误会。

公孙晴看出鬼冢虎的迟疑，咬了咬下唇，原本撩拨的话语到了嘴边，却被硬生生地咽了回去，心想：这个不解风情的死木头，怕是自己一开口就要把他吓跑了。

公孙晴同样精通医术，也很清楚自己目前情况紧急，只不过她现在伤在“力所不能及”之处，只好请鬼冢虎帮忙。她缓缓地松开鬼冢虎的手，虚弱地说道：“我自己来，免得你弄痛我。”说完，她就在鬼冢虎的注视下，大大方方地扯开中衣。

这下倒换成鹿难烛紧张了，只见她“嚯”的一下，站了起来，转过身去。

公孙晴被鬼冢虎逗笑了，之前的羞涩和紧张一扫而空，心想：这个木头若是真有那个想法，反倒不需要她如此费力了。

“好了。”公孙晴开口道。

鹿难烛缓缓地转过身子，见公孙晴并没有把中衣全部脱下，而是褪到了小臂处，露出了雪白的双肩和整条大臂。

鹿难烛蹲下身去，仔细检查公孙晴的伤口。

还好，伤口并不深，但是很长。剑锋刺中肩膀后，向下划出了一条细长的口子，越过锁骨一直到胸前。

好在苏慕白的剑上无毒，鹿难烛也已经知道该怎么给公孙晴治疗了。她打开药箱，拨弄里面的瓶瓶罐罐，发现这瓶子上并没有贴药名，只好打开一个瓷瓶，放鼻子下面一嗅，皱了皱眉，塞上瓶塞，又拿起下一瓶。

公孙晴看着鬼冢虎，问道："你懂医术？"

"嗯，懂一点。"说着，鹿难烛手上的动作不停，麻利地寻找她需要的药物。

"你以前是做什么的？"公孙晴问道。

鹿难烛想了想，如实地回答道："大夫。"

"没想到你我还真是有缘，我外公也是大夫，有机会我带你去见他，相信你见过他之后，会对你医术的提升有所帮助。"公孙晴道。

"有机会再说吧。"鹿难烛道，她对此的兴致并不高，毕竟她冒险假意加入魔教，只是为了查明他爹爹的身世。

"那你为什么放着好好的大夫不做，改行做了侠盗？"公孙晴又问。

"我……在找一件很重要的东西。"鹿难烛答道。

公孙晴来了兴致，动了动身子，追问道："是什么？武功秘籍？金银财宝？不对……你是怪侠的传人，根本不需要什么武功秘籍；你又有沧龙剑在手，也不需要兵器，看你平时也没有什么物欲，求财也不像……"

鹿难烛听着公孙晴的推断，直冒冷汗：公孙晴实在是太精明了，不过两三句话就把她分析了个透彻，再被她探下去，估计会被她猜到自己的秘密。

于是，鹿难烛果断地停止了对话，正好此时也找到了止血化瘀的药。

"你忍着点，可能有点儿痛。"她说完，便将瓶口举到公孙晴的伤口上，把药粉撒了下去。

“嗞！”突如其来的疼痛打断了公孙晴的思绪，她瞪了鬼冢虎一眼，心想：一点儿也不懂得怜香惜玉。

药粉被冲开过几次，血终于被止住了。

鹿难烛收起药瓶，将药箱中剩下的瓷瓶都闻了一遍。等到药粉干得差不多了，便拿出绷带，先扯下一条对折了几次，在上面撒了些药粉，按在公孙晴肩膀上伤口最深的地方，随即用绷带缠住了公孙晴的伤口。

“胸口的伤不方便包扎，好在并不是很深，血也止住了。这几日，你不要大动，不要沾水，伤口过几日自然就会愈合了……”

听着鬼冢虎的嘱咐，公孙晴再次忍俊不禁地心想：这口气还真像个大夫。

鹿难烛麻利地包扎完毕，见公孙晴的伤口没有继续出血的情况，松了一口气，说：“你别动，我帮你把衣服穿起来。”

“你扶我起来穿，这稻草有些潮。”公孙晴说。

“好。”鹿难烛应道。

鹿难烛将公孙晴扶起，先为她穿上一半中衣，然后绕到公孙晴的身后，从公孙晴的脖颈处，用手背撩起公孙晴被中衣压住的头发。

只是，掀开公孙晴的头发的一瞬间，鹿难烛的手僵在了半空中，呼吸明显变了节奏，她的手指颤抖着轻抚在公孙晴背后的图腾上。

她已经找了两年的那个图腾——花开九瓣，莲心玄黑，莲瓣赤红。

这和她爹胸口上的图腾，一模一样！

公孙晴感觉有些尴尬，咬着下唇正要出言相问时，一直沉默的鬼冢虎却抢先开口了：“这图案是什么？”

“你是说我背上的玄心朱瓣莲？”公孙晴问道。

“嗯。”鹿难烛应道。

鹿难烛动作轻柔地为公孙晴穿好了衣服，随即脱下自己的外袍，披在公孙晴身上，然后扶起公孙晴一跃飞上了破庙的横梁。

公孙晴紧了紧披在身上的衣裳，和鬼冢虎紧挨在一起，回道：“西南四教，都是鬼王、鬼母的子民，现在的五毒教、万蛇洞、厉鬼门曾经都属于圣教，只不过大约在百年前，圣教内部发生了分歧，一分为四。说起来，其他三教都算是圣教的分支。传说鬼王、鬼母飞升之时从天上降下了一株玄心朱瓣莲，从此圣教之中，人人都要在身上刺上这个图腾，以示忠诚。”

“那……其他三教的教众也有这个图腾吗？”鹿难烛又问。

公孙晴摇了摇头，道：“他们既然自立山门，虽然还会尊奉鬼王、鬼母，每隔十年也会来总坛朝拜一次，但为了和圣教区分，他们的图腾已经不再是玄心朱瓣莲。”

鹿难烛继续问道：“我……之前……看到一个人的身上有类似的图腾，不过只有三瓣花瓣，是为何？”

公孙晴解释道：“这是当然的，虽然都是鬼王、鬼母的子民，但也要有高低贵贱之分。每隔十年，圣教会举行一次盛大的鬼王诞辰盛宴，那时教主会亲自为教众刺上图腾，普通教众为三瓣，四位堂主为五瓣，荒火、修罗等几位使者为七瓣，圣子、圣女才配拥有九瓣，至于教主他老人家则独尊十二瓣。”

公孙晴转头看了看鬼冢虎，虽隔着面具她看不到他的表情，但想到他对教内的事情难得这么感兴趣，便继续说道：“算起来，你也快拥有这玄心朱瓣莲图腾了，明年就是十年之期，教主会亲自在你的胸口刺上这个图腾。”

“为什么你的是在背上？”鹿难烛问道。

公孙晴白了鬼冢虎一眼，说道：“男子刺在胸口，女子才刺在背上。”

黑暗中，鹿难烛握紧了拳头，心想：圣子，魔教圣子！爹爹从前竟然是魔教圣子！她现在终于找到了一点儿有关爹爹身世的线索，却怎么都开心不起来。

“怎么不说话了？”一旁的公孙晴问道。

鹿难烛深深地吸了一口气，缓缓吐出，问道：“那……在我和你之前的圣子、圣女到哪里去了？”

公孙晴道：“这个……我就不是很清楚了。我九年前加入圣教，那个时候教中就没有圣子和圣女，因为我来的时间正好是鬼王圣诞的前夕，教主见我机灵，再加上我外公与圣教有些渊源，便破例封我为圣女，直接在我的背后刺上了这九瓣的玄心朱瓣莲。我外公的脾气古怪，他以前的事我没有打听过，至于之前的圣子……我想可能是教主吧，按照圣教的规矩，每一代的教主故去后，会在圣子和圣女之中选择一位担任教主，在继任大典上由另外一位落选之人亲手为新教主添加三瓣，由九瓣变成十二瓣。”

鹿难烛陷入了沉思，结合公孙晴刚才说的，上一次鬼王的诞辰是九年前，可她爹爹离开魔教至少也是十多年前的事情了，那时候的爹爹早已脱离魔教，和她们隐居在世隐村。

如此算来，爹爹胸口的图腾至少也是十九年前，也就是在自己还没出生的时候，爹爹就已经刺上了玄心朱瓣莲，成为魔教的圣子了。

应该是在自己出生后不久，爹爹便离开了西南魔教，自此他们一家三口颠沛流离。

鹿难烛已经记不起他们具体是从哪一年开始流浪的，反正自从她有记忆开始，他们一家三口便一直都在路上。再后来，爹爹的病情越来越重，他们只好躲到了世隐村，直到最后爹爹和娘亲命终于世隐村。

鹿难烛的心里很乱，心想：爹爹一直在躲着什么人呢？是正派的追杀吗？那为什么不带着她和娘回到西南去呢？毕竟爹爹是魔教的圣子，总该能得到庇护的呀。可是爹爹不但没有回到西南，反而躲在了距离最远的北方天山。

追杀爹爹的人，到底是正派，还是魔教？或者，两边都有？

鹿难烛拼命地回忆，想从模糊的记忆中再挤出一点儿线索。只可惜那时候的她实在是太小了，记忆中除了逃亡之外，再无其他。

“你怎么了？”公孙晴的询问声在耳边响起。

鹿难烛摇了摇头，回道：“你在这里等我，我马上就回来。”说完，她跳下横梁，走出了破庙。

鹿难烛失魂落魄地往前走，一只手按住胸口。她已经确定了爹爹的身份，再查下去就会容易很多。可是……自己算是什么呢？爹爹是魔教圣子，那么自己到底算不算是魔教的人呢？

她的耳边又不由地响起夏秦怡的话来：“我与魔教有不共戴天的血仇！”

鹿难烛仰起头，看着天上那一轮惨白的孤月，心想：原来，这就是我一直以来寻找的真相，可是我并不快乐。

又过了小半个时辰，鹿难烛才回来。她的怀中抱着一捆枯枝，进了破庙后，“哗啦”一声，将怀中的枯枝丢在地上，随即一翻身上了横梁，把公孙晴扶了下来。

鹿难烛解下背上的包裹，从里面拿出一个毯子，然后将包裹抖开，铺到稻草上，扶公孙晴坐了下去。她拿回自己的外衣穿上，将毯子披到公孙晴的身上。

自始至终，她都是一言不发。

安顿好公孙晴，鹿难烛又来到那堆枯枝前，将枯枝堆成三角形的篝火堆，从怀中取出火折子，掰断一根比较细的枯枝点燃，插到篝火堆的底部。

不消片刻，篝火堆燃烧起来了。

公孙晴敏锐地察觉到鬼冢虎的心情不好，却想不通是为什么，难道是这一趟出去遇到什么麻烦了吗？但是看上去又不像。

“我们正在避难，生明火不要紧吗？”公孙晴开口问道。

鹿难烛沉默半晌，回道：“你流了不少血，如果晚上着凉，很可能会发热。你放心，这么晚了，他们又刚大战了一场，不会亲自找来的，如果有其他人找到我们的话，我有把握带着你逃走。”

鹿难烛摆弄好篝火，抱着沧龙剑坐在公孙晴的对面，身体靠着红漆斑驳的柱子。

公孙晴看着鬼冢虎，她知道对方没有睡，但并没有再同对方讲话。她本想再多看看鬼冢虎，却在不知不觉间睡着了。

另一边，正邪双方的大战一直进行到黎明才结束，万蛇洞洞主金银冠选择的西边山路只有侯如烈一个宗师高手，他联合门下两位武功不弱于他的护法将侯如烈重伤，随后带领人马直冲华夏山庄！

夏秦怡看到山顶放出冲天箭，心下大骇：魔教竟然攻上了山顶。

巫马无救与大降魔院的觉远大师大战了三百个回合，双方不分胜负。

丑侠和玉面狐狸一走，北面山路剩下的魔教中人不足为惧。

夏秦怡留下赏金猎人交给苏慕白统领，自己则带着华夏山庄的人赶回山庄支援。

二老太爷虽然年事已高，但武功并不在被誉为“天下第一”的觉远大师之下，只是这些年，他修身养性，很少显露身手了。但是值此危急存亡的时刻，他不再保留实力，以一人之力，大战万蛇洞洞主金银冠及两位护法，夏秦怡到的时候，双方已经斗过一百个回合。

二老太爷以一敌三丝毫不落下风。

金银冠没想到华夏山庄的老东西，武功竟已达到了登峰造极的境界，恐怕放眼天下，除了圣教教主焚天，没人是他的对手！

金银冠越战越心惊，眼看着正派的支援纷纷赶来，却不见巫马无救和魔化天，便不愿恋战，于是与二老太爷全力对过一掌，借着力道向后翻去。

“穷寇莫追！”说罢，二老太爷大袖一挥，放金银冠逃走。

这一战，魔教败了。

当天夜里，金银冠便带着教众连夜离开。

与大降魔院觉空、觉幻二人斗得精疲力竭的魔化天下山后，发现金银冠早已脚底抹油溜之大吉，心知大势已去，不管五毒教的巫马无救，也带人离开了。

天亮之后，华夏山庄的四方山道上，尸体随处可见。

巫马无救与觉远大师酣战一夜，因一招的微弱差距，惜败。

双方都受了伤，巫马无救也趁机逃了。

下了山，巫马无救放出联络弹，整合人马。

圣教这边，修罗与荒火二使都受了伤，四大堂主一人重伤，三人轻伤；万蛇洞、厉鬼门已撤离；五毒教教众死伤三分之一，座下护法战死一人。

可是，圣子和圣女不见了……

巫马无救带着两派教众在樊梨城外寻觅公孙晴与鬼冢虎多日，最后顶不住正派方面施加的压力，带人撤回了西南。

鹿难烛外出查探之时，发现了五毒教弟子的踪迹。她回到破庙后，将外面的情况与公孙晴说了。

公孙晴听完，断定巫马无救没安好心，坚决不肯露面。直到巫马无救离开了，二人才秘密上路，返回西南。

第十三章

樊梨城的危机彻底宣告解除，城中又恢复了往日的繁华喧嚣。

相信在不久之后，这次大战就会被说书人编排成册，传于民间。

这日，二老太爷在梨花秋水楼大肆宴请各路前来帮忙的武林同道。场面热闹非凡，酒过三巡，菜过五味，原本坐在角落里的陈德亮突然起身，来到主桌前，伏在二老太爷的耳边低语了几句。

二老太爷看着陈德亮露出了一副吃惊的表情，沉吟片刻，高声说道："诸位，请静一静，陈帮主有话要说。"

楼内渐渐安静了下来，所有人的目光都集中在了陈德亮的身上。他有些紧张，但一想到事关巨鲸帮今后几十年的兴旺，便心一横，抬起袖子，躬身一拜，感激地说道："诸位英雄，在下不才，乃是巨鲸帮帮主陈德亮，向诸位武林同道致谢。我帮虽是三流小派，但这次魔教进军我帮，使我帮遭受了劫难，多亏诸位英雄力战魔教，不然我巨鲸帮三代人的基业，就毁在我陈某人的手里了。"

"陈帮主客气了！"

"陈帮主不必客气，路见不平，拔刀相助。"

"陈帮主若是真心想谢，那就在巨鲸帮摆下宴席，请我等吃酒吧！哈哈哈……"

场面一度又热闹了起来。

陈德亮笔直地站在原地，众人见这位陈帮主似乎还有话说，再次安静了下来。

陈德亮清了清嗓子，继续说道："但有一件事，陈某人想了很久，若是在我正派之中，某位同道有与魔教勾结的嫌疑，陈某是应该保持缄默，还是大胆直言呢？”

“当然是说出来！”

“是哪个狼心狗肺的东西，陈帮主但说无妨，武林同道会为你撑腰！”

“就是说，此等小人一定要揪出来，还武林一个安宁。”

夏秦怡捏着手中的杯子，平静地看着陈德亮。她的目光扫过三位老太爷，她有一种直觉：陈德亮指的恐怕就是自己！

果然，在得到了场中众人的支持后，陈德亮抚着胸口，摇了摇头，一副痛心疾首的样子，随即缓缓地抬起手，指向夏秦怡，道：“这个人就是华夏山庄的大小姐——夏秦怡。”

此话一出，场面安静得令人尴尬。不少人觉得陈德亮一定是疯了，夏秦怡是何等身份，那是华夏山庄下一代的家主，于情于理都不可能私通魔教！更何况这次魔教攻打的还是华夏山庄，若是夏秦怡与魔教勾结，又怎会如此？

这位夏大小姐虽然年少，但是这两年在江湖上已经有了几分贤名。天穹山屠魔大会上，这位大小姐大放异彩，之后又力战丑侠而不落败。

魔教全面进攻天穹山的时候，这位大小姐率领人马第一时间赶到，天穹剑派掌门司徒空对此赞赏有加。并且在双方决战当日，夏大小姐对战魔教圣女玉面狐狸，还受了重伤。

这些事都是武林中人有目共睹的！这样一个人，怎么可能会勾结魔教呢？

陈德亮感受到质疑的目光，不慌不忙地继续说道：“巨鲸帮与华夏山庄毗邻，陈某人今后还要诸多倚仗华夏山庄的提携，自是万万不敢撒谎的，也正是因为这样，在下更应该求得一个真相。若是在下误会了大小姐，在下愿意当着天下英雄的面，向大小姐磕头认错，可若是被在下不幸言中，还请华夏山庄和诸位英雄还巨鲸帮一个公道。”

众人的目光在夏秦怡和陈德亮之间往返，当然也有趋炎附势之者，在暗中观察着三位老太爷的神情，意欲见风使舵。可是这三位的表情几乎一模一样，让人难以猜透。

陈德亮准备得非常充分，他叫来了那日被鹿难烛打晕的护院，把昏倒前听到的最后一句话，当众重复了一遍，又将第二日夏秦怡疑点重重的回答复述了一遍。

“大小姐，敢问陈某人说的是否属实？”陈德亮问夏秦怡。

夏秦怡点了点头，说道：“没错，我的确是这么回答的。”

陈德亮拱手道：“大小姐果然磊落，还有，前几日北面山路上，陈某人亲耳听见，你对魔教妖人丑侠讨要‘小鹿’，是也不是？”

“没错。”夏秦怡道。

“诸位，陈某人要说的话说完了。在下虽然没有切实的证据，但是我巨鲸帮被魔教妖人洗劫一空，损失惨重。所以在下宁愿为千夫所指也要提出心中的疑惑，还请夏大小姐当着天下英雄的面，解释清楚。”

场中的气氛陷入了凝滞，所有人都在思考着。

陈德亮并没有华夏山庄大小姐勾结魔教的确切证据，可是这之中确实存在疑点，若是能解释得通则罢了，若是讲不出个所以然来，恐怕……

夏秦怡大大方方地站了起来，拱手说道：“敢问陈帮主，你的护院被人打晕与我受到袭击，是否存在绝对的因果关系？”

众人听完，点了点头。

陈德亮提供的证人只能证明那夜有人潜入巨鲸帮意欲对夏大小姐不利，但这并不是证明大小姐勾结魔教中人的绝对证据。

“这个……敢问大小姐，之后你和魔教妖人的对话又怎么解释？”陈德亮继续问道。

“没错，我与丑侠确实认识，但秦怡相信，在座的很多人都认识丑侠。曾经在天穹山屠魔大会上，秦怡与丑侠斗过百十个回合，后来他又到华夏山庄偷袭我三爷爷，之后又去而复返，被二爷爷打伤逃走。这三件事前后不过一年多的光景，如果我刻意装作不认识他，才应该被怀疑。”夏秦怡说道。

夏秦怡环顾一周，将众人的表情看在眼里，继续说道：“至于我所说的小鹿，是秦怡的朋友。她是一名大夫，可惜口不能言，还是一位无依无靠的孤女，曾经被我救下在庄中将养了三个月。分开之前，为方便日后重逢，秦怡送给她一件信物，可后来我在丑侠的身上看到了这件东西，猜想小鹿被魔教妖人控制，所以才出言讨要朋友，秦怡自觉并无不妥。”

陈德亮见周围人纷纷点头，足下不自觉地后撤一步。如今他已经彻底得罪夏秦怡了，若是她当上庄主，巨鲸帮今后的日子绝不会好过，为今之计也只好鱼死网破，好在他背后还有一个重要的靠山！

陈德亮抓住夏秦怡言语之中的含糊之处，继续问道：“那在下可否这样推断，大小姐的这位朋友与魔教丑侠关系匪浅？抑或这位‘小鹿’就是魔教派到大小姐身边的细作呢？”

原本一派淡定的夏秦怡听到陈德亮怀疑小鹿，眼中闪过一丝愠怒，说道：“小鹿绝对不可能是魔教妖人！”

青竹本想出言为自家小姐辩解，却一把被飘雪拉住了。

飘雪对青竹摇了摇头，他也知道，只要说出小鹿姑娘在樊梨城外曾经大战魔教荒火、修罗，救下了大小姐，并且将凤血刀完璧归赵就可以洗刷鹿姑娘的嫌疑。但大小姐之前吩咐过，无论如何也要保守鹿姑娘的“秘密”，所以不到万不得已，他们不好将那日的事情说出来，毕竟这样一位隐秘的高手，是他们一张有力的底牌！

二老太爷缓缓地站了起来，捋着胡子说道：“老夫感谢陈帮主的一片赤诚之心，巨鲸帮蒙受此番灾祸，与我华夏山庄脱不开关系。老夫今日当着众英雄的面承诺，巨鲸帮重建的所有费用，由华夏山庄全部承担。”

“二老太爷高义啊！”

“华夏山庄真是仁义啊。”

“就是说，这陈帮主说出这样的话，二老太爷还能不计前嫌，正是百年世家应有的风度。”

二老太爷抬了抬手，示意众人少安毋躁，继续说道：“秦怡是我华夏山庄同代中最优秀的子孙，她的肩上扛着华夏山庄未来数十年的兴衰荣辱，也正因如此，老夫不允许她的身上存在半点瑕疵。

陈帮主提出的疑虑，虽然证据不足，但是为了我华夏山庄的百年清誉，老夫决定派秦怡带领庄中高手，击杀魔教丑侠，夺回坠入魔教的沧龙剑，以正视听。”

“好！”

“我赞成！”

“二老太爷高义！”

“魔教妖人，人人得而诛之！”

“大小姐，若是需要帮忙，在下愿意效劳！”

二老太爷清了清嗓子，继续说道：“但老夫在此也提出一个要求，事成之后，谁再提及这些子虚乌有的事，那就休怪我华夏山庄不顾情面了！”

“二老太爷请放心，大小姐若是能手刃魔教妖人以证清白，日后，我等必定会拥护大小姐，若有人胆敢再往大小姐身上泼脏水，我沧州四雄第一个不饶他！”

夏秦怡循声看了过去，觉得这个名字有些耳熟，她记得丑侠曾经对这四位下了战帖，并且将其击败。此时听到有人要去手刃丑侠，难怪他们会这么激动。

夏秦怡心中冷笑：二房这话说得虽然漂亮，可丑侠真的是那么好拿下的吗？且不说他的手上有与凤血刀媲美的沧龙剑，就单从武功上来论，二房也应该清楚，她根本不是丑侠的对手。说得冠冕堂皇，也不过是想借着丑侠的手除掉自己罢了，她就知道二房没有那么容易死心！而且，以丑侠和小鹿的关系，他没有来招惹自己，自己又怎么能主动去杀小鹿托付了终身的人？除非让她先寻到小鹿，如果他负了小鹿，无论多难，她必会履行当日诺言！

夏秦怡习惯性地看向三老太爷，却见三老太爷对她点了点头。

“谢谢二爷爷对孙女的信任，秦怡愿意证明自己的清白。”夏秦怡开口道。

二老太爷笑吟吟地说：“好，不愧是我华夏山庄最优秀的子孙。”

夏秦怡道：“不过，丑侠的行踪一向诡异，恐怕要诸位英雄再等等，待我派人查到丑侠的踪迹……”

就在此时，北冥鲲站了出来。这位脑子一根筋的仁兄，丝毫没有从夏秦怡的话中听出任何不妥。

那日，北冥鲲被丑侠一招击到吐血，他拖着沉重的巨剑，俨然成了半个废人，幸得夏秦怡的数次回护才没有再受伤。他自认欠了夏秦怡一个人情，又觉得夏秦怡的这份“清白”自然是越早证明越好，于是便主动说道：“夏大小姐无须多虑，在下已经与丑侠定下了十月十五之约，我自知是打不过他了，不过我可以带夏小姐同去！”

偏偏有人追问道：“北冥鲲！为何不说出具体位置，多些人手也有个照应！”

北冥鲲冷哼一声，道：“我与丑侠是光明正大地约战，不过经过上次交手，我自知是打不过他了，就算打不过也要赴约！夏大小姐对我有恩，我只带她一个人去，我先与那厮完成约定的决斗，再把他交给夏大小姐，至于其他人，就别凑这个热闹了！”

……

花开两朵，各表一枝。

另一边，鬼冢虎和公孙晴二人于九月初三，抵达西南地界。

公孙晴将避障珠递给鬼冢虎，让其含在嘴里，一起走进瘴气缭绕的不归林。

出了林子后，鬼冢虎故意拉扯话题，没有把避障珠还给公孙晴。

公孙晴睨了鬼冢虎一眼，假意忘记，默许了他的小心思。这一路上，她身上带伤，又故作柔弱，没少差遣鬼冢虎，偶尔碰到山路难行时，她还要赖让鬼冢虎背。

鬼冢虎竟任劳任怨地都做到了，公孙晴知道她是关不住鬼冢虎的，还不如趁机遂了他的意，让他偶尔出去走走也无妨，只要记得回来就好。反正他也参加了这次大战，正派江湖再无他的立足之地。

回到圣教总坛，公孙晴敏锐地捕捉到了不同。照理说，这次大战伤亡应该不小，怎么她觉得人仿佛要比从前多了呢？而且还出现了不少生面孔。

公孙晴带着疑惑，与鬼冢虎进了地下宫殿，却被告知教主闭关了。她找到修罗，听到了一个令她震惊的消息！

修罗道："教主在接到圣女的信以后，火速前往华夏山庄，却在半路上遇到了先行撤退的金银冠。教主当场发难，金银冠战败后，将魔化天勾结他意欲图谋不轨的事情全盘脱出，为了保命，他甚至当场表示愿意带领万蛇洞弟子重归圣教，教主考虑过后原谅了他。"

公孙晴问道："后来呢？"

修罗继续说道："后来，教主带着金银冠和底下的弟子准备前去支援，又遇到了魔化天，教主当场将魔化天击毙，他的左右护法却趁机逃走了，只有底下的堂主带着教众归顺了。"

说到这，修罗压低声音继续说道："不过你是知道的，魔化天的武功也不低，教主虽然神武，但是他先战金银冠，后杀魔化天，我猜他也受了伤……所以才会带着教众半路折返总坛。虽然厉鬼门的左右护法跑了，但总坛还有其门下不少弟子，教主也担心圣教总坛受到攻击。教主回来之后就闭关了，命我与荒火暂时共掌教务，又担心金银冠借机生事，便拨给他一批人马，派他清理厉鬼门余孽……荒火也跟着去了。圣女现在看到的新面孔，都是万蛇洞和厉鬼门归顺的新教众。"

"这……"公孙晴惊呆了，魔化天那个老东西，真是偷鸡不成蚀把米！还想图谋暗害他们，结果自己连命都丢了！

圣教这次虽然没能打下华夏山庄，但若是能趁机一统西南，也算是因祸得福了！

公孙晴又问："那五毒教那边如何？"

修罗摇了摇头，说道："教主闭关前曾下令，不要去招惹巫马无救。"

公孙晴有些失望，又与修罗说了几句，便与鬼冢虎回到了各自的房间。

鹿难烛注意到，这次修罗和公孙晴说教中事务的时候，并没有顾忌自己在场，看来是真的把她当成自己人来看待了。自从她知道自己父亲原是魔教圣子后，便在心底对魔教有了些许改观。虽然她依旧没有把自己归化到其中，但她已经能更公正地去看待这里了。

"爹爹，娘亲，你们究竟是谁，女儿很快就能弄清楚了。"鹿难烛自言自语道。

三日后，休整好的鹿难烛主动找到公孙晴。

“哟，真是稀客呢。”公孙晴道。

鬼冢虎从怀中拿出一个瓷瓶，在公孙晴惊愕的目光中，将瓶子放在石桌上，说道：“这瓶药有祛疤的效果，每日沐浴后涂抹在伤口上，我……想出去一趟。”

“去哪里？”公孙晴问道。

“我与北冥鲲约战下月十五，飞时峰。”

公孙晴看着鬼冢虎，问道：“你就不怕这会变成一个圈套？”

鬼冢虎道：“我会小心的，而且再过两个月是我爹爹的忌日，我必须要回去。”

公孙晴悠悠地喝了一口茶水，道：“避障珠不是已经给你了吗？去吧。”

看着鬼冢虎离开的背影，公孙晴偷偷地问自己：这次他出门，主动告诉了自己，这是不是代表着自己在他的心里，已经有所不同了呢？

九月二十日，鹿难烛于西南出发。

九月二十六日，夏秦怡带领飘雪、青竹，及二老太爷、三老太爷派来保护她的丁酉、丙午与赏金猎人北冥鲲一同上路，前往徐州境内的飞时峰。

夏秦怡等人骑着快马，比丑侠早两日到达，在徐州城内的客栈下榻。

十月十三日，晚膳过后，华夏山庄的人聚在夏秦怡的房间里，丁酉拱手说道：“大小姐，恕老奴多一句嘴，敢问大小姐这次有几成把握可以击杀丑侠？”

夏秦怡如实回道：“不瞒丁酉叔叔，恐怕是一成把握也无。”

要说在一年之前，那时在天穹山上，自己还可以与丑侠打个平手，如今……真是半分胜算也没有了，他的进步实在是太快了，快到令人嫉妒。

丁酉道：“既然如此，老奴建议，待丑侠与北冥鲲对战过后，气力消耗后，大小姐先行攻击，我等藏匿起来，趁其不备，群起而攻之，一举将丑侠击杀，夺取沧龙剑。”

夏秦怡坚定地摇了摇头说：“丁酉叔叔，对方只有一人，而我在北冥鲲之后与他交战，本就是趁人之危，若是再设埋伏偷袭，以多欺少，那我们又和魔教妖人有什么区别呢？况且二爷爷只是让我杀掉丑侠以证清白，并没有规定期限。这次我希望你们在我战败之时，护我周全便好，不要做其他的事情！”

丁酉还要争辩，却被丙午拦住，道：“丁酉兄，我们还是不要打扰大小姐休息了，先回去吧。”

丁酉只能作罢，道：“老奴告退。”

出了夏秦怡的房间，丙午将丁酉拉到暗处，低声说道：“大小姐仁心仁义，坏事就让我们这些当奴才的做吧。到那天，丁酉大哥你只管出手便是，小弟与大哥一起，击杀丑侠！”

……

鹿难烛在十月十四日傍晚到达徐州，吃过晚饭，连夜登上飞时峰，在山顶盘膝打坐，运转天魔功，度过了一夜。

第二天晌午，鹿难烛缓缓地睁开眼睛，听到了远处传来的脚步声。好像来的不止一个人，难道又被公孙晴言中自己落入了陷阱？想到这里，她对北冥鲲有些失望。

鹿难烛站了起来，当她看到来人的时候，惊愕得说不出话来。

透过鬼王面具上的小孔，鹿难烛的目光一刻也没有离开夏秦怡，心想北冥鲲怎么把她带来了？

北冥鲲见丑侠如约而至，而且是孤身一人，臊得他脸上一热，瓮声瓮气地解释道：“你别误会，他们不是我的帮手。等一会儿我们俩单打独斗，我若输了，从此叫你爷爷，这是我之前定下的，依旧作数。至于她……是……”

夏秦怡接过话头，看着丑侠，淡淡地说道：“我是来杀你的。”

听完夏秦怡的这句话，鹿难烛面具后面的那张精致的脸庞上，闪过一丝悲伤。

鹿难烛握紧拳头，不断地提醒自己，她现在是丑侠。可是，自从她得知了自己苦苦探寻的身世后，她越来越不知道该怎么去面对夏秦怡。

“你们谁先来？”鹿难烛开口道。

“当然是我！”说罢，北冥鲲卸下背后的巨剑，双手提着剑柄走上前来，其他人则自觉地让开。

鹿难烛未发一言，足下一踏，向北冥鲲冲了过去。

北冥鲲抡圆了手中的巨剑，砍向丑侠的胸口。

鹿难烛心中难过，不欲与之缠斗。只见她使出一记旱地拔葱，硬生生地跳出一人高，“嗒”的一声，跳到宽大的巨剑上。

鹿难烛的动作极快，踩着巨剑稳稳地向前踏出一步，沧龙剑锋便抵在北冥鲲的喉咙上，再进一寸，对方必死无疑！

一阵山风呼啸而过，鹿难烛傲然立于北冥鲲的巨剑上，身上黑色的袍子猎猎作响。

“你输了。”丑侠的语气冰冷，语调平静。

北冥鲲在这片江湖也是赫赫有名的，在场的所有人都没想到，丑侠竟然一招便将北冥鲲击败。

冰凉的沧龙剑紧贴着北冥鲲的皮肤，他抬起头，看到丑侠正居高临下地看着自己，似乎是在等他认输。

“咣当”一声，巨剑被插在地上，脚下坚硬的岩石如同豆腐一样被戳出了一个洞。

丑侠使出一个后空翻，稳稳地落在地上。

夏秦怡看着丑侠，感觉到他有些不同，身上仿佛笼罩着淡淡的忧伤。想到这里，她觉得自己可笑，心想：我又不了解他，为什么会生出这样的想法？

北冥鲲单膝跪地，低下那颗高傲的头颅，说道：“多谢丑侠不杀之恩，以后您就是我北冥鲲的爷爷了。”

若是放在平时，听到北冥鲲这么说，鹿难烛一定会笑出声，可是今日，她笑不出来。她扫了一眼北冥鲲，淡淡地说道：“你走吧，今后不要再来招惹我。”然后，便将目光投向了夏秦怡。

她持剑傲立，等着夏秦怡对她发起攻击。

“呛”的一声，北冥鲲拔出巨剑，退到一旁，并没有离开。

“来吧，到你了。”鹿难烛说完撇了撇嘴，有些委屈。

青竹和飘雪担心地说道：“大小姐，小心呀！”

若不是夏秦怡再三强调要和丑侠单打独斗，他们早就替大小姐出手了。

夏秦怡深深地吸了一口气，持凤血刀走上前来，问道：“我问你，你可有做过辜负小鹿的事情？”

“没有。”鹿难烛道。

“那你和玉面狐狸是怎么回事？”夏秦怡又问。

旁人听到这里一头雾水，这个小鹿到底是谁？大小姐千里追到这儿来，为什么还要问这些？

青竹和飘雪却恍然大悟：原来，丑侠竟然是小鹿姑娘的意中人！如此的话，很多事情便说得通了。可惜，小鹿姑娘虽然不是魔教，但她和丑侠有这层关系，恐怕也不能再成为大小姐的助力了。

“我和她，只是……朋友。”鹿难烛道。

夏秦怡眼神复杂地看着丑侠，既欣慰，又失落。她向前踏了一步，隔空挥出三十六路天罡刀法，赤红色的刀气呼啸而去！

这一招，北冥鲲见过，他同样也见过丑侠的破解之法。可是，这一次，丑侠没有用相同的剑气抵消，而是选择了以轻功高高跃起。

看到丑侠如此，夏秦怡微微一怔，跟着跃了起来。

鹿难烛故意停滞片刻，夏秦怡后来者追上，与丑侠同高，她熟练地以凤血刀，朝着丑侠的胸口扫了过来。

鹿难烛苦涩地勾了勾嘴角，将沧龙剑立在胸前，左手的手掌按住沧龙剑的前端。“叮”的一声，刀剑相撞，落地后的鹿难烛，微微向后退了一步。

夏秦怡看着这样的丑侠，不知为什么，心中涌出一股酸涩，本来还有后手的她，没有使出。

刚才那一招，正是他们二人在天穹山屠魔大会上，第一次对决的时候丑侠使出的招式。

夏秦怡不明白，丑侠为何要重演。

没等夏秦怡落地，丁酉和丙午突然冲了出去！丑侠一招就制服了北冥鲲，再拖下去也毫无用处，不如出其不意，攻其不备，方有一线机会！

一切发生得太快了，快到夏秦怡来不及制止！

丁酉的弯刀瞄准的是丑侠的脖子，而丙午手中的长剑直指丑侠的腹部。二人的动作快且狠，打算一招杀死丑侠！

鹿难烛没料到这二人突然发难，快速提起沧龙剑准备应对。

这时，夏秦怡也落在了地上，她提着凤血刀冲了上来，想要制止丁酉和丙午。而不明情况的飘雪和青竹也拔出兵器，跟着夏秦怡冲了上来。

可这在鹿难烛看来，夏秦怡是和他们一起来杀她的！她的胸口传来一阵阵刺痛，动作也慢了半拍。

“卑鄙！”北冥鲲见五人齐上，大吼一声，提着巨剑跟着冲了上来。

鹿难烛侧过身，堪堪躲开了丙午刺向腹部的长剑，随后运转天魔功，以全力踢在丙午腰间的软肉上。被踢中的丙午如断线风筝一般，向外飞了出去。

“叮”的一声，鹿难烛抬起沧龙剑，挡住了丁酉的弯刀，另一只手，重重地打在了对方的胸口上。

危急之中的鹿难烛，每一下使出的都是全力，丁酉的胸口发出“咔”一声脆响，倒在了地上。

电光石火间，丁酉和丙午就被解决了，夏秦怡来不及反应，直接冲到了丑侠的身前。

若是丑侠此时将沧龙剑向前一刺，定可贯穿夏秦怡的身体。

然而，鹿难烛却缓缓地垂下手中的沧龙剑，一副等死的样子。

夏秦怡冲得很猛，她控制自己停下来的时候，距离丑侠不过一步之遥。

“大小姐小心！”青竹吓得魂飞魄散，足下一个踉跄，抓着夏秦怡的衣服将她往后拉。

青竹的身体失去平衡向前倒去，在倒地之前，他伸出长剑刺向丑侠。

由于有夏秦怡的遮挡，鹿难烛没能看到青竹刺过来的剑。“噗”的一声，长剑刺入鹿难烛的左腰，青竹则重重地趴在地上。

鹿难烛按住左腰的伤口，一脚将青竹踢了出去。

青竹的软剑抖动着划破空气的声音传来，鹿难烛感觉到了危险，向后一仰，软剑打掉了她脸上的木头面具。

“卑鄙小人！”北冥鲲喊着追了上来，抡起重剑砍向飘雪的腰际，对方吐出一口鲜血，向反方向飞了出去。

北冥鲲粗鲁地拨开夏秦怡，一脚踢开躺在丑侠脚下的丁酉。他抬头看到丑侠脸上的第二层人皮面具怔了怔，又见丑侠正捂着左腰，伤口正在汩汩地冒血。

北冥鲲立刻站到丑侠的左侧，将巨剑重重地插在身前的岩石里，一副谁再上前一步，就让他血溅三尺的架势。

丁酉和丙午挣扎着吐了几口血，双双昏了过去。飘雪伤得比他们二人更重，半边身子的肋骨都断了，躺在地上一动不动。

伤得最轻的青竹，摇摇晃晃地从地上爬起，捂着被丑侠踢过的地方，跑过来挡在夏秦怡的身前。

夏秦怡看着丑侠冒血的腰际怔怔出神，心想：他不是刀枪不入的吗？那次屠魔大会上，丁山的红缨枪刺在他的胸口不是被弹开了吗？青竹的剑并非神兵，怎么会伤了他？

夏秦怡并不笨，事情的发展已经到了这个地步，她怎能不怀疑？她向后退了一步，压着胸口，里面……是丑侠亲自给她送来的银色内甲。她之后试过了，这件内甲，刀枪不入。

青竹护住夏秦怡，捏着手中长剑指着北冥鲲，吼道：“北冥鲲，你是什么意思？”

北冥鲲冷哼一声，道：“我说过，以后他就是我爷爷了。怎么着？你们五个打我爷爷一个，还不让我这个当孙子的帮忙？”

“青竹，你去看看飘雪。”夏秦怡吩咐道。

“大小姐？”青竹惊愕地回过头，却看到夏秦怡低着头，看不见她的表情。

“如果你还当我是你的大小姐，就听我的，先带飘雪下山去。”

“我不走！大小姐你先走，我拖住他们！”青竹道。

“唰”的一声，夏秦怡将凤血刀横在自己的脖子上。

看到这一幕，鹿难烛全然顾不得压住自己腰上的伤口，抬起了沾满鲜血的手想要阻止夏秦怡。

鹿难烛的心口一紧，她看到夏秦怡虽然将凤血刀横在了脖子上，眼睛却在看着自己。在看到自己抬手制止后，夏秦怡突然笑了起来。

夏秦怡看着丑侠那张布满烧伤疤痕、丑陋的面具，也看到了他眼中的急切。如果她刚才还不能断定，那现在她就可以肯定了。

夏秦怡笑了，笑容有些苦，有些自嘲地想：你的容貌可以骗我，性别可以骗我，可之前的一切，还有这关切的神情怎么骗我？

“大小姐！您这是做什么？”青竹“扑通”一声跪在夏秦怡的身前，“大小姐，青竹求求您了，把刀放下！”

夏秦怡不为所动，始终盯着丑侠，一字一句地说道：“带着飘雪下山！”

“是是是！”青竹连滚带爬地起身，一边悲戚地哭着，一边死命地朝飘雪跑。

听着青竹的哭声，夏秦怡有些于心不忍，但她并没有放下刀。

“丑侠！小鹿姑娘和我家大小姐是至交好友，我求求你看在小鹿姑娘的份上不要伤害我家大小姐！”青竹背起昏迷的飘雪，站在远处，涕泗横流地嘶喊着。

“带飘雪下山！”夏秦怡喝道。

“大小姐！”青竹见夏秦怡依旧笔直地站着，不肯把刀放下，便擦了擦眼泪，背着飘雪跑了。

北冥鲲一会儿看看丑侠，一会儿看看夏秦怡，不明白这二人究竟是怎么回事。

待青竹走远后，夏秦怡架着凤血刀，向前迈了一步。

鹿难烛心虚后退，夏秦怡立刻将刀刃贴紧了脖子，喝道：“不许动！”

鹿难烛看到夏秦怡纤细、洁白的颈子上已经多出了一道鲜红的血痕，不敢再退后了。

“夏大小姐，你这是……”北冥鲲开口道。

“你转过去！”夏秦怡喝道。

“这……”

夏秦怡毕竟救过北冥鲲，他看了看丑侠，见后者没有任何表示，依言转了过去。

夏秦怡捡起掉在地上的面具，一步步来到丑侠的面前。

鹿难烛的心跳得很快，仿佛要冲出胸口。

夏秦怡将一只手搭在丑侠的肩膀上，向脖颈处摸索。她在丑侠的脖子上摸到一根红绳，向外一拉，那枚她送给小鹿的红色玉佩便露了出来。

鹿难烛别过头去，不敢看夏秦怡的眼睛，心中慌乱不已。

“咣当”一声，北冥鲲吓了一跳，原来是夏秦怡把凤血刀丢在了地上。

夏秦怡用胳膊夹住刚才捡起的面具，双手手掌按在丑侠的脸颊上，逼迫对方与自己对视。

夏秦怡的手在丑侠的脸上摩挲着，这张面具做得很真，摸上去与皮肤无异。她曾听说过，北丑一族最擅长制造这种面具。终于，她的手指在丑侠的耳畔摸到了一丝缝隙，用指甲抠住缝隙，欲撕下这最后的伪装。

鹿难烛挣脱开夏秦怡的手，向后闪去，后者眼明手快，一把攥住了她的衣襟，道：“你还要瞒我到什么时候？”

夏秦怡紧紧地攥着鹿难烛胸口的布料，身体不停地颤抖。

看到夏秦怡的眼眶红了，鹿难烛轻叹一声，认命地闭上了眼睛。

夏秦怡缓缓地撕下鹿难烛最后的伪装，下面藏着的正是小鹿那张美到令人窒息的容颜。

谎言被戳破，鹿难烛万念俱灰。她不敢睁眼，害怕看到夏秦怡失望的眼神。可是，她听到夏秦怡粗喘了几声，随即面上一凉，夏秦怡竟然将鬼王面具盖在了她的脸上。

鹿难烛惊愕地睁开双眼，看到夏秦怡拾起凤血刀，撩起衣襟下摆，撕下一条长布。

夏秦怡瞪了鹿难烛一眼，粗鲁地将凤血刀塞到鹿难烛的怀中，说道："拿好！"随后，她弯下身，将长布条缠在鹿难烛的伤口处，正好够缠一圈。

"转过来吧。"夏秦怡说道。

北冥鲲转过身，看到丑侠又戴上了鬼王面具，好奇地问道："到底怎么回事啊？你们？"

却没有人回答他。

夏秦怡查看了一下丁酉和丙午的情况，随后从头上拔下发簪，递给北冥鲲，说道："北冥大哥，麻烦您在这里等半个时辰，如果丁酉和丙午没醒，请您带着这支簪子，到客栈转告青竹，让他不必寻我，与飘雪在徐州租一间小院养伤；若是旁人问起，让青竹告诉他们，我去追杀丑侠了。至于这两位若是问起，也请你按照我说的回答，让他们自行返回山庄。"

北冥鲲接过簪子看了看，问道："大小姐可有别的信物？"

夏秦怡浅浅一笑道："北冥大哥，敬请放心，我的所有物件上都印有我的名字和华夏山庄的图腾，做不得假。"

听到这话，鹿难烛的额头渗出了汗珠，心想：那上次的那支玉簪，岂不是……

北冥鲲道："哦，既如此我就好带话了，那你们呢？"

夏秦怡转头看了看鹿难烛，答道："我和她走另外一条路下山。还请北冥大哥千万保密，不管什么人问起，就说丑侠身受重伤，我去追杀她了。"

"哦，好！"北冥鲲道。

北冥鲲目送二人走远，突然想到什么，对丑侠的背影喊道："喂，我们明年再战，谁赢了谁是爷爷！"

第十四章

走出很远后，鹿难烛犹如置身梦中。在此之前，她无论如何也想不到，自己的身份会在这样的情况下暴露，而且拆穿她身份的人，竟然是夏秦怡。

腰间传来的扯痛，提醒着她这并不是梦。

鹿难烛转头看了看夏秦怡，见她正扶着自己，认真地看着脚下的山路。

“你……”鹿难烛开口。

“嗯？”夏秦怡的声音温柔极了，这是鹿难烛戴着面具时，从未听过的。

“你是……怎么发现的？”鹿难烛问道。

夏秦怡的脚步顿了一下，重重地“哼”了一声。

鹿难烛身体一僵，心虚到大气都不敢喘。

夏秦怡继续扶着她下山，鹿难烛不敢再问，却听夏秦怡主动解释道：“不得不说，你隐藏得真好！一开始我并没有往这方面想，毕竟……丑侠和小鹿，一个是男子，一个是女子，可是后来发生的许多事情都让我觉得很奇怪。”

“哦……”鹿难烛应道。

夏秦怡笑了笑，继续说道：“比如，丑侠虽然在江湖上恶名昭彰，却从来都没有杀过人，而且每次行窃的数目都很小；比如，你和小鹿一样高，身材也很像；比如，你和小鹿的武功都很高，招式也有重合。这些，我之前只是以为……丑侠和小鹿是非常亲密的关系，直到前些日子，丑侠潜入巨鲸帮送内甲给我防身，我那时也相信了是小鹿拜托丑侠送的，可是我后来发现这件内甲是件天下无双的宝贝，连华夏山庄都不曾有，小鹿又是从哪里得到的呢？而我彻底断定你的身份是在刚才，我当时离你那么近，你却不肯伤我。这种情况已经不是第一次了，若丑侠只是因为碍于小鹿的情面，似乎有些说不通，毕竟我三番五次地想置丑侠于死地，换作是谁也不可能这般包容大度，除非……是丑侠发自内心地不想伤害我！”

说到这里，夏秦怡紧了紧鹿难烛的胳膊，愧疚地问道：“疼吗？”

面具后面的鹿难烛露出了许久不见的灿烂笑容，她摇了摇头，说道：“不碍事，不过是腰间软肉被切伤，没有伤到要害。”

“小鹿，你还记得上次屠魔大会，你以丑侠的身份，凭借血肉之躯接下丁山的红缨枪吗？”

鹿难烛回忆了一下，点了点头。那时的她初入江湖，懵懂天真，为了检验银龙内甲的威力，确实有过这么一幕。

夏秦怡继续说道：“这就是了，之后我还特别问过，三爷爷说可能是你偷学了大降魔院的绝学，所以才能刀枪不入。觉远大师却说，要练成你那日的境界，至少要苦修三十年……可是刚才，你被青竹一刺就流了血，我就知道你根本不会什么‘不败金身’！而是因为穿了这件内甲才刀枪不入的，可你却把内甲给了我……还有，你看我把凤血刀架在脖子上时，那紧张的神情完全是真情流露，能做到这些的，只有小鹿！”

鹿难烛停下脚步，夏秦怡立刻紧张地问道：“怎么了？小鹿，是不是伤口很疼？”

鹿难烛摇了摇头，抬起手，缓缓地摘下脸上的鬼王面具，用真实的一面，对夏秦怡开心地笑着，轻声说道：“秦怡，你真聪明。”

太阳升到天空的正中，阳光穿过飞时峰上茂密的树丛，形成无数个斑驳的光影，有一束光正好落在夏秦怡的身上，暖融融的。

二人下了山，徐州城内只有两间客栈，一间是夏秦怡他们之前住的城南的大客栈，还有一间是在城西的小客栈。

夏秦怡扶着鹿难烛走进客栈，小二迎了上来，说道：“二位客官，是打尖儿，还是住店？”说话间，小二不禁多看了鹿难烛几眼，心想他这辈子还没见过这么美的公子呢！

夏秦怡从怀中掏出一锭银子递给店小二，说道：“给我们两间上房。”

店小二面露难色道：“姑娘，实在抱歉，我们客栈只剩下一间上房了。”

店小二捏着沉甸甸的银子，不想错过贵客，转了转眼珠，低声说道：“姑娘，小的见这位公子身上有伤，不如暂且安歇，小的这就去给您找城里最好的大夫。现在天还早呢，到了晚上说不定会有房间空出来，到时候小的一定留给您，您看如何？”说完，对着鹿难烛挤了挤眼。

鹿难烛不懂店小二的意思，夏秦怡却是明白的。小鹿虽然摘了面具，可是她穿着一袭男装，再加上身量高挑，胸口平坦，即使拥有一张极美的脸，最多只会让人觉得是男生女相。

夏秦怡不再多说，只好交代了几句，搀着鹿难烛上楼去了。

进了房间后，二人卸下兵器放在桌上，沧龙剑在左，凤血刀在右。两把在江湖上齐名了数百年、武林正邪两道人人都梦寐以求的神兵利器，此刻，就这样安静地并排躺在徐州城内的一家不起眼的小客栈里。

“小鹿，你先休息一下，大夫很快就来了。”说罢，夏秦怡把鹿难烛扶到床上，给她倒了一杯水，看着她喝下，反身走到屏风后面，浸湿净布，走了出来。她先是细细地为鹿难烛擦过脸，随后拿过鹿难烛的左手，细细擦拭。

鹿难烛之前用这只手按压腰上的伤口，手上已经布满了鲜血。

夏秦怡擦得很仔细，每一个根手指，包括指缝中的血，都擦得干干净净。

“小鹿，你的手……”在夏秦怡的印象中，鹿难烛的手白皙修长，可是这双手却是小麦色的。

鹿难烛笑着回道：“为了配合皮面具的颜色，我擦了特殊的药粉。”

夏秦怡笑了笑，没有再说什么，让鹿难烛躺下来。

“还是不要了，血没止住，弄脏了被褥就不好了。”鹿难烛拒绝道。

“你尽管躺着就是，脏了就让小二换床新的。”夏秦怡道。

鹿难烛拗不过夏秦怡，只好依言躺下。

夏秦怡坐在鹿难烛的床边，握着鹿难烛的一只手，低头看着她。二人就这样默默地注视着彼此，谁都没有说话。

“砰砰”一阵敲门声响起，外面传来小二的声音：“公子，姑娘，小的带大夫来了。”

“进来。”夏秦怡开口。

店小二带着一位背着药箱的老叟走了进来。

鹿难烛从床上坐起，老人放下药箱，开口问道：“敢问是哪一位身体抱恙呢？”

“麻烦先生看看，她的腰受伤了。”夏秦怡道。

大夫简单检查了一下鹿难烛腰间的伤口，切过脉后，用手背摸了摸鹿难烛的额头，道：“无妨，伤口避开了要害，只是普通的刀伤。请公子宽衣，老朽为公子上药包扎。”

听到大夫这么说，夏秦怡一个箭步挡在鹿难烛的面前，阻止道：“不可以！”

鹿难烛有些心虚，大夫和店小二诧异地看着夏秦怡。

“姑娘，这位公子伤在腰间，穿着衣服不方便上药。”大夫说道。

夏秦怡二话不说，从怀中掏出一锭元宝塞到大夫的手里，说道：“那个……既然没有内症，就不劳烦先生了，请先生将药箱留下，半个时辰后再来取，我给她处理就行了。”

这位大夫年逾五旬，还没有见过这样奇怪的病人，但看在银子的份上，他只好拱了拱手，说道：“既如此，老朽先行告退。姑娘只需将金疮药和止血散撒在伤口上，待血止住再用绷带缠好即可。这几日，还请这位公子不要走动，最好能卧床静养，伤口不要沾水，老夫这就去开一剂补血益气的方子来。”

听到医嘱，鹿、夏二人齐齐露出一副心虚的表情。

一旁的店小二看到这一幕，心中暗笑：这两人的这面皮未免也太薄了一些。

夏秦怡送走大夫和店小二，插上了门闩，反复检查了好几次，才来到桌前打开药箱，手指轻轻地拨动里面的瓷瓶，说道：“小鹿，你把衣服脱了吧，我给你上药。”

鹿难烛踌躇了片刻，还是解开腰带，脱去了黑色的外袍。

夏秦怡听到窸窣的声音，悄悄抬起头来，目光落在鹿难烛的腰际，只见雪白中衣的大半边都被鲜血染红了，可是她一路上不但没有喊疼，反而不停地宽慰自己。

看着那一大片刺目的血迹，夏秦怡的心仿佛被碾过一样痛。

鹿难烛脱下中衣，露出了姣好的身材。中衣之下的皮肤，白皙细腻；胸口处缠着白色的裹胸布，小腹平坦，腰肢纤细，身体却并不孱弱，而是隐隐带着一种力量的美感；她左腰上最外侧有一道横切的伤口，由于失血过多，伤口周遭微微有些发白，腰间有些凝固的血迹。

夏秦怡轻叹一声，用洗过的净布，把鹿难烛伤口周围的血渍擦干净。她的动作很轻，生怕不小心弄痛小鹿，问道：“疼吗？”

鹿难烛摇了摇头。

夏秦怡咬了咬嘴唇，说道：“青竹下手未免也太重了，你怎么都不知道躲开？”虽是嗔怪的语气，手下的动作却极轻。

“小鹿，你还是侧躺下来吧，这样比较方便上药。”夏秦怡道。

“好。”鹿难烛应声躺下。

夏秦怡打开止血散的瓶塞，停在伤口上方迟迟不动，道：“小鹿……可能会有些痛，你忍忍。”

“嗯。”鹿难烛应道。

黄白色的药粉撒上去的时候，夏秦怡清楚地看到，鹿难烛的身体抖了抖。她的手立刻僵住了，虽然明知道药物对小鹿有益，但怎么都下不去手了。

夏秦怡将目光投向鹿难烛的脸，看到后者将整张脸埋在被褥中，一只手紧紧地攥着一旁的被褥。

这样坚强的小鹿，牵扯着夏秦怡的心。

她吸了吸鼻子，强忍着心疼又撒了些药粉上去，待血慢慢止住，又加了些金疮药。

夏秦怡担忧地看着鹿难烛腰间巴掌长的伤口，也不知道会不会留下疤痕。华夏山庄倒是有非常好的舒痕胶，下次可以拿一些给小鹿用。

“小鹿，我扶你坐起来，要缠绷带了。”夏秦怡说罢，便去扶鹿难烛的肩膀，却摸到一片冰凉的汗珠。

“小鹿，你出了好多汗，怎么办？我去问问大夫！”夏秦怡道。

鹿难烛抓住夏秦怡的胳膊，摇了摇头，说：“你不要担心，不要紧的。我也是大夫，相信我。”

夏秦怡紧张地打量着鹿难烛，见她神志清醒，点了点头，拽过被子披在鹿难烛的身上，然后为她缠上绷带。

处理完伤口后，鹿难烛躺在床上，夏秦怡坐在床边嘱咐道：“小鹿，你好好躺着，若是累了，就睡一会儿。我去问问大夫药方开好了没，还有你的衣服都不能穿了，我得让店小二给你买几身回来。”

鹿难烛露出一抹苍白的笑容，说道：“谢谢。”

夏秦怡拿出手帕为鹿难烛拭去额头上的汗珠，道：“不要谢我。”

夏秦怡来到一楼大堂，向怀中一掏，发现现银只剩下一锭元宝，其余的都是几张面额不等的银票。

华夏山庄旗下的钱庄遍布各地，徐州城内就有，只是……她不想留下什么线索。

夏秦怡拿出一张面额最小的银票，对店小二说：“小二哥，这里有一张值纹银百两的银票，不知可否在您这里折现？”

“哎哟，姑娘，这个小的可做不了主。您稍等，我去给您叫我们掌柜。”店小二说道。

“麻烦小二哥了。”夏秦怡道。

胖胖的客栈掌柜随着店小二来到大堂，夏秦怡说明了情况。

江湖上经常会有这样的事情，有些惹上是非，不方便露面的江湖客通常会在客栈或者酒楼用银票折些现银用。

掌柜拿过夏秦怡的银票，看到上面的印鉴，说道：“哦，是华夏山庄的银票，徐州城内就有一家钱庄，既如此，我就少抽姑娘一成佣金。德福，去柜上给这位姑娘取九十两银子来。”

“是！”店小二应道。

“且慢！”夏秦怡道。

夏秦怡又抽出一张银票，递给掌柜，说道：“麻烦您再折一张给我。”

“这个……姑娘，我们柜上可没有这么多现银啊。”掌柜说道。

“掌柜，这两百两银票，我只换一百五十两纹银，但是我有一个条件，在我们没有退房之前，你暂时不能到钱庄去兑换现银。”夏秦怡道。

“这个……好吧！姑娘请稍等，我去后面给您拿银子。”掌柜说道。

片刻后，掌柜拿来一个沉甸甸的包裹，递给夏秦怡，说道：“姑娘，您点点，纹银一百五十两。”

夏秦怡随手从里面拿出两锭，交给掌柜，说道：“这是我们这几天的房钱，一日三餐都送到房里去，每天中午都要有只老母鸡，要用文火炖足三个时辰，鸡肚子里加些补血益气的药材。”

掌柜双手接过银子，笑着应承道：“姑娘请放心，包您满意。”

夏秦怡又将一锭银子交给店小二，吩咐道：“小二哥，麻烦您到街上的成衣铺，买两套男子的衣裳，最好是蓝色的，剩下的就赏给你了。”

“哎，谢谢姑娘，小的这就去！”小二哥道。

半个时辰后，大夫来取药箱，鹿难烛正在熟睡。

夏秦怡压低声音，询问道：“大夫，她刚才出了好多汗，身上很凉，是出什么问题了吗？”

大夫为鹿难烛把过脉，开口道：“姑娘请放心，这位公子只是失血过多，夜里可能会出现发热的症状，姑娘也无须担忧，老朽已经将药交给了厨房，晚饭后服用，夜里多盖被子，明日晌午之前应该会退热。若是还不见好，您再差店小二到药铺找我。”

夏秦怡道：“多谢大夫。”

鹿难烛睡得很熟，偶尔会微微蹙眉，夏秦怡一直安静地坐在床边陪着她。

鹿难烛行走江湖两年，受伤也不是第一次了，但她少有像今日这般睡得香甜。或许是因为有夏秦怡在她身边，才分外地安心吧。

不知不觉间，窗外已是日落西山。

店小二将饭菜端到房中，砂锅中的肉香伴随着药香飘了出来。

“姑娘，药已经煎好了，在厨房给您温着，饭后小的再给您端过来。”店小二说道。

“有劳小二哥。”夏秦怡道。

夏秦怡回到床前，想叫小鹿起床，却见鹿难烛不知什么时候醒了，正用那双深邃而明亮的眸子看着自己。

夏秦怡欣喜地说道：“小鹿，你醒啦！”

鹿难烛的鼻翼动了动，说道：“是饭好了吗？好香。”

夏秦怡忍俊不禁，坐在床边，说道：“对，晚饭好了，你还真有口福。”

夏秦怡拿过一套全新的中衣递给鹿难烛，道：“你把这个穿上，我们吃饭了。”说完，她绕屏风后面去了。

鹿难烛穿好中衣，夏秦怡正好走了出来。她拿着净布，为鹿难烛擦过双手，扶着对方慢慢地走到桌边坐下，她则坐到了对面。

夏秦怡用手隔着干布掀开了砂锅的盖子，白烟弥散开来。

“好香啊！”鹿难烛感叹，她已经快一天一夜没有进食了，一觉醒来，正饿着。

看着眼前的四菜一汤，鹿难烛食指大动。

夏秦怡的唇边始终保持着淡淡的弧度，她一直很欣赏小鹿的率性和纯真。

夏秦怡盛了一碗鸡汤，撕下几块鸡胸肉放到汤碗里，说道：“来，尝尝看味道怎么样。”

鹿难烛早已迫不及待，舀起一勺鲜亮的鸡汤，送到嘴里，眯起眼睛满意地说道：“美味！”

夏秦怡道："喜欢就多用一些，这鸡汤里加了枸杞、党参和黄芪，对你的伤口有好处。"

……

吃过晚饭，店小二撤下碗筷，将温着的汤药放到桌上，说道："公子，姑娘，请问您二位需要热水吗？"

"提一些进来吧。"夏秦怡道。

"姑娘请稍等。"店小二道。

就这两句话的工夫，鹿难烛已经将药喝完了。

夏秦怡看着桌上的空碗，怕鹿难烛积食，便扶着她在房间中慢慢走动。

店小二提着热水，倒进屏风后面的木桶里，随即出了房间。

鹿难烛听着屏风后面潺潺的水声，思绪不禁飞回到两年前，她第一次见夏秦怡的时候，就是在华夏山庄的汤池。

那个时候的夏秦怡见到自己后，先是慌乱地缩到汤池的角落，然后便是多番威胁……

夏秦怡擦着湿漉漉的长发，穿着中衣走到床前，见小鹿也不知道想到了什么，正出神地笑着。她坐到床边，好奇地问道："小鹿，在想什么？笑得这么开心？"

回忆画面里的"正主"忽然坐在面前，惊得鹿难烛突然坐起。她这一下子动作太大，扯到了腰间的伤口，吃痛得咧了咧嘴。

"怎么了？是不是扯到伤口了？怎么这么不小心，快给我看看。"夏秦怡忙道。

"一时忘了，不要紧的。"鹿难烛说。

"给我看看！"夏秦怡道。

夏秦怡撩起鹿难烛的中衣，见绷带上没有渗血的痕迹，松了一口气，嗔怪道："想什么呢，这么入迷？"

夏秦怡本就是随口一问，却看到鹿难烛神色紧张，突然来了兴致，跪坐在鹿难烛的身前，说道："快说！"

鹿难烛支吾了一会儿，低声说道："那……我说了你可不许生气！"

夏秦怡的兴致更浓了，笑道："你说。"

"我只是想到了我们俩第一次见面的场景。"说完，鹿难烛更心虚了。

夏秦怡听完，率先回忆起的是她和小鹿在天穹山下的初识。但是很快，她反应过来，小鹿还有另外一个身份，丑侠！她和丑侠第一次见面的时候……

一个坐在床里，一个跪坐在床边，二人都是一副心虚的神情，不敢看对方。

过了好一会儿，夏秦怡才从回忆中缓过来。她握起粉拳，隔着被子在鹿难烛的腿上敲了两下，怪道："你说，你一个姑娘家的，为什么要跑到别人的汤池里来。"

鹿难烛抿了抿嘴，看着夏秦怡的眼睛认真地解释道："正好，借着今天的机会我要好好解释一下。在我的村子里，有一户人家只有祖孙三人，长孙叫小虎子，几年前被外物入眼，导致双目失明，天下间只有东海夜明珠粉可以让他复明。我打听到华夏山庄毗邻东海，有许多东海夜明珠，所以才入庄盗珠。可那个时候我的江湖经验尚浅，身手也不济，一入华夏山庄就险些被巡逻的护院发现，只得一路逃窜，最后逃到守卫最少的汤池，在里面躲了一天一夜，后来……你就来了，而且还带来一颗东海夜明珠……当时我也没想那么多，觉得都是女子，就没有避讳，对不起。"

鹿难烛愧疚地低下头，像一个犯了错的孩子。

听完了鹿难烛的解释，夏秦怡又怎么可能还会生气？她扶着鹿难烛的肩膀，轻声说道："既然是救人，你又何错之有呢？倒是我，应该向你道歉，我从前以为你是男子，偷入汤池是因为心术不正，又觉得……你是贼，所以后来才对你诸多刁难。万幸！没有伤到你。"

鹿难烛向里面挪了挪，拍了拍身旁的位置，说道："进来吧，这个时节，夜深露重，当心着凉。"

"等一下！"说罢，夏秦怡起身来到桌前，将沧龙剑和凤血刀抱了过来，放到床上，然后掀开被子，坐到鹿难烛的旁边。

二人的腿上盖着被子，被子上交叉放着凤血刀和沧龙剑。

鹿难烛碰到夏秦怡披在肩上的发梢，说道：“你的头发好像还没擦干，就这样睡是要得头风的。”她说着，拿起之前的干布，细细地为夏秦怡擦拭头发。

夏秦怡微笑着，安然享受小鹿的服务。她一边轻抚沧龙剑冰凉的剑身，一边喃喃说道：“这就是沧龙剑啊……”

鹿难烛说道：“嗯，它的上一任主人是怪侠，也是我的师父，我按照师父留下来的书信，在一处绝境中找到了它。你可以拿起来看看。”

夏秦怡将宝剑竖在胸前，用两根手指轻轻地摩挲剑身，又将沧龙剑横了过来，仔细研究剑柄。她看着那雕刻得栩栩如生的沧龙，龙身上每一块鳞片都被刻得清晰精致，龙睛是一枚蓝宝石。

夏秦怡拿过凤血刀，将刀剑贴在一处，用手肘碰了碰鹿难烛，说道：“小鹿，你看，我们的兵器好像！”

鹿难烛停下手中的动作，目光集中在刀剑上。

“你看，我的刀柄是一只火凤，你的剑柄则是一条沧龙，再看这里！”夏秦怡边说边指给鹿难烛看。

鹿难烛顺着夏秦怡的手指看去，只见这一龙一凤的眼睛都是用宝石镶嵌的。

鹿难烛拿过夏秦怡的凤血刀，细细观察，说道：“确实如你所说！而且上次我就发现了，凤血刀的重量和沧龙剑相差无几，我用起来很顺手！”

夏秦怡兴奋地说道：“你说，这一刀一剑，会不会在刚铸造出来的时候是一对神兵，后来因为它们的第一任主人故去，刀剑也因此分开，所以才演变成了今天的样子？”

“嗯。”鹿难烛点了点头，对夏秦怡的猜测表示认同，却没有看到身边人的脸上那一闪而过的凝重……

夏秦怡突然想起《三十六路天罡刀法精要》中，最后一页的话：凡吾后人，必持凤血刀，手刃沧龙剑主，提剑祭拜，不见沧龙剑，吾死不瞑目。

本来她有好多话想和小鹿说，可想起这个，兴致瞬间消失殆尽。

察觉到夏秦怡投来的目光，鹿难烛问道："怎么了？"

"没什么，你身上有伤，我们早些睡吧。"夏秦怡道。

"好。"鹿难烛应道。

沧龙剑和凤血刀被放到床尾，二人双双躺在床上。

夏秦怡盯着头顶的帷幔，心中怅然：为什么山庄要定下这样一条祖训？这对刀剑之间，到底发生过什么？要她去伤害小鹿……光是这样想想，都会觉得心痛！

况且，小鹿并没有做错什么……

黑暗中，夏秦怡握紧拳头，做了一个大胆的决定：这次回到山庄，就把最后一页撕掉！反正那一层只有她能进去，就让这份恩怨从她这一代终结吧。大不了，百年之后，到九泉之下向老祖宗负荆请罪就是！

夏秦怡忙活了一天，她躺在床上，紧挨着小鹿，很快就睡着了。

最重要的是，困扰了她多日的心病也解决了——小鹿和丑侠原来是同一个人。心结解开，人也轻松，这一觉她睡得很沉。

大抵到了后半夜，夏秦怡突然感觉到有人捂住了她的口鼻，耳边传来一股热气，鹿难烛紧紧地贴在她的耳边，低声说道："嘘，有贼人。"说着，鹿难烛抓着夏秦怡的手往门口指了指。

夏秦怡转过头去，在门的方位赫然看到几个红色亮点。没想到居然有人盯上她们了，敢往门里放迷香。

鹿难烛有天魔功护体，可以闭气很长时间，自是无惧这下三滥的手段。她一手捂着夏秦怡的口鼻，一边轻声在她耳边说："应该是今日你和掌柜折现银的时候，漏了财，被人盯上了。"

夏秦怡运功闭气，拿下了鹿难烛的手，低声说道："你身上有伤，等下只管躺着，看我怎么收拾他们，哼。"

鹿难烛早已从对方笨拙的动作上，判断出来人不过是普通的小偷，又见夏秦怡的兴致高涨，便无声地笑着点了点头。

夏秦怡起身，将放在桌上的包裹塞进被子里，放在她和鹿难烛之间。里面是她们的全部家当，她倒要看看这小贼有多大的胆子。

藏好包袱后，她又恍然想起床尾还有沧龙剑和凤血刀，连忙抖了抖被子，把刀剑也盖在了下面。

突然，夏秦怡感觉到小鹿拉了她一把，她立刻明白过来，急忙躺了下去。

几乎同时，门口传来了用刀子划门闩的声音。

本是夏秦怡起意要捉弄这帮小贼的，临了，人家要进来了，她却突然忍不住想笑。她的双肩不住地抖动，颇有一种小孩子恶作剧要得逞了的感觉。但她又怕因为自己笑出声而"功亏一篑"，于是翻了个身，钻到被窝里，把整张脸都埋进去，身体依旧在颤抖着。

笑这种事情很奇怪，有些时候明明不是很好笑的事情，但一旦笑开了，便很难停下来，而且笑是会传染的。

听到门闩被拨开的声音，鹿难烛一手绕到夏秦怡的脑后按住，感受着身边的人止不住颤抖的身体，她突然也忍不住跟着笑了起来。

夏秦怡一看鹿难烛也笑了，自己就更忍不住了，埋在被窝里死命地笑个不停。

鹿难烛忍得十分痛苦，干脆也将自己的脸埋在枕头里。

两个人就这样笑作一团。

门外的贼人进门了，而这两个不仅一点儿都不害怕，反而要努力地克制自己别笑出声音。

没一会儿，两个人的小腹传来了酸胀之感。原来一件这么小的事情，也可以让人笑得这样开心。

鹿难烛和夏秦怡根据脚步和呼吸声，判断出来人有两个。

也不知道是不是对自己的迷香太有信心，这两个人大咧咧地进门之后，居然从怀中掏出火折子，点燃了烛台。

一见光亮，夏秦怡整个人都憋不住了，忍不住笑出了声音。

鹿难烛紧紧地护住夏秦怡，眯着眼睛看向小贼，提防他们攻击夏秦怡的后背。

突如其来的诡异笑声，倒是把两个小贼吓了一跳，其中一个拔腿就跑，却被胆子大一点儿的捉住了，骂道："你跑什么？"

"大……大哥，里面的人，没睡！"另外一个胆小的贼说。

"胆小鬼，不可能，我用了平日三倍的剂量，就算是一头牛也得睡死过去。再说，我都已经打听过了，这屋里住着的是个姑娘和她受伤的姘头，不用怕！"胆大的贼大哥道。

听到这话，鹿难烛不高兴了。

夏秦怡也渐渐止住了笑容，被子下面的手动了动，好像是在安抚小鹿的小情绪。

两个贼一边在屋中寻觅，一边继续闲谈道："二弟，那个姑娘可有钱了，出手就是百两的银票，怀里还有那么厚的一摞！我的乖乖，那得是多少钱啊，咱们这次发达了！"

"大哥，没找到啊，包袱藏哪儿了？"

"没有？不可能，不会是藏在枕头底下吧？我们过去看看！"

二人来到床前，鹿难烛平躺着，夏秦怡在她的旁边。

为了满足夏秦怡恶作剧的欲望，鹿难烛干脆使出了龟息功，让呼吸若有若无，做出一副深中迷香的样子。

两个小贼看到鹿难烛的容貌，惊愕地说道："我的个乖乖，这小白脸居然比女人还美！"

夏秦怡本来还想等二人走近，再重重地赏他们一人一拳，可听到他们这样说小鹿，她一秒也忍不住了，"嚯"的一声从床上坐起，呵斥道："你们偷东西就偷，嘴巴怎么还不干净！"

"哎哟，我的老天爷啊！"胆小的贼二弟一屁股坐到了地上。

贼大哥也是大惊失色，心想：我已经用了三倍的剂量，里面的人还安然无恙，必定是高手！

贼老大非常识时务，"扑通"一声就跪下了，贼二弟也紧随其后，跪在了夏秦怡的面前。

夏秦怡微微一怔，这出乎意料的一跪，反而让她为难了。

"这位姑娘，小的上有高堂老母，又有糟糠之妻卧病在床，膝下还有一儿一女，实在是走投无路才会出来干这龌龊勾当。小的有眼不识泰山，冲撞了姑娘，还求姑娘看在您也没少什么的份上，饶了我俩吧。"贼老大求饶。

夏秦怡看着匍匐在地的两人，不知如何是好，便把求助的目光投向内侧的鹿难烛，可是对方却双目紧闭，一副“中了迷香”的样子。

夏秦怡噘着嘴，推了推鹿难烛的胳膊，低声唤道：“小鹿。”

鹿难烛闭着眼睛，绽放出笑容，点了点头。

“你们俩给我听好了，别再让我看到你们，不然我就不会这么客气了。”夏秦怡喝道。

贼大哥闻言，磕头如捣蒜，嘴里说道：“谢姑娘不杀之恩，小的记住了！”

“走吧，出去把门带上。”夏秦怡道。

二人走后，夏秦怡把包裹放到床尾，转头见鹿难烛正笑眼弯弯地看着自己。

夏秦怡也跟着笑了起来，躺到床上，有些意犹未尽地说道：“小鹿，你知道吗？我长这么大，还是第一次遇到这样的事情呢！以前我只是听说过，后来出门的时候，青竹和飘雪把我照顾得很好，所以我根本遇不到这种事，今天真是开了眼了。”

鹿难烛从夏秦怡的话语中感受到一丝童趣，她枕着一条胳膊，饶有兴致地问道：“你最开始是怎么打算的？”

夏秦怡狡黠一笑，说道：“我最开始打算等他来掀被子的时候，重重地赏他们一人一拳，必须打得他们眼冒金星才算完。”

二人相识一笑。

“小鹿。”夏秦怡突然道。

“嗯？”鹿难烛应道。

“我想问你个问题，但是你不许生气。”夏秦怡说。

“好，你说。”鹿难烛道。

“我想知道你平时都是怎么行窃的？”夏秦怡问道。

鹿难烛看着夏秦怡亮晶晶的眸子，知道夏秦怡绝对没有嫌弃她的意思，只是纯粹地好奇，便回道：“其实我的主要目的并不是行窃，我是在找一件很重要的东西，只是在寻访无获后，顺便拿了些银子罢了。两年来我只偷过一次普通人家的东西。我住的地方很贫瘠，村子里的人少，除了我之外，都是老人和孩子，他们需要生活的必需品，需要我的供养。”

“小鹿。”夏秦怡又喊道。

“嗯？”鹿难烛应道。

“你真善良，其实我一直都觉得很奇怪。据我所知，丑侠行窃的最大金额便是东海夜明珠，其次就是前一阵子在烈刀门盗走的纹银八十两。这点我一直都想不通，现在终于明白了。”夏秦怡顿了一下，“你说，若是江湖上的人，知道大名鼎鼎的丑侠拿银子只是为了供养村中的老人和孩子，他们会如何反应呢？”

鹿难烛摇了摇头，说道：“我从来不在乎他们怎么看我，我也从未有过与任何人为敌的打算，我有我不得已的苦衷，有些事情我必须要做。”

夏秦怡敏锐地捕捉到小鹿语气中淡淡的忧伤，她想也许就是这个“苦衷”让她不得已加入了魔教。毕竟在上一次分别之前，小鹿还坚定地告诉自己，她并不是魔教的人，而且还在樊梨城外大战修罗、荒火。不过短短几个月，小鹿就成了魔教圣子，这之中肯定发生了很重要的变故。

其实，鹿难烛是魔教圣子的身份，夏秦怡还是有些介意的，毕竟父亲的仇，是横亘在她心头多年的结。

不过夏秦怡并没有提及此事，她相信小鹿的苦衷。

被两名小贼这么一折腾，两个人也精神了些，于是便盖上被子，说了好多的话。

二人的谈话并没有具体的主题，就这样一直聊到天蒙蒙亮。

鹿难烛见夏秦怡面露疲态，随手为夏秦怡扯了扯被子，柔声道：“我们再睡一会儿吧。”

“好。”夏秦怡应道，安心地闭上了眼睛。

鹿难烛笑了笑，将天魔功凝聚在手指上，轻轻一弹，烛台上的蜡烛便冒出一股白烟，熄灭了。

“小鹿。”夏秦怡叫道。

“嗯？”鹿难烛应声。

“你会说话，真是太好了。”夏秦怡喃喃地说道。

鹿难烛听到这样一句话，心口仿佛被什么温暖的东西包围，一向坚强的她，竟然眼眶一热。她看着熟睡的夏秦怡，感慨万千：自双亲去世后，自己再也没有遇到这般纵容她、包容她、无条件原谅她的人了。

原本她还一直在担心，若是夏秦怡得知自己一直都是在骗她，自己会不会就此失去她？

直到此时此刻鹿难烛才明白，是自己“以小人之心，度君子之腹了”。看来，自己对夏秦怡还是不够了解，低估了她的度量。

不知不觉间，天已大亮。

夏秦怡一觉醒来，就看到了小鹿，顿时心情大好。她在心中默默道了一句“早安”，便蹑手蹑脚地掀开被子，穿好衣服，走了出去。

夏秦怡来到大堂，店小二迎了过来，恭敬地说道：“哟，姑娘起得真早，早饭已经给您做上了，一会儿就给您端到房里。”

“嗯。”夏秦怡应道。

“对了，今早有一位客人退房了，黄字号的上房空了出来，姑娘需要再开一间吗？”店小二问道。

夏秦怡支吾了一会儿，她想到要和小鹿分开，心底有些不愿意。

店小二看出夏秦怡的心思，又说道：“不过黄字号虽然也是上房，但和姑娘您住的天字号没法比，而且两间房离得也有些远。小的觉着，那位公子身上有伤，照顾起来多有不便，不如姑娘就委屈委屈，等隔壁的玄字号空出来，再换吧。”

“嗯，既然如此，就不用开了。”夏秦怡道。

夏秦怡很满意，大方地摸出一锭碎银子丢到小二的怀里，说道：“昨天的砂锅鸡炖得不错，汤药火候也足，这几日还要辛苦你了，这个赏你。”

“哎，这都是小的本分。姑娘您放心吧，小的一定尽心尽力。”店小二道。

“还有一件事我要交代给你。”夏秦怡说道。

“姑娘您吩咐。”店小二道。

“如果有人来店中打探有没有受伤的人或者一位拿着刀的姑娘

来过，你知道怎么做吧？”夏秦怡道。

“姑娘敬请放心，小的明白！”店小二应道。

“嗯，他们若是给你银子，你就拿着，但我们的行踪不得透露半句，他们给你多少，本姑娘会赏你双倍。”夏秦怡又说。

店小二乐开了花，心想这简直就是天降财神爷啊，便忙不迭地拍胸脯保证。

夏秦怡回到房间，见鹿难烛已经醒了，此时正打开包袱，准备穿衣服。

夏秦怡迎了上去，接过衣服，问道：“怎么不再多睡一会儿？”

“昨天躺了一天，想起来走走。”鹿难烛道。

“先别忙着穿衣服，让我检查一下你的伤口。早饭马上就好了，等吃完了再说。”夏秦怡说。

“好。”鹿难烛应道。

鹿难烛坐到床上，脱掉中衣，夏秦怡为鹿难烛拆开绷带，惊奇地说道：“小鹿，你的伤口愈合得好快啊！”

“嗯，上次受伤的时候我就发现了，天魔功似乎对伤势的痊愈很有帮助。”鹿难烛说道。

“天魔功？就是你师父怪侠留下的武功秘籍？”夏秦怡问道。

“嗯。”鹿难烛应道。

“对了，小鹿，上次你的手是被谁打断的？”夏秦怡又问。

“北冥鲲。”鹿难烛答道。

“啊？”夏秦怡惊讶道。

“怎么啦？”鹿难烛问。

“哼，亏我还救过他呢，早知道是他把你伤得那么重，那日我就不必那般费力救他，任他自生自灭好了。”夏秦怡道。

夏秦怡毫无条件的袒护让鹿难烛的心里暖融融的。她笑着说道：“其实北冥鲲这个人虽然莽撞了些，但也算得上是真性情。”

“看在……他后来帮你的份上，我就原谅他好了。”说到这里，夏秦怡的目光暗了下来。

鹿难烛轻声说道：“北冥鲲的巨剑威力惊人，你若担心飘雪的伤势，就回去看看吧。”

夏秦怡没想到小鹿竟然看穿了自己的心思。她确实有些动摇，但还是摇了摇头，说：“还是不要了，如果只有飘雪和青竹在倒是无妨，可是还有丁酉和丙午呢，他们俩分别跟在二爷爷和三爷爷身边多年，忠心耿耿，想必派他们来也是有任务在身。有他们在，你的身份更是不宜暴露。”

“你也别太难过了，飘雪定能吉人天相。”鹿难烛安慰道。

“嗯！”夏秦怡应道。

夏秦怡为鹿难烛换了药，拿过那件海蓝色的袍子，说道：“我来帮你穿吧。”

“还是我自己来吧……”鹿难烛道。

夏秦怡将袍子抱在怀里，对鹿难烛假意瞪眼。

鹿难烛被逗笑了，乖乖伸开双臂。

店小二端着早饭进来，止不住地往鹿难烛身上看。

鹿难烛的这张脸，哪怕是被当成一个女相的男子，也同样摄人心魄。

夏秦怡察觉到店小二的目光，起身挡住了店小二的视线，接过托盘，吩咐：“出去吧，这里没你的事了。”

后者脸一红，心中直呼“邪门”：天下怎么会有这么好看的男子？自己一个大男人居然盯着人家公子看，可别惹恼了这位姑娘，那可是他的财神爷、摇钱树啊！

店小二再也不敢多看鹿难烛一眼，唯唯诺诺地退了出去。

夏秦怡转过身，见小鹿正对着自己淡淡地笑着，便招呼鹿难烛吃饭。

吃完早饭，鹿难烛提出离开徐州城，夏秦怡不太放心她的伤势，提议在徐州城多住些时日。

“下个月是我父亲的忌日，从徐州城到我住的村子路途遥远，时间已经很紧了。”鹿难烛说道。

“可是我不放心你一个人上路，我可以和你一起回去吗？”夏秦怡道。

鹿难烛看到夏秦怡眼中的希冀，问道：“你不回华夏山庄不要紧吗？”

夏秦怡答道：“嗯，到了下一城，我修书一封，让飞鸽传回去，和三爷爷说明情况即可。”

鹿难烛道：“那好。”

夏秦怡叫来小二，将自己细心列好的清单交给他，说道：“麻烦小二哥按照这个单子替我采买。”

“姑娘您这是打算启程了？”店小二问道。

“嗯，有些事情，麻烦你了。”夏秦怡说道。

……

当天夜里，二人退了房间，登上了马车。

鹿难烛本想赶车，夏秦怡却以鹿难烛有伤在身为由，拒绝了。

鹿难烛过意不去，大部分时间都陪在夏秦怡的身边，二人并肩坐在一起，天南海北地闲聊，倒也不会无趣。

为了避免引人注意，她们白天在城内客栈休息，选在夜间赶路。鹿难烛身穿男装，背着装着沧龙剑和凤血刀的木匣。夏秦怡也换上了男装，并且给鹿难烛买了一顶黑纱斗笠，叮嘱她必须戴着。二人看上去，像极了一对跑江湖的“兄弟”。

夏秦怡没想到小鹿竟然隐居在天山下，难怪四方赏金猎人一直寻不到丑侠的踪迹。在此之前，她只觉得天山是传说中的一片净土。听说书人讲：当年怪侠君莫笑曾在天山力挫天下群雄，最后隐居于此。

她本以为那只是一段传说故事，没想到是真的。

于是，她便抓着鹿难烛给她讲天山的事情。她生在钟鸣鼎食的大家族里，十七年来，看遍了江湖的繁华，此时听着鹿难烛口中那个仿佛世外桃源一般的存在，心中既感到新奇又十分向往。

按照鹿难烛的指示，她们需要赶到莫苏城，然后一路向北，途经常州、沧州、青州，最后才能到天山。

到了莫苏城，夏秦怡修书一封，差路边的乞丐，把信送到华夏山庄旗下的当铺，然后又和鹿难烛马不停蹄地出发了。

第十五章

十一月初，二人终于赶到了青州，夏秦怡没同鹿难烛商量，直接将马车赶到了城内最大的杂货铺。她已经听说了天山的疾苦，那里是小鹿的家乡，她自然也要做些什么。

夏秦怡不缺银子，但大部分都是华夏山庄的银票，她怕给鹿难烛惹来麻烦，只好用剩下的现银，买了一马车的生活必需品。

夏秦怡看着车上的货物，有些不满意地说："过几天就要入冬了，这银炭是不是少了点儿？"

鹿难烛倚着马车，看着自言自语的夏秦怡，心中涌过一股暖流。

夏秦怡欢快地挥舞着手中的马鞭，问道："小鹿，我们还有几天才能到天山啊！"

鹿难烛答道："照这辆马车的脚程，再走三天，应该就到了。"

夏秦怡道："太棒了，我真想看看你从小长大的地方。"

鹿难烛说："其实天山也没什么，只有一座冰冷的山。冬天很漫长，粮食一年只能成熟一次，唯一的好处大概就是远离了中原武林，人心也质朴些，但是和华夏山庄还是没法比的。"

夏秦怡没有答话，心中却暗戳戳地念道：那怎么能一样呢？华夏山庄又没有你。

这一路一直都是夏秦怡赶车，鹿难烛看着她生疏的动作，就知道这是她第一次赶车。

鹿难烛有好几次都想接过马鞭让夏秦怡休息一会儿，但夏秦怡说什么都不肯。她怕夏秦怡辛苦，建议道："我们下车走走吧，休息一会儿，腿一直这么悬着，走路要痛的。"

“好。”夏秦怡一拉缰绳，跳下了马车。

脚下是一望无际的草原，此时北方正值深秋，放眼望去，干草的枯黄色绵延不尽，一直连到天边。

夏秦怡感叹一声，慵懒地伸了一个懒腰，深吸了一口气。

鹿难烛跟着跳下马车，朝着北面一指，说道：“那边就是天山。”

“在哪儿呢？”夏秦怡问道。

夏秦怡顺着鹿难烛手指的方向看过去，但除了几朵云彩之外，根本没有看见有什么山。

鹿难烛眨了眨眼睛，回道：“在云的后面。”

“小鹿！你好坏，竟然捉弄我！”夏秦怡道。

鹿难烛笑得灿烂，突然眼角的余光瞥到一片枯黄的草丛中有一团毛绒动了动。

“饿吗？”鹿难烛问道。

“你饿啦？你等一下，我去马车里给你拿干粮。”夏秦怡道。

鹿难烛轻轻地拉住夏秦怡的衣袖，神秘地笑了笑，说：“吃了这么多天的干粮，想不想吃点儿其他的调剂一下口味？”

“吃什么？”夏秦怡有些疑惑，这一路上别说是商铺，就连人家都没有，到哪里去弄其他的食物呢？

“你还有没有碎银子？”鹿难烛问道。

夏秦怡在怀中掏了掏，拿出一沓银票和几个铜板。她所有的现银都已经变成了马车上的日用品。

鹿难烛拿过一枚铜板，对夏秦怡眨了眨眼，说道：“看我给你变戏法！”说完，“嗖”的一声，她将铜板掷了出去，那只躲在草丛中、颜色和枯黄色草地几乎相近的野兔倒在了地上。

鹿难烛信步走了过去，提着野兔的耳朵回到夏秦怡的面前，道：“喏，咱们就吃它，这个季节的野兔最肥了。”

夏秦怡满眼崇拜地看着鹿难烛，心想：小鹿真的好棒，什么都会。

由于沧龙剑的构造，所以不方便用它来处理野兔，夏秦怡便将自己的凤血刀递给了鹿难烛。

江湖上人人梦寐以求的神兵，居然被当成了庖刀，也不知道华夏山庄的列祖列宗知道了，会不会气得七窍生烟。

鹿难烛麻利地收拾好野兔，升起了篝火，调味料都是现成的。

二人盘膝坐在一起，鹿难烛旋转着手中的野兔，不时往兔子上面撒些佐料，不一会儿，香味就飘了出来。

夏秦怡眼巴巴地看着眼前金灿灿的、滴着油珠的野兔，咽了咽口水。这几日她们一直都在吃干粮，可以说是她自出生以来经历过的最“贫苦”的生活了。

看到夏秦怡如此，鹿难烛忍不住笑了起来，之后又有些心疼，加快了手中的动作。

鹿难烛将外焦里嫩的野兔拿了起来，夏秦怡的目光便一直追随着野兔。

“好了，可以吃了。”鹿难烛说罢，扯下一条兔腿，递了过去，“当心烫。”

“喀嚓”一声，焦脆的兔皮被咬碎后，夏秦怡吃着里面多汁又美味的鲜嫩兔肉。

“真好吃！”夏秦怡的嘴巴鼓鼓的，笑眯眯地看着鹿难烛，对她的手艺表示赞扬。

“等到了天山，我带你去一个地方，那里的鱼才是人间美味呢。”鹿难烛道。

“好！”夏秦怡应道。

一只野兔，大半入了夏秦怡的肚子，她感觉胃有些胀，干脆向后一仰，躺在了草地上。鹿难烛扑灭了火，在夏秦怡的身边躺下。两个人挨得很近，一起眺望天空中缓缓飘过的白云，享受饭后闲适的时光。

“小鹿，你看，那朵云彩好像我们刚才吃过的兔子。”夏秦怡道。

“嗯，是挺像的。”鹿难烛道。

“还有那个，好像你！”夏秦怡又说。

“像我？”鹿难烛问道。

“对啊！一只小鹿嘛。”夏秦怡道。

“唔，我要是一只鹿，那你是什么？”鹿难烛问。

夏秦怡不假思索地回道：“那我就是一株草好了。”

鹿难烛笑道：“就算你是草，也不是一株普通的草。”

夏秦怡问道：“那是什么？”

鹿难烛说：“是一株仙草。”

夏秦怡问：“为什么？”

鹿难烛道：“我给你讲个故事吧。”

夏秦怡应道：“好！”

鹿难烛道：“传说，神农大神座下有两位护法弟子，一位是仙鹤，一位是白鹿，他们二人共同守护神农的百草园。仙鹤会飞，负责播撒药草种子；白鹿喜静，负责守护百草园里面的仙草。如果我是一只鹿，那你就是那一株仙草。”

听完这个简短的小故事，夏秦怡不禁想起这两年来她和小鹿的共同经历，正好也印证了这个故事。

小鹿一直都在守护着自己，无论是以丑侠的身份，还是小鹿的身份，这些都从未变过。

夏秦怡的心中涌出一股暖流，有些感动。

“小鹿！”夏秦怡唤道。

“嗯？”鹿难烛应道。

“这个故事我怎么从来都没有听过，你是从哪里听来的？”夏秦怡问道。

华夏山庄里有不少藏书，夏秦怡却从来没有看到过这个故事。

“是我娘讲给我听的，她知道好多故事。”鹿难烛道。

“真好……我都不记得娘的样子。”夏秦怡道。

“没关系，你若是想听，以后我把这些故事都说给你听。”鹿难烛说。

“一言为定！”夏秦怡道。

“一言为定。”鹿难烛应道。

“那……拉钩钩。”说着夏秦怡伸出小拇指，举到鹿难烛的面前。

鹿难烛笑着，同样伸出小拇指勾住了夏秦怡的手指。

两个少女，枕着枯草，面向蓝天，达成了一个约定。

三日后，天山。

拐过一条山脉，夏秦怡的眼前出现了一个妙处，这正是世隐村。

夏秦怡很好奇，一路上四处张望。鹿难烛则牵着马车走进村子，先到了孙婆婆家。

听到马蹄声，小豆芽掀开门帘，口中喊着“鹿姐姐”，飞似的从里面跑了出来。

“这就是小豆芽？”夏秦怡问。

“嗯。”鹿难烛应道。

鹿难烛半蹲下去，一把抱起小豆芽，举了举，嘴里说道：“小豆芽长高了，也重了。”

“鹿姐姐。”小豆芽唤着鹿难烛，双手紧紧搂住鹿难烛的脖子，脸上带着亲昵的笑容。

小虎子也从房间中走了出来，数月不见，小虎子长高了不少，原先攒在额头上的头发也束到了头顶，已是少年郎的模样。

“鹿姐姐。”小虎子唤道。

“小虎子，快过来。孙婆婆呢？”鹿难烛道。

“祖母到丁婆婆家里去了。”小虎子说。

鹿难烛听到小虎子话中对孙婆婆的称呼，笑道：“看来，我不在的日子里，小虎子读书很用功啊，知礼了。”

小虎子骄傲地挺了挺有些干瘦的胸膛，露出一颗小虎牙。

兄妹二人都好奇地打量着同来的夏秦怡。

鹿难烛晃了晃怀中的小豆芽，介绍道：“这位是我的好朋友，你们俩叫她夏姐姐就好。”

“夏姐姐。”小虎子唤道。

“姐姐？”小豆芽疑惑道，她歪着脑袋，感觉有些奇怪，明明是哥哥啊！

“是姐姐，只不过出门行走，为方便起见，我和夏姐姐都换了男装。你看鹿姐姐穿的不也是男装吗？”鹿难烛说道。

“哦，夏姐姐。”小豆芽道。

“你们好！”夏秦怡打着招呼。

“这马车里的东西，都是夏姐姐买的。小虎子你拉着马车，在村中走一圈，看看谁家缺什么，把东西给大家分下去。”

“好。”小虎子应道。

“鹿姐姐，我想坐马车！”小豆芽道。

鹿难烛将小豆芽放到马车上，让小虎子牵着马车，目送二人走远。

“这就是你长大的地方啊！真好！”夏秦怡说道。

“可惜只剩下五户村民了，除了小豆芽和小虎子，其余都是上了年纪的老人家。也许再过些年，世隐村就不存在了。”鹿难烛说道。

“谁说的！这地方安静又淳朴，以后我也可以隐居在这里啊！”夏秦怡道。

鹿难烛笑着摇了摇头，只把夏秦怡的话当成了玩笑。毕竟她是华夏山庄下一代的家主，怎么可能离得开江湖。

“走吧，我带你到我家里坐坐。”鹿难烛说。

“好！”夏秦怡应道。

走进鹿难烛家的小院，夏秦怡看到医庐的匾额，眼前一亮，问道：“我可以进去看看吗？”

鹿难烛道：“当然可以，来，我带你参观。”

医庐是对称结构的，后门和正门在一个中轴线上，庐内干净清新的空气中弥漫着淡淡的草药香；东墙是一人高的药柜，上面有几十个四方的抽屉，每个抽屉上面都写了药材的名字；桌子上放着铡药刀和石罐石杵，另一张桌子上放着小枕木，是给病人号脉的地方；走出后门，是一个小院，小院里有两方空旷的苗圃，还有一排小泥炉。

鹿难烛介绍：“这些都是我娘留下来的，天山下的土地贫瘠，药材更是稀缺。从前，我娘亲会在这两块苗圃里栽种些药材，这两排熬药的泥炉是我爹爹当年亲手为娘亲做的。当时爹爹的身体还不是很糟糕，他会带着我去挖泥，一起在这个院子里捏这些泥炉。”

鹿难烛指了指其中一个造型有些歪扭的、最小的炉子，道：“那个就是我做的。”

夏秦怡一直面带微笑地听着，随着鹿难烛简单地讲述，她们超越了时间，一起回到了鹿难烛小的时候。她仿佛看到了一位温婉美丽的女子，拿着铲子，精心呵护着苗圃中的药草；然后，女子笑着回过头来，看着院中的一大一小，正挽着袖子和泥巴、捏炉子。

这样温情的画面，是夏秦怡从没有见过的。她不禁转头看向身边的鹿难烛，见她的脸上也带着浅浅的笑意。

夏秦怡想：想必小鹿此时想的，应该和我一样吧。

二人重新回到药庐正厅，夏秦怡看到西墙上挂着一幅画，便走上前去。

鹿难烛见状，解释道："这是我娘亲，这幅画是我爹爹画的，下面的字也是我爹爹写的。"

夏秦怡闻言，仔细打量着画中的女子：女子容貌极美，典雅端庄。

"你的眉眼很像你的娘亲。"夏秦怡道。

"嗯，爹爹也说我的眉眼像娘亲，鼻子像爹爹一些。"鹿难烛说。

夏秦怡又看向画卷右下角的两行小字，情不自禁念了出来："生死契阔，与子成说。执子之手，与子偕老。"

"我爹爹说，这是他遇到娘亲之后唯一的愿望。只可惜他们并没有白头偕老，我们搬到这里几年后，爹爹就去世了，之后娘亲也去了。"

夏秦怡听不得小鹿这样忧伤的语气，便拍拍她的肩膀，柔声安慰道："逝者已矣，好在他们永远地在一起了。"

"嗯！"鹿难烛应道。

当天晚上，孙婆婆准备了晚饭，请鹿难烛和夏秦怡过去吃饭。

彼时二人沐浴完毕，双双换回了女装。

孙婆婆看到夏秦怡，喜欢得不得了，拉着她的手，夸赞道："这位姑娘长得真灵透，你和难烛是怎么认识的？"

听到这个略微有些尴尬的问题，夏秦怡将求救的目光投向了鹿难烛。

鹿难烛摸了摸鼻子，回道："她……溺水了，我把她救了起来，就认识了。"

夏秦怡瞪了她一眼，心说：也亏她能把沐浴说成溺水，把偷盗说成救人。不过她再一想，觉得似乎有些关联，汤池确实有水，而盗取东海夜明珠也确实是为了救人。

孙婆婆道：“好好好，我们难烛从小在村子里长大，你是她带回来的第一个朋友，以后出门在外的，还请夏姑娘多多照顾她。”

夏秦怡道：“孙婆婆，您放心，我会的。”

五人入座，桌上摆着四道简单的小炒，三素一荤。

鹿难烛知道，这已经是孙婆婆家待客的最高礼遇了，可是这样的菜式对于夏秦怡来说却是相当的简陋。然而，夏秦怡吃得很开心，并且一直夸孙婆婆的手艺好。

孙婆婆被夏秦怡哄得十分开心，一顿饭吃得其乐融融。

回家的路上，夏秦怡突然感慨地说道：“下次再出门，我一定多带些现银。这次买的东西太少了，分成五份，一家也没得多少。”

“谢谢。”鹿难烛道。

“不必谢我，孙婆婆是好人，还有我也很喜欢小豆芽和小虎子。”夏秦怡说。

第二天一早，鹿难烛煮了野菜粥，和夏秦怡一起吃过后，便拉着她出门向北去了。

二人爬上天山，走过一段极险的冰封小路，来到一处断崖边。夏秦怡看着脚底下深不见底的山谷，疑惑地问道：“这是？”

没等夏秦怡说完，鹿难烛便拉着夏秦怡，从悬崖上跳了下去。

“啊——”夏秦怡吓得大叫，鹿难烛脸上带着捉弄成功的得意笑容，稳稳地扶着夏秦怡。

夏秦怡因为害怕，死死地抓着鹿难烛的手臂，在鹿难烛的耳旁止不住地尖叫。

平稳落地后，鹿难烛看着身边的夏秦怡，痛苦地咧了咧嘴，心想：没想到她的气息这样绵长，从跳下来的那一刻开始，一直叫到谷底，自己的耳朵都被震痛了。

夏秦怡感觉鹿难烛碰了碰自己，并且耳边呼啸的风声也消失了。她拉着鹿难烛的胳膊，偷偷往外看了一眼：她们二人置身于一块冰台上，几丈之下是一汪潭水。

鹿难烛看到夏秦怡眼角挂着的泪花，吓了一跳，连忙将她稳稳地扶到身边，用手拭去了她眼角的泪，道："对不起呀，我……我不是有心的。"

夏秦怡真的吓坏了，毕竟事先没有一点儿提示，直接被拉着跳崖，还以为自己会就这样死了呢！可是，当她看到鹿难烛眼中的自责与紧张后，又怎么都发不出脾气了，但是就这样算了，她又觉得委屈得不行，干脆吸了吸鼻子，眼泪大颗大颗地溢出眼眶——哭了。

夏秦怡哭得越来越凶，鹿难烛又慌乱又自责，连忙为夏秦怡拭泪，可是对方的眼泪却越来越多。她一时无措，只得柔声哄道："对不起，秦怡，对不起，我错了，我不应该吓你，你别哭了好不好？都是我的错，你别哭了，你打我、骂我、惩罚我都好，别哭了。"

夏秦怡双手紧紧地抱着鹿难烛的胳膊，好一会儿，她才抬起脸，抽抽搭搭地说道："我……我怕高的！"

看着这梨花带雨、双眼微红的人，鹿难烛觉得自己简直犯了一个天大的错误，恨不得倾其所有来弥补。她的心中涌出了一个坚定的念头：从今以后，她再也不要夏秦怡落泪了。

鹿难烛不知道该怎么做，心慌得不行，于是靠近夏秦怡，柔声说道："对不起，我以后再也不会惹你哭了。"

听到这样的话，夏秦怡的心中涌起一股暖流，低下了头。

鹿难烛拉着夏秦怡，说道："来，进来。"

夏秦怡随着鹿难烛移动，她这才发现，原来她们站在一个冰洞外。

冰洞内，明显有人生活过的痕迹，这里有冰雕的书架、屏风、桌子、椅子，还有一张冰床。

鹿难烛领着夏秦怡坐到床上，后者惊奇地发现这床居然是温的。

鹿难烛道："这是一张暖玉床，当年也多亏有它，不然我早就冻死了。"

听到"死"这个字眼，夏秦怡捏紧了鹿难烛的衣袖，紧张地问道："怎么回事？"

鹿难烛道："其实，当年我一点儿武功都不会。在我十三岁那年，娘亲病重，我听村中的老人说，天山雪莲可以医治娘亲的病，于是我背着娘亲，偷偷爬上了天山，并且采到了传说中天山雪莲。可是雪莲刚拿到手，绳子却突然断了，我就是从刚才那个地方掉了下来，落到了下面的寒潭里，侥幸没死。”

夏秦怡无比心疼地想：原来刚才那样害怕的感觉，小鹿十三岁的时候也经历过。

鹿难烛继续说：“这间冰室，是我师父怪侠隐居的地方。我当时浑身都湿透了，冻得瑟瑟发抖，看到这个冰洞只是想爬上来躲避寒风，却没想到里面竟然别有洞天，也多亏了这张暖玉床，我才免于被冻死。说来也是一件奇事，当年这山洞里居然有现成的打火石、火折子和干柴，好像师父他老人家未卜先知，知道有人会落入谷底一样。我当时用现成的干柴烤干了衣服，还抓了潭中的肥鱼果腹，然后就这样活了下来。”

“那后来呢？”夏秦怡问道。

“后来啊……”鹿难烛指了指冰室中的书架，“后来我尝试了很多次都爬不上去，慢慢地也就放弃了。谷底无日月，日子过得实在无趣，我就开始阅读架子上面的书，一本一本地看，终于有一天，我把架子上面的书都看完了，然后又发生了一件难以置信的事情……”

接下来，鹿难烛将当年的奇遇，怪侠留给她的信的内容；后来如何修炼天魔功，自己如何容貌尽毁，以及回到村中后母亲已过世，自己的容貌又吓坏了村中的住户，只好无奈地跑回谷底潜心修炼；然后在天魔功大成之日，自己又险些走火入魔，九死一生；还有发现藏在寒潭底下的沧龙剑和银龙内甲以及怪侠留下的第二封信，还有自己的容貌如何恢复的经历；以及丑侠在信中婉转地提到，希望她的传人日后有机会手持沧龙剑与凤血刀的传人较量，说不定会有惊喜。

这所有的经历，鹿难烛都细细地讲了一遍。

夏秦怡坐在鹿难烛的身边，听着她用清澈如水的声音娓娓讲述她的奇遇，一颗心也随着这离奇的经历而起伏着。

当听到鹿难烛说，怪侠希望她持沧龙剑，会一会凤血刀传人的时候，她呆住了。她不相信这两件事只是一个巧合，沧龙剑和凤血刀之间，或者说怪侠君莫笑和那位老祖宗之间，在百年前一定经历了什么，最后演变成了一场不死不休的仇怨！

“怎么了？”鹿难烛问。

“小鹿。”夏秦怡唤道。

“嗯？”鹿难烛应道。

“有一件事，我想告诉你。”夏秦怡说。

“嗯，你说。”鹿难烛道。

“华夏山庄的藏书阁的顶层只有历代家主才被允许入内，那里有一本书，书的最后一页写着这样一句话：凡吾后人，必持凤血刀，手刃沧龙剑主，提剑祭拜，不见沧龙剑，吾死不瞑目。”夏秦怡说道。

鹿难烛瞪大了眼睛，惊愕地看着夏秦怡，一个猜想呼之欲出。

夏秦怡继续说道：“听了你的故事，我想这一定不是一个巧合。怪侠她老人家虽然说得很委婉，但是也算是特别地提到了这件事，我想在百年前，她们两人之间一定发生了什么事情。”

鹿难烛沉吟片刻，蹙眉问道：“是什么样的仇才会不死不休呢？莫不是……杀父之仇？”

夏秦怡果断摇头，说道：“不会的，如果是杀父之仇，族年册上不会没有记载，而且，如果是这么深的仇，那也不会只让庄主一个人知道。”

鹿难烛又问：“那……是夺妻之恨？”

夏秦怡笑了起来，伸出纤纤玉指点了点鹿难烛的肩膀，说：“你想什么呢？我们华夏山庄的那位老祖宗是位女子，这个族谱里有特别记载的，她是凤血刀的第一任主人，不仅亲手创立了梨花秋水楼，而且也是她老人家开了华夏山庄商武一体的先河，由樊梨城开始，将商铺开到江湖各地，是位传奇人物呢。既然她和怪侠都是女子，又哪来的夺妻之恨。”

鹿难烛问道：“你怎么知道得这么清楚？”

夏秦怡道：“当然是因为我的身份啊！当年我父亲去世后，二爷爷和四爷爷就以我的女子身份提出过质疑，还是三爷爷请出族年册，以这位老祖宗的事迹举例，才力排众议保住我继承人的身份。”

鹿难烛道："哦，原来是这样。"

这件事给了两个人极大的震撼，她们安静地坐在暖玉床上，对望着。

鹿难烛怔怔地看着夏秦怡，她觉得自己能够大难不死，继承怪侠的衣钵，再到和夏秦怡相遇，这一切都是命运的安排。

当年，在她看到怪侠留下来的信时，凤血刀的主人在她的心中就有了很特殊的地位，那是因使命感而起的特殊感觉。从那天起，她发奋习武，除了不想辱没了怪侠天下无双的名声之外，也是因为对凤血刀的主人存了几分较量的心思。

在天穹山屠魔大会上，她得知夏秦怡就是凤血刀的主人，心中就出现了一种"原来是你"的感觉。今日，她又从夏秦怡的口中得知，华夏山庄的老祖宗居然也给夏秦怡留下了相似的使命。此时的心情，她无法言说。

夏秦怡被鹿难烛的目光看得有些不自在，问道："你干吗这么看着我？"

鹿难烛道："没有，我现在……我也说不出来是什么感觉，就是……就是……"

夏秦怡问："就是有一种被命运安排的感觉吗？"

鹿难烛道："嗯！就是那样的感觉！"

夏秦怡道："我也是。"

夏秦怡压下心头的雀跃，来到鹿难烛的身边。

二人脚下的寒潭清澈见底，可以清晰地看到里面的鱼群游来游去。夏秦怡问道："小鹿，你说要带我吃的人间美味，是不是就是它们呀？"

鹿难烛应道："嗯，走吧，我们下去。"

鹿难烛所谓的"下去"，需要以轻功直接飞过整片潭水，到达对岸。

夏秦怡目测了一下潭水两岸的距离，如果使出全力，她是可以越过去的。

"你是说，我们飞到对岸去？"夏秦怡问道。

"是啊！别担心，我在你旁边呢。"鹿难烛以横抱的姿势将夏秦怡抱起，“你准备好，我们要出发了！”

“嗯！”夏秦怡应道。

鹿难烛提了一口真气，足下用力，和夏秦怡一起翩然飞出。她的身法飘逸又独特，在半空中一连使出五次叠步，掠着水面飞过，脚却不沾一滴水，稳稳地落在了对岸。

“到了！”鹿难烛从怀中掏出一个叠得方正的布兜抖开，说道，“我们多抓几条鱼回去，给村里的人也尝尝。”

夏秦怡道：“这要怎么抓啊，又没有渔具……”

鹿难烛笑道：“这寒潭终年不见人迹，潭中的鱼都有些痴傻，好抓得很。来，拿好袋子。”

鹿难烛将布袋递给夏秦怡，自己则蹲在岸边，用手轻轻撩动潭水。

夏秦怡认真地看着，她不相信鱼儿自己会过来。

潭中的鱼听到水声，果然傻傻地游了过来，鹿难烛以指成爪，向水中猛地一抄，随即一尾又大又肥的鱼就被捞出了水面。

鹿难烛回眸一笑，问道：“怎么样？”说完，她“唰”的一声，将鱼精准地丢入布袋。

那笑容太过美好，当夏秦怡回过神的时候，布袋中已经装了很多条鱼。

“差不多了，你要不要试一试？”鹿难烛道。

“哦，好！”夏秦怡将布袋递给鹿难烛，自己学着鹿难烛的样子又抓了三条鱼。

“好了，够吃了。”说着，鹿难烛将袋子的口系好，放在一旁，“等等我们就回家。”

“等什么？”夏秦怡问。

“等这袋子结冰我们再走，不然会弄湿你的衣裳，若是着凉就不好了。”鹿难烛道。

又过了半个时辰，袋子已经发硬，鹿难烛让夏秦怡抱着袋子，然后作势要抱起夏秦怡。

夏秦怡看着头顶的万仞冰墙，惊愕地说道：“小鹿，你能抱着我跃上去？”

闻言，鹿难烛捉弄的心思又起，故作为难地说："呀，我忘记了！我自己倒是完全可以跃上去的，可是多带一个人，恐怕……"

"啊？"夏秦怡大惊失色，沉默半晌，喃喃地说道，"那……我自己上去好了，你上去之后，再想办法放绳子拉我上去。"

鹿难烛见状，柔声说道："我逗你的。"说完，她抱起夏秦怡，然后深吸一口气，背着夏秦怡向上飞去。

明明是在光滑无比的冰壁上移动，却不知鹿难烛用了什么样的身法，竟然如同一只攀岩的壁虎一般，以蛇形的路线，飞快地向上蹿去！

夏秦怡一手环着布兜，一手搂着鹿难烛的脖子，向下一望，谷底的寒潭已经只有巴掌大小了……

呼啸的风声不绝于耳，大约过了半炷香的工夫，随着"嗒"的一声，风声不再。

"好了，我们上来了。"鹿难烛的声音响起。

夏秦怡从鹿难烛的怀中下来，感觉犹如置身梦中。她抓着鹿难烛的胳膊，向悬崖下面看了一眼，连忙退了回来。

"小鹿，你好棒啊，这么高的悬崖，而且四处都是寒冰，如果不是亲身经历，我是绝对不会相信有人能从下面跳上来的！而且还带了一个人！"夏秦怡称赞道。

鹿难烛呼出一口气，其实刚才她并不轻松，因为多带着一个人，她便多了顾虑，也就有了杂念。有好几次她险些失足，但抱着那份绝对不能让夏秦怡有危险的信念，硬是上来了。

夏秦怡掏出手帕，用手帕拭去鹿难烛额头上细密的汗珠，问道："累了吧？"

鹿难烛道："不要紧，只是很久没有一口气用这么久的轻功了，我们回家吧。"

夏秦怡道："好。"

鹿难烛道："路滑不好走，把袋子给我吧。"

夏秦怡拒绝道："不要，你都这么累了，还是我拿着。"

鹿难烛说："好吧，那我牵着你走。"

夏秦怡应道："好！"

又过了几日，鹿难烛父亲的忌日到了。

早上，鹿难烛拿着从青州买好的祭品，和夏秦怡一起出了门。

鹿难烛来到孤零零的墓碑前，一边摆着祭品，一边自顾自地说："是不是觉得我爹娘的墓碑有些奇怪？"

夏秦怡点了点头，鹿难烛见状露出一抹苦笑，心想：有些事情，也该坦白了。她对夏秦怡说道："这件事，等一会儿我再告诉你。"

夏秦怡也陪着她跪到了墓前。

"你……"鹿难烛欲言又止。

"我们是好朋友吧？"夏秦怡说。

"嗯。"鹿难烛应道。

"那我当然要来拜会你的父母，你不会嫌弃吧？"夏秦怡继续说。

"当然不会。"鹿难烛道。

鹿难烛拍开了酒坛子的封泥，醇香的酒气瞬间飘了出来。她往地上撒了一些，然后将酒坛子放在贡品旁边，说道："爹爹、娘亲，女儿这次带了爹爹最喜欢的竹叶青，还有娘亲喜欢吃的桃酥。女儿长大了，在外闯荡了两年，见识了不少，也明白了不少……女儿上次来说过，想知道自己的身世，想知道爹娘的名字，想给爹娘换一块新墓碑，写上你们的名字。现在女儿已经知道了一小半，马上就成功了，希望爹娘保佑……"

说完，鹿难烛重重地对着墓碑磕了三个响头，又烧了些纸钱元宝，才和夏秦怡一起离开。

二人并没有回村子，而是随便走到一处山坡，各自盘膝坐到枯黄的草地上。

认识这么久，夏秦怡还是第一次见鹿难烛如此严肃，她不自觉地坐直了身子，等待鹿难烛开口。

鹿难烛轻轻地叹了一口气，平静地说道："你也看到了，我爹娘的墓碑上连个名字都没有。"

"嗯……"夏秦怡回应。

鹿难烛道："自我出生以来，我们一家三口就一直在路上，走过很多个地方，可是却从来没有在任何地方停留超过十天。爹爹得了一种‘怪病’，每隔一段时间就会全身发冷，轻的时候，冻到浑身发抖，不管盖几床被子，屋子里放几个火盆都不管用；严重的时候，髭髯挂霜，嘴唇青紫，就算娘亲的医术高明，却也束手无策。那个时候我一直不懂，为什么爹爹身体情况如此糟糕，还不肯找个地方好好地安顿下来……直到我六岁那年，爹爹带着我和娘亲跑到了天山，终于在这寒冷而又荒凉的世隐村安定了下来。”

鹿难烛将目光投向远方，深深地陷入回忆中，继续说道：“你也知道世隐村是什么地方了。天山本来就是一块儿禁地，世隐村是我师父为了收留江湖上走投无路的人创立的。很显然，我爹娘就是这样的人，他们这么多年带着我颠沛流离，就是为了逃难，或者说，是为了躲避仇家的追杀。他们活得很小心，甚至都不敢将他们的名字告诉我这个唯一的女儿。再后来爹爹的病越来越严重，发病频繁，情况严重，最后那次，娘亲为了能救爹爹，竟然用自己的身体为爹爹取暖……最终爹爹还是去了，娘亲也染上了这病。这也是我去找天山雪莲的原因，后来的事你都知道了，我回来的时候，娘亲已经不在了。”

夏秦怡扯了扯鹿难烛的袖子，唤道：“小鹿……”

鹿难烛苦涩地笑了笑，继续说道：“你也觉得我爹的病很奇怪吧？”

“嗯。”夏秦怡应道。

“其实我爹并没有得什么寒症，而是被某种阴毒的武功所伤，我想打伤我爹的人应该就是我爹一直躲着的人。”鹿难烛说道。

“那……你是要寻找当年的仇人，然后替你爹娘报仇？”夏秦怡问道。

鹿难烛摇了摇头，脸上闪过一丝茫然，继续说：“其实，我最开始出谷的时候，并没有存报仇的心思。我曾经在我爹的胸口看到了一个图案，我想那个图案或许和我爹的身世有关。我想知道我爹娘的名字，好好地给他们立个碑，我也想知道我自己的身世，我到底姓不姓鹿？这个姓氏，是不是爹娘编造的？至于报仇……等弄清楚事情的来龙去脉后，如果是爹爹的错，逝者已矣，这段恩怨就一笔勾销；如果是奸人暗害了我爹爹，为人子女，我一定要替他们讨回公道！”

夏秦怡点了点头，心中赞许：难得小鹿有这样开明的心思，是非分明，而且也做到了为人子女应该做的事情。

这也就解释了丑侠之前为何会踏遍中原各派的疑惑，原来她只是想寻找自己的根。

想到这一路小鹿所承受的和经历的，夏秦怡顿时心里难受起来了。她问道：“那你找到了吗？”

鹿难烛答道：“找到了。我爹胸口处有一朵莲花图腾，花开九瓣，莲心玄黑，莲瓣赤红。我找遍了中原武林各大门派，甚至跑到了屠魔大会，只为了看他们的印旗，却一直没有看到类似的图案，就在我一度怀疑是不是我寻错方向的时候，它却出现在了我的眼前。”

夏秦怡问：“在哪儿？”

鹿难烛说：“你还记得在樊梨城外，荒火和修罗抢凤血刀的那次吗？”

夏秦怡道：“记得，难道……”

鹿难烛说道：“没错，当时对方有一人被飘雪所杀，飘雪的兵器特殊，划破了那人的胸口，我在那人的胸口上看到了和我爹爹胸口那朵相似的莲花，只不过是三瓣的。”

夏秦怡的嘴巴微张，震惊得说不出话。

看到这样的反应，鹿难烛的胸口划过一丝钝痛，继续说道：“所以我离开华夏山庄，找到了公孙晴。我谎称自己被正派追杀走投无路，希望得到魔教的庇佑，作为报答，我为魔教效力三年，公孙晴听完很高兴，一口答应。我本想三年过后一拍两散，结果我又被她摆了一道。她带我回到魔教总坛，也不知和他们教主说了什么，魔教教主居然封我做了魔教圣子。魔教高手如云，外面还有一片绵延百里的瘴气林，进出不易，我也只好假意答应了。”

“那后来呢？”夏秦怡换了一个姿势，抱着膝盖，低着头，木然地问道。

“后来……还没等我查出什么线索，魔教教主突然宣布绕开天穹山，东进攻打华夏山庄，再以华夏山庄为跳板，北上吞并武林。其实当时，魔教教主并没有派我去，可是我怕你会有危险，就自告奋勇地来了，再之后发生的事情，你都知道。那天在北路山道上，公孙晴受伤，我带着她逃走，从她的背上看到了和我爹爹胸口一模一样的图案，我借机询问，她告诉我，那朵莲花是魔教独有的图腾，名为‘玄心朱瓣莲’，莲瓣的数量代表着在魔教中地位的高低，能拥有九瓣玄心朱瓣莲的人，只有圣子和圣女。”鹿难烛道。

“魔教的圣子和圣女？你……在公孙晴的背上看到的？”夏秦怡的胸口酸胀不已，她没想到小鹿的父亲是魔教圣子，而且她还与公孙晴的关系这般亲密……

鹿难烛听出夏秦怡语气中的不对劲，以为她介怀自己父亲魔教圣子的身份，轻叹一声，解释道：“公孙晴说，这朵莲花不是随时都能刺的，需要在每十年一次的鬼王圣诞上，由教主亲自刺下，圣子刺在胸口，圣女刺在背上。公孙晴说她的图腾是九年前刺上去的，那个时候我爹爹早就脱离了魔教，照这个时间推算，我爹爹胸口的莲花至少是十九年前甚至更早之前刺上去的了，也就是说，在我还没有出生的时候，我爹爹已经是魔教圣子了。”

夏秦怡听完，暗暗推算时间。按照小鹿之前说的，她六岁的时候，他们一家就隐居在了世隐村，而且之前的记忆都是在逃难，那么爹爹的死应该和小鹿的父亲无关……

夏秦怡的心里稍稍好受了些，可是一想到鹿难烛和公孙晴交情匪浅，心中还是有一块疙瘩，难受得紧。她抱着膝盖，目光集中在脚前的一根枯草上，不肯说话，也不看鹿难烛。

见夏秦怡如此，鹿难烛沉默半晌，低声说道：“没错，我爹是魔教圣子，都说子承父业，我既然是她唯一的女儿，那你也可以把我当作是魔教的人。我知道你和魔教有血海深仇，你的老祖宗又留下遗命，让你提剑祭拜，我的命，你可以随时来取。”

鹿难烛本意并不想把话说成这样，可是她的心里又苦涩又委屈，好好的解释说到一半，被她说得生生变了味道。

听到这话，夏秦怡更加难受了，眼泪不由流了出来，道："你这是在说什么疯话？没错，我是说过我和魔教有不共戴天的血仇，可是那个时候我并不知道你的这些事情。我夏秦怡也是恩怨分明的人，你救了我这么多次，于公于私，于情于理，我又怎么可能会杀你？我怎么可能下得去手？是，我曾经确实恨不得杀掉丑侠，可是当时我并不知道丑侠就是小鹿，你……你……你把让我取你性命这种话，说得这般轻描淡写，你把我当成了什么？你又要置我于何地！"说完，她飞快地从地上爬起，擦着眼泪，甩着两条辫子跑开了。

夏秦怡的话，不啻惊雷，重重地砸在了鹿难烛的心头。

其实，鹿难烛清楚自己所说的每一句话、每一个字，但是她也不明白，自己为什么会说出那样伤人的话。

夏秦怡跑得很快，几个呼吸的功夫，一闪身，就消失在了树林里。

鹿难烛回过神，追到树林中时，并没有看到夏秦怡的身影。

"秦怡，你在哪儿？你出来，听我解释！"鹿难烛焦急地大喊，透过细密的树干，搜寻夏秦怡的身影。

"秦怡，你出来，秦怡！"鹿难烛的声音在树林中犹自回响，却没有得到任何回应。

这片树林很大，现下正是野兽觅食准备过冬的时节，这次出门她们都没带兵器，若是碰到了野兽该如何是好？

鹿难烛从来没有这么慌乱过，她咬了咬牙，一边喊着夏秦怡的名字，一边发疯似的往密林深处奔跑。即使，她明知道这样大声地呼唤有可能会给自己招来危险也没有停下。

夏秦怡跑到树林中后，惊觉自己好像跑错了方向，她绕了个弯，穿出树林，掉头往世隐村的方向跑了。这时，她听到了树林中的呼喊声，足下顿了一下，又狠狠地擦去眼泪，头也不回地跑开了。

就是这样一个小小的"弯"，引发了日后的诸多事情。

在很久之后，夏秦怡每每回忆起这段经历，都会唏嘘不已。若是当日的自己可以成熟一些，放下所谓的"骄傲"，听小鹿把话说完，也许就不会给彼此带来那么多的磨难了。

这些都是后话，暂且不表。

此时，因为这一个小小的转弯，两个人向着相反的方向奔跑。

鹿难烛只身闯入了树林深处，而夏秦怡遵照记忆中的路线，回到了世隐村。

回到鹿难烛的小院后，夏秦怡有些后悔，更多的是心虚。她开始反思自己：为什么？为什么一听到小鹿与公孙晴走得那么近，自己就会如此失控，甚至口不择言地说出了那种话？自己为什么没有心平气和地好好和小鹿谈谈？为什么没有控制好自己的情绪呢？

夏秦怡想了好久，才发现自己有多害怕唯一的朋友被抢走！

想到自己的占有欲，夏秦怡如坐针毡，没来由的心慌。

最后，她竟生出了逃避的念头来，草草收拾好自己的行装，给鹿难烛留下一封简短的信笺，带着凤血刀骑马离开了世隐村。

另一边，鹿难烛依旧穿梭在树林中，她的额头上尽是汗珠，衣衫也被汗水浸湿了，外袍上有好几处被树枝刮出的破口。

鹿难烛跑得喉咙冒烟，扶着一棵树，大口大口地喘着粗气。她懊悔不已，自己明明不是那个意思！她约夏秦怡出来坦白自己的秘密，只是为了能取得她的理解，为什么会演变成这般田地？

“秦怡，你出来，听我解释好不好？”鹿难烛喊道。

……

鹿难烛拖着疲惫的身躯回到自家小院，这会儿天已经黑了。她感觉疲惫不已，之前带着夏秦怡从谷底跃出来，都没有这会儿累。

看着房里一片黑暗，鹿难烛的心一沉。她进了房间，点燃桌上的油灯，看到夏秦怡留给她的信，只有寥寥八字：我回去了，不要找我。

鹿难烛捏着宣纸，一遍遍看着上面的字，心中说不出的难受。

良久，她才喃喃地，仿佛安慰自己一般地说道：“回去也好，只要你平安无事就好。”

夏秦怡离开世隐村后，鹿难烛每天都会去天山，从悬崖跳到谷底，在下面待上小半日，然后再跃出来。经过上次的经历，她突然发现：这是一个非常好的锻炼方式。

危险的环境，可以强迫自己一次次地挑战极限。

游走在生死边缘，更能激发出一个人的潜能。

更重要的是，当她全神贯注去做一件事情的时候，便可以什么都不想了。

一转眼，世隐村里下了第一场雪，鹿难烛白日里到孙婆婆家吃了一顿入冬饭，夜里便出了世隐村。

她已回来几个月，是时候出去继续调查了。

番外

一位身形健硕、剑眉星目的男子正侧身站在一扇窗子后面，窗子仅开了一条窄窄的缝隙，容得他将目光投出、看远。

男子两片薄薄的嘴唇抿在一起，侧脸透出一股刚毅。他通身散发着一股很强的气场，纵使身穿一袭粗布麻衣也没有将其气势掩盖丝毫。

房间中安静极了，落针可闻，男子炯炯的目光和微蹙的眉头没来由地给这房间增添了一丝紧张的气氛。

突然，一声孩童的香甜呓语响起，房里冰冷的气氛仿佛也随之冰消雪融了。

男子收回目光，眼中原本利剑般的光芒瞬间消散，被一抹慈爱所取代。只见他轻轻合上窗子，转过身，轻声说道："幺妹，你也休息一会儿吧，别把身体累垮了，你要是也病了……咱们的女儿怎么办呢？"

原来，这是一间客栈的卧房，床上还坐了一位端庄的少妇，虽然她也身着粗布麻衣，风尘仆仆，却难掩丽质，依旧肤白胜雪。被唤作"幺妹"的女子怀中抱着一个孩子，看着不过两三岁的年纪，软黄的头发在头顶盘成了两个"小包子"般的发髻。小女孩此时正在女子的怀中睡得深沉，一只肉嘟嘟的小手正拽着母亲的衣襟，即便睡熟了也不曾松开。

女子亦是满眼慈爱，怀抱着自家女儿轻轻地摇晃着。良久，她轻叹一声，将目光投向立在窗边的男子，低声道："三哥……小鹿上次好像受到了惊吓，这都十几日过去了，一直睡得不甚踏实，我想去采些安神草回来。”

男子听了沉默半晌，低声道：“等天黑以后我去城外找找。外面街上多了不少生面孔，虽然他们不曾佩戴兵器，可看他们的脚步、身形就知道是有功夫傍身的，也不知道这帮人是为何而来……你和孩子还是不要贸然露面的好。”

女子抿了抿嘴唇，美目中涌动着担忧，倏尔目光变得坚定，用清婉的声音说道：“该好好待在客栈里的人是你，这一路过来我都是戴着面具的，外人根本不知道我长什么模样，小孩子更是一日一个模样，况且一对母女放到任何地方都不显眼，反倒是你……即便他们没见过你的脸，身形也总是认得的，若是动起手来三招两式便能试探出你的身份，到时候才是真的危险。”

“幺妹！”男子有些着急地唤道。

女子继续说道：“我们在客栈也住了十几日了，小鹿正是牙牙学语的年纪，总把孩子闷在客栈里怎么行，总要带她出去走走的。三哥别管了，你好好在客栈养伤，此事我自有分寸。”

男子大步来到床前，坐到女子身旁揽住她的肩膀，愧疚又柔情地说道：“委屈你了，我们总会找到一处安身立命的地方的，咱们一家三口到时候……”

女子依偎在男子的肩头，轻轻地“嗯”了一声。

翌日，被唤作“幺妹”的女子便抱着自家女儿小鹿出了客栈。小家伙在客栈里憋闷了数日，终于得见天日，别提有多高兴了，而且这回出来她的娘亲也没有戴那个丑丑的面具，此时是她香香、白白的娘亲，她更是高兴了。一双短粗的藕臂搂着娘亲的脖颈不撒手，看着热闹的街道，她那黝黑、澄澈的眼眸中满是好奇，时不时便甜甜地叫一声“娘亲”，真是能把人的心都融化了。

此地是个偏僻的小镇，位于进入中原的一个隘口，原本人迹罕至，近日却多了不少武林人士。

女子走了一路，也打听了一路，才慢慢放下心来。原来是天穹剑派的掌门人过整寿，广发英雄帖，借此机会在天穹山上摆了比武切磋的擂台。如此扬名立万的机会，自然引来了不少武林豪杰，这座小镇也因此热闹了起来。

女子原本出生于一座世外桃源般的“仙岛”，对中原武林之事知之甚少，几年前岛上漂来一位重伤的青年，二人情投意合之下偷偷出了岛，并生下一女。

只是男子身陷于江湖风波之中，这几年夫妻二人不得不带着女儿一路颠沛流离，从西南边陲一路朝着东北方向逃命。女子曾听自己的丈夫说过，过了天穹剑派便是中原武林，再往东北方向逃，还有一处江湖禁地，只要他们逃到那里就再也不用跑了，届时他们便可以过上安逸的日子。

仇人穷追猛打，女儿也到了牙牙学语的年纪，为了避免小孩子被生人套话，夫妻二人索性摒弃了姓名，以“三哥”和“幺妹”相称，他们坚决不愿意让上一代的仇恨延续到孩子的身上，这对夫妻想给自己的女儿提供一个平静、幸福的生活。

他们夫妻二人也不是没有想过回“仙岛”上去，奈何他们没有船，而且也不知该如何航行，当年逃出来虽然容易，回去却难于登天。

一辆豪华的马车停在医庐前，挡住了大半土路。

女子紧了紧怀中的女儿，立在原地等待着马车离开。这时，车门却开了，一位壮硕男子从车内走出来，他随后转身笑着去搀扶一位身怀六甲的女子，二人相视一笑，眸中满是甜蜜。

女子不由得多看了几眼，若能活在阳光下，她与三哥大抵也是如此的。

一直乖巧的小鹿突然指着女子大声道：“娘亲，小妹妹！”

稚嫩清脆的童音引来诸多目光，那对夫妇也转过头来。

怀着身孕的女子见小鹿如此可爱，心头一动，主动向她们走了过来。她从袖口掏出两颗包好的蜜饯递给小鹿，柔声道：“好可爱的孩子，你怎么知道是小妹妹呀？”

小鹿看了看自家娘亲，后者心头一紧，却也报以微笑，小鹿这才接过蜜饯，无理由地笃定道：“是妹妹。”

众人皆笑，怀孕的女子用食指轻轻扫过小鹿的脸颊，笑道：“借你吉言了，若是能生个女儿如你这般聪明、可爱才好。”

女子转而对小鹿的母亲说道：“这位姐姐要到何处去？可是这马车挡路了吗？”

小鹿的母亲摇了摇头，答道：“孩子夜里睡得不踏实，打算到城外去采一株安神草，不急。”

那怀孕的女子道：“近日这镇上龙蛇混杂，姐姐只身带着孩子不好到城外去的。我一见这孩子便莫名地喜欢，不瞒姐姐说，我一直想要个女儿，今日这孩子的话真是说到我的心坎儿里去了，若是姐姐不嫌弃，我愿送姐姐一株安神草。”

小鹿的母亲稍加思索便点头答应。她本就是个纯粹的性子，况且在她生活的地方药材遍地都是，一株安神草并非稀罕物，没必要故作矜持。

见小鹿母亲如此爽利，女子心中立即生出了欣赏之意，主动说道：“夫家姓夏，姐姐亦可唤我小字：钰儿。”

“钰儿妹妹，我……你就叫我幺妹吧。”小鹿的母亲道。她并非无名无姓，只是他们夫妇的名头太过响亮，而且自己的姓氏又很特别，哪怕只是报出姓氏都会被别人联想到什么，掀起一场无妄祸事，况且“幺妹”是她在家时的乳名，倒也不算欺瞒。

二人来到医庐，坐堂的郎中亲自给夏夫人问诊，女子则抱着小鹿站在一旁听着，眉头深锁，直到拿了安魂草与夏家夫妇一齐出了医庐，她都是一副欲言又止的模样。

“幺妹姐姐，你怎么了？”夏夫人察觉到她的不对劲，问道。

小鹿的母亲看了看手中的三株安魂草，心下一横，说道：“那郎中开的方子不对，你若是听他的……这孩子怕是难保。”

闻言，夏家夫妇大骇，忙把母女俩请到马车里。小鹿的母亲亲自给夏家夫妇搭了脉，对钰儿的丈夫说道：“你所习功法太过刚猛，积年累月下来经脉有损，近几年膻中穴可有刺痛之感？”

钰儿的丈夫瞪大了眼睛，满眼不可置信。

小鹿母亲一脸淡然，行医的这一刻，她仿佛变了一个人。拿过纸笔写了一副方子，道：“过刚易折，若有一日遇到旗鼓相当之敌，你这刚猛的内功可能会伤及自身。按照这副方子喝上三个月，膻中穴的刺痛可消，不过你还是要想办法从根本上弥补。”

夏家夫妇听罢千恩万谢，小鹿的母亲这才搭上夏夫人的脉搏，片刻后说道：“你这一胎，胎位不正。我给你开一副安胎的方子，不过这副方子里有一味药材不好找，你须一直喝到临盆当日。回去以后还须找到一位有经验的稳婆为你推拿正位，不可过度进补，更不要大悲大喜，不得习武，也不要舟车劳顿，只喝我这副药，不要喝旁的药。”小鹿的母亲用极快的速度写完了药方，抱起一旁的小鹿便要离开。

“幺妹姐姐！”夏夫人唤道。

“何事？”小鹿母亲问道。

“幺妹姐姐，我不知道要如何谢你，不如留个住处，待我夫妇回家以后必有重谢！若是……姐姐愿意，不如到庄上做客，我夫妇二人定将姐姐视若上宾！”夏夫人道。

小鹿的母亲只是微笑着摇了摇头，她想起自家夫君经常说的话，答道：“你我皆是江湖儿女，潇洒自在惯了的，何必强留一处？今日相见是缘分，今日分别也是缘分，若有缘还会再见的。”

她这几句话便让夏家夫妇肃然起敬，夏夫人不再强留，只是悄悄扯下腰上玉佩，那是刻了她小字的随身玉佩。她趁着女子不注意，偷偷将玉佩塞到了小鹿胖乎乎的手里。

送出玉佩，夏夫人长舒一口气，示意小鹿莫要声张，后者甜甜一笑，趴在母亲的肩头摆手说道：“叔叔、姨姨再见，小妹妹再见。”